P.S. I love you

Cecelia Ahern

P.S. I love you

ROMAN

Traduit de l'anglais
par Françoise du Sorbier

Albin Michel

Titre original :
P.S. I LOVE YOU

Traduction française :

1

Holly enfouit son visage dans le pull en coton bleu. L'odeur familière la submergea aussitôt, tandis qu'un chagrin poignant lui nouait l'estomac et lui tordait le cœur. Des picotements lui hérissèrent la nuque et, dans sa gorge, une boule s'enfla, étouffante. La panique l'envahit. En dehors du ronronnement discret du réfrigérateur et du bruit de l'eau dans les tuyaux du chauffage, le silence régnait dans la maison. Elle était seule. La bile lui monta dans la gorge et elle se précipita aux toilettes, où elle s'effondra à genoux devant la cuvette.

Gerry était parti pour ne jamais revenir. Voilà la réalité. Jamais plus elle ne passerait les doigts dans ses cheveux, jamais plus elle n'échangerait un regard de connivence avec lui lors d'un dîner, jamais plus elle ne l'appellerait en rentrant du travail parce qu'elle avait besoin qu'il la prenne dans ses bras, jamais plus elle ne partagerait un lit avec lui, jamais plus elle ne serait réveillée par ses crises d'éternuements du matin, jamais plus elle ne rirait avec lui à en avoir mal au ventre, jamais plus elle ne se disputerait avec lui pour savoir lequel d'eux deux se relèverait pour éteindre la lumière de la chambre. Tout ce qui lui restait, c'était un paquet de souvenirs et une image de son visage qui s'estompait chaque jour davantage.

Leur projet était très simple. Rester ensemble pendant leur vie entière. Projet que tous leurs proches estimaient réalisable. Ils étaient amis, amants et âmes sœurs, destinés l'un à l'autre de l'avis de tous. Mais, un jour, le destin avide en décida autrement.

La fin était venue beaucoup trop vite. Après s'être plaint de migraines durant quelques jours, Gerry avait accepté d'aller consulter, sur les instances de Holly. Cela s'était passé un mercredi pendant l'heure du déjeuner. Ils pensaient que les maux de tête étaient dus au stress et qu'au pire Gerry risquait de devoir porter des lunettes. Ce qui le contrariait. Mais il n'avait pas besoin de se faire de souci. Le problème ne venait pas de sa vue. Il venait de la tumeur qu'il avait au cerveau.

Holly tira la chasse d'eau et, frissonnant au contact du carrelage froid, se remit debout en chancelant. Gerry avait trente ans. Certes, il n'avait pas une santé de fer, mais il se portait assez bien pour... disons pour mener une vie normale. Très malade, il plaisantait courageusement en disant qu'il n'aurait pas dû être aussi prudent. Qu'il aurait dû se droguer, boire davantage, voyager plus souvent, sauter d'avion en s'épilant les jambes... la liste s'allongeait. Oh, il blaguait, mais Holly voyait du regret dans ses yeux. Le regret pour tout ce qu'il n'aurait jamais le temps de faire, les lieux qu'il ne verrait jamais et le chagrin de ne plus avoir d'avenir. Regrettait-il la vie qu'il menait avec elle ? Holly ne doutait pas un instant de son amour pour elle, mais elle craignait qu'il n'ait le sentiment d'avoir perdu un temps précieux.

Soudain, vieillir avait paru à Gerry un accomplissement souhaitable, au lieu d'un processus inévitable et redouté. Quelle présomption de leur part à tous deux de n'avoir jamais envisagé que vieillir pouvait se mériter et être une réussite ! Ils voulaient tant éviter de prendre de l'âge.

Holly errait dans sa maison en sanglotant. De grosses larmes salées coulaient de ses yeux rougis et gonflés. Cette nuit paraissait ne jamais devoir finir. Aucune pièce ne lui offrait de réconfort. Un silence hostile l'accueillait lorsqu'elle regardait les meubles. Elle s'attendait plus ou moins à ce que le canapé lui tende les bras, mais même lui l'ignorait.

Cela ne plairait pas à Gerry, pensa-t-elle. Elle prit une grande inspiration, s'essuya les yeux et s'efforça de retrouver un peu de bon sens. Non, cela ne plairait pas du tout à Gerry.

Holly avait les yeux douloureux d'avoir pleuré toute la nuit. Comme toutes les autres nuits de ces dernières semaines, elle avait sombré sur le matin dans un sommeil entrecoupé. Chaque jour, elle se réveillait vautrée dans une posture inconfortable quelque part dans la maison ; aujourd'hui, c'était sur le canapé. Une fois de plus, elle avait été tirée de son sommeil par la sonnerie du téléphone. Ses amis ou des membres de la famille s'inquiétaient à son sujet. Ils devaient tous croire qu'elle passait ses journées à dormir. Pourquoi ne téléphonaient-ils pas pendant qu'elle circulait dans sa maison comme un zombie, cherchant dans les pièces... quoi au juste ? Que s'attendait-elle à trouver ?

« Allô », dit-elle d'une voix pâteuse. Elle avait le nez bouché à force de pleurer, mais il y avait longtemps qu'elle ne se souciait plus de faire bonne figure devant qui que ce soit. Son meilleur ami était parti et personne ne comprenait que ce n'était ni en se maquillant, ni en prenant l'air, ni en faisant des courses qu'elle comblerait le gouffre qu'elle avait dans le cœur.

« Oh, pardon, ma chérie ! Je t'ai réveillée ? » Au bout du fil, la voix inquiète de sa mère. Toujours la même chanson.

Tous les matins, sa mère l'appelait pour voir si elle avait survécu à sa nuit solitaire. Elle avait toujours peur de la réveiller, mais était toujours soulagée de l'entendre respirer. Rassurée de savoir que sa fille avait réussi à braver les fantômes de la nuit.

« Non, je somnolais seulement. » Toujours la même réponse.

« Ton père est sorti avec Declan et je pensais à toi, ma chérie. »

Pourquoi cette voix gentille et apaisante lui faisait-elle toujours monter les larmes aux yeux ? Holly imaginait le visage soucieux de sa mère, ses sourcils froncés, son front plissé par l'inquiétude. Mais elle ne fut pas réconfortée pour autant, au contraire. Ce coup de fil lui rappela pourquoi sa famille s'inquiétait, alors que cela n'aurait pas eu lieu d'être. Tout aurait dû être normal. Gerry aurait dû se trouver là, à ses côtés, en train de lever les yeux au ciel et d'essayer de la faire rire pendant que sa mère lui tenait la jambe. Combien de fois ne lui avait-elle pas tendu l'appareil pour qu'il la remplace pendant qu'elle avait une crise de fou rire. Il continuait la conversation comme si de rien n'était, ignorant Holly qui improvisait une danse de Sioux autour du lit en faisant ses grimaces les plus débiles et ses mimiques les plus cocasses pour attirer son attention. Ce qui marchait rarement.

Elle émit des bruits polis pendant la conversation, sans écouter un seul mot.

« Il fait un temps superbe, Holly. Cela te ferait un bien fou d'aller te promener, de prendre un peu l'air.

– Mmmm. Sans doute. » Et allez donc. L'air pur, la réponse à tous ses problèmes.

« Veux-tu que je te rappelle plus tard, pour qu'on puisse bavarder un peu ?

– Non, merci, maman. Ça va très bien. »

Silence.

« Bon, bon. Eh bien, téléphone-moi si tu changes d'avis. Je suis libre toute la journée.

– D'accord. »

Un autre silence.

« Merci quand même.

– Eh bien, je te laisse... Fais bien attention à toi, ma chérie.

– Oui, oui. »

Holly s'apprêtait à reposer l'appareil, lorsqu'elle entendit à nouveau la voix de sa mère :

« Oh, Holly, j'allais oublier. Cette enveloppe est toujours là, tu sais. Sur la table de la cuisine. Il faudrait que tu la prennes. Elle t'attend depuis des semaines. C'est peut-être quelque chose d'important.

– Ça m'étonnerait. Ce doit être encore un mot de condoléances.

– Non, je ne crois pas, ma petite fille. Elle t'est adressée, et il y a quelque chose de marqué au-dessus de ton nom... Attends voir, je vais la chercher dans la cuisine... »

Elle reposa le téléphone et on entendit le bruit de ses talons s'éloigner sur le carrelage, des pieds de chaises raclèrent le sol, des pas se rapprochèrent...

« Tu es toujours là ?

– Oui.

– Eh bien, en haut, il y a écrit "La Liste". C'est peut-être une lettre de ton travail, tu ne crois pas, ma chérie ? Cela vaudrait la peine de regarder... »

Holly laissa tomber l'appareil.

2

« Gerry, éteins la lumière ! »

Holly riait en regardant son mari se déshabiller devant elle. Il se livrait à une petite pantomime autour de la chambre, mimant un strip-tease. De ses longs doigts, il déboutonna lentement sa chemise de coton blanc, la regarda en levant un sourcil, puis laissa la chemise glisser de ses épaules, l'attrapa dans sa main droite et la fit tournoyer au-dessus de sa tête. Holly se remit à rire.

« Tu veux éteindre la lumière ? Tu ne sais pas ce que tu vas rater ! »

Il lui sourit pour la narguer en faisant jouer ses muscles. Il n'était pas vaniteux, mais Holly trouvait qu'il avait de quoi l'être. Il était doté d'un corps vigoureux et harmonieux. De longues jambes musclées grâce à des heures passées à s'entraîner à son club de sport. Il n'était pas très grand, mais assez pour donner à Holly un sentiment de sécurité quand elle mettait son mètre soixante-quatre à côté du mètre soixante-douze protecteur de son mari. Et surtout, ce qu'elle adorait, c'était se blottir contre lui, poser sa tête juste au-dessous de son menton et sentir son souffle lui soulever légèrement les cheveux en lui chatouillant la tête.

Il réussissait toujours à la faire rire. Lorsqu'elle rentrait du travail fatiguée et ronchon, il écoutait toujours ses doléances avec sympathie. Ils se disputaient rarement. Quand cela se produisait, c'était en général pour des bêtises dont ils riaient ensuite. Par exemple, qui avait laissé la lumière sous le porche allumée, ou qui avait oublié l'alarme le soir. En fait, c'étaient toujours les petites disputes qui étaient les plus toxiques.

Gerry termina son strip-tease et plongea dans le lit. Il se pelotonna contre elle et glissa ses pieds gelés sous ses mollets pour se réchauffer.

« Aaaahhh ! Gerry, tu es un vrai glaçon. »

Vu sa position, Holly se doutait qu'il comptait bien ne plus bouger.

« Gerry, dit-elle d'une voix menaçante.

– Holly ! répondit-il sur le même ton.

– Tu n'as rien oublié ?

– Non, non, pas que je me souvienne, lança-t-il effrontément.

– Et la lumière ?

– Ah oui, la lumière, dit-il d'une voix somnolente, avant de faire aussitôt semblant de ronfler.

– Gerry !

– J'ai dû déjà sortir du lit hier soir pour l'éteindre, si ma mémoire est bonne.

– Tu étais juste à côté de l'interrupteur il y a une seconde !

– Oui... il y a une seconde », répéta-t-il, la voix endormie.

Holly soupira. Elle avait horreur de sortir du lit quand elle était bien installée, de poser les pieds sur le parquet froid et de revenir à tâtons dans le noir. Elle émit un grognement de protestation.

« Je ne peux pas l'éteindre tous les jours, tu sais, Hol. Un jour peut-être, je ne serai plus là, alors, comment feras-tu ?

– Je demanderai à mon nouveau mari de s'en charger, rétorqua Holly, essayant de repousser ses pieds froids.

– Tiens donc !

– Ou j'essaierai d'y penser avant de me mettre au lit.

– Faut pas rêver, cocotte ! Ou alors, je devrais laisser un pense-bête pour toi sur l'interrupteur avant de m'en aller !

– C'est vraiment gentil, mais je préférerais que tu me laisses ton argent.
– Et un autre pense-bête sur le chauffe-eau, poursuivit-il.
– Ha, ha.
– Et sur les bouteilles pour le laitier.
– Ce que tu es drôle, Gerry !
– Ah, et puis sur les fenêtres, pour que tu ne déclenches pas l'alarme en les ouvrant le matin.
– Tu sais quoi ? Si tu me crois aussi incapable de me débrouiller sans toi, tu devrais me laisser dans ton testament une liste des choses à faire.
– Ce n'est pas une mauvaise idée, s'esclaffa-t-il.
– Bon, eh bien, je vais aller l'éteindre, cette foutue lumière. »

Holly sortit du lit de mauvaise grâce, fit la grimace en posant le pied sur le sol glacé et éteignit. Les bras tendus devant elle dans l'obscurité, elle regagna lentement le lit.

« Ouh, ouh ? Holly, tu t'es perdue ou quoi ? Il y a quelqu'un ? cria Gerry dans la pièce noire.
– Oui, je suis làààaaaaïe ! glapit-elle en se cognant l'orteil contre l'une des colonnes du lit. Merde, merde, merde, saloperie de bordel de merde ! »

Gerry gloussa et ricana sous la couette.

« Numéro deux sur ma liste : Attention aux colonnes du lit...
– Oh, la ferme, Gerry, et arrête de faire des réflexions morbides, rétorqua-t-elle, son pied endolori dans la main.
– Tu veux que je le guérisse avec un bisou ? demanda-t-il.
– Non, ça va. Si seulement je pouvais mettre mes pieds là pour les réchauffer...
– Oh, non ! Ils sont gelés !
– Hin, hin, hin ! » avait-elle ricané.

Et voilà comment avait commencé le gag de la liste. Une idée simple et toute bête que leurs proches n'avaient pas tardé à partager. Leurs meilleurs amis étaient Sharon et John MacCarthy. Eux aussi avaient commencé à sortir ensemble au lycée ; en fait, c'était John qui avait abordé Holly dans un couloir lorsqu'ils avaient quatorze ans et qui avait murmuré la fameuse phrase : « Mon copain voudrait savoir si tu sortirais avec lui. »

Après plusieurs jours de conciliabules et de réunions au sommet avec ses amies, Holly avait fini par accepter. « Ahhh, Holly, il est super, avait dit Sharon, et puis lui, au moins, il n'a pas de boutons plein la figure comme John. » Alors, si Sharon donnait sa bénédiction, c'était parfait.

John et Sharon s'étaient mariés la même année que Gerry et Holly. Ils avaient tous vingt-quatre ans, sauf Holly, le bébé, qui n'en avait que vingt-trois. Certains prétendaient qu'elle était trop jeune et sautaient sur toutes les occasions de lui faire des sermons, de lui dire qu'à son âge elle devrait voir le monde et s'amuser. Au lieu de quoi, Gerry et Holly voyaient le monde ensemble et s'amusaient. Être ensemble leur paraissait infiniment préférable, car lorsqu'ils ne l'étaient pas... eh bien, Holly avait l'impression d'être privée d'un organe vital.

Le jour de son mariage n'avait pas été le plus beau jour de sa vie, loin de là. Comme toutes les petites filles, elle avait toujours rêvé d'un mariage de conte de fées, avec une robe de princesse, un beau soleil, un cadre romantique et, autour d'elle, tous ceux qu'elle aimait. Elle s'imaginait que la réception serait la soirée la plus réussie de sa vie. Qu'elle se sentirait exceptionnelle, admirée de tous. Elle se voyait en train de danser avec ses amis. La réalité avait été toute différente.

Elle s'était réveillée chez ses parents en entendant des hurlements : « Je ne trouve plus ma cravate ! » (son père), « Regarde mes cheveux, un désastre ! » (sa mère) et le bouquet : « J'ai l'air d'une baleine ! On me fera jamais aller à ce mariage comme ça. Je vais être rouge de honte ! Non mais regarde, m'man ! Holly n'a qu'à se trouver une autre demoiselle d'honneur, parce que j'y vais pas. Jamais de la vie ! Jack, rends-moi cette saloperie de séchoir. J'ai pas fini. » (Cette déclaration inoubliable émanait de sa petite sœur, Ciara, qui faisait régulièrement des caprices et refusait de quitter la maison sous prétexte qu'elle n'avait rien à se mettre, malgré une armoire pleine à craquer. En temps ordinaire, elle vivait quelque part en Australie avec des gens dont on ne savait rien et se contentait d'envoyer un ou deux e-mails par mois à sa famille en guise de nouvelles.) Il fallut le reste de la matinée pour convaincre Ciara qu'elle était la plus belle fille du monde, pendant que Holly s'habillait en silence avec l'impression d'être une catastrophe ambulante. Ciara finit par accepter l'idée de sortir lorsque le père de Holly, d'ordinaire très placide, se mit à vociférer à la stupéfaction générale : « Ciara, c'est Holly, la reine de la fête, PAS TOI ! Tu vas me faire le plaisir d'ALLER à ce mariage et de t'y amuser, et quand Holly descendra, tu lui diras qu'elle est superbe. Et je ne veux PLUS T'ENTENDRE moufter de LA JOURNÉE ! »

Aussi, quand Holly descendit l'escalier, tout le monde poussa des « Oh » et des « Ah », pendant que Ciara, l'air d'une petite fille qui vient de se faire gronder par son papa, regardait sa sœur, les larmes aux yeux et la lèvre tremblante, et disait : « Tu es très belle, Holly. » Après quoi, ils s'entassèrent tous les sept dans la limousine, ses parents, ses trois frères, Ciara et elle, et un silence terrifié régna dans la voiture pendant tout le trajet jusqu'à l'église.

À présent, elle n'avait de ce jour-là qu'un souvenir flou. Elle avait à peine eu le temps de parler à Gerry, car ils étaient l'un et l'autre sollicités de toutes parts pour saluer la grand-tante Betty venue de Pétaouchnock et qu'ils n'avaient pas vue depuis leur naissance, et le grand-oncle Toby d'Amérique, dont on n'avait jamais entendu parler jusque-là, mais qui avait été soudain promu membre important de la famille.

Personne ne l'avait prévenue que la journée serait aussi fatigante. À la fin de la soirée, Holly avait mal aux joues à force de sourire aux photographes et ses pieds la faisaient souffrir le martyre à force de piétiner dans de petites chaussures ridicules qui n'étaient pas conçues pour la marche. Elle n'avait qu'une envie : rejoindre la grande table où se trouvaient ses amis, qui passaient la soirée à hurler de rire.

Ils s'éclataient, visiblement. Tant mieux pour eux, avait-elle pensé. Mais lorsqu'elle s'était retrouvée avec Gerry dans la suite nuptiale, les contrariétés de la journée s'étaient effacées. Finalement, cela en valait la peine...

Les larmes se remirent à couler sur ses joues et elle se rendit compte qu'elle avait encore passé des heures perdue dans ses pensées. Elle était assise sur le canapé, figée, le téléphone toujours à la main. Le temps semblait filer à côté d'elle sans qu'elle sache l'heure. Ni même le jour. On aurait dit qu'elle vivait à l'extérieur de son corps dans un état d'engourdissement permanent, tout en étant consciente de la douleur qui lui tenaillait le cœur, les os, la tête. Elle était si lasse... Son estomac se mit à gargouiller et elle se rendit compte qu'elle ne se souvenait plus de la dernière fois où elle avait mangé. La veille ? Elle aurait été incapable de le dire.

Elle passa dans la cuisine en traînant les pieds, vêtue de la robe de chambre de Gerry, avec, aux pieds, ses pantoufles préférées, celles de « diva disco » qu'il lui avait offertes à Noël. Il l'appelait toujours sa diva disco. La première sur la piste de danse, la dernière à sortir de la boîte. Ah, où était-elle passée, cette fille-là ? Holly ouvrit le réfrigérateur et regarda les étagères vides. Des légumes et des yaourts périmés depuis longtemps, qui dégageaient une odeur fétide. Rien à manger. Elle sourit en secouant le carton de lait. Vide. Troisième rubrique sur la liste de Gerry...

Deux ans plus tôt à Noël, Holly était allée faire les magasins avec Sharon afin de se trouver une robe pour le bal annuel du Burlington Hotel. Faire les magasins avec Sharon était une entreprise risquée, et John et Gerry les avaient mises en boîte en disant qu'une fois de plus, ils seraient privés de cadeaux de Noël à cause des extravagances des filles. Ils n'exagéraient pas beaucoup. Pauvres maris négligés, comme disaient toujours les filles.

Ce Noël-là, Holly avait dépensé une somme honteuse chez Brown Thomas pour s'offrir la plus jolie robe blanche qu'elle ait jamais vue. « Putain, Sharon, ça va faire un sacré trou dans mon budget », avait-elle dit d'un air coupable en se mordant la lèvre et en caressant le tissu soyeux.

« Oh, t'en fais pas, Gerry le raccommodera, avait rétorqué Sharon, assortissant sa remarque de son infâme ricanement. Et puis, arrête de m'appeler Putain Sharon, je pourrais me vexer. Achète-la donc, cette robe, Holly. C'est Noël, après tout. La saison des cadeaux, etc.

– Sharon, tu es gonflée. Jamais je ne retournerai faire les boutiques avec toi. Ça va coûter la moitié de mon salaire mensuel. Et je fais quoi pendant le reste du mois, hein ?

– Tu préfères manger ou avoir un look d'enfer ? » C'était tout vu.

« Je la prends », avait dit Holly tout excitée à la vendeuse.

La robe, décolletée, mettait en valeur sa jolie petite poitrine et elle était fendue jusqu'à la cuisse, dévoilant ses jambes fines. Gerry n'avait pu détacher les yeux d'elle. Mais pas seulement par admiration ; il se demandait par quelle aberration un aussi petit bout de tissu pouvait coûter aussi cher. Pourtant, une fois au bal, Mme Diva Disco avait une fois de plus un peu trop forcé sur les boissons alcoolisées et renversé du vin rouge sur le devant de sa robe. Elle avait essayé, en vain, de retenir ses larmes pendant que leurs compagnons les informaient, Sharon et elle, que le numéro cinquante-quatre de la liste préconisait qu'il était exclu de boire du vin rouge quand on portait une robe blanche et chère. Mieux valait boire du lait, car sur les robes blanches et chères, une tache de lait ne se remarquait pas.

Plus tard, lorsque Gerry renversa sa pinte et que son contenu coula sur les genoux de Holly, elle annonça à la cantonade d'une voix larmoyante mais grave : « Règle ccccinquante de la lissste : il est... hic !... sclu d'acheter une robe blanche et chère. » Tout le monde acquiesça et Sharon, qui avait roulé sous la table, se réveilla de son coma pour applaudir cette déclaration fracassante et apporter à Holly son soutien moral. On porta donc un toast à Holly (après que le serveur surpris fut arrivé avec un plateau chargé de verres de lait) et à la pertinence de la rubrique ajoutée par Sharon. « Dommage que tu l'aies bousillée, ta robe, Holly. Maintenant, il est... hic ! ...sclu que tu la remettes ! » avait hoqueté John avant de sortir en titubant du taxi, sans lâcher la main de Sharon qu'il tira jusqu'à leur porte d'entrée.

Se pouvait-il que Gerry ait tenu parole et fait une liste pour elle avant de mourir ? Pourtant, elle n'avait pratiquement pas quitté son chevet. Jamais il n'avait parlé d'une liste et elle n'avait pas remarqué qu'il en ait écrit une. Non, Holly, ressaisis-toi, ne sois pas idiote. Elle avait un tel désir de le voir revenir qu'elle imaginait toutes sortes de sottises. Mais il n'aurait pas fait ça, quand même ?

3

Holly traversait un champ de jolis lis tigrés ; une brise légère soufflait et les pétales soyeux lui chatouillaient le bout des doigts pendant qu'elle se frayait un chemin entre les hautes herbes vert vif. Elle sentait sous ses pieds nus un sol élastique et son corps était si léger qu'elle avait l'impression de flotter au-dessus de la surface de la terre spongieuse. Tout autour d'elle, les oiseaux sifflaient leur chant joyeux en vaquant à leurs occupations. L'éclat du soleil dans le ciel pur était si fort qu'elle dut se protéger les yeux, et chaque bouffée de vent lui effleurant le visage apportait avec elle le doux parfum des lis. Elle se sentait si... heureuse, si libre. Ce qui ne lui arrivait pas souvent ces temps-ci.

Soudain, le ciel s'assombrit et le soleil tropical disparut derrière un gros nuage noir. Le vent forcit et l'air devint froid et piquant. Autour d'elle, les pétales des lis tigrés se mirent à courir follement, emportés par le vent, et lui brouillèrent la vue. Le sol spongieux de tout à l'heure avait été remplacé par des pierres aux arêtes vives qui lui meurtrissaient les pieds et les éraflaient à chaque pas. Les oiseaux avaient cessé de chanter ; perchés sur les branches, ils regardaient. Il se passait quelque chose et elle eut peur. Devant elle au loin, on voyait une pierre grise dans l'herbe haute. Elle aurait voulu retourner d'où elle venait, courir vers ces jolies fleurs, mais il fallait qu'elle sache ce qu'il y avait là-bas devant.

En s'approchant, elle entendit *Boum ! Boum ! Boum !* Elle pressa le pas et courut sur les pierres coupantes, dans l'herbe, aux tiges dentelées à présent, qui lui égratignait bras et jambes. Elle s'effondra à genoux sur la dalle grise et poussa un cri de douleur en se rendant compte de ce que c'était. La tombe de Gerry. *Boum ! Boum ! Boum !* Il essayait de sortir ! Il criait son nom, elle l'entendait !

Holly se réveilla en sursaut : on frappait à la porte à coups redoublés.

« Holly ! Holly ! Je sais que tu es là ! Ouvre-moi ! » hurlait Sharon, désespérée. *Boum ! Boum ! Boum !*

Holly, encore à moitié endormie, alla ouvrir d'un pas chancelant à une Sharon qui paraissait dans tous ses états.

« C'est pas vrai ! Qu'est-ce que tu fabriquais ? Je suis là à tambouriner depuis une éternité ! »

Holly, qui n'avait pas encore complètement repris ses esprits, regarda dehors. Il faisait grand jour et l'air était frais. Ce devait être le matin.

« Alors, tu me laisses entrer, oui ou non ?

– Excuse-moi, Sharon, je somnolais sur le canapé.

– Oui, tu as une mine épouvantable, Hol, dit Sharon d'un ton plein de compassion en scrutant le visage de son amie.

– Merci quand même ! » répondit Holly en levant les yeux au ciel.

Elle referma la porte. Sharon n'y allait jamais par quatre chemins, et c'est pour cela qu'elle l'aimait tant : pour sa franchise. Pour cela aussi qu'elle s'était abstenue d'aller la voir ce dernier mois. Elle ne voulait pas avoir à écouter ses quatre vérités. Ni s'entendre dire qu'il fallait qu'elle reprenne sa vie en main... oh, elle ne savait pas ce qu'elle voulait au juste... Elle se complaisait dans son malheur. D'une certaine façon, cela semblait la seule option possible.

« Ouh, là là, ça sent le renfermé, là-dedans. Quand as-tu ouvert tes fenêtres pour la dernière fois ? »

Sharon se mit à arpenter les pièces en ouvrant les fenêtres et en ramassant les tasses vides et les assiettes couvertes de moisi qu'elle emporta dans la cuisine pour les ranger dans le lave-vaisselle. Puis elle entreprit de mettre de l'ordre.

« Écoute, Sharon, tu n'es pas obligée de faire ça, protesta faiblement Holly. Je m'en chargerai...

– Quand ? L'année prochaine ? Pas question de te laisser mariner dans ton jus et de faire tous semblant de ne rien remarquer. Va donc prendre une douche, on boira une tasse de thé quand tu redescendras, d'accord ? » fit son amie en souriant.

Une douche. À quand remontait la dernière ? Sharon avait raison, elle devait avoir l'air répugnant avec ses cheveux gras, ses racines de dix centimètres et sa robe de chambre crasseuse. Celle de Gerry. Mais elle n'avait pas l'intention de la laver. Elle voulait qu'elle reste exactement telle qu'il l'avait laissée. À ceci près que son odeur commençait à disparaître, remplacée par celle, reconnaissable entre toutes, de corps mal lavé.

« Oui, mais il n'y a pas de lait. Je n'ai pas encore pris le temps de... »

Holly se sentait gênée d'avoir autant négligé sa maison et sa personne, et elle ne voulait pas laisser Sharon mettre son nez dans le réfrigérateur, de peur que celle-ci ne la fasse interner.

« Et ça, c'est quoi ? chantonna Sharon en brandissant un sac que Holly n'avait pas remarqué. Ne t'en fais pas, j'ai pensé à tout. À te voir, on dirait que tu n'as rien mangé depuis des semaines.

– Merci, Sharon. »

Holly sentit une boule se former dans sa gorge et les larmes lui monter aux yeux. Son amie était si attentionnée !

« Attends ! Pas de larmes aujourd'hui ! Rien que du rire et de l'insouciance, ma toute belle. Et maintenant, sous la douche ! »

Lorsqu'elle redescendit de la salle de bains, Holly avait l'impression d'avoir presque repris figure humaine. Elle avait mis un survêtement bleu en éponge et laissé ses longs cheveux blonds (bruns aux racines) flotter sur ses épaules. Toutes les fenêtres du bas étaient grandes ouvertes et un courant d'air frais lui caressa la tête, comme pour emporter toutes ses pensées négatives et ses peurs. Sa mère n'avait peut-être pas tort. Cette idée la fit sourire. Elle sortit de sa bulle et eut un choc en regardant la maison. Elle n'avait pas pu passer plus d'une demi-heure dans la salle de bains. Or Sharon avait astiqué, rangé, passé l'aspirateur, secoué les coussins et vaporisé du parfum pour la maison dans chaque pièce. Holly se dirigea vers la cuisine, d'où venaient les bruits. Son amie était en train de nettoyer les plaques ; les plans de travail étaient impeccables, et les robinets et la paillasse de l'évier étincelaient de propreté.

« Sharon, tu es un amour ! Comment as-tu fait tout ça ? Et en si peu de temps !

– Ha ! Tu es restée plus d'une heure là-haut. Je commençais à me dire que tu étais tombée dans le trou de la baignoire. D'ailleurs, vu ton gabarit, ça ne serait pas étonnant. » Elle regarda Holly de la tête aux pieds.

Une heure ? Une fois de plus, Holly avait dû se laisser aller à rêvasser.

« Écoute-moi. J'ai acheté des fruits et des légumes, du fromage et des yaourts, et du lait aussi, bien sûr. Comme je ne sais pas où tu ranges tes pâtes et tes conserves, je les ai mises là. Ah, et puis il y a quelques repas micro-ondes dans le congélateur. Ça devrait te suffire pour quelques jours. Encore que, à te regarder, ça te fera sans doute l'année. Tu as perdu combien de kilos ? »

Holly baissa les yeux et vit qu'elle avait eu beau serrer l'élastique de la taille au maximum, son pantalon pendait derrière et lui tombait sur les hanches. Elle n'avait pas du tout remarqué qu'elle avait maigri. La voix de Sharon la ramena une fois de plus à la réalité :

« Tiens, voilà quelques biscuits avec ton thé. Des Jammy Dodgers, tes préférés. »

Cette remarque acheva Holly. Les Jammy Dodgers étaient la cerise sur le gâteau. Elle sentit les larmes ruisseler sur ses joues.

« Oh, Sharon, gémit-elle, je te remercie. Tu as été formidable avec moi et moi, j'ai été vraiment nulle comme amie. » Elle s'assit à la table et saisit la main de son amie. « Je ne sais pas ce que je ferais sans toi. »

En face d'elle, Sharon se taisait, à l'écoute. C'était exactement cela que Holly avait redouté : s'écrouler devant les autres à la première occasion. Mais elle n'éprouvait aucune gêne. Sharon attendait patiemment, buvant son thé et lui tenant la main comme si tout cela était normal. Les larmes finirent par cesser.

« Merci.

– Je suis ta meilleure amie, Holly. Si je ne t'aide pas, qui le fera ?

– Je pourrais peut-être m'aider moi-même.

– Tu parles ! Ça attendra que tu sois prête. N'écoute pas ceux qui te disent que tout devrait rentrer dans l'ordre au bout d'un mois. Il faut que tu fasses ton deuil pour te reconstruire. »

Sharon savait toujours trouver le mot juste.

« Oui, eh bien, j'ai tellement pleuré que je n'ai plus de larmes.

– Pas possible ! s'exclama Sharon, feignant d'être scandalisée. Un mois après avoir enterré ton mari !

– Oh, arrête ! Je vais l'entendre combien de fois, celle-là !

– Eh bien, envoie-les se faire foutre, ceux qui te font cette réflexion. Il y a des péchés pires que de réapprendre à être heureuse.

– Sans doute.

– Comment va ton régime oignons ?

– Hein ? fit Holly, ahurie.

– Tu sais bien. Le régime Je-ne-peux-pas-m'arrêter-de-pleurer-et-j'ai-perdu-l'appétit.

– Oh, celui-là ! Il marche très bien, merci.

– Parfait. D'ici quelques jours, tu passeras derrière le papier du mur sans le décoller.

– C'est pas si facile, tu sais.

– C'est sûr. Je t'admire.

– Merci, madame Sharon.
– Promets-moi que tu mangeras.
– Promis. »

« Merci d'être venue, Sharon. Ça m'a fait du bien de parler avec toi, dit Holly en embrassant son amie avec gratitude. Je me sens déjà beaucoup mieux.

– Tu ne devrais pas rester toute seule comme ça, Hol. Tes amis et ta famille peuvent t'aider. Enfin, réflexion faite, peut-être pas ta famille. Mais nous autres, si.

– Oui, je m'en rends compte maintenant. J'ai cru pouvoir m'en sortir toute seule, mais je n'y arrive pas.

– Promets-moi que tu viendras à la maison. Ou au moins, que tu mettras le nez dehors de temps en temps.

– Promis, dit Holly en levant les yeux au ciel. Tu commences à parler comme ma mère.

– On te surveille tous. Bon, à bientôt, dit Sharon en l'embrassant. Et MANGE ! » ajouta-t-elle en lui enfonçant un doigt dans les côtes.

Souriante, Holly la regarda partir en voiture. Il faisait presque nuit à nouveau. Elles avaient passé la journée à rire et à plaisanter en évoquant des souvenirs, étaient passées du rire aux larmes et vice versa à plusieurs reprises. Trop occupée à penser à elle-même, Holly n'avait pas songé que Sharon et John avaient perdu leur meilleur ami et ses parents leur gendre. Cela lui avait fait du bien de voir la situation sous un autre angle et la présence de Sharon l'avait réconfortée. Elle avait été heureuse de se retrouver en compagnie des vivants au lieu de se lamenter sur les fantômes de son passé. Demain serait un autre jour, et elle avait l'intention d'aller chercher cette fameuse enveloppe.

4

Holly commença bien sa journée du vendredi : elle se leva de bonne heure. Toutefois, alors qu'elle s'était couchée pleine d'optimisme et tout excitée par ce qui l'attendait, elle fut frappée à nouveau par l'effort que lui demandait la moindre chose. Une fois de plus, elle se réveillait dans une maison silencieuse et un lit solitaire. Ce jour-là cependant, il y avait un petit mieux. Pour la première fois depuis plus d'un mois, ce n'était pas le téléphone qui l'avait tirée du lit. Elle prit lentement conscience, comme tous les matins, que les rêves qu'elle avait faits pendant les dix heures où elle retrouvait son mari n'étaient justement que des rêves.

Elle se doucha et enfila une tenue confortable : son jean préféré, des baskets et un T-shirt rose pastel. Sharon avait raison, elle avait maigri. Son jean jadis serré ne tenait que grâce à une ceinture. En voyant son reflet dans la glace, elle lui adressa une grimace. Elle était laide, avec de grands cernes sous les yeux, les lèvres gercées et mordillées ; quant à ses cheveux, il était urgent qu'elle s'en occupe. La priorité, c'était de descendre chez son coiffeur, Leo, en espérant qu'il pourrait trouver un moment à lui consacrer.

« Oh, malheur ! s'exclama Leo en la voyant. Dans quel état tu es. Écartez-vous, écartez-vous tout le monde ! J'ai là une femme de vingt ans dans un état grave ! » Il lui adressa un clin d'œil en ajoutant : « Vingt ans, mon cul ! », puis continua à pousser les clients, avant de tirer un fauteuil et de l'installer dedans.

« Merci, Leo. Maintenant, je me sens vraiment séduisante, marmonna Holly en s'efforçant de cacher son visage cramoisi.

– Tu parles, tu ne ressembles plus à rien. Bon, alors Sandra, tu te charges de la couleur comme d'habitude. Colin, prépare-moi mes morceaux de papier alu. Et toi, Tania, va me chercher mon petit sac à malices là-haut. Ah, et puis, dis à Paul qu'il ne s'achète rien pour déjeuner, il s'occupe de ma cliente de midi. »

Leo donnait ses ordres à toute allure en agitant les mains dans tous les sens comme un chirurgien préparant une intervention en urgence. Ce qui était peut-être le cas, d'ailleurs.

« Désolée d'avoir désorganisé ta journée, Leo, ce n'était pas dans mes intentions.

– Bien sûr que si, ma chérie, sinon, pourquoi te serais-tu précipitée ici à l'heure du déjeuner un vendredi, sans rendez-vous ? Pour contribuer à la paix dans le monde ? »

Honteuse, Holly se mordit les lèvres.

« Ah, mais je ne l'aurais accepté de personne d'autre que toi.

– Merci.

– Comment tu vas, par les temps qui courent ? » demanda-t-il en posant son petit derrière maigrichon sur la table de coiffure devant Holly.

Leo devait avoir cinquante ans, mais il avait une peau si lisse et des cheveux si impeccables, évidemment, qu'on ne lui en aurait pas donné plus de trente-cinq. Il faisait jeune, avec ses cheveux dorés assortis à sa peau hâlée d'un bout à l'autre de l'année, et il était toujours tiré à quatre épingles. De quoi donner à une femme l'impression d'être un vrai boudin.

« Mal.

– Mouais. Ça se voit.

– Merci quand même.

– En tout cas, quand tu sortiras d'ici, tu auras un problème en moins. Moi, je m'occupe des cheveux, pas des cœurs. »

Holly sourit avec reconnaissance en voyant comment Leo lui signifiait qu'il la comprenait.

« Mais enfin, Holly, quand tu es entrée dans ce salon, qu'est-ce que tu as vu d'écrit au-dessus de la porte : "Magicien" ou "Coiffeur" ? Il y en a une qui est venue ce matin, je te jure. Un vieux machin qui voulait se faire passer pour une minette. Près de soixante balais, au bas mot. Elle me tend un magazine avec Jennifer Aniston en couverture. "Je veux ressembler à ça", qu'elle me fait. »

Holly se mit à rire en le regardant : il imitait la mimique et les gestes en même temps.

« "Hélas ! je lui dis. Je suis coiffeur, moi, pas chirurgien esthétique. Il n'y a qu'une façon de vous faire ressembler à ça, c'est de découper la photo et de vous la coller sur la figure." »

Holly en resta bouche bée. « Non ! Tu ne lui as quand même pas dit ça, Leo !

– J'allais me gêner ! Fallait bien que quelqu'un lui dise, et je lui ai rendu service, non ? Tu l'aurais vue arriver, fringuée comme une minette !

– Mais qu'est-ce qu'elle a dit ? » demanda Holly en s'essuyant les yeux. Il y avait longtemps qu'elle n'avait autant ri.

« J'ai pris son magazine et j'ai trouvé une jolie photo de Joan Collins. Je lui ai dit que c'était exactement son style. Ça a eu l'air de la convaincre.

– Leo, elle n'a sans doute pas osé te dire qu'elle trouvait ça hideux !

– On s'en fout. J'ai assez d'amis.

– Je me demande pourquoi !

– Ne bouge pas ! » lui enjoignit-il.

Soudain, il était redevenu sérieux et pinçait les lèvres, très concentré, en séparant les cheveux de Holly pour la couleur. Elle repiqua un fou rire.

« Oh, Holly, arrête ! dit-il, exaspéré.

– Je ne peux pas m'en empêcher, Leo. Maintenant que tu as commencé à me faire rire, je ne peux plus m'arrêter. »

Il s'interrompit et la regarda d'un air amusé.

« J'ai toujours dit que tu étais bonne pour l'asile. Personne ne veut jamais m'écouter.

– Pardon, Leo, fit-elle entre deux hoquets, je ne sais pas ce que j'ai. C'est nerveux. »

Elle avait mal au ventre à force de rire et se rendait compte qu'elle attirait les regards, mais elle n'y pouvait rien. On aurait dit qu'elle rattrapait toutes les crises de rire qu'elle n'avait pas eues ces deux derniers mois.

Leo s'arrêta, fit le tour du fauteuil pour retourner s'asseoir sur la coiffeuse et la regarda.

« Ne t'excuse pas, Holly. Ris tout ton soûl. Il paraît que c'est excellent pour le cœur.

– Oh, ça fait une éternité que je n'ai pas ri comme ça.

– C'est que tu n'en as pas eu souvent l'occasion, je suppose », fit-il avec un petit sourire triste. Gerry et Leo s'entendaient bien. Ils se mettaient en boîte chaque fois qu'ils se rencontraient, mais ils savaient que c'était pour rire et ils s'aimaient bien. Leo s'arracha à ses pensées, ébouriffa les cheveux de Holly et lui planta un baiser sur le sommet du crâne. « Mais tu t'en sortiras, Holly Kennedy, déclara-t-il.

– Merci, Leo. »

Elle se calma, touchée. Il se remit au travail, avec son air de concentration cocasse. Et elle recommença à glousser.

« Tu rigoles, mais attends donc que je te fasse une tête zébrée, Holly. On verra bien qui rira le dernier. »

Holly finit par se contrôler.

« Ça t'a calmée, hein ?

– Oh, Leo, tu as eu tort de dire que tu ne t'occupais que des cheveux. Tu es excellent pour les cœurs aussi.

– Alors, ça fera vingt euros de plus.

– Tu me fais juste les racines, ou les racines et les pointes ?

– Non mais je rêve ! Quand tu es entrée, on aurait dit une pinte de Guinness à l'envers.

– Une quoi ?

– Une pinte de Guinness à l'envers. Racines noires, pointes blondes. Tu ne l'avais jamais entendue, celle-là ? demanda Leo avec un large sourire.

– Non. Tu viens de l'inventer !

– Oui.

– Comment va Jamie ? demanda-t-elle.

– Il m'a largué, dit Leo en appuyant agressivement sur la pédale du fauteuil avec son pied, ce qui fit monter le siège et donna plusieurs secousses brutales à Holly.

– Leo ! Je suis désolée. Vous deux, vous alliez si bien ensemble ! »

Il ôta son pied et s'arrêta.

« Oui, eh bien, on ne va plus du tout ensemble. Je crois qu'il sort avec quelqu'un d'autre. Bon, je vais te mettre deux tons de blond, un blond doré et le blond cendré que tu avais avant. Sinon, ça ferait beaucoup trop orangé et ça, c'est une couleur réservée aux prostiputes et aux strip-teaseuses.

– Leo, je suis désolée. S'il avait pour deux sous de bon sens, il se rendrait compte de ce qu'il perd.

– Alors, il n'en a pas du tout, parce qu'on s'est séparés il y a deux mois et il n'a toujours pas compris. Ou alors, ça veut dire qu'il se trouve très bien comme ça. J'en ai marre des hommes. Je crois que je vais redevenir hétéro.

– Leo, tu veux arrêter de dire des bêtises... »

En sortant du salon, Holly dansait presque, tant elle était contente de sa nouvelle tête. Sa visite chez Leo avait été une bonne idée. Maintenant qu'elle n'était plus accompagnée par Gerry, les regards appuyés des hommes la gênaient. Elle se hâta de regagner sa voiture, où elle se sentit en sécurité, et mit le cap sur la maison de ses parents.

Lorsqu'elle gara sa voiture à Portmarnock, elle inspira profondément. À la grande surprise de sa mère, elle avait téléphoné tôt le matin pour convenir de l'heure où elle passerait. Il était maintenant trois heures et demie et Holly, assise à son volant devant la maison de son enfance, avait l'estomac noué. En dehors des visites que ses parents lui avaient faites au cours du mois écoulé, elle n'avait guère passé de temps avec sa famille. Elle ne voulait pas être le centre de l'attention, ni qu'on l'assaille toute la journée de questions indiscrètes sur la façon dont elle se sentait et sur ce qu'elle comptait faire. Mais le moment était venu de surmonter tout cela.

La maison familiale était sur la route qui longeait la plage de Portmanock, sur laquelle le drapeau bleu flottait, témoin de sa propreté. Elle regarda la plage. Elle avait vécu là du jour de sa naissance à celui où elle était partie s'installer avec Gerry. Elle adorait se promener en écoutant les cris des mouettes et le bruit de la mer qui léchait les rochers. C'était merveilleux d'avoir la plage pour jardin, surtout l'été. Sharon habitait jadis au coin de la rue et, pendant les jours les plus chauds de l'année, les deux filles traversaient la route et partaient sur la plage pour repérer les plus beaux garçons. Elles avaient toujours eu des physiques opposés. Sharon était brune, avec une peau claire, des yeux bleus et une poitrine opulente ; Holly était blonde, avec une peau mate, des yeux bleus et une poitrine menue. Sharon, qui ne manquait pas de culot, hélait les garçons et leur faisait des réflexions à tue-tête. Holly se taisait et flirtait avec les yeux, fixant le garçon qui lui plaisait le plus et ne détournant le regard que lorsqu'il bougeait. Elles n'avaient guère changé depuis cette époque.

Holly n'avait pas l'intention de rester longtemps, juste le temps de bavarder un peu et de prendre son enveloppe. Elle en avait assez de se torturer en imaginant ce qu'elle contenait, elle était bien décidée à mettre un terme à ses rêves fous d'y découvrir un message de Gerry. Elle inspira profondément, appuya sur la sonnette et se composa un sourire à l'intention du monde extérieur.

« Tiens, ma chérie ! Entre, entre ! dit sa mère avec son air accueillant et affectueux qui donnait à Holly envie de lui sauter au cou dès qu'elle la voyait.

– Bonjour, maman, comment vas-tu ? » Holly entra et l'odeur familière de la maison la réconforta. « Tu es toute seule ?

– Ton père est parti avec Declan acheter de la peinture pour sa chambre.

– Ne me dis pas que vous continuez à tout lui payer ?

– Ah, je ne sais pas ce que fait ton père, mais moi non. Declan travaille le soir, alors il a un peu d'argent de poche maintenant. À ceci près que je ne le vois pas dépenser la queue d'un euro pour ici », gloussa-t-elle en conduisant Holly à la cuisine, où elle brancha la bouilloire.

Declan était le frère cadet de Holly, le bébé de la famille. Ses parents se sentaient encore obligés de le gâter. Vous parlez d'un bébé ! Declan était un garçon de vingt-trois ans qui étudiait la production cinématographique à l'université et ne se déplaçait jamais sans une caméra vidéo.

« Qu'est-ce qu'il fait comme boulot ? »

Sa mère leva les yeux au ciel. « Il joue dans un groupe. Les Poissons orgasmiques, je crois que c'est comme ça qu'il s'appelle, ou quelque chose d'approchant. J'en ai assez d'en entendre parler, Holly. S'il me raconte encore une fois qu'Untel assistait à une de leurs soirées, qu'il leur a promis de les engager, et qu'ils vont devenir célèbres, j'éclate.

– Alors, il veut toujours devenir Kurt Cobain ?

– Oh, il y arrivera s'il ne fait pas attention. Son père et moi sommes près de l'explosion.

– Pauvre Declan ! Ne t'en fais pas, il finira bien par trouver sa voie.

– Je sais. D'ailleurs, c'est drôle, de vous tous, c'est pour lui que je m'inquiète le moins. »

Elles emportèrent leurs mugs dans le salon et s'installèrent en face de la télévision.

« Tu es très en beauté, ma chérie. J'adore ta coiffure. Tu crois que Leo accepterait de s'occuper de moi ou est-ce que je suis trop vieille pour lui ?

– Oh, tant que tu ne lui demandes pas de te coiffer à la Jennifer Aniston, ça ira. »

Holly raconta à sa mère l'histoire de la cliente et elles rirent de bon cœur.

« Comme je n'ai pas envie de ressembler à Joan Collins non plus, je crois que je ferais mieux d'éviter son salon. À part ça, tu as un travail en vue ? »

La question était posée d'un ton très naturel, mais Holly devinait que sa mère mourait de curiosité.

« Non, pas encore. Pour être honnête, je n'ai pas commencé à chercher. Je ne sais même pas ce que j'ai envie de faire.

– C'est normal, dit sa mère en hochant la tête. Prends le temps de réfléchir à ce qui te plaît et ne te précipite pas sur un travail que tu détestes, comme la dernière fois. »

Sa réflexion surprit Holly. En fait, tout le monde la surprenait en ce moment. Peut-être que c'était elle qui avait un problème, pas les autres. Logique.

La dernière fois que Holly avait travaillé, c'était comme secrétaire dans un cabinet d'avocats avec pour patron un sale petit pète-sec. Elle avait été obligée de donner sa démission, parce que ce minable n'arrivait pas à comprendre qu'elle avait besoin de prendre des congés pour rester au chevet de son mari mourant. Maintenant, il fallait qu'elle en trouve un autre. D'emploi, s'entend. Pour l'instant, il lui semblait impensable d'aller travailler le matin.

Holly et sa mère bavardaient à bâtons rompus depuis un bon moment dans une atmosphère détendue lorsque Holly, rassemblant finalement son courage, réclama l'enveloppe.

« Bien sûr, ma chérie. Je n'y pensais plus. J'espère que ce n'est rien d'important. Ça fait un bout de temps qu'elle est là.

– Très bien, je verrai toujours ça assez tôt. »

Holly prit congé, impatiente de partir.

Elle alla se percher sur le talus herbeux qui surplombait la mer et la grève dorée, et examina l'enveloppe. La description de sa mère manquait d'exactitude. Il s'agissait plutôt d'un pli épais en papier kraft, sur lequel était collée une étiquette gommée, avec l'adresse de Holly tapée à la machine, si bien qu'elle ne pouvait identifier l'écriture. Au-dessus de l'adresse, il y avait deux mots en gros caractères épais : « LA LISTE ».

Son cœur battit la chamade. Si l'expéditeur n'était pas Gerry, alors elle devrait accepter le fait qu'il avait complètement disparu de sa vie et qu'il fallait qu'elle commence à songer à exister sans lui. En revanche, si c'était lui, elle aurait certes à affronter le même avenir, mais au moins, Gerry revivrait quelques instants et lui fournirait un nouveau souvenir qu'elle pourrait chérir sa vie durant.

Ses doigts tremblants décachetèrent lentement le pli. Elle le retourna et le secoua pour en faire tomber le contenu. Il en sortit dix petites enveloppes comme celles que l'on joint aux bouquets de fleurs. Sur chacune d'elles était inscrit un nom de mois différent. Son cœur s'arrêta lorsqu'elle reconnut l'écriture familière sur une feuille volante, sous la pile d'enveloppes.

C'était l'écriture de Gerry.

5

Holly retint son souffle et, les larmes aux yeux, regarda la feuille, sachant que la personne qui avait rédigé ces lignes ne pourrait plus jamais écrire. Elle passa les doigts sur la page qu'il avait été le dernier à toucher.

Holly chérie,

Je ne sais pas où tu seras quand tu liras ces lignes. J'espère seulement que ma lettre te trouvera heureuse et en bonne santé. Il n'y a pas longtemps, tu m'as dit tout bas que tu ne pourrais pas continuer la route toute seule.

Mais si, Holly.

Tu es forte, courageuse, et tu peux te remettre de cette épreuve. Nous avons partagé des moments magnifiques, et grâce à toi, j'ai eu une vie heureuse... très heureuse. Je ne regrette rien.

Mais je ne suis qu'un chapitre de ton existence, il y en aura beaucoup d'autres. Rappelle-toi nos merveilleux souvenirs, mais n'aie pas peur de t'en faire d'autres.

Merci de m'avoir fait l'honneur d'être ma femme. Pour tout, je te suis éternellement reconnaissant. Sache que chaque fois que tu auras besoin de moi, je serai à tes côtés.

Avec tout mon amour, à tout jamais,

Ton mari et meilleur ami,

Gerry.

P.S. Je t'avais promis une liste. La voici. Les enveloppes ci-jointes devront être ouvertes exactement au moment indiqué sur chacune d'elles et il faudra obéir aux instructions. Souviens-toi que je te surveille et que je saurai si tu le fais...

Holly sentit la tristesse l'étreindre. En même temps, elle éprouvait un certain soulagement : Gerry allait continuer à être avec elle encore un peu. Elle prit les enveloppes et regarda les noms des mois inscrits dessus. On était en avril, mais comme elle avait laissé filer le temps, elle prit délicatement l'enveloppe de mars. Elle l'ouvrit, savourant chaque instant. Dedans, une petite carte avec l'écriture de Gerry disait :

Épargne-toi les bleus : achète-toi une lampe de chevet !

P.S. Je t'aime...

Les larmes de Holly se transformèrent en fou rire. Son Gerry était de retour.

Elle lut et relut sa lettre en s'efforçant de rappeler Gerry à la vie. À la fin, ne voyant même plus les mots à travers ses larmes, elle regarda la mer. Elle avait toujours trouvé ce spectacle apaisant et, déjà enfant, quand elle avait un chagrin et voulait réfléchir, elle traversait la route pour se précipiter vers la plage. Ses parents savaient que, lorsqu'elle disparaissait de la maison, c'est là qu'ils la trouveraient.

Elle ferma les yeux et se balança au rythme des vagues, suivant leur doux soupir. On eût dit que la mer respirait profondément ; qu'elle tirait l'eau en inhalant et la repoussait sur le sable en exhalant. Holly continua à respirer à la même cadence et sentit son pouls ralentir à mesure qu'elle se calmait. Elle se rappela les derniers jours de Gerry, où elle était restée étendue à côté de lui, écoutant le bruit de sa respiration. Elle redoutait de le laisser seul pour aller ouvrir la porte, lui préparer à manger ou aller aux toilettes, au cas où il la quitterait juste à ce moment-là. Lorsqu'elle retournait à son chevet, elle restait figée, terrifiée, attendant d'entendre son souffle, de voir bouger sa poitrine.

Mais il tenait bon, surprenant les médecins par sa force et sa volonté de vivre. Il n'était pas prêt à abandonner sans combattre. Jusqu'au bout, il avait gardé sa bonne humeur ; il était très faible, et sa voix très sourde, mais elle avait appris à comprendre son nouveau langage comme une mère le babil de son enfant qui commence à parler. Ils avaient parfois des fous rires tard dans la nuit ; d'autres nuits, ils pleuraient dans les bras l'un de l'autre. Holly avait été forte pour lui, et son nouveau travail avait consisté à se trouver là toutes les fois qu'il avait eu besoin d'elle. Elle voulait se sentir indispensable et ne pas rester là, les bras ballants, impuissante.

Le 2 février, à quatre heures du matin, Holly, qui tenait la main de Gerry dans la sienne, avait penché sur son mari un visage souriant, encourageant, tandis qu'il poussait son dernier soupir et fermait les yeux. Elle ne voulait pas qu'il ait peur, ni qu'il la sente effrayée, d'autant qu'à cet instant précis elle ne l'était pas.

Elle avait été soulagée. Soulagée qu'il ait cessé de souffrir ; soulagée d'avoir été là pour assister à sa mort paisible. Soulagée de l'avoir connu et aimé, et d'avoir été aimée de lui ; soulagée de savoir que la dernière chose qu'il avait vue était son visage souriant, lui assurant qu'il pouvait s'abandonner.

Elle n'avait qu'un souvenir très flou des jours qui avaient suivi. Elle s'était occupée en prenant les dispositions pour les obsèques, en rencontrant les parents de Gerry et des amis d'école qu'elle n'avait pas vus depuis dix ans. Pendant ces quelques jours, elle était restée d'une solidité et d'un calme à toute épreuve, car elle se sentait parfaitement lucide. Elle était contente qu'après tous ces mois les souffrances de Gerry soient terminées. Elle n'éprouvait alors ni la rage ni l'amertume qui l'emplissaient à présent devant cette vie qui lui avait été ravie. Ces sentiments n'étaient apparus que lorsqu'elle était allée chercher le certificat de décès de son mari.

Dans le dispensaire local bondé où elle avait attendu que l'on appelle son numéro, elle s'était demandé pourquoi celui de Gerry avait été appelé aussi prématurément. Alors qu'elle était assise, serrée entre un jeune couple et un vieux couple, entre l'image de ce que Gerry et elle avaient été et un aperçu de ce qu'ils auraient pu devenir, brusquement, un violent sentiment d'injustice l'avait étreinte.

Le bruit des enfants qui pleuraient s'était intensifié et elle avait eu l'impression de suffoquer, d'être écrasée entre son passé et son avenir perdus. Non, elle n'aurait pas dû se trouver là.

Aucune de ses amies n'avait été obligée de se trouver là.

Aucun membre de sa famille non plus.

En fait, l'essentiel de la population du monde n'était pas dans la position où elle se trouvait à présent.

Cela ne lui paraissait pas juste.

De fait, cela ne l'était pas du tout.

Après avoir présenté la preuve officielle de la mort de son mari à la banque et, aux assurances, comme si son visage n'était pas une preuve suffisante, Holly était rentrée chez elle, dans son nid, et s'était enfermée, laissant dehors le reste du monde qui contenait des centaines de souvenirs de la vie d'autrefois. Cette vie où elle avait été si heureuse, et dont elle ne s'était jamais plainte. Pourquoi lui en avait-on donné une autre, beaucoup moins enviable de surcroît ?

Cela remontait à deux mois et elle n'était plus sortie de chez elle jusqu'à ce jour. Et quelle récompense à ses efforts, pensa-t-elle en penchant sur les enveloppes un visage souriant. Gerry était de retour et les choses commençaient à prendre une meilleure tournure qu'elle ne l'avait espéré.

Holly avait du mal à contenir son excitation tandis qu'elle composait le numéro de Sharon, les mains tremblantes. Après s'être trompée plusieurs fois, elle se calma et se concentra sur les chiffres.

« Sharon ! cria-t-elle dès que l'on décrocha. Jamais tu ne devineras ! Tu sais, moi-même je n'arrive pas à le croire !

– Euh... c'est John à l'appareil, mais je vais chercher Sharon tout de suite. » Et un John très inquiet partit en quête de sa femme.

« Quoi, quoi, quoi ? haleta Sharon, essoufflée. Qu'est-ce qui se passe ? Tu vas bien ?

– Oui, très bien ! » piailla-t-elle d'une voix hystérique, hésitant entre le rire et les larmes et ne sachant plus comment construire une phrase, tout d'un coup.

John regarda sa femme s'asseoir à la table de la cuisine, l'air perplexe, s'efforçant de son mieux de comprendre les propos incohérents de Holly à l'autre bout du fil, d'où il ressortait que Mme Kennedy lui avait donné une enveloppe en papier kraft avec une lampe de chevet dedans. Il y avait vraiment de quoi s'inquiéter.

« ARRÊTE ! hurla Sharon, ce qui surprit également John et Holly. Je ne comprends rien à ce que tu racontes, ajouta-t-elle en détachant bien les syllabes. Alors, si tu veux bien, ralentis, respire un bon coup et reprends tout depuis le début, en parlant de préférence notre langue. »

Soudain, elle entendit de légers sanglots.

« Sharon, il m'a fait une liste, dit Holly d'une voix entrecoupée. Gerry m'a écrit une liste. »

Sharon se figea sur sa chaise pour assimiler cette information.

En voyant les yeux de sa femme s'écarquiller, John s'assit près d'elle et approcha la tête du téléphone pour entendre ce qui se passait.

« Écoute, Holly, tu vas venir tout de suite, mais sois très prudente sur la route. » Elle s'interrompit à nouveau et repoussa la tête de John comme s'il s'agissait d'une mouche importune pour mieux se concentrer sur ce qu'elle venait d'entendre. « C'est... une grande nouvelle, non ? »

John quitta la table, vexé, et se mit à arpenter la cuisine en essayant de deviner ce dont il pouvait s'agir.

« Oh oui, Sharon, sanglota Holly, une très bonne nouvelle.

– Alors, dépêche-toi de venir, pour qu'on puisse en parler.

– D'accord. »

Sharon raccrocha et resta assise sans rien dire.

« Alors ? Qu'est-ce que c'est ? demanda John, vexé d'être exclu d'un événement manifestement important.

– Oh, désolé, mon doudou. Holly arrive. Elle... Hum... elle a dit que... euh...

– Elle a dit quoi ? Accouche, enfin !

– Elle a dit que Gerry lui avait écrit une liste. »

John la regarda fixement, se demandant si elle se moquait de lui. Les yeux bleus de Sharon, inquiets, soutinrent son regard sans broncher, et il se rendit compte que non. Il la rejoignit à la table et tous deux restèrent assis sans rien dire, à regarder le mur, perdus dans leurs pensées.

6

« Ça alors ! » Ce fut tout ce que John et Sharon trouvèrent à dire lorsqu'ils se furent assis tous les trois devant la table de la cuisine pour regarder le contenu de la grosse enveloppe que Holly avait vidée devant eux. Depuis quelques minutes, la conversation était réduite au strict minimum, chacun essayant d'analyser ses sentiments.

« Mais comment a-t-il réussi à...

– Comment se fait-il qu'on n'ait pas remarqué qu'il...

– Quand crois-tu que... Enfin, il devait bien rester seul de temps en temps... »

Holly et Sharon se regardaient fixement, tandis que John bafouillait en essayant d'imaginer quand et comment son copain en phase terminale avait pu mener à bien son petit projet tout seul sans que personne se doute de rien.

« Ça alors ! répéta-t-il, après en être arrivé à la conclusion que, justement, Gerry s'en était parfaitement tiré, et tout seul.

– Incroyable, hein ? dit Holly. Alors, vous non plus vous ne vous doutiez de rien ?

– Eh bien, je ne sais pas ce que tu en penses, Holly, mais il me semble très clair que John est le cerveau de toute cette affaire, dit Sharon, sarcastique.

– Ha, ha, répliqua John d'un ton sec. Ma foi, il a tenu parole, non ? » Il regarda les deux filles et se mit à sourire.

« C'est vrai, dit doucement Holly.

– Enfin, tout ça doit quand même te sembler... bizarre, non ? Ça va, Holly ? insista Sharon, visiblement soucieuse.

– Très bien. D'ailleurs, je crois que c'est la meilleure chose qui puisse m'arriver en ce moment ! C'est drôle que nous soyons tellement sidérés, alors que nous en avons parlé tant et plus, de cette liste ! Finalement, nous aurions dû nous y attendre !

– Oui, mais nous n'avons jamais cru que l'un d'entre nous s'y mettrait, dit John.

– Pourquoi ? demanda Holly. Justement, l'idée, c'était qu'avec une liste, on peut aider ses proches après avoir disparu.

– Je crois que Gerry était le seul à prendre cette idée au sérieux.

– Sharon, Gerry est le seul d'entre nous à être mort, alors, va savoir comment nous aurions réagi. »

Il y eut un silence.

« Eh bien, regardons ça d'un peu plus près, dit John, qui commençait à s'amuser. « Combien y a-t-il d'enveloppes ?

– Hum... dix, compta Sharon.

– D'accord, alors, quels sont les mois prévus ? » demanda John.

Holly examina la pile d'enveloppes.

« Il y a mars. Ça, c'était le message concernant la lampe, que j'ai déjà ouvert. Et puis avril, mai, juin, juillet, août, septembre, octobre, novembre et décembre.

– Oh, dis donc, regarde la taille de l'enveloppe de juillet, Holly ! Elle est beaucoup plus grosse que les autres. Il doit y avoir une liasse de billets dedans ! s'esclaffa Sharon.

– J'ai remarqué, oui. Mais ça peut aussi être toute une série de petites choses à faire chaque jour en juillet... »

Holly regarda ses amis d'un air ravi. Ce que lui réservait Gerry était peut-être intéressant, mais il avait d'ores et déjà réussi à lui donner l'impression qu'elle était presque dans son état normal. Elle avait plaisanté avec Sharon et John en essayant de deviner le contenu des enveloppes. On aurait dit qu'il était encore parmi eux.

« Eh là ! s'exclama John, le ton sérieux, mais l'œil pétillant.

– Qu'est-ce qu'il y a ?

– On est en avril, et tu n'as pas encore ouvert ton enveloppe du mois.

– C'est vrai, j'ai oublié. Tu crois que je dois l'ouvrir maintenant ?

– Vas-y, dit Sharon. On ne veut pas que Gerry revienne nous hanter, hein ? »

Holly prit l'enveloppe et se mit à la décacheter lentement. Il n'en restait plus que huit ensuite, et elle voulait savourer chaque seconde avant que tout cela ne bascule dans les souvenirs. Elle sortit la petite carte.

> Une diva disco doit toujours être en beauté. Va faire les magasins pour t'acheter une nouvelle tenue. Tu en auras besoin le mois prochain !
>
> P.S. Je t'aime...

« Oooohh ! s'exclamèrent John et Sharon. Mais le voilà qui parle par énigmes ! »

7

Couchée sur son lit, excitée comme une puce, Holly n'arrêtait pas d'allumer et d'éteindre la lampe. Sharon et elle étaient allées chez Courants d'art et avaient finalement arrêté leur choix sur un beau pied de lampe en bois sculpté avec un abat-jour crème assorti au bois et aux tons de la chambre à coucher. Naturellement, elles avaient pris ce qu'il y avait de plus cher, histoire de respecter la tradition. Et bien que Gerry n'eût pas été là physiquement pendant la transaction, Holly avait le sentiment qu'ils avaient acheté cette lampe ensemble.

Elle avait tiré les rideaux de sa chambre afin d'essayer sa nouvelle acquisition La lampe de chevet adoucissait l'ambiance de la pièce et la réchauffait. Comme ils auraient pu facilement mettre fin à leurs querelles nocturnes ! Mais peut-être ne le souhaitaient-ils ni l'un ni l'autre ? C'était devenu une habitude, un rituel qui les rapprochait. Elle aurait donné n'importe quoi pour se disputer ainsi avec lui aujourd'hui. Avec quel plaisir elle serait sortie de son lit douillet et aurait marché sur le sol froid pour lui éviter de le faire, avec quel plaisir elle se serait cognée contre le pied du lit en revenant se coucher à tâtons. Mais cette époque était révolue.

Les notes de la chanson de Gloria Gaynor *I Will Survive* la rappelèrent brusquement au présent et elle se rendit compte que son portable sonnait.

« Allô ?
– Salut, ma poule, je suis là ! lui hurla dans l'oreille une voix familière.
– Oh c'est pas vrai ! Ciara ! Je ne savais pas que tu étais déjà de retour.
– Ben, moi non plus, mais j'avais plus un rond, alors, j'ai décidé de rentrer et de vous faire la surprise !
– Les parents n'ont pas dû en revenir !
– Ah, ça, papa a eu tellement peur qu'il a lâché sa serviette en sortant de sa douche.
– Oh, non, Ciara, c'est pas vrai !
– Résultat, je ne lui ai pas sauté au cou, gloussa Ciara.
– Oh, berk, berk, berk. Changeons de sujet, veux-tu, j'ai des visions d'horreur, dit Holly.
– Bon, je t'appelais pour te dire que j'étais là et que maman fait un dîner ce soir pour fêter ça.
– Fêter quoi ?
– Le fait que je suis vivante.
– Ah bon, bon. Je croyais que tu voulais annoncer quelque chose.
– Que je suis en vie.
– Euh... d'accord. Il y aura qui ?
– Toute la famille.
– Je n'avais pas dit que j'allais chez le dentiste me faire arracher toutes les dents et que je ne pourrais pas venir ?
– C'est aussi ce que j'ai dit à maman, mais ça fait une éternité qu'on n'a pas été tous ensemble. Quand as-tu vu Richard et Meredith pour la dernière fois ?
– Oh, ce cher Dick. Il était en pleine forme à l'enterrement. Il m'a dit tout un tas de choses réconfortantes et sensées, du genre : "Tu n'as pas envisagé de donner son cerveau à la science ?" Un amour de frère, tu vois.
– Oh, c'est vrai, Holly, j'avais oublié. Je suis vraiment désolée de ne pas avoir pu venir.
– Ne sois pas idiote, Ciara, on était toutes les deux d'accord qu'il valait mieux que tu restes là-bas, dit Holly d'un ton sans appel. Le vol aller et retour pour l'Australie est

beaucoup trop cher, alors, on ne va pas remettre ça sur le tapis, d'accord ?

– D'accord. »

Holly se hâta de changer de sujet : « Quand tu dis "toute la famille", ça veut dire... ?

– Bon, Richard et Meredith viennent avec nos adorables petits neveux. Et tu seras contente de savoir que Jack et Abbey viennent aussi. Declan sera là physiquement, mais il aura sans doute l'esprit ailleurs ; et puis il y aura maman, papa, toi et moi. »

Holly poussa un gémissement. Mais elle avait beau se plaindre de sa famille, elle avait une excellente relation avec son frère Jack, de deux ans son aîné. Enfants, ils étaient inséparables, et en grandissant, ils étaient restés très proches. Jack l'avait toujours protégée. Leur mère les appelait « mes deux petits elfes » parce qu'ils faisaient sans arrêt des bêtises dans la maison (lesdites bêtises étant en général destinées à faire enrager leur frère aîné Richard). Jack ressemblait à Holly de visage et de tempérament, et elle considérait que de la fratrie, c'était lui le plus normal. De plus, ce qui ne gâtait rien, elle s'entendait bien avec Abbey, la compagne de Jack depuis sept ans. Du vivant de Gerry, ils se retrouvaient souvent tous les quatre pour prendre un verre et dîner. « Du vivant de Gerry »... quelle expression choquante.

Quant à Ciara, c'était une autre paire de manches. Jack et Holly étaient persuadés qu'elle venait de la planète Ciara, population, une personne. Elle ressemblait à son père : longues jambes et cheveux bruns. Elle avait aussi différents tatouages et piercings, témoins de ses voyages autour du monde. Son père disait en plaisantant qu'elle avait un tatouage par pays visité. Un pour chaque homme, plutôt, pensaient Jack et Holly.

Naturellement, l'aîné de la famille considérait ces extravagances d'un mauvais œil. Richard – Dick, comme l'appelaient Jack et Holly – était né avec le syndrome fâcheux dit « du vieux schnock ». Sa vie tournait autour des principes, des obligations et de l'obéissance. Enfant, il avait eu un ami et ils s'étaient fâchés à dix ans. Après cela, Holly ne se souvenait pas de l'avoir vu ramener quelqu'un à la maison, avoir une petite amie ou même sortir pour rencontrer des gens. Jack et elle se demandaient comment il avait pu rencontrer son épouse tout aussi sinistre, Meredith. Probablement à un congrès antibonheur.

On ne pouvait pas dire que Holly avait une famille épouvantable. Non, c'était juste un curieux mélange. Les énormes différences de personnalité engendraient en général des disputes aux moments les plus mal choisis. Les parents de Holly préféraient appeler ces querelles des « discussions musclées ». L'entente familiale était possible, mais au prix de leurs efforts et de leur vigilance à tous.

Holly retrouvait souvent Jack pour déjeuner ou prendre un verre afin d'échanger les dernières nouvelles, car ils s'intéressaient l'un à l'autre. Elle ne le considérait pas seulement comme son frère, mais comme un véritable ami, et appréciait sa compagnie. Ils ne s'étaient certes pas vus beaucoup ces temps derniers, mais Jack comprenait bien Holly et savait quand elle avait besoin de respirer un peu.

Holly n'avait guère de contact avec son frère cadet Declan que lorsqu'elle téléphonait chez ses parents et que c'était lui qui répondait. Or il était plutôt laconique, et comme il faisait partie de ces jeunes qui ne se sentent pas très à l'aise en compagnie des adultes, elle le connaissait mal. Un gentil garçon, qui avait un peu la tête dans les nuages.

Ciara avait passé toute l'année à l'étranger et elle lui avait manqué. Jamais elles n'avaient été le genre de sœurs à se prêter leurs fringues et à échanger en gloussant des confidences sur les garçons ; leurs goûts différaient trop pour cela. Mais, étant deux filles face à trois frères, elles avaient une grande complicité. Ciara était plus proche de Declan, dont elle partageait le côté rêveur. Jack et Holly faisaient la paire. Restait... Richard. Il avait toujours été en marge dans sa propre famille, mais Holly le soupçonnait de se complaire dans ce sentiment de distance par rapport à une famille qu'il comprenait mal. Elle redoutait ses sermons sur des sujets plus ennuyeux les uns que les autres et son manque de tact s'il l'interrogeait sur sa vie. Mais il s'agissait de fêter le retour de Ciara, et Jack serait là. Holly pouvait compter sur lui.

Alors, la perspective de cette soirée lui faisait-elle plaisir ? Absolument pas.

À contrecœur, Holly frappa à la porte de chez ses parents et entendit aussitôt le bruit de petits pieds qui trottaient vers la porte.

« Maman ! Papa ! C'est tante Holly, c'est tante Holly ! »

Timothy, son neveu. Le petit Timothy. Il était rare qu'il l'accueille si joyeusement. Il devait s'ennuyer encore plus que d'habitude. L'enthousiasme de l'enfant fut soudain douché par une tirade sévère :

« Timothy ! Combien de fois t'ai-je répété qu'il était interdit de courir dans la maison ! Tu pourrais tomber et te faire très mal. Maintenant, va te mettre au coin pour réfléchir à ce que je viens de te dire. Je me suis bien fait comprendre ?

– Oui, maman.

– Oh, écoute, Meredith, comment veux-tu qu'il se fasse mal sur le tapis ou sur le canapé capitonné ? »

Holly se mit à rire sous cape. Aucun doute, Ciara était de retour ! Juste au moment où Holly envisageait de prendre la fuite, la porte s'ouvrit sur Meredith. Elle avait l'air encore plus revêche et hargneuse que d'habitude.

« Holly, dit-elle en inclinant la tête.

– Meredith », mima Holly.

Une fois dans le salon, Holly chercha Jack des yeux, mais, à sa grande déception, ne le vit pas. Richard se tenait debout devant la cheminée avec, une fois n'est pas coutume, un chandail coloré. Peut-être se décoincerait-il un peu ce soir. Il avait les mains dans les poches et se balançait sur la plante des pieds comme un conférencier sur sa lancée. Son sermon était destiné à son malheureux père, Frank, assis de travers dans son fauteuil favori, avec la mine d'un écolier grondé. Richard était tellement pris par sa tirade qu'il ne vit pas Holly entrer. Elle envoya un baiser à son pauvre paternel de l'autre côté de la pièce, préférant ne pas avoir à se mêler à la conversation. Son père lui sourit et fit semblant d'attraper son baiser au vol.

Declan était vautré sur le canapé, en jean déchiré et T-shirt South Park. Il tirait furieusement sur une cigarette, tandis que Meredith lui pompait l'air en l'avertissant des dangers du tabagisme.

« Vraiment ? Ça par exemple ! » dit-il d'un ton soucieux et intéressé en écrasant son mégot. Meredith parut satisfaite jusqu'à ce que Declan, après un clin d'œil à Holly, tende la main vers son paquet et en allume aussitôt une autre. « Donne-moi encore des détails, je suis curieux d'en savoir plus », dit-il.

Meredith lui lança un regard écœuré.

Ciara, cachée derrière le canapé, envoyait du pop-corn à la tête de son pauvre neveu qui, face au mur dans le coin de la pièce, était trop terrorisé pour se retourner. Abbey se faisait tyranniser par la petite Emily, cinq ans. L'enfant tenait à la main une poupée à l'expression mauvaise. Elle avait cloué au sol Abbey qui, croisant le regard de Holly, articula sans bruit : « Au secours ! »

« Salut, Ciara », lança Holly en s'approchant de sa sœur, qui sursauta et la prit dans ses bras, la serrant un petit peu plus fort que d'habitude. « Jolie couleur, continua-t-elle en regardant ses cheveux.

– Ça te plaît ?

– Oui, le rose te va bien. »

Ciara eut l'air content.

« C'est ce que je me tue à leur dire, fit-elle en louchant en direction de Richard et Meredith. Alors, comment va ma grande sœur ? demanda-t-elle d'une voix douce en lui frottant affectueusement le bras.

– Oh, je me cramponne, dit Holly avec un pauvre sourire.

– Jack est dans la cuisine en train d'aider maman à préparer le dîner, au cas où tu le chercherais », annonça Abbey, qui écarquilla les yeux en articulant à nouveau silencieusement « Au secours ».

Holly haussa les sourcils en la regardant.

« Vraiment ? C'est drôlement gentil de sa part.

– Tu ne savais donc pas que c'est un accro de la cuisine, Holly ? Il adore ça et ne s'en lasse jamais », lança-t-elle, pince-sans-rire.

Le père de Holly gloussa dans sa barbe, ce qui arrêta Richard dans son discours.

« Qu'est-ce qu'il y a de si drôle, papa ?

– Rien, c'est juste que je trouve formidable que tout ça se passe dans de toute petites éprouvettes », dit-il en s'agitant nerveusement sur son siège.

La stupidité de son père arracha à Richard un soupir réprobateur.

« Certes, mais il faut que tu comprennes que les composants sont microscopiques, papa, et c'est extraordinaire. Les organismes se combinent avec les... »

C'était reparti. Frank s'installa plus confortablement dans son fauteuil, essayant d'éviter de croiser le regard de Holly.

Elle se rendit sur la pointe des pieds dans la cuisine, où elle trouva son frère assis à la table, les pieds sur une chaise, la bouche pleine.

« Tiens, tiens, le chef en personne, dans l'intimité. »

Jack sourit et se leva.

« Et voilà ma sœur préférée. » Il plissa le nez. « Je vois que tu t'es laissé embrigader, toi aussi. » Il se dirigea vers elle et ouvrit les bras pour l'inviter à s'y blottir. « Comment vas-tu ? lui chuchota-t-il à l'oreille.

– Ça va, merci », dit-elle, non sans tristesse, et elle l'embrassa avant de se retourner vers leur mère. « Ma petite maman, je suis venue te proposer mes services. Tu dois être débordée et stressée, dit Holly en plantant un baiser sur la joue toute chaude de sa mère.

– Eh bien, j'en ai de la chance d'avoir des enfants attentionnés comme vous, rétorqua Elizabeth. Bon, si tu veux, tu peux m'égoutter ces pommes de terre.

– Maman, parle-nous de l'époque où tu étais petite fille

pendant la grande famine, quand il n'y avait même plus de patates », dit Jack en prenant un accent irlandais très prononcé.

Elizabeth lui lança un coup de torchon à la tête et répliqua sur le même ton :

« Ah, mais ça se passait longtemps avant ma naissance, fiston.

– Bien sûr que non, dit Jack.

– Bien sûr que si, intervint Holly.

– J'espère que vous n'allez pas encore imaginer un tour pendable, vous deux. J'aimerais bien que ce soir il y ait une trêve, pour changer.

– Maman, je suis choqué que tu aies pu penser une chose pareille, dit Jack en lançant un clin d'œil à Holly.

– Soit, dit Elizabeth, pas dupe le moins du monde. Eh bien, mes chéris, il n'y a plus rien à faire ici. Le dîner sera prêt dans quelques minutes.

– Oh ! » s'exclama Holly, déçue.

Elizabeth vint s'installer à la table avec ses enfants et tous trois regardèrent fixement la porte de la cuisine avec la même idée en tête.

« Non, Abbey, entendit-on Emily hurler d'une voix aiguë, tu ne fais pas ce que je te dis », et elle éclata en sanglots.

Cela fut bientôt suivi par un hennissement de Richard : il devait avoir fait une plaisanterie, parce qu'il était le seul à rire.

« Vous savez, je crois que le dîner ne peut vraiment pas se passer de nous, lança Elizabeth. Ouh, ouh, tout le monde, le dîner est servi », annonça-t-elle, et l'on se dirigea vers la salle à manger.

Il y eut un moment de confusion, comme lors d'un anniversaire d'enfant, quand tout le monde se bouscule pour s'asseoir à côté de son meilleur ami. En fin de compte, Holly fut satisfaite de sa place, entre sa mère à gauche, au bout de la table, et Jack à sa droite. Abbey s'assit, les sourcils froncés, entre Jack et Richard. Il faudrait que Jack se fasse pardonner quand ils rentreraient. Declan s'installa en face de Holly et, à côté de lui, se trouvait un siège où aurait dû s'asseoir Timothy. Ensuite, il y avait Emily, Meredith et Ciara. Le père de Holly était dans une position délicate, en bout de table, entre Richard et Ciara, mais avec son calme légendaire, il était le mieux armé pour faire face à cette situation.

Tout le monde poussa des cris d'admiration lorsque Elizabeth apporta les plats sur la table et qu'une délicieuse odeur envahit la pièce. Holly adorait la cuisine de sa mère, qui n'avait jamais peur de se lancer dans de nouvelles expériences, d'essayer de nouvelles épices, de nouvelles recettes, talent qu'elle n'avait pas transmis à sa fille.

« Dis donc, ce pauvre petit Timmy doit être mort de faim dans le salon, s'exclama Ciara à l'intention de Richard. Il n'y est pas resté assez longtemps, non ?

– Il s'appelle Timothy, rétorqua Meredith avec raideur.

– Eh bien, les punitions, ça marche très fort chez vous, on dirait », insista Ciara.

Elle savait qu'elle avançait en terrain miné, mais le danger l'excitait et, surtout, elle adorait exaspérer Richard. Après une année d'absence, elle voulait rattraper le temps perdu.

« Ciara, il est important que Timothy se rende compte qu'il a fait quelque chose de défendu, expliqua Richard.

– Oui, mais si tu le lui disais simplement ? »

Le reste de la famille ravala une forte envie de rire.

« Il doit apprendre que ses actes auront des conséquences sérieuses ; ainsi, il ne recommencera pas.

– Ah, alors tant pis, il rate plein de bonnes choses. Mmmmm, mmmm, mmmm, fit-elle en se léchant les lèvres.

– Arrête, Ciara, fit sèchement sa mère.

– Sinon, tu iras au piquet », ajouta Jack d'un ton sévère.

Toute la table éclata de rire, sauf Meredith et Richard, bien entendu.

« Alors, Ciara, si tu nous racontais tes aventures en Australie », se hâta de demander Frank.

Les yeux de Ciara s'illuminèrent.

« Oh, j'ai passé une année formidable, papa. C'est un pays que je recommanderais chaudement.

– Tu es revenue avec de nouveaux tatouages ? demanda Holly.

– Oui, regardez. »

Ciara se leva et baissa son pantalon pour montrer un papillon tatoué sur ses fesses, sous les protestations scandalisées de ses parents, et de Richard et Meredith, tandis que les autres riaient franchement. Finalement, lorsqu'elle se fut excusée et que Meredith eut ôté la main qu'elle avait mise devant les yeux d'Emily, les convives se calmèrent.

« Dégoûtants, ces tatouages, laissa tomber Richard, pincé.

– Moi, je trouve ça joli, les papillons, papa, dit Emily avec de grands yeux innocents.

– Oui, Emily, certains papillons sont très jolis. Mais je parle des tatouages. Ils peuvent te donner toutes sortes de maladies et de problèmes. »

Le sourire d'Emily s'évanouit.

« Oh, tu sais, je ne suis pas allée dans un bouge où on partage les aiguilles avec des drogués ! L'endroit était tout à fait propre.

– J'ai du mal à le croire, dit Meredith d'un ton écœuré.

– Tu connais, Meredith ? Tu y es allée récemment ? demanda Ciara avec un peu trop d'insistance.

– Ma foi... nnnnon, bafouilla sa belle-sœur. Jamais je ne suis entrée dans ce genre d'officine, mais je suis sûre qu'elles sont dégoûtantes. » Elle se tourna vers Emily. « Ce sont des endroits sales, horribles, où ne vont que des gens dangereux.

– Alors, tante Ciara est dangereuse, maman ?

– Seulement pour les petites filles de cinq ans qui ont les cheveux roux », dit Ciara en gonflant les joues.

Emily se figea.

« Dis-moi, Richard, tu ne penses pas que Timmy voudrait venir à table et manger un peu ? demanda poliment Elizabeth.

– Il s'appelle Timothy, coupa Meredith.

– Oui, maman, je pense que c'est bon, maintenant. »

Un petit Timmy – pardon, Timothy – entra lentement

dans la pièce, la tête baissée, et alla s'asseoir à côté de Declan. Le cœur de Holly se serra. C'était une façon cruelle de traiter un enfant que de l'empêcher de se conduire comme un enfant. Mais sa sympathie fondit dès qu'elle sentit un petit pied lui cogner le tibia sous la table. Ils auraient mieux fait de le laisser où il était.

« Alors, Ciara, donne-nous des détails. Qu'est-ce qu'on fait d'extraordinaire là-bas ? demanda Holly, curieuse d'avoir plus d'informations.

– Oh, j'ai fait un saut à l'élastique. Plusieurs, en fait. J'ai la photo. »

Elle plongea la main dans sa poche arrière et tout le monde détourna le regard, au cas où elle en aurait profité pour montrer d'autres portions de son anatomie. Dieu merci, elle se contenta de prendre son portefeuille et fit passer la photo autour de la table en continuant à donner des explications :

« La première fois, j'ai sauté d'un pont et ma tête a heurté l'eau...

– Oh, Ciara, ça doit être extrêmement dangereux, dit sa mère en portant ses mains à son visage.

– Non, non, pas du tout, la rassura Ciara. C'était organisé par des professionnels, pas du tout comme le saut qu'a fait Declan à son festival de musique. »

Declan déglutit nerveusement.

« Ciara, c'était aussi organisé par des professionnels. Tu penses bien que sinon, les organisateurs ne donneraient pas l'autorisation de faire des choses pareilles devant des centaines de spectateurs.

– Ce n'est pas la version que j'ai entendue », rétorqua Ciara en haussant les épaules.

Finalement, la photographie arriva jusqu'à Holly. Jack et elle éclatèrent de rire. Ciara pendait au bout d'une corde, la tête en bas, le visage crispé, en train de hurler de terreur. Ses cheveux (bleus à l'époque) se dressaient sur sa tête comme si elle avait été électrocutée.

« Jolie photo, Ciara. Maman, tu devrais la faire encadrer pour la mettre sur la cheminée, plaisanta Holly.

– Oh oui ! » les yeux de Ciara s'illuminèrent à cette idée. « Ça serait cool.

– Oui, ma chérie. J'enlèverai une de celles de ta première communion et je la remplacerai par celle-ci, railla Elizabeth.

– Je me demande laquelle des deux ferait le plus peur, lança Declan.

– Holly, qu'est-ce que tu fais pour ton anniversaire ? » demanda Abbey en se penchant vers elle. Visiblement, elle brûlait de mettre un terme à sa conversation avec Richard.

« Oh mais c'est vrai, hurla Ciara, tu vas avoir trente ans dans quelques semaines !

– Rien de spécial, répliqua-t-elle. Surtout, je ne veux pas de soirée-surprise ou quoi que ce soit d'autre, s'il vous plaît.

– Mais tu es obligée..., commença Ciara.

– Non, elle n'est pas obligée si elle n'en a pas envie, intervint son père, qui adressa à Holly un clin d'œil complice.

– Merci, papa. Je vais juste aller en boîte avec les copines. Rien d'extraordinaire. »

Richard fit entendre un claquement de langue réprobateur lorsqu'il eut la photo entre les mains, et la passa à son père, qui se mit à glousser en voyant sa fille dans cette posture.

« Je suis bien d'accord avec toi à propos de ces anniversaires, Holly, déclara Richard. On se retrouve souvent dans une situation embarrassante. Voir des adultes se conduire comme des enfants, chanter "Bateau, ciseau" assis par terre et boire comme des trous, c'est toujours gênant.

– Oh, tu sais, Richard, j'aime bien ce genre de fêtes, rétorqua Holly, mais cette année, je ne me sens pas trop d'humeur à m'amuser, voilà tout. »

Il y eut un instant de silence, brisé par Ciara :

« Alors, ça sera une soirée entre filles, hein ?

– Je pourrai venir avec ma caméra ? demanda Declan.

– Pour quoi faire ?

– Oh, juste histoire de réunir un peu de doc sur les clubs et la vie nocturne pour mon cours à la fac.

– Si ça peut te rendre service... mais tu sais, on n'ira pas dans tous ces endroits branchés que tu aimes.

– Oh, ça ne me dérange p...AAAAÏE ! » hurla-t-il en jetant un regard menaçant à Timothy, qui lui tira la langue.

Après le premier plat, Ciara sortit de la salle à manger, puis revint avec un sac tout gonflé et annonça :

« Cadeaux ! »

Timmy et Emily poussèrent des cris de joie. Pourvu que Ciara n'ait pas oublié de leur rapporter quelque chose ! pensa Holly.

Son père reçut un boomerang bariolé, qu'il fit aussitôt mine de lancer vers sa femme ; Richard eut un T-shirt avec la carte de l'Australie et se mit aussitôt en devoir de faire apprendre les villes par cœur à ses enfants ; curieusement, il n'y avait rien pour Meredith. Ciara avait rapporté à Jack et à Declan des T-shirts ornés de photos déformées avec la légende « Je reviens du bush », et à sa mère une collection de vieilles recettes de cuisine aborigènes. Holly fut touchée par le choix de Ciara pour elle : un piège à rêves fait de plumes et de brindilles multicolores.

« Pour que tous tes rêves se réalisent », lui souffla-t-elle à l'oreille avant de l'embrasser.

Heureusement, Ciara avait acheté pour Timmy et Emily des bonbons qui ressemblaient étrangement à ceux de l'épicerie du coin. Les paquets furent prestement confisqués par Richard et Meredith, sous prétexte qu'ils donneraient des caries aux enfants.

« Alors, rendez-les-moi, je m'arrangerai avec mes dents », réclama Ciara.

Timmy et Emily lancèrent des regards nostalgiques sur les cadeaux des autres et furent aussitôt rappelés à l'ordre par Richard, parce qu'ils ne se concentraient pas sur la carte de l'Australie. Timmy fit une grimace à Holly, qui sentit son cœur fondre à nouveau. Ils pouvaient bien se comporter comme de sales mômes, elle n'interviendrait pas.

« Bon, eh bien, on devrait songer à partir, Richard, sinon les enfants vont s'endormir à table », annonça Meredith.

Les enfants, bien réveillés, envoyaient des coups de pied à Holly et Declan sous la table.

Pour faire taire le brouhaha général, le père de Holly annonça d'une voix forte :

« Alors, avant que tout le monde disparaisse, je voudrais porter un toast à notre jolie Ciara, puisque ce repas était en l'honneur de son retour. » Tout le monde se tut et il sourit à sa fille, ravie d'être le centre de l'attention. « Tu nous as manqué, ma chérie, et nous sommes ravis que tu sois de retour, conclut-il en levant son verre. À la santé de Ciara !

– À la santé de Ciara », reprirent les convives en vidant leur verre.

Dès que la porte se referma derrière Richard et Meredith, les autres membres de la famille prirent congé l'un après l'autre. Holly sortit dans le froid et regagna seule sa voiture. Ses parents, debout à la porte, lui faisaient des signes d'adieu, mais elle se sentait très seule. D'habitude, elle quittait les dîners avec Gerry, ou sinon, elle le retrouvait en rentrant. Mais pas ce soir, ni demain, ni après...

8

Debout devant le miroir en pied, Holly s'examinait. Suivant les instructions de Gerry, elle s'était acheté une nouvelle tenue. Pour quoi faire, elle l'ignorait, et plusieurs fois par jour, elle devait résister à la tentation d'ouvrir l'enveloppe de mai. Plus que deux jours à attendre. Elle était tout excitée.

Elle avait choisi un tailleur noir en harmonie avec son humeur actuelle. Le pantalon, bien coupé et ajusté, tombait parfaitement sur ses bottines à talons aiguilles ; et son bustier scintillant l'avantageait. De plus, Leo avait fait des merveilles : un chignon haut avec quelques mèches floues retombant sur les épaules. Holly se passa la main dans les cheveux et sourit en se rappelant sa séance chez le coiffeur. Elle était arrivée au salon hors d'haleine, le feu aux joues.

« Désolée, Leo ! J'étais au téléphone et je n'ai pas vu l'heure !

– Ne t'en fais pas, ma chérie, quand tu prends rendez-vous, je préviens le personnel de te marquer une demi-heure plus tard. COLIN ! » hurla-t-il en claquant des doigts en l'air.

Colin laissa tout tomber pour accourir.

« Non mais je te demande un peu, tu prends des tranquillisants pour chevaux ou quoi ? Tu as vu la longueur de tes cheveux ? Dire que je les ai coupés il y a quelques semaines ! »

Il installa Holly sur un fauteuil et actionna vigoureusement la pédale pour la faire monter.

« Tu as quelque chose de spécial ce soir ? » demanda-t-il.

Cette fois-ci, Holly ne commit pas l'imprudence de lui répondre, car elle ne voulait pas avoir de crise de fou rire comme la fois précédente.

« Oh, simplement un grand 3.

– De quoi tu parles ? De ton autobus habituel ?

– Non, j'entre dans les trois !

– Oh, mais j'étais au courant, ma chérie. COLIN ! » cria-t-il à nouveau en claquant des doigts.

Là-dessus, Colin émergea de l'arrière-boutique avec un gâteau, suivi par une file de coiffeurs qui se joignirent à lui pour chanter *Joyeux anniversaire*. Holly en resta sans voix et ne parvint à articuler que : « Leo ! » Elle s'efforça de ravaler les larmes qui lui montaient aux yeux, mais en vain. Tous les clients étaient aussi entrés dans le jeu et elle fut bouleversée par cette marque d'affection. Lorsqu'elle eut soufflé ses bougies, tout le monde applaudit et le train-train du salon reprit. Mais Holly n'arrivait pas à retrouver sa voix.

« Oh, ce n'est pas possible, Holly. Une fois tu ris tellement que tu en tombes presque du fauteuil, la fois d'après, tu pleures comme une Madeleine !

– Je sais, mais tu m'as fait une si jolie surprise, Leo ! Merci, dit-elle en séchant ses larmes et en le serrant dans ses bras pour l'embrasser.

– Il fallait bien que je me venge, après que tu m'as humilié ! » dit-il en se dégageant, gêné par cette manifestation d'émotion.

Holly se mit à rire en se rappelant la fête pour les cinquante ans de Leo. C'était une soirée à thème. Plumes et dentelles, en l'occurrence. Holly portait une très jolie robe en dentelle moulante et Gerry, toujours partant pour la plaisanterie, avait mis un boa rose assorti à sa chemise et sa cravate. À la fin de la soirée, il avait surpris Leo en lui donnant son cinquantième baiser devant tout le monde. Leo avait prétendu être mortifié, alors que tout le monde savait qu'au fond il était enchanté de ces attentions. Mais le lendemain, il avait téléphoné à tous ceux qui avaient assisté à la soirée et laissé un message de menace sur leur répondeur. Pendant plusieurs semaines, Holly n'avait pas osé prendre de rendez-vous chez lui, de peur de se faire massacrer. D'après la rumeur, il n'y avait pas eu grand monde au salon la semaine qui avait suivi son anniversaire.

« Tu as trouvé le strip-teaseur très à ton goût ce soir-là, non ? plaisanta Holly.

– À mon goût ? Je suis sorti avec lui pendant un mois. Le salaud. »

On apporta une tranche de gâteau à chaque client et tout le monde se tourna vers Holly pour la remercier.

« Je me demande pourquoi ils te disent merci, marmonna Leo dans sa barbe, parce que c'est quand même moi qui l'ai acheté !

– Ne t'inquiète pas, Leo, je ferai en sorte que le pourboire couvre tes frais.

– Ça va pas, non ! Ton pourboire couvrira à peine le prix de mon trajet en bus pour rentrer chez moi.

– Leo, tu habites à côté.

– Justement. »

Holly fit mine de bouder. Leo se mit à rire.

« Trente ans et tu te conduis encore comme un bébé. Où vas-tu ce soir ?

– Oh, on n'a rien prévu de délirant. Juste une petite soirée tranquille entre copines.

– C'est ce que j'avais dit pour mes cinquante ans. Il y aura qui ?

– Sharon, Ciara, Abbey. Et puis Denise, que je n'ai pas vue depuis une éternité.

– Ciara est rentrée ?

– Oui. Avec des cheveux roses.

– Jésus, Marie ! Elle a intérêt à ne pas venir me voir. Bon, chère petite madame, tu es superbe, tu seras la plus belle pour aller danser. »

Holly cessa de rêvasser et dirigea de nouveau son regard vers son reflet dans le miroir. Elle ne se sentait pas trentenaire. D'ailleurs, qu'est-ce qu'on était censé ressentir à trente ans ? Quand elle était plus jeune, ses trente ans lui paraissaient si lointains. Elle croyait qu'une femme de cette âge-là devait être très sage, expérimentée, bien assise dans la vie, avec un mari, des enfants, une carrière. Elle n'avait rien de tout cela. Elle avait l'impression d'être aussi ignorante qu'à vingt ans, à ceci près qu'elle avait quelques cheveux blancs et des pattes-d'oie en plus. Elle s'assit sur le bord de son lit et continua à se regarder fixement. Trente ans ! Il n'y avait vraiment pas de quoi pavoiser.

La sonnette retentit, et Holly entendit les chuchotements excités et les gloussements des filles dehors. Elle essaya de se ressaisir, prit une inspiration profonde et s'accrocha un sourire aux lèvres.

« Bon anniversaire ! » crièrent-elles à l'unisson.

Elle regarda les visages joyeux et fut aussitôt gagnée par leur enthousiasme. Elle les fit entrer dans le salon et salua d'un geste la caméra tenue par Declan.

« Non, Holly, tu es censée l'ignorer ! » siffla Denise, qui la saisit par le bras et l'attira sur le canapé, où elles l'entourèrent toutes et se mirent aussitôt à lui brandir des cadeaux sous le nez.

« Ouvre le mien d'abord, piailla Ciara en écartant Sharon si brutalement que celle-ci glissa du canapé.

– Allez, calmez-vous, les filles, dit la voix de la raison (Abbey). On devrait d'abord ouvrir le champagne, et ensuite, les cadeaux.

– D'accord, à condition qu'elle ouvre le mien en premier.

– Je te le promets, Ciara », dit Holly, comme si elle s'adressait à une enfant.

Abbey se précipita à la cuisine et revint avec un plateau chargé de flûtes à champagne.

« Vous voulez des bulles, les chéries ? » Les flûtes étaient un cadeau de mariage, et sur l'un des verres était inscrit « Gerry et Holly ». Abbey avait eu le tact de le laisser de côté. « À toi l'honneur, Holly », dit-elle en lui tendant la bouteille.

Toutes allèrent se mettre à l'abri et se baissèrent lorsque Holly entreprit de faire sauter le bouchon.

« Hé là, je ne suis pas nulle à ce point !

– Oui, elle a fini par passer pro », dit Sharon en se redressant derrière le canapé, un coussin sur la tête.

Les filles saluèrent par des cris de joie le *plop !* du bouchon et sortirent de leurs cachettes.

« Quel bruit divin ! s'exclama Denise en prenant une pose théâtrale, la main sur le cœur.

– Bon, alors, tu ouvres mon cadeau ! glapit à nouveau Ciara.

– Ciara ! protestèrent les autres.

– Pas avant qu'on ait trinqué », ajouta Sharon.

Toutes levèrent leur verre.

« Alors, à mon amie, la meilleure des meilleures amies, qui vient d'avoir en un an plus de malheurs que la plupart d'entre nous n'en auront pendant toute leur vie. C'est la fille la plus courageuse et la plus forte que je connaisse, et un modèle pour nous toutes. Je lui souhaite de vivre heureuse pendant les trente prochaines années ! À Holly !

– À Holly ! » reprirent les filles en chœur.

Toutes avaient les larmes aux yeux en buvant leur première gorgée, sauf Ciara, qui avait fait cul sec et bousculait les autres pour donner son cadeau la première.

« D'abord, tu dois porter cette couronne, parce que tu es notre reine ce soir. Et voilà mon cadeau. »

Les filles aidèrent Holly à mettre la couronne scintillante qui allait très bien avec son bustier. Pour l'heure, entourée de ses amies, elle avait l'impression d'être une reine. Elle décolla avec précaution le scotch du paquet soigneusement emballé.

« Allez, déchire-le ! » s'écria Abbey à la surprise générale.

Holly regarda la boîte qui se trouvait à l'intérieur et resta perplexe.

« Regarde ce qui est écrit dessus ! » s'exclama Ciara, tout excitée.

Holly commença à lire les instructions sur la boîte :

« “Mettez des piles dans le vibr...” non, c’est pas vrai ! Ciara ! Tu es une vraie salope ! »

Holly et les filles partirent d’un fou rire hystérique.

« Oui, je vais en avoir l’usage », dit Holly en montrant la boîte à la caméra. Declan fit une moue dégoûtée.

« Tu es contente ? demanda Ciara. Je voulais te le donner au dîner de l’autre jour, mais je me suis dit que le moment n’était peut-être pas bien choisi...

– Ouh là là ! Je suis contente que tu l’aies gardé pour ce soir ! lança Holly, et elle embrassa sa sœur.

– Bon, à moi ! dit Abbey en déposant son présent sur les genoux de Holly. C’est de la part de Jack et moi, alors, ne t’attends pas à un cadeau du même style que celui de Ciara.

– Si Jack m’offrait ce genre d’objet, je me poserais des questions, dit Holly en ouvrant le paquet. Oh, Abbey, il est magnifique ! s’exclama-t-elle en découvrant un album photo recouvert d’une feuille d’argent.

– Pour tes nouveaux souvenirs », dit Abbey d’une voix douce.

Holly lui passa les bras autour du cou et la serra sur son cœur pour la remercier.

« Le mien est moins sentimental, mais c’est un cadeau de femme à femme, dit Denise en lui tendant une enveloppe.

– Ça alors... ! s’écria Holly. Un week-end à me faire dorloter à l’institut Cybelle pour une cure de beauté ! J’en rêve depuis toujours.

– Dis-nous quand tu voudras prendre rendez-vous. Le bon est valable un an ; comme ça, on pourra toutes réserver en même temps. Ça nous fera des vacances !

– Quelle idée géniale, Denise. Merci ! Et maintenant, pour finir en beauté, celui de Sharon », dit Holly en lui faisant un clin d’œil.

C’était un grand cadre en argent avec une photo de Sharon, Denise et Holly au bal de Noël deux ans auparavant.

« Oh, j’avais ma fameuse robe blanche ! gémit Holly.

– Avant qu’il soit hic !... sclu d’en porter des comme ça ! précisa Sharon.

– Vous savez que je ne me souviens même pas qu'on ait pris cette photo !

– Moi, je ne me rappelle même pas avoir été là », marmonna Denise.

Holly continua à regarder la photo d'un œil mélancolique en se dirigeant vers la cheminée. Ce bal était le dernier auquel elle soit allée avec Gerry, car il était trop malade l'année suivante.

« Je lui réserve une place d'honneur, annonça Holly en la mettant à côté de sa photo de mariage au-dessus de la cheminée.

– Et maintenant, les filles, passons aux choses sérieuses », cria Ciara, et tout le monde courut aux abris pendant qu'on débouchait une autre bouteille de champagne.

Deux bouteilles de champagne et plusieurs bouteilles de vin plus tard, les filles sortirent en chancelant de la maison et s'entassèrent dans un taxi. Au milieu des cris et des gloussements, elles réussirent cependant à expliquer où elles allaient. Holly insista pour s'installer sur le siège du passager et parla à cœur ouvert avec John, le chauffeur, qui devait avoir envie de l'étrangler lorsqu'ils arrivèrent en ville.

« Salut, John ! » crièrent-elles toutes en chœur à leur meilleur ami tout neuf lorsqu'il les débarqua sur un trottoir de Dublin avant de repartir en trombe.

En buvant leur troisième bouteille de vin, elles avaient décidé de tenter leur chance au club le plus chic de Dublin, Le Boudoir, qui avait une clientèle de gens riches et célèbres. Lorsque l'on n'était ni l'un ni l'autre, il fallait montrer sa carte de membre pour être autorisé à y entrer. Denise s'avança vers la porte en agitant calmement la carte de son vidéoclub sous le nez des videurs. Aussi étonnant que cela puisse paraître, ils l'arrêtèrent.

Les seuls visages connus qui passèrent devant elles tandis qu'elles argumentaient avec les videurs pour qu'ils les laissent entrer étaient ceux de quelques présentateurs du journal télévisé de la chaîne nationale, auxquels Denise adressa des « Bonsoir » le plus sérieusement du monde. Malheureusement, après cela, Holly ne se souvenait plus de rien.

Lorsqu'elle se réveilla, la tête lui cognait. Elle avait la bouche aussi sèche que les sandales de Gandhi. Elle se souleva sur un coude et essaya d'ouvrir les yeux, mais ses paupières étaient collées. Elle regarda la chambre et se rendit compte qu'elle voyait trouble. Il faisait clair, très clair, et la pièce tournait. Bizarre. Holly s'aperçut dans le miroir face à elle et se fit peur. Avait-elle eu un accident la veille ? Épuisée par l'effort, elle s'écroula de nouveau sur le dos. Brusquement, l'alarme se déclencha et Holly leva très légèrement la tête en ouvrant un œil. Oh, emportez ce que vous voudrez, pensa-t-elle, du moment que vous m'apportez un verre d'eau avant de partir. Au bout d'un moment, elle se rendit compte que ce n'était pas l'alarme qui sonnait, mais le téléphone à côté de son lit.

« Allô ? croassa-t-elle.

– Ah, tant mieux, il n'y a pas que moi, dit une voix qui semblait appartenir à une malade en phase terminale.

– Qui est à l'appareil ?

– Je m'appelle Sharon, je crois. Mais ne me demande pas qui est Sharon, parce que je n'en sais rien. Le type qui est à côté de moi dans le lit a l'air de penser que je le connais. »

Holly entendit John qui s'esclaffait en fond sonore.

« Sharon, qu'est-ce qui s'est passé hier soir ? Tu pourrais me mettre au parfum ?

– Il s'est passé de l'alcool. Beaucoup, beaucoup d'alcool.

– D'autres informations ?

– Non.

– Quelle heure il est ?

– Deux heures.

– Pourquoi tu m'appelles en pleine nuit ?

– Il est deux heures de l'après-midi, Holly.

– Comment ça se fait ?

– Ça doit être le principe de gravité. Mais j'étais absente de l'école quand on l'a expliqué.

– Oh, là là, je crois que je vais mourir.

– Moi aussi.

– Tu sais, je vais essayer de me rendormir et peut-être que quand je me réveillerai, le sol aura cessé de bouger.

– Bonne idée. Et dis donc, Holly, bienvenue au club des trentenaires !

– Je crois que je vais réviser quelques principes, gémit Holly.

– Oui, c'est ce que je me suis dit, moi aussi. Bonne nuit.

– Nnnuit. »

Quelques secondes plus tard, Holly se rendormit. Elle se réveilla à plusieurs reprises pendant la journée pour répondre au téléphone, mais ces conversations lui semblaient se dérouler à l'intérieur de ses rêves. Et elle fit de fréquentes incursions à la cuisine pour se réhydrater.

Enfin, à neuf heures du soir, elle céda à son estomac qui criait famine. Comme d'habitude, le réfrigérateur était vide et elle décida d'aller s'acheter quelque chose chez un traiteur chinois qui vendait des plats très riches et très épicés.

Une heure plus tard, elle était pelotonnée sur son canapé, en pyjama devant une émission du samedi, à s'empiffrer. Après le traumatisme d'un anniversaire sans Gerry, la veille, elle était surprise de constater qu'elle ne se sentait pas si mal toute seule. C'était la première fois depuis la mort de Gerry qu'elle appréciait sa propre compagnie. Il y avait une petite chance qu'elle parvienne à s'en sortir sans lui.

Plus tard dans la soirée, Jack l'appela sur son portable.

« Salut, petite sœur, comment vas-tu ?

– Je suis en train de me faire un chinois en regardant la télé, dit-elle.

– Tu tiens la forme, on dirait. À la différence de ma pauvre chérie qui est sur son lit de douleur à côté de moi.

– Je ne sortirai plus jamais avec toi, Holly, entendit-elle Abbey s'exclamer d'une voix blanche.

– Tes amies et toi, vous l'avez pervertie.

– Je décline toute responsabilité, elle se débrouillait très bien toute seule, pour autant que je le sache.

– Elle dit qu'elle ne se souvient de rien.

– Moi non plus. C'est peut-être un symptôme qui apparaît dès qu'on a trente ans ? Ça ne m'était jamais arrivé avant.

– Ou c'est peut-être un de vos mauvais plans, que vous

avez concocté entre vous pour éviter de nous dire ce que vous avez fait.

– Si seulement... Oh, à propos, merci pour le cadeau. Il est superbe.

– Je suis content qu'il te plaise. J'ai cherché longtemps avant de trouver ce que je voulais.

– Menteur ! »

Il se mit à rire.

« Je t'appelais d'abord pour te demander si tu allais à la soirée de Declan demain ?

– Où ça ?

– Chez Hogan. Le pub, tu sais.

– Pas question. Jamais on ne me fera remettre les pieds dans un pub, surtout pour écouter un groupe de rock avec des guitares qui vous écorchent les oreilles et des percussions assourdissantes.

– Ah, oui. Tu me sers le refrain "Jamais plus je ne boirai". Eh bien, personne ne t'obligera à boire, allez, viens, Holly. Declan est vraiment très excité et il n'y aura personne d'autre que nous.

– Alors comme ça, je suis le bouche-trou ! C'est sympathique de constater que tu as une si haute opinion de moi.

– Mais pas du tout. Declan sera ravi que tu sois là et au dîner nous n'avons pas pu parler. En plus, ça fait une éternité qu'on n'est pas sortis, plaisanta-t-il.

– Je doute qu'on puisse se parler tranquillement avec Les Poissons orgasmiques en fond sonore, lança-t-elle.

– Maintenant, ils s'appellent Les Fraises noires. Beaucoup plus soft, non ? »

Holly se prit la tête dans les mains et gémit :

« Oh, je t'en prie, n'insiste pas, Jack !

– Si, si, tu viens.

– Bon, d'accord. Mais je ne resterai pas jusqu'à la fin.

– On verra ça sur place. Declan va être ravi quand je lui annoncerai la nouvelle. La famille ne se dérange jamais d'habitude.

– Bon, alors vers huit heures ?

– Parfait. »

Holly raccrocha et resta sur le canapé pendant quelques heures. Elle avait tellement mangé qu'elle se sentait incapable de bouger. Peut-être que le traiteur chinois n'était pas une si bonne idée, finalement.

9

Quand Holly arriva chez Hogan, elle se sentait beaucoup plus fraîche, mais avec des réactions tout de même plus lentes que d'habitude. Ses gueules de bois semblaient s'aggraver à mesure qu'elle vieillissait, et celle de la veille méritait la palme d'or. Plus tôt dans la journée, elle avait fait une longue promenade de Malahide à Portmarnock et la petite brise fraîche avait un peu dissipé les brumes de son cerveau. Pour le déjeuner dominical, elle s'était invitée chez ses parents, qui lui avaient donné un joli vase en cristal de Waterford comme cadeau d'anniversaire. Après une journée détendue chez eux, elle avait dû faire un effort pour s'arracher à leur confortable canapé et se traîner jusque chez Hogan.

Le pub était un établissement très fréquenté en centre-ville. Même le dimanche, il y avait foule. La salle du premier étage était réservée à une clientèle jeune et branchée, qui venait là pour montrer ses fringues dernier cri. Le pub irlandais traditionnel du rez-de-chaussée était fréquenté par une clientèle plus âgée. On voyait au comptoir quelques vieillards perchés sur leur tabouret, qui contemplaient la vie au fond de leur pinte de bière. Plusieurs soirs par semaine, un orchestre irlandais jouait les airs favoris du public pour le plus grand plaisir des jeunes et des moins jeunes. C'était en général au sous-sol, dans une salle sombre aux murs défraîchis, que se produisaient les groupes, et la clientèle se composait exclusivement d'étudiants. Holly devait être la doyenne de l'assistance. Dans le coin de la salle tout en longueur, un petit comptoir faisait office de bar. Autour se bousculait une foule d'étudiants en jeans cradingues et T-shirts déchirés, attendant de se faire servir. Les serveurs aussi avaient l'air d'âge scolaire, et ils s'activaient comme des malades, le visage ruisselant de sueur.

Sans ventilation ni air conditionné, le sous-sol était étouffant et enfumé, et Holly se sentait un peu asphyxiée. Presque tout le monde fumait autour d'elle et ses yeux commençaient à lui picoter. Elle préférait ne pas penser à ce que ce serait dans une heure, mais elle semblait bien la seule à s'en soucier. Elle agita le bras à l'intention de Declan pour manifester sa présence, sans s'approcher toutefois, car il était entouré d'une bande de filles, et elle ne voulait pas lui couper ses effets. Holly n'avait pas connu la vie d'étudiante. Elle avait décidé de ne pas aller à l'université après le lycée, et avait travaillé comme secrétaire, restant rarement plus de quelques mois dans une place. Gerry, lui, avait fait des études de marketing à l'université de Dublin, mais il n'était jamais beaucoup sorti avec ses amis de fac. Il préférait passer son temps libre avec Holly, Sharon et John, Denise et son petit ami du moment. En regardant autour d'elle, Holly se dit qu'elle n'avait pas raté grand-chose.

Declan réussit enfin à s'arracher à ses fans et se fraya un chemin jusqu'à sa sœur.

« Salut, la star ! lança-t-elle. Je suis très honorée que tu sois venu me parler. »

Toutes les filles s'étaient mises à la dévisager en se demandant ce qu'il pouvait bien trouver à une nana de cet âge. Declan rit et se frotta les mains avec insolence.

« Je sais. C'est super pour ça, ce groupe. On dirait que ce soir, j'ai des chances de conclure, dit-il avec satisfaction.

– C'est sympa d'en informer ta sœur. » Holly avait du mal à soutenir une conversation avec lui car, au lieu de la regarder, il scrutait la foule. « Écoute, Declan, ne te crois pas obligé de rester coincé ici avec ta sœur aînée. Va donc flirter avec tes minettes.

– Ce n'est pas du tout ce que tu crois, répliqua-t-il, sur la défensive. On m'a dit que ce soir, il y aurait peut-être un agent d'une maison de disques qui viendrait nous écouter jouer.

– Ah, génial ! »

Les yeux de Holly s'écarquillèrent. Elle se réjouissait pour son frère, car les encouragements comptaient beaucoup pour lui. Elle s'en voulut de ne jamais s'être intéressée à ses projets auparavant et se mit à regarder autour d'elle en essayant de repérer un éventuel agent de maison de disques. À quoi pourrait-il bien ressembler ? Ce ne serait sûrement pas quelqu'un qui s'installerait dans un coin à griffonner furieusement dans un calepin. Finalement, son regard tomba sur un homme qui semblait beaucoup plus vieux que le reste de l'assistance, un homme dans ses âges. Il portait une veste de cuir noir, un pantalon noir et un T-shirt noir, et se tenait debout, les mains sur les hanches, le regard fixé sur la scène. Oui, il avait le physique de l'emploi : il était mal rasé et paraissait ne pas s'être couché depuis plusieurs jours. Il devait avoir passé tous les soirs de la semaine à des concerts et à des soirées comme celle-ci, en dormant dans la journée. De plus, il devait sentir mauvais. Holly connaissait ce genre de types. À moins que ce ne soit un pervers qui aimait aller à des soirées d'étudiants pour mater les filles. C'était possible aussi.

« Declan, là ! »

Holly avait dû élever la voix pour se faire entendre malgré le vacarme. Declan, l'œil brillant, suivit la direction de son doigt. Mais son sourire disparut en voyant l'homme, qu'il connaissait visiblement.

« Non, ce n'est que DANNY ! » hurla-t-il en sifflant dans ses doigts pour attirer l'attention de l'homme en noir.

Celui-ci se retourna pour voir qui l'appelait et adressa un signe de tête à Declan, avant de se frayer un chemin vers lui.

« Salut, toi, dit Declan en lui serrant la main.

– Alors, Declan, ça roule ? » L'homme paraissait stressé.

« Ouais, ça va », laissa tomber Declan sans enthousiasme.

On devait lui avoir dit que ça faisait bien de prendre l'air blasé.

« Pas de problèmes de son ? insista l'homme.

– Il y en a eu quelques-uns, mais on les a réglés.

– Alors, tout va bien ?

– Absolument.

– Tant mieux. » Son visage se détendit et il se retourna pour faire face à Holly. « Désolé de vous avoir ignorée. Je suis Daniel.

– Ravie de vous rencontrer. Moi, c'est Holly.

– Oh, pardon, intervint Declan. Holly, je te présente le propriétaire. Daniel, ma sœur.

– Vous êtes sa sœur ? Eh bien, vous ne lui ressemblez pas du tout !

– Heureusement ! » souffla Holly à l'insu de Declan. Daniel se mit à rire.

« Hé, Declan, on y va ! hurla un garçon aux cheveux bleus.

– Bon, bon. À plus tard, vous deux, lança Declan, qui s'éclipsa en hâte.

– Bonne chance ! lui hurla Holly. Alors comme ça, vous êtes un Hogan ? dit-elle en se tournant vers Daniel.

– Non, en fait, je suis un Connelly. J'ai repris ce pub il y a quelques semaines.

– Oh ! fit Holly, surprise. Je ne savais pas qu'ils avaient vendu. Vous allez l'appeler Chez Connelly, alors ?

– Je ne peux pas me permettre d'accrocher une nouvelle enseigne. Et puis, c'est un peu long, comme nom, Connelly.

– C'est vrai que tout le monde connaît Hogan maintenant, ce serait idiot de changer.

– C'est surtout pour ça que je ne l'ai pas fait. »

Soudain, Jack apparut à la porte principale et Holly lui fit signe de venir les rejoindre.

« Désolé d'être en retard. J'ai raté quelque chose ? lança-t-il en embrassant affectueusement sa sœur.

– Non, non. Il va juste commencer à jouer. Jack, je te présente Daniel, le propriétaire.

– Ravi de vous rencontrer, dit Daniel en lui serrant la main.

– Ils sont bons ? lui demanda Jack en faisant un signe de tête en direction de la scène.

– À vrai dire, je ne les ai jamais entendus jouer, dit Daniel, l'air soucieux.

– Vous avez pris un risque ! répliqua Jack en riant.

– J'espère qu'il n'est pas inconsidéré ! lança Daniel en se tournant pour faire face à la scène où s'installait le groupe.

– Je reconnais quelques visages ici, dit Jack en scrutant la foule. Presque tous des mineurs... »

Une jeune fille vêtue d'un jean lacéré et d'un haut découvrant son nombril s'approcha lentement de Jack avec un sourire hésitant. Elle posa un doigt sur ses lèvres comme pour lui demander de ne rien dire. Jack sourit et lui adressa un signe de tête en retour.

Holly regarda Jack d'un air interrogateur.

« Qu'est-ce qui se passe ?

– Oh, c'est une de mes élèves. Elle n'a que seize ou dix-sept ans. Mais c'est une gentille fille. » Jack la regarda s'éloigner et ajouta : « Cela dit, elle n'a pas intérêt à être en retard en cours demain. »

En regardant la fille avaler une pinte avec ses amis, Holly pensa qu'elle aurait bien aimé avoir un professeur comme Jack au lycée ; tous les élèves semblaient l'adorer. Et il n'était pas difficile de voir pourquoi : il était adorable.

« Surtout, ne lui dis pas qu'elle n'a pas l'âge légal », lui souffla Holly avec un regard en direction de Daniel.

L'assistance applaudit et Declan prit son air le plus absent et boudeur en passant la bretelle de sa guitare sur son épaule. La musique commença, empêchant toute conversation. La foule se mit à sauter et piétiner et on marcha plus d'une fois sur les pieds de Holly. Jack la regarda et rit, amusé de la voir si manifestement mal à l'aise.

« JE PEUX VOUS OFFRIR UN VERRE ? » hurla Daniel en faisant à Jack et elle le geste de boire quelque chose.

Jack lui demanda une pinte de Budweiser et Holly un Seven-up. Daniel se fraya à grand-peine un chemin à travers la foule et grimpa derrière le bar pour leur servir leurs consommations qu'il leur apporta quelques instants plus tard, avec en plus un tabouret pour Holly.

Ils reportèrent leur attention sur la scène et regardèrent Declan. La musique n'était pas de celles que Holly aimait particulièrement et le groupe jouait si fort qu'elle avait du mal à se rendre compte si la performance valait quelque chose. C'était à mille lieues des sonorités apaisantes de son CD favori de Westlife.

Après quatre morceaux, Holly n'en pouvait plus. Elle embrassa Jack.

« DIS À DECLAN QUE JE SUIS RESTÉE JUSQU'AU BOUT ! cria-t-elle. RAVIE DE VOUS AVOIR RENCONTRÉ, DANIEL ! ET MERCI POUR LE VERRE ! » vociféra-t-elle.

Là-dessus, elle regagna la civilisation et l'air frais. Ses oreilles continuèrent à bourdonner pendant tout son trajet de retour en voiture. Il était dix heures quand elle retrouva sa maison. Deux heures seulement avant le moi de mai. Elle allait pouvoir ouvrir une autre enveloppe.

Assise à la table de la cuisine, Holly tambourinait nerveusement des doigts sur le bois. Elle avala sa troisième tasse de café et décroisa les jambes. Elle avait trouvé plus difficile qu'elle ne l'aurait cru de rester éveillée deux heures de plus ; elle était manifestement encore fatiguée d'avoir trop bu à sa soirée d'anniversaire. Elle tapa du pied sous la table sans rythme particulier, puis recroisa les jambes. Il était onze heures trente. L'enveloppe était posée devant elle et elle avait presque l'impression qu'elle la narguait en chantonnant « Na, na, na, na, na, na... ».

Elle la prit et la caressa du bout des doigts. Si elle l'ouvrait en avance, qui le saurait ? Sharon et John avaient probablement oublié qu'il y avait une enveloppe pour mai ; quant à Denise, elle devait dormir, terrassée par une gueule de bois de quarante-huit heures. Elle pourrait facilement mentir s'ils lui demandaient si elle avait triché ; et d'ailleurs, ils s'en moquaient probablement. Personne n'en saurait rien et personne ne s'en soucierait.

Mais non, ce n'était pas vrai.

Gerry le saurait.

Dès que Holly tenait une enveloppe dans sa main, elle sentait son lien avec lui. Les deux fois où elle en avait ouvert une, elle avait eu le sentiment qu'il était assis à côté d'elle et s'amusait de ses réactions. C'était un peu comme un jeu auquel ils jouaient ensemble, bien qu'ils fussent dans deux mondes différents. Mais elle sentait sa présence et, si elle trichait, si elle ne respectait pas les règles du jeu, il le saurait.

Après une autre tasse de café, Holly avait envie de grimper au mur. La petite aiguille de la pendule semblait auditionner pour un rôle dans *Alerte à Malibu* tant elle avançait lentement, elle finit néanmoins par atteindre minuit. Une fois de plus, Holly tourna lentement l'enveloppe, jouissant de chaque instant. Gerry était assis à la table en face d'elle.

« Vas-y, tu peux l'ouvrir ! »

Elle la décacheta avec soin et fit passer ses doigts dans l'ouverture, sachant que la dernière chose qui avait touché la colle était la langue de Gerry. Elle sortit la carte que renfermait l'enveloppe et l'ouvrit.

> C'est ton tour, diva disco ! Affronte ta peur au karaoké du club Diva ce mois-ci.
>
> Et qui sait ? Tu gagneras peut-être...
>
> P.S. Je t'aime...

Elle sentait que Gerry l'observait ; les coins de sa bouche frémirent et elle se mit à rire. Chaque fois qu'elle reprenait sa respiration, elle répétait : « PAS QUESTION ! » Finalement, elle se calma et claironna « Gerry ! Il est hors de question que je fasse une chose pareille ! »

Gerry rit de plus belle.

« C'est pas drôle. Tu sais que j'ai horreur de ça. Je refuse. Non. Pas question. Je ne le ferai pas.

– Oh, si, tu es bien obligée, maintenant !
– Pas du tout.
– Fais-le pour moi.
– Je ne le ferai ni pour toi, ni pour moi, ni pour la paix dans le monde. Je déteste le karaoké !
– Fais ça pour moi », répéta-t-il.
La sonnerie du téléphone la fit sursauter sur sa chaise. C'était Sharon.
« Il est minuit cinq, alors, qu'est-ce qu'il y avait dans le message ? John et moi, on meurt d'envie de savoir.
– Qu'est-ce qui vous fait penser que j'ai ouvert l'enveloppe ?
– Ha ! s'écria Sharon d'un ton moqueur. Après vingt ans, je te connais comme si je t'avais faite. Allez, dis-nous ce qu'il y avait sur ce message.
– Pas question.
– Quoi ? Tu ne veux pas nous le dire ?
– Non, je ne veux pas faire ce qu'il veut que je fasse.
– Pourquoi ? Qu'est-ce que c'est ?
– Oh, c'est juste une plaisanterie tout à fait nulle de Gerry.
– Alors là, tu m'intrigues ! s'exclama Sharon. Explique-nous.
– Holly, casse le morceau ! insista John, parlant dans le téléphone d'en bas.
– Bon... Gerry veut que... je chanteaukaraoké, lâcha-t-elle tout à trac.
– Hein ? On n'a rien compris à ce que tu viens de dire, s'écria Sharon.
– Non, rien du tout, renchérit John. J'ai cru distinguer le mot karaoké. C'est ça ?
– Oui, répondit Holly comme une petite fille docile.
– Et il faut que tu chantes ? s'enquit Sharon.
– Ouu-iiii », répondit-elle lentement. Peut-être que si elle ne disait rien, cela ne se produirait pas.
Les deux autres s'esclaffèrent si bruyamment que Holly fut obligée d'écarter le téléphone de son oreille.

« Rappelez-moi quand vous serez calmés », lança-t-elle, furieuse, en raccrochant.

Le téléphone sonna quelques minutes plus tard.

« Oui ?

– Bon, parlons peu, mais parlons bien, dit Sharon avec un sérieux exagéré. Je suis désolée. Maintenant, ça va. Ne me regarde pas, John, dit-elle en se détournant du combiné. Je suis désolée, Holly, mais je ne peux pas m'empêcher de penser à la dernière fois que...

– Oui, bon, d'accord, interrompit Holly. Pas la peine de remettre ça sur le tapis. Ça a été le jour le plus embarrassant de ma vie, et il se trouve que je m'en souviens. C'est pour ça que je ne recommencerai pas.

– Holly ! Tu ne vas pas te laisser décourager par un malheureux faux pas !

– Franchement, on serait découragé à moins !

– Ce n'était qu'une petite chute de rien du tout.

– Merci ! Je m'en souviens parfaitement ! D'ailleurs, je ne sais pas chanter, Sharon. Je croyais l'avoir prouvé magistralement la dernière fois ! »

Silence radio.

« Sharon ? »

Toujours rien.

« Sharon, tu es là ? »

Elle entendit un gargouillis, puis la tonalité.

« J'ai vraiment des amis sur qui je peux compter », marmonna-t-elle.

« Oh, Gerry, tu étais censé m'aider, pas me détraquer le mental ! »

Elle dormit très mal cette nuit-là.

10

« Bon anniversaire, Holly. Ou plutôt, bon anniversaire tardif ! »

Richard rit nerveusement, et Holly resta pantoise en voyant son frère aîné debout sur le pas de sa porte. C'était un événement rare ; en fait, peut-être même une première. Elle ouvrit la bouche et la referma comme un poisson rouge, ne sachant trop quoi dire.

« Je t'ai apporté une orchidée, une mini-*phanaelopsis*, annonça-t-il en lui tendant un pot. Elle a été expédiée par bateau en boutons et s'apprête à fleurir. »

À l'entendre, on aurait dit une publicité. Complètement sidérée, Holly caressa les petits boutons roses.

« Ça alors, Richard, c'est ma fleur préférée !

– Ah, mais tu as un beau jardin, ici, beau et... très vert. Un peu envahi, c'est vrai... » Sa voix s'étouffa, et il commença à se balancer sur ses pieds comme il en avait l'énervante manie.

« Tu veux entrer ou tu passais juste ? » Pourvu qu'il dise non, pourvu qu'il dise non !

« Oui, je vais entrer un petit moment. »

Il s'essuya les pieds pendant deux bonnes minutes à la porte avant de pénétrer dans la maison. Il rappelait à Holly son vieux professeur de mathématiques du lycée : il portait un cardigan marron tricoté à la main, avec un pantalon marron qui se cassait sur ses mocassins marron impeccables. Il n'avait pas un cheveu qui dépassait et ses ongles étaient parfaitement soignés. Holly l'imaginait très bien en train de les mesurer chaque soir avec une règle pour vérifier qu'ils ne dépassaient pas la norme européenne de longueur d'ongles, s'il en existait une.

Richard n'avait jamais l'air bien dans sa peau. Il semblait complètement étranglé par sa cravate (marron) nouée très serré, et il marchait toujours comme s'il avait un manche à balai dans le derrière ; ses rares sourires ne montaient jamais jusqu'à ses yeux. Il était le sergent instructeur de son propre corps, il se hurlait des insultes et se punissait chaque fois qu'il repassait en mode humain. Mais il était lui-même l'objet de sa propre sévérité, et le tragique de l'histoire, c'était qu'il pensait s'en trouver beaucoup mieux que les autres. Holly le conduisit au salon et posa provisoirement le pot en céramique sur le poste de télévision.

« Non, non, Holly, dit Richard en agitant l'index comme pour morigéner une gamine désobéissante. Ne mets surtout pas l'orchidée là ; il lui faut un endroit frais, sans courants d'air, à l'abri des rayons du soleil et des sources de chaleur.

– Oui, bien sûr. »

Holly ôta le pot et chercha désespérément dans la pièce un endroit plus approprié. Qu'est-ce qu'il avait dit ? Un endroit chaud, abrité des courants d'air ? Comment se faisait-il qu'il réussissait toujours à lui donner le sentiment qu'elle était une vraie godiche ?

« Cette petite table au milieu de la pièce devrait convenir, non ? »

Holly obtempéra et plaça le pot sur la table, s'attendant presque à ce qu'il lui dise : « C'est très bien, Holly. » Heureusement, il n'en fit rien.

Il prit sa position favorite devant la cheminée et examina la pièce.

« C'est impeccable, chez toi. »

– Merci. Je viens de... euh, de faire le ménage. »

Il hocha la tête, comme s'il s'en était douté.

« Je peux t'offrir du thé ou du café ? demanda-t-elle, espérant qu'il refuserait.

– Très bonne idée. Du thé, s'il te plaît. Avec du lait et sans sucre. »

Holly revint de la cuisine avec deux tasses de thé qu'elle posa sur la table basse, en espérant que la vapeur qui s'en échappait n'allait pas tuer la malheureuse plante.

« Il faut juste l'arroser toutes les semaines. »

Holly acquiesça, sachant pertinemment qu'elle ne le ferait pas.

« Je ne savais pas que tu avais la main verte, Richard, dit-elle, essayant de détendre l'atmosphère.

– Seulement quand je barbouille avec les enfants, répliqua-t-il en riant. Du moins, à en croire Meredith.

– Tu passes beaucoup de temps dans ton jardin ? » Holly s'efforçait d'alimenter la conversation ; la maison était si calme que chaque silence prenait plus de relief.

Les yeux de Richard s'illuminèrent.

« Oh oui, j'adore jardiner. J'y passe tous mes samedis », fit-il en souriant dans sa tasse de thé.

Holly avait l'impression d'être en compagnie d'un étranger. Finalement, elle le connaissait très peu et il ne savait pas non plus grand-chose d'elle. Il s'était toujours tenu à l'écart de sa famille, même lorsqu'il était plus jeune. Jamais il ne partageait avec les siens ce qui lui tenait à cœur ; il ne racontait jamais non plus les détails de sa journée. Il ne mentionnait que des faits, des faits et encore des faits. La première fois qu'on avait entendu parler de Meredith, c'était le jour où il était venu dîner avec elle pour annoncer leurs fiançailles. Malheureusement, à ce stade, il était trop tard pour le dissuader d'épouser le dragon aux cheveux flamboyants et aux yeux verts. De toute façon, il n'aurait rien écouté.

« Alors, lança-t-elle d'une voix beaucoup trop forte pour la pièce qui résonnait, qu'est-ce que tu as de particulier à me dire ? Par exemple, pourquoi es-tu venu me voir ?

– Oh, rien de particulier, tu sais. La routine habituelle. » Il prit une gorgée de thé, puis ajouta : « J'étais dans le coin, alors je suis passé te dire un petit bonjour.

– Ah bon. C'est rare que tu viennes par ici. Qu'est-ce

qui t'amène dans un lieu de perdition tel que la banlieue nord ?

– Oh, un petit truc à faire, marmonna-t-il dans sa barbe. Mais j'ai laissé ma voiture sur la rive droite de la Liffey ! »

Holly se força à sourire.

« Je plaisante, bien sûr. Elle est devant chez toi... Ça ne craint rien ? ajouta-t-il très sérieusement.

– Je ne pense pas, non, répliqua Holly, pince-sans-rire. Je ne crois pas que des rôdeurs traînent en plein jour dans ce cul-de-sac. » Le sarcasme échappa à Richard. « Comment vont Emily et Timmy ? Pardon, Timothy. » Pour une fois, elle n'avait pas fait exprès de se tromper.

Le regard de Richard s'éclaira.

« Très bien, Holly, très très bien. Mais je m'inquiète. »

Il détourna les yeux et regarda la pièce.

« Que veux-tu dire ? demanda Holly, pensant qu'il allait peut-être lui faire des confidences.

– Oh, sans raison particulière. Les enfants sont une source d'inquiétude, généralement parlant. » Il remonta ses lunettes sur l'arête de son nez et regarda sa sœur bien en face. « C'est vrai que toi, tu dois être bien contente de ne pas avoir à te soucier de tous ces petits problèmes de gamins », dit-il en riant.

Il y eut un silence. Holly avait l'impression d'avoir reçu un coup de poing au creux de l'estomac.

« Alors, tu as retrouvé du travail ? » poursuivit-il.

Le choc avait figé Holly sur sa chaise. Comment pouvait-il avoir l'audace de lui dire une chose pareille ? Elle était vexée, meurtrie, et elle n'avait qu'une envie : le voir partir. Elle n'était plus d'humeur à se montrer courtoise avec lui et n'allait certainement pas se donner la peine de lui expliquer qu'elle n'avait pas encore commencé à chercher du travail, car elle était toujours terrassée par la mort de son mari. Un genre de « petit problème » que Richard ne risquait pas de comprendre.

« Non ! grinça-t-elle.

– Alors, comment t'en tires-tu financièrement ? Tu t'es inscrite au chômage ?

– Non, Richard, fit-elle en s'efforçant de garder son calme. Je ne pointe pas au chômage. J'ai une allocation veuvage.

– Ah, c'est vraiment commode, ça.

– Commode n'est pas le mot que j'utiliserais. Je dirais plutôt mortellement déprimant, vois-tu. »

L'atmosphère se tendit. Soudain, il se donna une claque sur la cuisse, indiquant par là que la conversation était terminée.

« Il est temps que je reprenne la voiture pour rentrer travailler, annonça-t-il en s'étirant de façon exagérée, comme s'il était resté assis pendant des heures.

– Très bien, dit Holly, soulagée. Tu as intérêt à partir avant que ta voiture ne disparaisse. »

Cette fois encore, il ne comprit pas l'ironie et regarda par la fenêtre pour vérifier la présence de son véhicule.

« Oui, elle est encore là, Dieu merci. Bon, ça m'a fait plaisir de te voir, et merci pour le thé.

– Je t'en prie. Et merci pour l'orchidée », marmonna-t-elle entre ses dents.

En repartant, Richard s'arrêta à mi-chemin dans l'allée pour regarder le jardin. Il secoua la tête en signe de réprobation et lui cria :

« Il faut vraiment que tu prennes quelqu'un pour arranger cette jungle. »

Puis il s'assit au volant de sa familiale marron et démarra.

Furieuse, Holly le regarda s'éloigner et claqua la porte. Ce type l'énervait au point qu'elle avait envie de lui donner des coups de poing. Il ne comprenait vraiment rien à rien.

11

« Je le DÉ-TESTE, Sharon, gémit Holly, lorsqu'elle téléphona à son amie plus tard dans la soirée.

– Laisse tomber, Holly, il ne se rend compte de rien et il est idiot.

– Justement, c'est ce qui m'agace encore plus ! Tout le monde me dit qu'il ne se rend pas compte ou que ce n'est pas sa faute. Il a trente-six ans, Sharon ! À son âge, il devrait quand même savoir garder certaines réflexions pour lui. Il le fait exprès !

– Non, franchement, je ne crois pas, dit Sharon d'un ton apaisant. Je pense qu'il est venu spontanément te souhaiter un bon anniversaire.

– Tiens donc ! C'est quand la dernière fois qu'il est venu me voir pour m'offrir un cadeau d'anniversaire ? Ça n'est JAMAIS arrivé, JAMAIS, tu m'entends !

– Oh, trente ans, c'est quand même un anniversaire qui marque...

– Pour lui, sûrement pas. D'ailleurs, il l'a dit à un dîner il y a quelques semaines de ça, si je me souviens bien. » Elle poursuivit en imitant la voix de son frère : « "Je ne suis pas d'accord avec toi pour ces anniversaires, Holly, bla, bla bla ; je suis un crétin de première, bla, bla, bla." C'est pas Richard, qu'il aurait dû s'appeler, mais Monsieur Je-la-ramène ! »

Sharon se mit à rire en entendant son amie réagir comme une gamine de dix ans.

« Bon, d'accord, c'est un monstre abominable, et il mérite d'aller griller en enfer ! »

Holly hésita.

« Je n'irais quand même pas jusque-là...

– Jamais contente, celle-là ! » s'exclama Sharon, hilare.

Holly sourit sans conviction. Gerry aurait su exactement ce qu'elle ressentait ; il aurait su exactement quoi dire et quoi faire. Il l'aurait prise dans ses bras pour la serrer bien fort et tous les problèmes se seraient évanouis. Elle attrapa un oreiller sur son lit et l'étreignit. Elle ne se rappelait plus quand elle avait serré, vraiment serré, quelqu'un très fort contre elle. Et le plus déprimant, c'est qu'elle n'imaginait pas qu'elle pourrait un jour recommencer.

« Allôôôô ? Reviens sur terre, Holly ! Tu es là ou je suis encore en train de parler toute seule ?

– Oh, pardon, Sharon ! Tu disais ?

– Je te demandais si tu avais réfléchi à cette histoire de karaoké.

– Sharon ! glapit Holly. Mais c'est tout réfléchi !

– Bon, bon. On se calme ! Je pensais seulement qu'on pourrait louer une machine à karaoké et l'installer dans ton salon. Comme ça, tu obéirais à Gerry sans avoir le désagrément de chanter en public.

– Non, Sharon, c'est très astucieux, mais ça ne marche pas. Il veut que je fasse ça au club Diva. Dieu sait où ça se trouve, d'ailleurs.

– Oh ! Que c'est mignon ! Parce que tu es sa diva disco ?

– Oui, je crois que c'est l'idée, dit Holly d'une petite voix.

– Tu te rends compte ! Mais le club Diva ? Jamais entendu parler.

– Eh bien, ça résout le problème. Si personne ne sait où c'est, je ne peux pas y aller, voilà. »

Holly était ravie d'avoir trouvé un moyen de se sortir d'affaire.

Elles se quittèrent sur ces mots, mais, dès que Holly eut raccroché, le téléphone se remit à sonner.

« Bonsoir, ma chérie.

– Maman ! lança Holly d'un ton accusateur.

– Oh là là, qu'est-ce que j'ai encore fait ?

– J'ai reçu la visite de ton abominable fils aujourd'hui, et je ne suis pas très contente.

– Désolée, ma puce, j'ai essayé de t'appeler pour te prévenir qu'il allait passer, mais je suis tombée plusieurs fois sur ton répondeur. Tu ne branches donc jamais ton téléphone ?

– Maman, là n'est pas la question.

– Je sais. Je suis désolée. Qu'est-ce qu'il a fait ?

– Il a ouvert la bouche. C'est ça le problème.

– Oh, non ! Alors qu'il se réjouissait tellement de t'offrir son cadeau.

– Je reconnais que c'est un joli cadeau, bien intentionné et tout. Mais il m'a débité des horreurs sans sourciller !

– Tu veux que je lui en parle ?

– Non, pas la peine. On est majeurs et vaccinés. Mais merci quand même. Alors, quoi de neuf ? lança-t-elle pour changer de sujet.

– Ciara et moi sommes en train de regarder un film avec Denzel Washington. Et Ciara pense qu'elle va l'épouser un de ces jours.

– Absolument ! cria Ciara à tue-tête.

– Désolée de lui ôter ses illusions, mais il est déjà marié », dit Holly.

Elizabeth relaya l'information.

« Les mariages de Hollywood..., marmonna Ciara.

– Vous êtes toutes seules ? demanda Holly.

– Frank est descendu au pub et Declan est à la fac.

– À la fac ? À dix heures du soir ? »

Holly se mit à rire. Declan était probablement en train de se livrer à quelque activité interdite, voilà tout. Elle n'aurait pas cru sa mère assez crédule pour avaler ça, surtout après quatre autres enfants.

« Il est capable d'en mettre un coup quand il veut, Holly,

et là, il travaille sur un projet. Mais je ne sais pas ce que c'est. La plupart du temps, je n'écoute pas ce qu'il me raconte.

– Mmm, répondit Holly, qui n'en croyait pas un mot.

– Ah, voilà mon futur gendre qui revient sur l'écran. Je te laisse ! Tu ne veux pas nous rejoindre ?

– Merci, non. Je suis bien ici.

– En tout cas, si tu changes d'avis, tu sais où nous trouver. Au revoir, ma chérie ! »

Et Holly retrouva le vide et le silence de sa maison.

Elle s'éveilla le lendemain matin tout habillée, étendue sur son lit. Elle se sentait glisser à nouveau sur la mauvaise pente. Toutes ses pensées positives de ces dernières semaines s'effaçaient un peu plus chaque jour. C'était si fatigant d'être toujours de bonne humeur et elle n'avait plus l'énergie nécessaire. Qui se soucierait que la maison soit bien rangée ? Personne ne le verrait, sauf elle, et elle s'en moquait éperdument. Qui se soucierait qu'elle passe une semaine sans se laver ni se maquiller ? Elle n'avait pas l'intention de séduire qui que ce soit. Le seul type qu'elle voyait régulièrement était le livreur de pizzas et il fallait qu'elle lui donne un pourboire pour le faire sourire. Son téléphone se mit à vibrer pour lui indiquer qu'elle avait un texto. C'était Sharon.

Tél. Club Diva : 6700700
Penses-y.
C pr Gerry kil fo le fer.

Elle faillit renvoyer un texto disant : « Gerry dcd, bordL. » Mais, depuis qu'elle avait commencé à ouvrir les enveloppes, elle n'avait plus l'impression qu'il était mort. C'était comme s'il était en vacances quelque part et qu'il lui écrivait, pour pallier son absence. Il fallait qu'elle téléphone au club pour essayer d'en savoir plus, c'était la moindre des choses. Cela ne voulait pas dire qu'elle s'engageait à quoi que ce soit. Elle composa le numéro et un homme répondit. Prise de court, elle raccrocha aussitôt. Allons, Holly, se dit-elle, ce n'est quand même pas si difficile. Tu n'as qu'à prétendre qu'une de tes amies a envie de chanter et demander ce qu'elle doit faire.

Elle rassembla son courage et refit le numéro. La même voix répondit :

« Club Diva.

– Allô ? J'aurais voulu savoir si vous organisiez des soirées karaoké chez vous ?

– Oui. Ça se passe le... » Encore un bruit de papiers. « Oui, excusez-moi, le jeudi soir.

– Le jeudi ?

– Non, pardon, pardon, attendez... » Elle l'entendit fouiller encore dans ses papiers. « Non, le mardi.

– Vous êtes sûr ?

– Oui, le mardi, absolument.

– Oui, euh, je me demandais si... hum... » Holly prit une profonde inspiration et reprit : « J'ai une amie que cela pourrait intéresser, mais qui ne sait pas comment faire pour participer. »

Il y eut une longue pause à l'autre bout du fil.

« Allô ? »

Il était donc bouché à ce point ?

« Oui, désolé, je ne m'occupe pas de la mise en place des soirées karaoké, alors...

– Très bien », dit Holly, perdant patience. Il lui avait vraiment fallu se forcer pour décrocher son téléphone et ce n'était pas un quelconque petit sous-fifre borné qui allait l'arrêter dans son élan. « Est-ce que quelqu'un d'autre serait susceptible de me renseigner ?

– Euh, non, pas vraiment. Il est encore un peu tôt pour que le club soit déjà ouvert, lui fut-il répondu sur un ton sarcastique.

– Eh bien je vous remercie, vous m'avez vraiment beaucoup aidée, répliqua-t-elle sur un ton tout aussi acidulé.

– Si vous voulez bien patienter encore quelques instants, je vais essayer de vous trouver les renseignements. »

Elle fut mise en attente et dut écouter *Greensleeves* pendant cinq bonnes minutes.

« Allô ? Vous êtes toujours là ?
– Faut pas être pressée, maugréa-t-elle.
– Désolé de vous avoir fait attendre, mais j'ai dû téléphoner pour me renseigner. Comment s'appelle votre amie ? »
Holly se figea. Elle n'avait pas prévu ça. Peut-être pouvait-elle simplement donner son nom et faire appeler « son amie » pour annuler si elle changeait d'avis.
« Euh... son nom, c'est Holly Kennedy.
– Alors voilà : le concours de karaoké a lieu le mardi soir et dure un mois. Chaque semaine, sur dix concurrents, on en choisit deux, et la dernière semaine, les huit repassent sur scène pour la finale. »
Holly en eut la bouche sèche et l'estomac serré. Tout mais pas ça.
« Malheureusement, poursuivit l'homme, tous les candidats se sont inscrits plusieurs mois à l'avance. Il faudra dire à votre amie Holly de tenter sa chance à Noël. C'est la date du prochain concours.
– Ah bon.
– Mais, dites-moi, ce nom-là ne m'est pas inconnu. Ce ne serait pas la sœur de Declan Kennedy, par hasard ?
– Euh... si. Vous la connaissez ?
– Ce serait un bien grand mot. Je l'ai rencontrée l'autre soir avec son frère. »
QUOI ! Holly n'en revenait pas. Est-ce que Declan présentait d'autres filles comme sa sœur ? Quel petit tordu... Non, ce n'était pas possible !
« Declan a joué au club Diva ?
– Non, non, dit son interlocuteur en riant. Il a joué dans la salle au sous-sol. »
Holly s'efforça de digérer l'information, puis soudain, le déclic se produisit.
« C'est chez Hogan, le club Diva ?
– Oui. Au dernier étage. Je devrais peut-être faire un peu plus de publicité !
– C'est à Daniel que je parle ? » bafouilla Holly. Puis elle se maudit d'avoir été aussi bête.
« Oui. Je vous connais ?

– Hem... non. Non, non. Holly m'a juste parlé de vous en passant, c'est tout. » Se rendant compte que sa phrase n'était pas très courtoise, elle ajouta aussitôt : « Elle m'a dit que vous lui aviez apporté un tabouret. » Furieuse contre elle-même, elle se mit à se taper la tête contre le mur.

« Eh bien, dites-lui que si elle veut passer au karaoké de Noël, je peux l'inscrire maintenant. Vous n'imaginez pas le nombre de candidats.

– Ah oui ? » fit Holly d'une voix faible. Elle se sentait vraiment au-dessous de tout.

« À propos, qui êtes-vous ? »

Holly se mit à marcher de long en large.

« Hum... Sharon. Vous parlez à Sharon.

– Oui, eh bien, Sharon, j'ai votre numéro, puisqu'il s'est affiché, et si j'ai un désistement, je vous appellerai.

– Merci, c'est très gentil. »

Là-dessus, il raccrocha et Holly, affreusement gênée, se réfugia aussitôt dans son lit, la couette sur la tête, les joues en feu. Elle resta longtemps pelotonnée ainsi, se maudissant d'avoir été aussi sotte.

Lorsque le téléphone sonna à nouveau, elle l'ignora tout en essayant de se convaincre qu'elle n'avait pas donné l'impression d'être bête à braire. Enfin, lorsqu'elle eut réussi à se persuader qu'elle pouvait à nouveau affronter les regards (ce qui prit un bon bout de temps), elle sortit lentement de son lit et appuya sur le bouton de son répondeur qui clignotait.

« Bonsoir, Sharon, je vous ai ratée. Ici Daniel, du club Diva. » Il s'interrompit et ajouta : « Chez Hogan. Eh bien, je viens de regarder la liste des inscrits et, apparemment, quelqu'un a inscrit Holly il y a quelques mois. En fait, c'est l'une des premières candidates. À moins qu'il y ait deux Holly Kennedy... » Il laissa sa phrase en suspens, puis reprit : « Enfin, soyez gentille de me rappeler pour que nous tirions ça au clair. Merci. »

Stupéfaite, Holly s'assit sur le bord de son lit. Pendant les quelques heures qui suivirent, elle resta incapable de faire un geste.

12

Sharon, Denise et Holly étaient installées à une table du café Bewley, à côté de la fenêtre dominant Grafton Street. Elles s'y rencontraient souvent pour regarder le spectacle animé de la rue piétonne de Dublin. Sharon disait toujours que c'était la meilleure façon de faire du lèche-vitrines, car elle avait vue sur tous ses magasins favoris.

« Je n'arrive pas à croire que Gerry ait organisé tout ça ! s'écria Denise, estomaquée.

– Moi non plus, je n'en reviens pas ! dit Holly.

– Oui, mais ça va être marrant, fit Sharon, excitée.

– Tu parles ! souffla Holly, l'estomac révulsé rien qu'en y pensant. Je n'ai toujours aucune, mais alors aucune envie d'y aller, mais comme c'est une idée de Gerry, je ne peux pas me dégonfler.

– Bravo, Holly ! applaudit Denise. On sera tous là pour te soutenir.

– Attends, Denise ! Je ne veux que toi et Sharon, personne d'autre, dit Holly. Pas question que ça devienne une affaire d'État. Il faut que ça reste entre nous.

– Mais enfin, Holly ! protesta Sharon, ça n'est pas rien ! Personne n'aurait jamais pensé que tu remonterais sur une scène de karaoké après la dernière fois...

– Sharon, avertit Holly, on ne parle pas de choses qui fâchent. J'en connais une qui ne s'est pas encore remise.

– Oui, eh bien, faut vraiment être conne pour ne pas s'en remettre, marmonna Sharon.

– Alors, c'est quand, le grand soir ? demanda Denise, qui, sentant l'atmosphère se tendre, voulait faire diversion.

– Mardi prochain », gémit Holly, qui se pencha en avant et fit mine de se cogner la tête contre le rebord de la table.

Les clients les plus proches la regardèrent avec curiosité.

« Elle est juste un peu déjantée, annonça Sharon à la cantonade en désignant Holly.

– Ne t'en fais pas, Holly, lança Denise. Ça te laisse exactement une semaine pour te transformer en Maria Carey. Aucun problème.

– Tu ne crois pas qu'on aurait plus vite fait d'essayer d'apprendre à un éléphant à faire des pointes ? »

Holly arrêta de se cogner la tête.

« Merci de me remonter le moral, Sharon.

– Ou tu imagines Lennox Lewis en justaucorps, en train de tortiller son joli petit cul... », dit Denise d'un ton rêveur.

Sharon et Holly cessèrent de se jeter des regards noirs et fixèrent leur amie.

« Denise, tu dérailles.

– Quoi ? fit-elle, sur la défensive. Vous imaginez ses belles cuisses musclées...

– Qui te rompraient le cou si tu t'en approchais, termina Sharon.

– Tiens, c'est une idée, souffla Denise.

– Je vois ça comme ça, les filles, dit Holly, le regard flou. En guise de rubrique nécrologique, on aurait : “Denise Hennessey est morte tragiquement, étouffée par les sublimes cuisses d'acier, après avoir brièvement entrevu le paradis...”

– “Les sublimes cuisses d'acier”... Ça me plaît bien. Oh, quelle belle mort ! Je ne cracherais pas sur cette tranche de paradis !

– Dis donc, toi, lança Sharon en pointant l'index vers Denise, garde tes fantasmes sinistres pour toi. Et toi, dit-elle en désignant Holly, arrête d'essayer de changer de sujet.

– Tu es jalouse, Sharon, parce que ton mari ne pourrait

même pas casser une allumette entre ses petites cuisses de poulet, susurra Denise.

– Je te demande pardon, John a des cuisses parfaites. J'aimerais bien avoir les mêmes, ajouta Sharon.

– Oh, hé, les filles ! lança Holly en claquant des doigts, concentrez-vous sur moi, vous voulez bien ? » Et elle fit des mains un geste gracieux comme pour ramener vers elle toute l'énergie environnante.

« D'accord, l'égocentrique. Qu'est-ce que tu as l'intention de chanter ?

– Aucune idée. C'est pour ça que j'ai convoqué la cellule de crise.

– Non, ce n'est pas vrai. Tu m'as dit que tu voulais faire des courses, dit Sharon.

– Ah bon ? fit Denise en regardant Sharon, un sourcil levé. Je croyais que vous étiez venues me voir pendant ma pause déjeuner.

– Vous avez raison toutes les deux. Je fais la course aux idées et j'ai besoin de vous deux.

– Aha, bonne réponse, dirent-elles en chœur, d'accord pour une fois.

– Bon, alors je crois que j'ai une idée, reprit Sharon. C'était quoi, déjà, cette chanson qu'on a chantée en Espagne pendant quinze jours ? On n'arrivait pas à se la sortir de la tête et on en avait ras le bol, à force... »

Holly haussa les épaules. Si elles en avaient ras le bol, ça ne devait pas être un bon choix.

« Moi, je n'en sais rien, je n'étais pas invitée pendant ces vacances-là, marmonna Denise.

– Oh, Holly, tu vois bien celle que je veux dire !

– Me rappelle pas.

– Fais un effort.

– Sharon, tu vois bien qu'elle en est incapable, dit Denise, déçue.

– Mais qu'est-ce que c'était ? se lamenta Sharon en se prenant la tête dans les mains. Ah, oui, voilà ! » reprit-elle, triomphante, avant de se mettre à chanter à tue-tête : *Sun, sea, sex, sand, come on boy, give me your hand !...* »

Holly écarquilla les yeux et le rouge lui monta aux joues. Elle se tourna vers Denise, attendant qu'elle soit solidaire et fasse taire Sharon.

« Ooh, ooh, ooh, *so sexy, so sexy !* » reprirent en chœur ses deux compagnes.

Les gens les regardèrent, certains avec amusement, mais la plupart avec réprobation pour ce tube nullissime qui avait fait danser l'Europe quelques étés auparavant.

Juste au moment où elles allaient attaquer pour la quatrième fois le refrain (ni l'une ni l'autre ne se rappelait les couplets), Holly leur fit signe de se taire.

« Inutile, les filles, je ne pourrai pas chanter ça. En plus, c'est un type qui rappe.

– Au moins, tu n'aurais pas trop à chanter, gloussa Denise.

– Pas question. Je ne choisis pas de rap pour un concours de karaoké.

– C'est ton droit, dit Sharon.

– Bon, alors, quel CD écoutes-tu en ce moment ? demanda Denise, reprenant son sérieux.

– Westlife ? répondit-elle en les regardant, une lueur d'espoir dans l'œil.

– Alors, chante une chanson de Westlife, approuva Sharon. Comme ça, au moins, tu pourras réciter le texte. » Sharon et Denise partirent dans un fou rire. « Même si tu ne te souviens pas de l'air », ajouta Sharon entre deux hoquets.

Holly fut d'abord furieuse, mais, en voyant ses deux copines pliées en deux, elle se mit à rire elle aussi. Elles avaient raison. Holly n'avait aucune oreille, elle chantait faux comme une casserole. Trouver une chanson qu'elle serait susceptible de chanter tenait de la mission impossible. Lorsqu'elles se furent calmées, Denise regarda sa montre et annonça qu'elle devait retourner travailler. Elles quittèrent le café, à la grande satisfaction des autres clients.

« Ces connards vont sûrement faire la fête maintenant qu'on est parties », marmonna Sharon en passant entre les tables.

Bras dessus, bras dessous, les trois filles descendirent

Grafton Street en direction du magasin de vêtements que tenait Denise. Il faisait un beau soleil, et l'air était vif. L'animation habituelle régnait dans la rue. Certains se hâtaient pendant leur pause déjeuner, d'autres prenaient leur temps et circulaient d'un côté à l'autre, profitant d'une journée sans pluie. À chaque carrefour, un baladin cherchait à attirer l'attention des promeneurs. Denise et Sharon firent sans complexe quelques pas de danse en passant devant un violoneux, qui leur adressa un clin d'œil. Elles jetèrent quelques pièces dans la casquette qu'il avait posée par terre.

« Bon, eh bien, vous vous tournez peut-être les pouces, mais moi, il faut que je retourne bosser », annonça Denise en ouvrant la porte de son magasin.

Dès que ses vendeuses la virent, elles quittèrent le comptoir où elles étaient toutes en train de papoter et se dispersèrent pour aller ranger les vêtements sur les portants. Holly et Sharon s'efforcèrent de garder leur sérieux et prirent congé de leur amie avant de se diriger vers Stephen's Green, où elles avaient laissé leurs voitures.

« *Sun, sea, sex, sand...*, chantonna Holly à mi-voix. Oh, putain, Sharon, voilà que tu m'as remis cette chanson idiote dans la tête, ronchonna-t-elle.

– Et voilà que tu recommences à m'appeler Putain Sharon. Tu es très négative, Holly. »

Sharon se mit à fredonner la chanson.

« Oh, la ferme ! » dit Holly en lui assenant une tape amicale sur le bras.

13

Lorsque Holly quitta la ville pour rentrer chez elle, il était quatre heures. L'infâme Sharon l'avait finalement débauchée pour faire du shopping. Résultat, elle avait claqué du fric pour s'acheter un haut ridicule qu'elle n'avait plus l'âge de porter. Il fallait qu'elle surveille ses dépenses désormais. Ses fonds baissaient et, sans revenus réguliers, elle prévoyait des jours difficiles... Elle devait vraiment songer à chercher un job, mais elle avait encore du mal à se lever le matin et un travail aussi fastidieux que le précédent n'améliorerait certainement pas son moral. En revanche, cela améliorerait le règlement de ses factures. Elle poussa un gros soupir en pensant à tout ce qu'elle devait faire toute seule désormais. Non que la situation fût si difficile qu'elle ne puisse la surmonter, mais elle devait s'adapter à de nombreux changements majeurs survenus tous en même temps. Rien n'était plus comme avant. Cette idée la déprimait. Son problème, c'était qu'elle passait beaucoup trop de temps toute seule à y penser. Elle avait besoin d'être entourée, comme aujourd'hui avec Sharon et Denise. Ces deux-là réussissaient toujours à lui changer les idées. Elle téléphona à sa mère pour savoir si elle pouvait passer.

« Bien sûr, ma chérie, tu es toujours la bienvenue. » Puis, baissant la voix : « Mais, je te préviens, Richard est ici. »

Oh, Seigneur ! Qu'est-ce qu'il avait à se manifester si souvent, tout à coup ? Le premier mouvement de Holly fut de rentrer chez elle directement, mais elle se persuada que c'était idiot. Richard était son frère. Il avait beau être ennuyeux comme la pluie, elle ne pourrait pas l'éviter éternellement.

Lorsqu'elle arriva, la maison était pleine de monde et elle eut l'impression de revenir en arrière, à l'époque où il y avait des cris et des hurlements dans chaque pièce. Lorsqu'elle entra, sa mère était en train d'ajouter un couvert.

« Maman ! Tu aurais dû me dire que vous étiez près de passer à table, dit Holly en l'embrassant.

– Tu as déjà mangé ?

– Non, en fait, je meurs de faim, mais j'espère que tu ne t'es pas donné trop de mal.

– Pas du tout, ma chérie. Le pauvre Declan devra se passer de manger aujourd'hui, c'est tout », dit-elle pour taquiner son fils qui s'asseyait. Il lui adressa une grimace.

L'atmosphère était beaucoup plus détendue cette fois-ci. Ou peut-être était-ce Holly qui était moins tendue.

« Alors, monsieur le gros bûcheur, on n'est pas en cours aujourd'hui ?

– J'ai passé la matinée à la fac, répondit-il. Et j'y retourne à huit heures ce soir.

– Si tard que ça ? » dit son père en se servant généreusement de la sauce. Il finissait toujours avec plus de sauce que de viande dans son assiette.

« C'est la seule heure à laquelle je peux avoir accès à la salle de montage.

– Il n'y en a qu'une ? s'enquit Richard.

– Oui. »

Toujours économe de mots, son cadet.

« Et combien y a-t-il d'étudiants ?

– C'est un cours à petit effectif, nous ne sommes que douze.

– Ils n'ont plus de crédits ?

– Pour quoi ? Pour les étudiants ? plaisanta Declan.

– Non, pour une autre salle de montage.

– Ce n'est qu'une petite université, Richard.

– Je suppose que les grandes sont mieux équipées en matériel. Mieux équipées à tous égards. »

Cette vanne-là, tout le monde l'attendait.

« Je ne dirais pas ça. L'équipement est top, mais il y a peu d'étudiants, donc moins de matériel. Et les profs sont aussi bons que les maîtres de conférences des autres universités. En fait, ils sont sans doute meilleurs, parce qu'ils travaillent aussi pour la télévision en plus de leurs heures d'enseignement. »

Un point pour toi, Declan, pensa Holly, qui adressa un clin d'œil à son frère, assis en face d'elle à table.

« Ils ne gagnent sans doute pas grand-chose, je suppose que c'est pour ça qu'ils doivent aussi donner des cours à la fac.

– Richard, c'est très rentable de travailler pour le cinéma ou la télévision. Ces gens dont tu parles ont passé des années en fac à faire de la recherche et des thèses.

– Parce que ces études débouchent sur un diplôme ? s'étonna Richard. Je croyais que tu suivais juste un petit cours pour le plaisir. »

Declan s'arrêta de manger et regarda Holly, sidéré. L'ignorance de Richard choquait toujours tout le monde.

« À ton avis, qui fait les émissions de jardinage que tu aimes regarder, Richard ? intervint Holly. Sûrement pas un ramassis de gens qui suivent un petit cours pour le plaisir. »

L'idée qu'il pût y avoir des compétences en jeu ne l'avait manifestement jamais effleuré.

« Ce sont de bonnes petites émissions, c'est vrai, concéda-t-il.

– Ton projet porte sur quoi, Declan ? » demanda Frank.

Declan finit d'avaler ce qu'il avait dans la bouche avant de répondre :

« C'est un peu compliqué à expliquer, mais en gros, sur les boîtes de nuit de Dublin.

– Ooohh ! Et on sera dedans ? demanda Ciara avec intérêt, sortant soudain de son mutisme.

– Oui, je vais peut-être montrer vos têtes de dos, plaisanta-t-il.

– J'ai hâte de voir ton film, dit gentiment Holly.

– Merci. » Declan posa ses couverts et lança d'un ton narquois : « Dis donc, qu'est-ce que j'ai appris ! Tu vas faire un karaoké la semaine prochaine ?

– Quoi ! » glapit Ciara, les yeux ronds.

Holly fit mine de ne pas comprendre ce dont ils parlaient.

« Oh, arrête, Holly, insista Declan. Daniel me l'a dit au téléphone ! » Il se tourna vers le reste de la tablée et expliqua : « Daniel, c'est le propriétaire du pub où j'ai joué l'autre soir et c'est lui qui m'a raconté que Holly s'était inscrite pour un concours de karaoké dans la salle du haut. »

Toute la famille s'extasia. Mais Holly refusa d'avouer.

« Daniel te fait marcher, Declan. Tout le monde sait que je suis incapable de chanter ! Écoutez, si je participais à un concours de karaoké, je crois que je vous le dirais », poursuivit-elle en riant, comme si la seule idée de le cacher était ridicule. De fait, l'idée était ridicule.

« Holly ! dit Declan, j'ai vu ton nom sur la liste ! Arrête de mentir ! »

Holly posa ses couverts. Brusquement, elle n'avait plus faim.

« Pourquoi ne nous l'as-tu pas dit ? demanda sa mère.

– Parce que je chante comme une casserole.

– Alors, pourquoi te présenter ? » fit Ciara en éclatant de rire.

Autant leur avouer la vérité, sinon Declan finirait par lui tirer les vers du nez ; par ailleurs elle n'aimait pas mentir à ses parents. Mais dommage que Richard soit là pour l'entendre.

« C'est une histoire compliquée, mais, en deux mots, voilà ce qui se passe : Gerry m'a inscrite il y a quelques mois. Il tenait à ce que j'y aille, et j'ai beau ne pas du tout en avoir envie, j'ai l'impression que je ne peux pas me dégonfler. C'est idiot, je sais. »

Ciara cessa brusquement de rire. Holly, voyant que toute sa famille la regardait, se sentit sur des charbons ardents et passa nerveusement des mèches de cheveux derrière ses oreilles.

« Moi, je trouve que c'est une idée merveilleuse, lança soudain son père.

– Oui, ajouta sa mère. On ira tous te soutenir.

– Oh, non, maman, vous n'avez pas à être là, ce n'est vraiment pas important.

– Il est hors de question que ma sœur chante dans un concours sans que je sois là, déclara Ciara.

– Elle a raison, ajouta Richard. On ira tous. Jamais je n'ai assisté à un karaoké. Ça doit être... » il se creusa la cervelle pour trouver le mot juste « ... rigolo. »

Holly gémit et ferma les yeux, regrettant amèrement de n'être pas rentrée directement chez elle.

Declan riait comme un malade.

« Oui, Holly, ça va être... hum... rigolo !

– C'est quand ? demanda Richard en sortant son agenda.

– Euh... samedi », fit Holly.

Richard commençait à noter la date quand Declan intervint :

« Menteuse ! C'est mardi prochain !

– Merde ! jura Richard, à la surprise générale. Quelqu'un a du Tipp-Ex ? »

Holly était si nerveuse qu'elle n'avait pas dormi de la nuit. Son visage la trahissait : elle avait de grosses poches sous des yeux injectés et les lèvres gercées à force de les mordre. Le jour fatidique était arrivé, celui de son pire cauchemar : chanter en public.

Holly n'était même pas de celles qui chantent sous la douche, elle aurait eu trop peur que les glaces se cassent. Toute la journée, elle fit de longs séjours aux toilettes. Il n'y a pas de meilleur laxatif que la peur. Elle avait l'impression d'avoir perdu six kilos depuis le matin. Ses amis et sa famille s'étaient montrés très solidaires, comme d'habitude. Ils lui avaient adressé des cartes porte-bonheur. Sharon et John lui avaient même fait porter des fleurs, qu'elle avait mises sur la petite table à l'abri des courants d'air, à côté de son orchidée moribonde. Denise, pour blaguer, lui avait envoyé une carte pieuse.

Holly avait revêtu la tenue que Gerry lui avait fait acheter le mois précédent, sans cesser de le maudire. Mais elle avait bien d'autres soucis en tête que son apparence. Elle laissa ses cheveux tomber sur ses épaules pour qu'ils lui cachent le visage le plus possible et se passa des tonnes de mascara résistant à l'eau, comme si c'était une garantie contre les larmes. Elle avait le pressentiment qu'elle terminerait la soirée en pleurs. À l'approche des moments les plus pourris de son existence, elle avait comme un sixième sens.

Lorsque John et Sharon vinrent la chercher en taxi, elle refusa de leur adresser la parole et maudit tout le monde de l'obliger à faire une chose pareille. Elle se sentait physiquement mal et ne pouvait rester en place. Chaque fois que le taxi s'arrêtait à un feu rouge, elle avait envie de descendre et de prendre ses jambes à son cou, mais dès qu'elle avait rassemblé assez de courage pour le faire, il passait au vert. Les mains fébriles, elle ouvrait et fermait nerveusement son sac pour se donner une contenance.

« Détends-toi, Holly, dit Sharon avec douceur, tout va bien se passer.

– Va te faire foutre ! »

Ils finirent la route en silence. Même le chauffeur de taxi s'abstint de parler. Au terme de ce trajet tendu, ils arrivèrent chez Hogan, et John et Sharon eurent un mal de chien à empêcher Holly de délirer (elle disait qu'elle préférait se jeter dans la Liffey) et à la persuader d'entrer. Comble de l'horreur, le club était bourré et il fallut qu'elle se fraie péniblement un chemin à travers la foule pour rejoindre sa famille, qui avait gardé une table juste à côté des toilettes, comme elle l'avait expressément demandé.

Richard était perché de travers sur un tabouret, visiblement mal à l'aise. Il avait mis un costume, ce qui lui donnait un air complètement déplacé.

« Si tu m'expliquais les règles du karaoké, papa, pour que je comprenne ce que doit faire Holly ? »

Frank s'exécuta et les nerfs de Holly se tendirent encore un peu plus.

« Eh bien ! C'est extraordinaire, non ? » dit Richard en regardant tout autour de lui, impressionné.

Holly se dit qu'il n'avait sans doute jamais mis les pieds dans une boîte.

La vue de la scène la terrifia : elle était beaucoup plus grande qu'elle ne l'avait imaginé, et sur le mur il y avait un écran géant où le public pouvait lire les paroles des chansons. Jack était là, un bras autour des épaules d'Abbey. Ils lui firent tous deux un sourire encourageant. Holly leur envoya un regard noir et détourna les yeux.

« Tu ne devineras jamais ce qui vient de se passer, Holly. Tu te souviens de ce type qu'on a rencontré la semaine dernière, Daniel ? » Holly regarda fixement Jack et vit ses lèvres bouger, mais elle se moquait éperdument de ce qu'il pouvait raconter. « Figure-toi qu'Abbey et moi sommes arrivés les premiers pour garder la table. On s'embrassait quand ce type s'est approché et il m'a dit à l'oreille que tu allais venir ce soir. Il a dû croire que j'étais avec toi et que je te trompais ! » Jack et Abbey s'esclaffèrent.

« Je trouve ça dégoûtant, dit Holly en se détournant.

– Pas du tout, plaida Jack. Il ne savait pas que tu étais ma sœur. Il a fallu que je lui explique... » Il ne termina pas sa phrase, dissuadé par un regard comminatoire de Sharon.

« Bonsoir, Holly, dit Daniel, qui s'approcha d'elle, un classeur à la main. Voilà l'ordre de passage pour ce soir. En premier, une fille qui s'appelle Margaret, puis ce sera au tour de Keith et vous venez ensuite. Ça vous va ?

– Je suis la troisième, alors.

– Oui, après...

– C'est tout ce que j'ai besoin de savoir », coupa-t-elle.

Elle n'avait qu'une envie : sortir de ce club débile. Si seulement on pouvait arrêter de la harceler, si seulement on pouvait la laisser tranquille, libre de penser du mal de tout le monde. Si seulement le sol pouvait s'ouvrir sous elle et l'engloutir, si seulement une catastrophe naturelle pouvait se produire, forçant tout le monde à évacuer le bâtiment.

Au fond, l'idée n'était pas mauvaise, et Holly chercha désespérément du regard un bouton pour déclencher une alerte au feu. Mais Daniel continuait à lui parler :

« Dites, Holly, excusez-moi de vous déranger à nouveau, mais laquelle de vos amies est Sharon ? »

Il semblait redouter qu'elle lui arrache les yeux. C'était peut-être ce qu'elle aurait dû faire, pensa-t-elle en plissant les siens.

« La fille là-bas », dit-elle, agacée, puis elle ajouta : « Attendez voir. Pourquoi cette question ?

– Oh, je voulais juste m'excuser pour la fois où je l'ai eue au téléphone. »

Il entreprit de rejoindre Sharon.

« Pourquoi ? » répéta Holly. La panique dans sa voix le fit se retourner.

« On s'est mal compris la semaine dernière. » Visiblement, il se demandait pourquoi il devait lui rendre des comptes.

« Vous savez, vous n'êtes pas obligé de vous excuser. Elle a probablement tout oublié, bégaya-t-elle.

– Sans doute, mais j'aimerais quand même le faire », dit-il en s'éloignant.

Holly bondit de son tabouret.

« Bonjour, Sharon. Je suis Daniel. J'espère que vous m'excuserez pour le malentendu au téléphone la semaine dernière. »

Sharon le regarda comme s'il était tricéphale.

« Quel malentendu ?

– Vous savez, au téléphone ? »

John passa un bras protecteur autour de la taille de sa femme.

« Au téléphone ?

– Euh... oui, au téléphone.

– Comment vous appelez-vous, déjà ?

– Hum... Daniel.

– Et nous nous sommes parlé au téléphone ? »

Le visage de Sharon se détendit lentement. Dans le dos

de Daniel, Holly se livrait à une pantomime désespérée. Daniel s'éclaircit nerveusement la voix.

« Oui, vous avez appelé au club la semaine dernière et c'est moi qui vous ai répondu. Ça vous rappelle quelque chose ?

– Non, mon chou, vous vous trompez d'adresse », dit gentiment Sharon.

John lança un regard noir à sa femme en l'entendant appeler Daniel « mon chou ». S'il n'avait tenu qu'à lui, il l'aurait envoyé promener, ce type. Daniel se passa la main dans les cheveux, l'air totalement désorienté. En se retournant, il se trouva face à Holly, qui regardait Sharon en hochant frénétiquement la tête.

« Ah mais oui ! s'exclama Sharon, comme si la mémoire lui revenait. Daniel ! cria-t-elle avec un enthousiasme un peu forcé. Pardon, mais mes petites cellules grises ne sont plus ce qu'elles étaient », fit-elle en riant comme si elle disait des choses désopilantes. Elle prit son verre et ajouta : « J'ai dû un peu trop forcer là-dessus ! »

Soulagé, Daniel sourit.

« Ah bon, j'ai cru un moment que je devenais fou ! Alors, vous vous souvenez de notre conversation au téléphone ?

– Cette conversation-là. Oh, écoutez, ça n'a vraiment aucune importance, dit-elle en agitant la main pour signifier que l'incident était classé.

– Vous savez, je viens juste de reprendre l'établissement. Je ne suis ici que depuis quelques semaines et je n'étais pas très sûr de ce qui avait été prévu pour ce soir.

– Ne vous inquiétez pas... on a tous besoin de temps... pour s'adapter..., bafouilla Sharon en regardant Holly pour voir si elle ne faisait pas de gaffe.

– Bon, eh bien je suis content de vous avoir rencontrée. Vous voulez un tabouret ou autre chose ? » fit-il en manière de plaisanterie.

Sharon et John, déjà installés sur leurs tabourets, le dévisagèrent en silence, ne sachant quoi répondre à ce type bizarre. John le regarda s'éloigner d'un œil soupçonneux.

« Dis-moi, c'est quoi, cette histoire ? hurla Sharon à Holly, dès que Daniel fut hors de portée de voix.

– Je t'expliquerai plus tard, dit Holly en se tournant vers la scène, où montait l'animateur de la soirée.

– Mesdames et messieurs, bonsoir ! commença-t-il.

– Bonsoir », cria Richard, tout excité.

Holly leva les yeux au ciel.

« Notre première candidate de ce soir est Margaret, de Tallagh, qui va nous interpréter la chanson de *Titanic, My Heart Will Go On*, de Céline Dion. On applaudit la merveilleuse Margaret ! »

Le public se déchaîna. Le cœur de Holly aussi. La mélodie la plus difficile qui soit. Ben voyons.

Lorsque Margaret commença à chanter, il se fit un silence tel qu'on eût entendu une mouche voler, ou plutôt, compte tenu du contexte, quelques verres se briser. Holly regarda les visages autour d'elle dans la salle. Tout le monde écoutait, médusé, y compris sa famille. Les traîtres ! Margaret avait fermé les yeux et chantait avec passion, comme si elle avait vécu tout ce dont parlait la chanson. Holly se prit à la haïr et se promit de lui faire un croche-pied quand elle retournerait s'asseoir.

« Incroyable performance, non ? » s'exclama l'animateur. La foule applaudit à nouveau. Holly se dit qu'elle serait sûrement moins enthousiaste après sa prestation à elle. « Maintenant, nous allons écouter Keith. Vous vous souvenez de lui ? C'est notre vainqueur de l'année dernière, et il nous chante *Coming to America*, de Neil Diamond. On l'applaudit bien fort ! »

Et voilà. Keith était une célébrité dans ce club. D'accord. Holly n'avait pas besoin d'en entendre davantage. Elle se précipita aux toilettes, où elle se mit à marcher de long en large pour essayer de se calmer. Elle avait les genoux qui s'entrechoquaient, l'estomac noué, et la bile lui montait à la bouche. Elle se regarda dans la glace et se força à respirer profondément. Ce qui ne réussit qu'à lui faire tourner la tête. Dehors, la foule applaudit et Holly se figea. Son tour était venu.

« Keith a été fantastique, n'est-ce pas, mesdames et messieurs ? »

Les applaudissements et les bravos fusèrent à nouveau.

« Keith va peut-être battre le record et gagner deux années de suite. On peut difficilement mieux faire ! »

En tout cas, on allait faire bien pire.

« La candidate suivante est une nouvelle venue dans notre concours. Elle s'appelle Holly et elle va nous chanter... »

Holly courut s'enfermer dans un des W.-C. Rien ne pourrait l'en faire sortir.

« Allez, mesdames et messieurs, on encourage Holly ! »

Les applaudissements reprirent.

14

Les débuts de Holly au karaoké remontaient à trois ans. Cela s'était passé au pub du coin, où ses amis s'étaient rendus en nombre pour célébrer le trentième anniversaire de l'un d'entre eux. Ce soir-là, Holly était extrêmement fatiguée : elle avait fait des heures supplémentaires les deux dernières semaines et n'était vraiment pas d'humeur pour une folle soirée. Tout ce qu'elle voulait, c'était rentrer chez elle, prendre un bon bain, mettre son plus vieux pyjama, se goinfrer de chocolats et se vautrer sur le canapé devant la télévision avec Gerry.

Après un trajet debout dans un bus bondé de Blackrock à la gare de Sutton, elle n'avait aucune envie de se retrouver coincée dans un pub enfumé. Elle avait une moitié de visage écrasée contre la vitre et l'autre logée sous l'aisselle malodorante d'un homme dont l'hygiène ne devait pas être la préoccupation première. Juste derrière elle, un autre homme lui soufflait dans le cou une haleine si chargée en alcool qu'elle avait l'impression d'être ivre elle-même. Et, comble de désagrément, à chaque oscillation du train, il pressait « accidentellement » sa grosse bedaine contre son dos. Elle avait subi ça matin et soir tous les jours ouvrables, et elle n'en pouvait plus. Elle voulait son pyjama.

Finalement, lorsqu'elle arriva à Sutton, elle mit si longtemps à s'extraire du wagon que, lorsqu'elle sortit enfin de la gare, ce fut pour voir son autobus partir, chargé de gens qui la regardaient avec satisfaction. Comme il était plus de six heures, le café était fermé et elle dut rester dans le froid glacial une demi-heure à attendre le suivant. C'était le bouquet et elle n'avait plus qu'une envie, se pelotonner devant sa cheminée.

Mais son époux bien-aimé avait d'autres projets. De retour chez elle, elle trouva une maison pleine et une musique à fond la caisse. Des gens qu'elle ne connaissait même pas circulaient dans les pièces une canette de bière à la main et se vautraient sur le canapé où elle avait l'intention de s'effondrer pour la soirée. Gerry était installé devant la chaîne et faisait le DJ en essayant d'avoir l'air cool.

« Qu'est-ce que tu as ? demanda-t-il, lorsqu'il la vit monter l'escalier à pas furieux pour gagner la chambre.

– Je suis crevée, de mauvaise humeur, et je n'ai pas envie de faire la fête ce soir. Tu ne m'as même pas demandé si tu pouvais inviter tous ces gens. D'ailleurs, QUI SONT-ILS ? hurla-t-elle.

– Des amis de Conor et, à propos, ICI, C'EST CHEZ MOI AUSSI », hurla-t-il à son tour.

Holly se mit les doigts sur les tempes qu'elle massa doucement : elle avait si mal à la tête que la musique la rendait folle.

« Gerry, commença-t-elle en essayant de garder son calme, je ne dis pas que tu ne peux pas inviter des amis. Je n'aurais aucune objection si tu avais prévu ça à l'avance et si tu m'avais prévenue. Mais aujourd'hui, il se trouve que je suis particulièrement fatiguée. (Sa voix devenait de plus en plus faible.) Je voulais juste rentrer chez moi et me détendre.

– Oh, avec toi, c'est tous les jours le même refrain, rétorqua-t-il. Tous les soirs, tu es fatiguée. Tu es d'une humeur de chien quand tu rentres et tu t'en prends à moi pour tout et n'importe quoi ! »

Holly en resta bouche bée.

« Excuse-moi. J'ai beaucoup travaillé.

– Moi aussi. À ceci près que moi, je ne t'envoie pas promener toutes les fois que tu ne fais pas tous mes caprices.

– Gerry, il ne s'agit pas d'un caprice. Mais tu as invité toute la rue chez...

– ON EST VENDREDI, hurla-t-il, la réduisant au silence. C'EST LE WEEK-END ! Ça remonte à quand, la dernière fois que tu es sortie ? Oublie ton travail et éclate-toi, pour changer. Arrête de te conduire comme une VIEILLE ! » Et il sortit de la chambre en claquant la porte.

Après avoir passé un bon moment dans la salle de bains à ruminer ses griefs contre Gerry et à rêver au divorce, elle se calma et se mit à réfléchir à ce qu'il lui avait dit. Il n'avait pas tort. Il n'avait peut-être pas utilisé les mots justes, mais c'était vrai que tout le mois, elle avait été d'une humeur massacrante et s'en était prise à lui pour un oui ou un non.

Jusqu'à une date récente, Holly était le genre de fille qui terminait son travail à cinq heures tapantes et qui, à cinq heures un, avait éteint son ordinateur et ses lampes, rangé son bureau, et courait prendre son train, que cela plaise ou non à ses employeurs. Jamais elle n'emportait de travail chez elle, jamais elle ne s'inquiétait pour l'avenir de la société parce que, franchement, elle s'en moquait comme de l'an 40, et elle se faisait porter malade le lundi matin aussi souvent qu'elle le pouvait sans crainte de se faire renvoyer. Comment elle avait pu accepter d'emporter des dossiers chez elle, de travailler tard et de se faire du souci pour la société, Dieu seul le savait. Mais Gerry avait raison. Rien que d'y penser, elle en était malade. Elle n'était plus sortie avec lui ni avec ses amies depuis des semaines et tous les soirs elle s'endormait sitôt la tête sur l'oreiller. D'ailleurs, c'était sans doute ce qui contrariait Gerry plus que sa mauvaise humeur.

Mais ce soir-là, elle décida que tout serait différent. Elle allait leur montrer, à ses amis et à son mari qu'elle avait négligés, qu'elle était toujours la même Holly, marrante, irresponsable et frivole. Elle commença sa démonstration en préparant des cocktails maison dont on ne savait trop ce qu'elle y avait mis, mais qui firent merveille. À onze heures, toute la bande descendit la rue en dansant vers le pub du quartier où avait lieu une soirée karaoké. Holly demanda à passer la première et harcela le présentateur jusqu'à ce qu'il cède. Le pub était bourré et, ce soir-là, il y avait un groupe particulièrement déchaîné de copains venus enterrer la vie de garçon de l'un d'entre eux. On aurait dit qu'une équipe de cinéma était arrivée quelques heures plus tôt au club afin de préparer le décor d'un désastre. En tout cas, elle n'aurait pas mieux réussi.

L'animateur de la soirée réserva à Holly une présentation triomphale, car elle avait prétendu être une chanteuse professionnelle et il avait gobé ses mensonges. Gerry riait tant qu'il ne pouvait plus ni parler ni ouvrir les yeux, mais elle était bien décidée à lui montrer qu'elle était encore capable de s'éclater. Il n'avait pas besoin de songer au divorce pour l'instant. Elle se décida pour *Like a Virgin* et dédia la chanson à l'homme qui se mariait le lendemain. Holly se mit à chanter et fut sifflée illico. Jamais on n'avait entendu pareil tollé, ni si assourdissant. Mais, comme elle était ivre, elle s'en moquait et elle continua à chanter pour son mari, qui semblait être le seul à apprécier.

Lorsque le présentateur lui-même encouragea le public à huer encore plus fort, Holly estima qu'elle avait rempli son contrat. Elle lui rendit le micro, suscitant alors une explosion de joie si bruyante que les clients du pub voisin accoururent. Ce fut donc devant un public encore plus nombreux qu'elle trébucha sur ses talons aiguilles en descendant les marches de l'estrade et s'étala la tête la première. Tout le monde vit sa jupe se relever et passer par-dessus sa tête, révélant de vieux sous-vêtements qui avaient été blancs dans une vie antérieure et qu'elle n'avait pas pris la peine de changer lorsqu'elle était rentrée du travail.

À la suite de cette soirée, Holly avait juré que *jamais au grand jamais* elle ne participerait à un karaoké.

15

« Holly Kennedy ? Vous êtes là ? » tonna la voix du présentateur.

Les applaudissements du public cédèrent la place à des murmures excités, tandis que tout le monde cherchait Holly des yeux. Eh bien, ils pourront chercher longtemps, se dit-elle en abaissant le siège des toilettes pour s'asseoir dessus, avec l'espoir que l'animation et la curiosité se calmeraient et qu'on passerait rapidement à la victime suivante. Elle se prit la tête dans les mains, les yeux fermés, et rêvant de se retrouver chez elle, bien en sécurité et une semaine plus tard. Puis elle compta jusqu'à dix, pria pour qu'un miracle se produise et les rouvrit lentement.

Elle se trouvait toujours dans les toilettes. Cela n'arrivait donc qu'aux héroïnes des films de se découvrir des pouvoirs magiques ? Ce n'était pas juste... Elle s'était bien doutée, depuis le moment où elle avait ouvert l'enveloppe fatale, que ça se passerait ainsi. Elle avait prévu l'humiliation et les larmes. Son cauchemar était juste devenu réalité.

Le club paraissait maintenant très calme, et le soulagement l'envahit lorsqu'elle se rendit compte qu'on passait au concurrent suivant. Ses épaules se détendirent, elle desserra poings et mâchoires et respira plus facilement. Le moment de panique était passé, mais elle décida d'attendre que le candidat commence à chanter pour se sauver. Elle ne pouvait même pas escalader la fenêtre parce qu'elle n'était pas au rez-de-chaussée. À moins de risquer la mort en sautant. Encore une chose devant laquelle ses consœurs américaines n'auraient pas reculé.

Holly entendit la porte des toilettes s'ouvrir et claquer. Aha, on venait la chercher. Qui que fût le « on ». Son cœur se mit à cogner à nouveau. Le malheureux organe devait être épuisé, à ce stade.

« Holly ? » C'était Sharon. « Holly, je sais que tu es là, alors écoute-moi. »

Holly avala les larmes qui commençaient à jaillir.

« D'accord, je sais que c'est un cauchemar absolu pour toi et que tu as une sorte de phobie de ce genre de performance. Mais détends-toi. »

La voix de Sharon était si apaisante que les épaules de Holly se relaxèrent à nouveau.

« Tu sais que moi, j'ai horreur des souris. »

Holly fronça les sourcils. Où voulait-elle en venir ?

« Mon pire cauchemar, ce serait de me trouver dans une pièce pleine de souris... Tu me vois d'ici... »

L'idée fit sourire Holly. Elle se souvint de l'époque où Sharon était venue se réfugier chez Gerry et elle après avoir attrapé une souris dans sa maison. John, naturellement, avait eu droit à des visites conjugales.

« Oui, hein ? Je serais là où tu es maintenant et personne ne réussirait à me faire sortir. »

Elle s'interrompit.

« Comment ? » dit la voix de l'animateur dans le micro. Puis il annonça : « Mesdames et messieurs, il semblerait que notre chanteuse soit en ce moment dans les toilettes. »

Toute la salle éclata de rire.

« Sharon ! » La peur faisait trembler la voix de Holly. Elle avait l'impression que la foule enragée allait fracturer la porte, lui ôter ses vêtements et la faire passer de main en main au-dessus des têtes avant de la poser sur la scène pour son exécution. La panique la saisit encore.

Sharon se hâta d'ajouter :

« Tu sais, Holly, tout ce que je veux dire, c'est que tu

n'es pas obligée d'y aller si vraiment tu n'en as pas envie. Personne ne te force...

– Mesdames et messieurs, acclamons Holly pour qu'elle sache que c'est son tour ! hurla l'animateur. Allez ! »

Tout le monde se mit à taper des pieds et à scander son prénom.

« Bon, d'accord, disons qu'aucun de ceux qui t'aiment ne te force à faire ça..., reprit Sharon, qui commençait aussi à sentir la pression de la foule. Mais si tu ne le fais pas, je sais que tu ne te le pardonneras jamais. Gerry n'avait sûrement pas l'intention de t'infliger un pareil supplice quand il a écrit ça...

– HOLLY ! HOLLY ! HOLLY ! »

Elle avait l'impression que les murs de la cabine se refermaient sur elle, et des gouttes de sueur commencèrent à perler à son front. Il fallait qu'elle sorte de là. Elle se précipita dehors. Les yeux de Sharon s'écarquillèrent à la vue de son amie aussi affolée que si elle avait croisé un fantôme. Elle avait les yeux rouges et bouffis, son rimmel coulait en stries noires sur ses joues (aucun mascara ne résiste vraiment à l'eau), et ses larmes avaient dilué son fond de teint.

« Ne t'inquiète pas, Holly, dit calmement Sharon. Ils ne peuvent pas te forcer à faire ce que tu n'as pas envie de faire. »

La lèvre inférieure de Holly se mit à trembler.

« Non, insista Sharon en l'attrapant par les épaules et en la regardant dans les yeux. La question ne se pose même pas. »

La lèvre de Holly cessa de trembler, mais pas le reste de sa personne.

« Je suis incapable de chanter, Sharon ! chuchota-t-elle, l'œil fou de terreur.

– Ça, je le sais ! dit Sharon, et ta famille aussi. Qu'ils aillent tous se faire foutre, ajouta-t-elle, agressive. Tu ne reverras jamais leur sale gueule, à tous ces gens, alors, ce qu'ils pensent, on n'en a rien à cirer. Enfin, moi en tout cas. Et toi ? »

Holly réfléchit une minute.

« Moi non plus, murmura-t-elle.

– Je n'ai pas entendu ce que tu as dit, fit Sharon. Tu en as quelque chose à cirer, de ce qu'ils pensent ?

– Non, répondit Holly d'une voix plus ferme.

– Plus fort ! insista Sharon en la secouant par les épaules.

– Non ! hurla Holly.

– Plus fort !

– NOOOOOOON ! J'EN AI RIEN À CIRER DE CE QU'ILS PENSENT ! » vociféra Holly, tant et si bien que dans la salle, la foule commença à se calmer.

Sharon parut un peu interloquée, puis se reprit.

« On n'a qu'à se dire qu'après tout, Holly soit qui mal y pense, et dans quelques mois, on en rigolera bien », déclara-t-elle.

Holly se regarda une dernière fois dans le miroir, prit une grande inspiration et se précipita vers la porte des toilettes comme une femme d'affaires investie d'une mission. Elle ouvrit la porte et se retrouva face à ses fans en délire qui scandaient son nom. En la voyant, ils se mirent à l'acclamer et elle leur fit un salut extrêmement théâtral avant de se diriger vers la scène sous les applaudissements et les rires. Elle entendit encore Sharon hurler : « Tu les emmerdes ! »

À présent, Holly avait l'attention pleine et entière du public, pour le meilleur ou pour le pire. Si elle n'était pas allée se réfugier dans les toilettes, les gens qui bavardaient au fond du pub n'auraient sans doute même pas remarqué qu'elle chantait, mais maintenant, elle avait attiré tous les regards sur elle. Elle devait en assumer les conséquences.

Debout sur la scène, elle croisa les bras, tétanisée. La musique commença sans même qu'elle le remarque, et elle manqua les premiers vers de la chanson. Le DJ arrêta la bande et la remit au début.

Un silence complet se fit. Holly se racla la gorge et le bruit se répercuta dans la salle. Tout le monde fit une moue dégoûtée. Holly fixa son regard sur Sharon et Denise pour qu'elles la soutiennent et toute la table leva le pouce pour l'encourager. Dans n'importe quelle autre circonstance, Holly aurait ri tant ils avaient l'air cucul, mais sur le moment, leur geste la réconforta. Enfin, la bande-son reprit et Holly se cramponna des deux mains au micro et se prépara. D'une voix chevrotante et timide, elle attaqua le premier couplet :

Que feriez-vous donc si je chantais faux ?
Vous vous lèveriez pour me tourner le dos ?

Denise et Sharon, frappées par la pertinence du choix, hurlèrent des bravos en riant. Holly continua vaille que vaille. Elle chantait horriblement faux et avait l'air sur le point de fondre en larmes. Juste au moment où elle s'attendait à se faire huer à nouveau, sa famille et ses amis reprirent le refrain en chœur :

Mais mes amis me donneront un coup de pouce
Un coup de pouce, ah oui, un joli coup de pouce !

Des visages se tournèrent vers la table et des rires fusèrent. L'atmosphère se réchauffa. Holly se prépara à pousser la note haute et hurla de toutes ses forces : « As-tu besoin de quelqu'un à aimer ? » Elle réussit même à se faire peur avec le volume et quelques personnes reprirent avec elle : « Oui, j'ai besoin de quelqu'un à aimer ! » À présent, elle était moins crispée et poursuivit tant bien que mal. Au fond du pub, les gens continuaient à bavarder, les serveurs à servir et à entrechoquer les verres, si bien qu'à la fin Holly eut l'impression d'être la seule à s'écouter.

Lorsqu'elle eut terminé, quelques tables polies devant la scène et sa propre table à droite furent les seules à lui prêter attention. Le DJ lui reprit le micro et réussit à dire entre deux éclats de rire :

« On applaudit bien fort Holly Kennedy pour son courage ! »

Cette fois, la famille et les amis furent les seuls à applaudir. Denise et Sharon s'approchèrent d'elle, les joues humides.

« Je suis vraiment fière de toi ! dit Sharon en lui jetant les bras autour du cou. C'était épouvantable.

– Merci de ton aide, Sharon », répondit Holly en serrant son amie.

Jack et Abbey crièrent bravo et John applaudit en criant : « Affreux. Absolument affreux ! »

La mère de Holly lui sourit chaleureusement, compatissante : sa fille chantait aussi faux qu'elle. Frank avait du mal à la regarder dans les yeux tant il riait. Quant à Ciara, tout ce qu'elle réussit à dire fut : « Je ne savais pas qu'on pouvait être aussi mauvais », phrase qu'elle répéta plusieurs fois.

De l'autre bout de la salle, Declan lui fit signe en agitant la caméra qu'il tenait à la main, ses pouces dirigés vers le bas. Holly alla s'asseoir à un coin de la table en se faisant toute petite et but un verre d'eau à petites gorgées en écoutant les uns et les autres la complimenter pour sa contre-performance. Pourtant, elle ne parvenait pas à se rappeler quand elle s'était sentie aussi fière d'elle. Gerry la récompensa en l'entourant de ses bras et en la tenant serrée tout le reste de la soirée. Cet espace secret, personne ne pouvait l'envahir. John s'approcha d'elle et s'appuya au mur pour écouter le candidat suivant. Finalement, il rassembla son courage et dit :

« Gerry est sûrement ici, tu sais », en posant sur elle des yeux embués.

Pauvre John, à lui aussi, son meilleur ami devait manquer. Elle lui adressa un sourire encourageant.

Au bout d'une heure, quand les candidats en eurent terminé, Daniel et le DJ commencèrent à compter les votes. Tout le monde avait reçu un bulletin en payant l'entrée. Holly ne put se résoudre à inscrire son nom sur le sien, aussi le donna-t-elle à Sharon. Si par un hasard plus qu'improbable elle sortait gagnante, ce qu'elle n'avait jamais envisagé, la perspective de devoir se soumettre à la même épreuve quinze jours plus tard la faisait frémir d'horreur. Mais le vainqueur de l'année précédente, Keith, était venu avec une trentaine d'amis, ce qui lui assurait la victoire.

Le DJ programma des roulements de tambour pour

annoncer la proclamation des résultats. Daniel remonta sur la scène, où l'accueillirent les cris et les sifflements des filles, dont la plus démonstrative était hélas Ciara. Richard paraissait tout excité et croisa les doigts en regardant Holly. Un geste très gentil, ou incroyablement naïf.

Il y eut un moment de désarroi lorsque les roulements de tambour s'espacèrent, et le DJ se précipita vers son matériel pour arrêter la bande. Les gagnants furent proclamés sans emphase dans un silence total :

« Je voudrais remercier tous ceux qui ont participé au concours de ce soir. Vous nous avez offert un spectacle de choix. » Cette dernière phrase accrut encore l'embarras de Holly, qui se tortilla sur son siège. « Eh bien, les deux finalistes sont... » Daniel s'arrêta pour ménager son effet : « Keith et Samantha ! »

Tout excitée, Holly bondit et se mit à tourner avec Denise et Sharon. De sa vie, elle ne s'était sentie aussi soulagée. Richard la regardait, perplexe. Le reste de la famille la félicita de son échec triomphant.

« J'ai voté pour la blonde, dit Declan.

– Uniquement parce qu'elle a une belle paire de loloches, rétorqua Holly.

– Ah, à chacun son talent. »

En se rasseyant, Holly se demanda quel était le sien. Ce devait être délicieux de gagner, de savoir qu'on a un talent particulier. Jamais elle n'avait reçu le moindre prix : elle ne pratiquait aucun sport, ne jouait d'aucun instrument ; maintenant qu'elle y pensait, elle n'avait aucune passion, aucun hobby. Qu'écrirait-elle sur son CV lorsqu'elle se mettrait sérieusement en quête d'un travail ? « J'aime boire et faire les magasins. » Cela ne serait pas du meilleur effet. Songeuse, elle vida son verre d'eau. Toute sa vie, elle n'avait eu qu'un seul intérêt : Gerry. Tout ce qu'elle faisait tournait autour de lui. D'une certaine façon, elle n'était bonne qu'à une seule chose : être la femme de Gerry. Elle ne savait rien faire d'autre. Que lui restait-il, à présent ? Pas de boulot, pas de mari ; elle n'était même pas capable de chanter correctement à un concours de karaoké, ni, à plus forte raison, de gagner ! Assise là, à regarder sa famille et ses amis, elle se sentit submergée par un sentiment de solitude et de découragement.

Sharon et John semblaient absorbés par une discussion très animée. Abbey et Jack se regardaient dans les yeux comme deux adolescents enamourés, ce qui n'était pas nouveau. Ciara serrait Daniel de près et Denise... mais où était donc passée Denise ?

Holly regarda la salle et la vit assise sur la scène, balançant ses jambes croisées et prenant une pose très provocante devant le meneur de jeu. Les parents de Holly étaient partis main dans la main juste après la proclamation des résultats. Restait... Richard. Assis entre Ciara et Daniel, il regardait autour de lui comme un chien perdu. Mal à l'aise, il buvait une gorgée toutes les deux secondes. Holly se rendit compte alors qu'elle avait dû avoir le même air minable. Mais au moins, ce minable-là avait une femme et deux enfants qui l'attendaient chez lui, tandis qu'elle avait rendez-vous avec un repas micro-ondes. Elle s'approcha pour s'asseoir sur le haut tabouret en face de lui.

« Tu t'amuses ? »

Il leva les yeux, étonné que quelqu'un lui adresse la parole.

« Oui, merci, Holly, je m'amuse. »

Si c'était à ça qu'il ressemblait quand il s'amusait, elle préférait ne pas penser à l'air qu'il avait à un enterrement.

« Ça m'étonne que tu sois venu, tu sais. Je ne pensais pas que c'était ton genre.

– Oh, il faut se serrer les coudes en famille, dit-il en tournant sa cuillère dans son verre.

– Et où est Meredith ce soir ?

– Emily et Timothy, répondit-il, comme si c'était une explication suffisante.

– Tu travailles demain ?

– Oui, dit-il en finissant son verre. Il faut que je parte, d'ailleurs. J'ai trouvé que tu avais vraiment bien encaissé ce soir, Holly. »

Il regarda autour de lui, l'air gêné, se demanda s'il allait dire au revoir à la famille et décida finalement que non. Il salua Holly de la tête, puis se fraya un chemin dans la foule. Elle ne savait pas si elle devait approuver ou non la façon dont il avait choisi de partir.

Lorsqu'elle se retrouva seule, Holly se sentit soudain très angoissée. Elle avait beau avoir envie d'attraper son sac et de filer, elle savait qu'elle devait prendre son mal en patience. À l'avenir, elle se trouverait souvent dans la même situation que ce soir-là : seule au milieu de couples, elle devait donc s'habituer à cette nouvelle donne. N'empêche, elle en voulait aux autres, qui ne lui prêtaient aucune attention. Mais elle se reprocha aussitôt sa réaction infantile : aurait-elle pu rêver famille ou amis plus solidaires ? Elle se rendit compte que Gerry avait réussi ce soir-là à faire le lien entre ses amis et sa famille et elle se demanda si telle avait été son intention. Pensait-il que, compte tenu de sa situation, c'était ce dont elle aurait besoin ? Que cela l'aiderait ? Peut-être avait-il raison, car, assurément, elle avait été mise à l'épreuve et obligée de faire preuve de courage. Elle était montée sur scène, avait chanté devant des centaines de personnes, et maintenant elle se trouvait entourée de couples. Cernée par les couples. Quel qu'ait été le projet de Gerry, elle était forcée de devenir plus courageuse sans lui. Reste jusqu'au bout, se dit-elle. Mais elle avait beau faire, elle ne pouvait se débarrasser du sentiment d'être la fille qui fait tapisserie au bal.

Elle sourit en regardant sa sœur monopoliser Daniel. Ciara ne lui ressemblait pas du tout. Elle était insouciante, confiante, et ne paraissait jamais s'inquiéter pour quoi que ce soit. Holly ne se rappelait pas l'avoir jamais vue garder longtemps un travail ou un petit copain. Elle avait toujours l'esprit ailleurs, l'envie de visiter quelque pays lointain... Holly aurait bien voulu lui ressembler davantage, mais elle était tellement casanière ! Il ne lui serait jamais venu à l'idée d'aller s'installer loin de sa famille et de ses amis, d'abandonner la vie qu'elle s'était faite. Au moins, elle pourrait continuer sur ses rails.

Elle porta son attention vers Jack, qui était toujours seul

au monde avec Abbey. Elle aurait encore davantage aimé lui ressembler. Il adorait son travail et il était le prof de lettres sympa que tous les adolescents respectent. Chaque fois que ses élèves le croisaient dans la rue, ils lui adressaient un large sourire assorti d'un « Bonjour, monsieur ! ». Toutes les filles avaient un faible pour lui et tous les garçons voulaient lui ressembler quand ils seraient plus grands. Holly poussa un soupir bruyant et finit son verre. Maintenant, elle s'ennuyait.

Daniel regarda dans sa direction.

« Je peux vous offrir quelque chose à boire, Holly ?

– Non, merci. Je vais rentrer.

– Hol ! protesta Ciara. Tu ne peux pas rentrer si tôt ! C'est ta soirée ! »

Holly avait plutôt l'impression d'être allée à une soirée où elle n'était pas invitée et où elle ne connaissait personne.

« Non, non, ça va, je vous assure, répéta-t-elle à Daniel.

– Pas question de te laisser partir. Elle va prendre une vodka-coca et moi aussi, annonça Ciara d'un ton sans réplique.

– Ciara ! s'exclama Holly, gênée par le culot de sa sœur.

– Voyons, c'est moi qui l'ai proposé ! dit Daniel pour la rassurer, avant de se diriger vers le bar.

– Ciara, vraiment, tu exagères ! protesta Holly.

– Quoi ? Ce n'est pas comme s'il avait à payer les consos. Le pub lui appartient.

– Cela ne t'autorise pas pour autant à réclamer des consommations gratuites...

– Où est Richard ? coupa Ciara.

– Il est rentré.

– Merde ! Ça fait longtemps ? »

Elle se laissa précipitamment glisser de son tabouret.

« Je n'en sais rien. Cinq ou dix minutes. Pourquoi ?

– Il était censé me raccompagner ! »

Elle jeta tous les manteaux par terre pêle-mêle afin de retrouver son sac.

« Ciara, tu ne le rattraperas jamais, il est parti depuis beaucoup trop longtemps.

– Si, si. Il a garé sa voiture à des kilomètres. Je le choperai quand il passera devant le pub. » Elle finit par trouver son sac et fila vers la sortie en criant : « Salut, Holly, et bravo ! Tu as vraiment été super nulle ! » avant de disparaître.

Holly se retrouva seule une fois de plus. Super, pensa-t-elle en voyant Daniel s'approcher avec deux verres. Maintenant, elle allait être coincée avec ce pauvre garçon, obligée de lui faire la conversation.

« Où est partie Ciara ? demanda Daniel en s'installant face à Holly.

– Elle m'a chargée de l'excuser. Elle est désolée, mais elle a dû courir après mon frère pour qu'il la raccompagne. » Holly se mordit les lèvres, sachant pertinemment que Ciara n'avait pas pensé une seconde à Daniel. « Moi aussi, je suis désolée d'avoir été désagréable avec vous au début de la soirée. Oh, là là, vous devez vous dire que nous sommes vraiment une famille de mal élevés. Ciara a tendance à être une grande gueule, mais la plupart du temps, elle ne pense pas la moitié de ce qu'elle dit.

– Et vous, vous pensiez ce que vous avez dit ?

– Sur le moment, oui ! »

Daniel regarda par-dessus l'épaule de Holly et ses yeux se plissèrent.

« J'ai l'impression que votre amie s'amuse bien, dites donc ! »

Holly se retourna et vit Denise et le DJ dans les bras l'un de l'autre près de la scène. Les poses provocantes de Denise avaient manifestement produit leur petit effet.

« Oh, non ! Pas cet horrible animateur qui m'a forcée à sortir des toilettes ! gémit Holly.

– C'est Tom O'Connor, de Dublin FM. Un de mes amis. »

Ne sachant plus où se mettre, Holly se couvrit le visage des mains.

« Il travaille ici ce soir parce que le karaoké a été retransmis en direct à la radio, poursuivit-il en reprenant son sérieux.

– QUOI ! » Holly faillit avoir une crise cardiaque pour la énième fois de la soirée.

Le visage de Daniel se fendit d'un large sourire.

« Je plaisantais. Je voulais juste voir votre tête.

– Vous ne devriez pas me faire des frayeurs pareilles. C'est déjà bien assez ennuyeux que les gens du club m'aient entendue sans que toute la ville en profite aussi. »

Elle attendit que son cœur ait cessé de battre la chamade pendant que Daniel la regardait d'un œil amusé.

« Pourquoi vous êtes-vous inscrite, si vous détestez tellement chanter ? demanda-t-il avec précaution.

– Oh, c'est une idée géniale de mon mari, il a trouvé que ce serait marrant d'inscrire sa femme alors que je chante comme une casserole.

– Vous n'avez pas été si mauvaise que ça ! Il est là, votre mari ? demanda-t-il en regardant autour d'eux. Je ne voudrais pas qu'il croie que j'essaie d'empoisonner sa femme avec cette horrible mixture. » Il désigna le verre du menton.

Holly jeta un regard dans la salle et sourit.

« Oui, il est... quelque part par là. »

16

Holly fixa son drap sur le fil avec une épingle à linge et repensa à la fin du mois de mai et à la façon dont elle avait tenté d'organiser sa vie. Pendant plusieurs jours d'affilée, elle éprouvait un certain bien-être et la conviction qu'elle réussirait à se construire une existence agréable ; puis ce sentiment disparaissait aussi vite qu'il était venu et la tristesse se réinstallait. Elle essayait de trouver une routine facile, afin de sentir qu'elle ne faisait qu'un avec son corps et que son corps était bien ancré dans le réel, au lieu de déambuler comme un zombie regardant les autres vivre leur vie alors qu'elle-même attendait que la sienne s'achève. Hélas, la routine ne s'établissait pas comme elle le voulait. Elle restait pendant des heures assise dans le salon, à ressasser les souvenirs qu'elle partageait avec Gerry, et elle passait l'essentiel de ces moments-là à repenser à toutes leurs disputes, à regretter de ne pouvoir les annuler et reprendre toutes les méchancetés qu'elle lui avait dites. Elle espérait que Gerry s'était rendu compte qu'elle avait parlé sous l'emprise de la colère et que ces mots ne reflétaient pas ses véritables sentiments. Elle se torturait pour les fois où elle s'était comportée de manière égoïste, comme les soirs où elle était sortie avec ses amies au lieu de rester avec lui à la maison. Elle se reprochait de l'avoir laissé, alors qu'elle aurait dû le prendre dans ses bras ; elle se reprochait de lui avoir fait la tête pendant des jours au lieu de lui pardonner, de s'être écroulée comme une masse certains soirs au lieu de lui faire des câlins. Elle aurait voulu pouvoir annuler tous ces moments où il avait été furieux contre elle et l'avait détestée. Elle aurait voulu que tous ses souvenirs soient de bons souvenirs, mais les mauvais revenaient l'obséder. Quelle perte de temps ! Personne ne leur avait dit qu'ils en auraient si peu.

Holly avait aussi ses bons jours. Elle vivait alors une sorte de rêve éveillé, le sourire aux lèvres ; elle se surprenait même parfois à rire toute seule dans la rue quand un jeu de mots ou une blague lui venait à l'esprit. C'était cela, sa routine. Des journées entières de déprime totale ; et puis elle rassemblait toutes ses forces pour être positive et se sortir de ce marasme pendant quelques jours. Mais le détail le plus ténu était susceptible de la faire à nouveau basculer. C'était très fatigant, et la plupart du temps, elle n'avait même pas le courage de se battre contre son esprit. Il était beaucoup plus puissant que n'importe quel muscle de son corps.

Ses amis et sa famille passaient la voir. Parfois, ils l'aidaient quand elle était en larmes, ou la faisaient rire. Mais à son rire même quelque chose manquait. Elle n'était jamais complètement heureuse et tuait le temps en attendant autre chose. Elle ne se contentait plus simplement d'exister ; elle voulait vivre. Or, quel est l'intérêt de vivre une vie dont toute étincelle est absente ? Elle ressassait ces pensées jusqu'à souhaiter ne plus jamais sortir de ces rêves qui lui semblaient si réels.

Au fond d'elle-même, elle savait qu'il était normal de réagir ainsi ; elle ne pensait pas être en train de perdre la tête. Certes, on lui disait qu'un jour elle serait heureuse à nouveau et que cette période ne serait plus qu'un lointain souvenir. Mais justement, la difficulté c'était d'arriver jusque-là.

Elle lut et relut la lettre de Gerry, analysant chaque mot, chaque phrase, et trouvant un nouveau sens chaque jour. Mais elle pouvait bien rester là jusqu'à la saint-glinglin, à essayer de lire entre les lignes pour découvrir le message caché, il n'en restait pas moins que jamais elle ne saurait exactement ce qu'il avait voulu dire, car elle ne pourrait jamais plus lui parler. C'était cela qu'elle avait le plus de mal à admettre. C'était cela qui la tuait.

Mais elle avait également ses bons jours. Mai s'était achevé et juin était arrivé. Par certains côtés, ce mois lui paraissait le plus long de l'année, par d'autres, le plus court... Avec ses longues soirées lumineuses, ses belles journées ensoleillées, juin lui apportait une certaine clarté. Il n'était plus question de se terrer chez soi dès que la nuit tombait ni de rester au lit jusqu'au début de l'après-midi. On eût dit que toute l'Irlande sortait de son hibernation, s'étirait en bâillant et se mettait soudain à revivre. L'heure était venue d'ouvrir toutes les fenêtres et d'aérer la maison afin d'en chasser les fantômes de l'hiver et des jours sombres ; l'heure était venue de se lever de bonne heure avec les oiseaux, d'aller se promener, de regarder les gens dans les yeux et de leur sourire, au lieu de se dissimuler sous plusieurs couches de vêtements et de courir d'un point à un autre les yeux baissés en ignorant le monde entier. L'heure était venue de cesser de se terrer dans le noir, de redresser la tête et d'affronter la vérité en face.

Juin lui avait aussi apporté la quatrième lettre de Gerry. Assise dehors au soleil, s'imprégnant avec délices de la lumière retrouvée, Holly l'avait lue avec une nervosité mêlée d'excitation. Elle adorait sentir le bristol de la carte, le relief de l'écriture régulière de Gerry sous ses doigts qui caressaient les lignes où avait séché l'encre. Cette fois, il avait dressé la liste des objets qui lui appartenaient dans la maison et, en face de chacun, il avait spécifié ce qu'il voulait que Holly en fasse et où il souhaitait qu'il soit envoyé. À la fin, il avait écrit :

> P.S. Je t'aime, Holly, et je sais que tu m'aimes. Tu n'as pas besoin de mes objets pour te souvenir de moi, tu n'as pas besoin de les garder comme preuve que j'ai existé ou que j'existe encore dans ton esprit. Tu n'as pas besoin de porter mon chandail pour me sentir autour de toi ; j'y suis déjà... et mes bras t'entourent, *à jamais*.

Holly avait eu du mal à accepter sa volonté. Elle aurait presque préféré qu'il lui demande de retourner au karaoké. Elle aurait sauté d'un avion en vol pour lui ; couru mille kilomètres ; elle aurait tout fait, sauf vider ses placards et effacer sa présence de la maison. Mais il avait raison, elle le savait. Elle ne pouvait pas se cramponner indéfiniment à ses affaires, se mentir en se disant qu'il reviendrait un jour les prendre. Le Gerry incarné était parti ; il n'avait plus besoin de ses vêtements. L'esprit de Gerry pouvait l'accompagner où qu'elle aille.

Ce fut une épreuve qui la laissa sans forces. Il lui fallut des journées entières pour s'en acquitter. Chaque vêtement, chaque morceau de papier lui rappelait des milliers de souvenirs. Elle pressait chaque objet contre elle avant de lui dire au revoir et, en le lâchant, elle avait l'impression de se séparer à nouveau d'une partie de Gerry. C'était dur, et à certains moments, trop dur.

Elle prévint sa famille et ses amis de ce qu'elle allait entreprendre et, malgré les propositions d'aide qu'ils lui firent tous à de multiples reprises, elle estima qu'elle devait s'acquitter seule de cette tâche. Elle avait besoin de prendre son temps. De leur dire adieu comme il fallait, puisque aucun de ces objets ne reviendrait, non plus que Gerry. En dépit de ses refus, son frère Jack était venu plusieurs fois lui offrir son assistance, ce qu'elle avait finalement apprécié. Chaque objet avait une histoire et tous deux évoquaient les souvenirs qui lui étaient associés. Jack avait été là quand elle pleurait ; là aussi quand elle avait tapé dans ses mains pour les débarrasser de la poussière incrustée.

Cette tâche éprouvante, Gerry la lui avait facilitée. Holly n'avait pas à se soucier de prendre les décisions, il les avait prises pour elle. Finalement, qu'aurait-elle pu faire de mieux pour disposer de ses affaires que suivre les conseils de Gerry lui-même ? Il l'aidait et, pour une fois, elle avait l'impression d'en faire autant en collaborant avec lui.

Un matin, son portable se mit à sonner et elle lâcha sur l'herbe le panier de linge, sous l'étendoir. Elle traversa le patio et se précipita dans la cuisine pour répondre.

« Je vais faire de toi une sssstar », glapit la voix surexcitée de Declan au bout du fil. Et il partit d'un fou rire incoercible.

Holly attendit qu'il se calme en se creusant la cervelle pour essayer de deviner ce dont il parlait.

« Declan, tu ne serais pas ivre, par hasard ?

– Jusss' un peu, mais ça n'a rien à voir, hoqueta-t-il.

– Il est dix heures du matin. Tu ne t'es pas couché de la nuit ?

– Nnnnon. Sssuis dans le train pour rentrer, et ssserai couché dans trois heures, 'prosssssimmativement.

– Trois heures ! Où es-tu ? » demanda-t-elle en riant. Cela lui rappelait l'époque où elle appelait Jack à n'importe quelle heure de la matinée après avoir passé la nuit dehors à faire toutes sortes de folies.

« À Galway. Les prix ont été décernés hier, dit-il, comme si elle était au courant.

– Désolée de mon ignorance, mais de quels prix parles-tu ?

– Je te l'ai dit.

– Non.

– J'ai dit à Jack de te le dire. Le sssalaud...

– Eh bien, il ne m'a parlé de rien. Si tu voulais bien me mettre au courant.

– Le prix des médias pour les étudiants. C'était hier soir. J'ai gagné ! » hurla-t-il.

Holly entendit les passagers du wagon l'acclamer. Elle se réjouit pour lui.

« Le prix, c'est la dif... la diffusion de mon fffilm sur Channel 4 la semaine prochaine ! Étonnant, non ? »

Il y eut encore des acclamations, et Holly entendit à peine la phrase suivante : « Tu vas être cccélèbre, 'tite sœur », avant que la communication soit coupée.

Une curieuse sensation courut dans ses veines. Était-ce du bonheur ?

Lorsqu'elle téléphona aux membres de la famille pour les informer de la bonne nouvelle, elle apprit que chacun avait reçu un coup de téléphone analogue. Ciara fut intarissable, excitée comme une puce à l'idée qu'elles passeraient à la télévision, et elle termina sa tirade en annonçant qu'elle allait épouser Denzel Washington. Il fut convenu que tout le monde se retrouverait chez Hogan le mercredi suivant pour regarder le documentaire. Daniel avait gentiment mis à leur disposition la salle du club Diva, où le film serait projeté sur le grand écran mural. Tout excitée par le succès de son frère, Holly téléphona à Sharon et à Denise pour le leur annoncer.

« C'est génial, Holly ! chuchota Sharon.

– Pourquoi parles-tu tout bas ?

– Oh, la vieille face de rat a trouvé intelligent de nous interdire les appels personnels, se lamenta Sharon, faisant allusion à sa patronne. Elle prétend qu'on passe plus de temps à bavarder avec nos amis qu'à travailler, alors, depuis ce matin, elle patrouille autour de nos bureaux. J'ai l'impression de me retrouver à l'école, avec cette harpie sur le dos. Euh... Pouvez-vous me donner vos coordonnées, je vous prie ? demanda-t-elle d'une voix très professionnelle.

– Elle est là ? demanda Holly.

– Absolument, répondit Sharon, toujours sur le même ton.

– Bon, eh bien, je ne te retiendrai pas longtemps. Les coordonnées sont les suivantes : diffusion de l'émission chez Hogan, mercredi soir. Tu es la bienvenue.

– Parfait, je vous remercie.

– Ça va être super. Sharon, qu'est-ce que je vais mettre ?

– Humm... Vous préférez du neuf ou de l'occasion ?

– Oh, je ne peux pas vraiment me permettre d'acheter du neuf, même si tu as insisté pour que j'achète ce petit haut que je refuse de mettre, vu que je n'ai plus dix-huit ans. Alors, je porterai sans doute du vieux.

– D'accord... rouge ?

– Le haut rouge que j'avais mis pour ton anniversaire ?

– C'est cela même, madame.

– Mmm... ouais, peut-être.

– Quelle est votre situation actuelle ?

– Pour être honnête, je n'ai pas encore commencé à

chercher du travail, répondit Holly en se mordant l'intérieur de la joue.

– Date de naissance ?

– Ah, arrête, espèce de conne ! fit-elle en riant.

– Je regrette, pour les motos, nous n'assurons que les personnes âgées de plus de vingt-quatre ans. Vous êtes trop jeune.

– Si seulement ! À plus tard.

– Merci de votre appel. »

Assise à sa table de cuisine, Holly se demanda ce qu'elle mettrait le mercredi suivant. Du neuf. Elle avait envie d'être jolie et sexy, pour changer, et elle en avait marre de toutes ses vieilles tenues. Peut-être trouverait-elle ce qu'elle cherchait dans la boutique de Denise ?

Elle prit son téléphone et l'appela.

« Allô ? Ici Casuals, répondit une Denise des plus courtoises.

– Allô Casuals, c'est Holly. Je sais que je ne suis pas censée t'appeler au travail, mais je voulais juste t'avertir que le documentaire de Declan a gagné je ne sais quel prix et qu'il va passer à la télé mercredi prochain.

– Oh, super ! On est dedans ?

– Oui, je crois. On a rendez-vous chez Hogan pour le regarder tous ensemble. Tu es partante ?

– Quelle question ! Je peux venir avec mon nouveau petit copain ?

– Qui est-ce ?

– Tom !

– Le type du karaoké ? demanda Holly, stupéfaite.

– Évidemment. Holly, je suis raide amoureuse ! gloussa-t-elle comme une gamine.

– Amoureuse ? Mais ça fait juste quelques semaines que tu l'as rencontré !

– Et alors ? Ça ne prend qu'une minute, tu sais...

– Eh bien... je ne sais pas quoi dire, Denise.

– Dis-moi que c'est merveilleux !

– Oui, euh... bon... c'est une grande nouvelle.

– Oh, cache ta joie, Holly ! dit Denise, un peu piquée.

J'ai vraiment hâte que tu le rencontres, tu vas l'adorer. Enfin, pas autant que moi, mais il va sûrement beaucoup te plaire. »

Et elle continua quelques instants sur le même ton.

« Denise, tu oublies que je l'ai déjà rencontré ! » coupa Holly, alors que Denise s'était lancée dans une histoire où Tom avait sauvé un enfant de la noyade.

« Oui, je sais bien, mais je voudrais que tu le voies un jour où tu auras un comportement normal, où tu n'iras pas te cacher dans les toilettes ou hurler dans un micro.

– D'accord. Alors, à bientôt...

– Oui, c'est cool. Je ne suis encore jamais allée à ma propre première ! »

Holly ne fit pas beaucoup de ménage ce matin-là, parce qu'elle passa le plus clair de son temps au téléphone. Son portable, brûlant, lui donnait mal à la tête. Une idée qui la faisait frissonner, car chaque fois qu'elle avait mal à la tête, elle pensait à Gerry. Elle détestait entendre ses proches se plaindre de migraines. Aussitôt, elle les mettait en garde et les exhortait à aller consulter. Elle finissait par terrifier ses interlocuteurs, qui s'abstenaient dorénavant de lui parler de leurs malaises.

Elle poussa un grand soupir. Elle devenait tellement hypocondriaque que même son médecin était malade rien qu'en la voyant. Au plus léger symptôme, une crampe à l'estomac, une douleur dans la jambe, elle se précipitait au cabinet médical. La semaine précédente encore, elle était persuadée qu'elle avait quelque chose au pied : ses orteils n'avaient pas un aspect normal. Son médecin les avait examinés sérieusement, puis avait griffonné quelque chose sous le regard terrorisé de Holly. Lorsqu'elle lui avait tendu l'ordonnance, Holly avait déchiffré ces mots gribouillés avec cette écriture de chat dont les médecins ont le secret : « Achetez des chaussures plus grandes. »

Holly avait passé les dernières minutes au téléphone à écouter Jack déblatérer sur Richard, qui lui avait fait une petite visite à lui aussi. Elle se demanda s'il essayait de se rapprocher de ses frères et sœurs après les avoir évités pendant des années. Mais c'était un peu tard. Arrête, arrête, arrête ! se cria-t-elle silencieusement. Arrête de te faire du souci, arrête de penser, arrête de surmener ton cerveau. Il fallait aussi qu'elle cesse de se parler toute seule, elle se rendait folle.

Finalement, plus de deux heures après avoir posé son panier, elle étendit son linge, refit une machine, alluma la radio dans la cuisine, la télévision dans le salon, et se remit à son ménage. Peut-être qu'ainsi elle arriverait à réduire au silence la petite voix qui pleurait dans sa tête.

Quand Holly arriva chez Hogan, elle dut se frayer un chemin à travers la foule de vieux messieurs qui occupaient le pub. L'orchestre traditionnel était en pleine action et les clients reprenaient en chœur leurs refrains irlandais favoris. Elle monta au club Diva, qui n'était pas encore ouvert car il n'était que sept heures et demie. La salle vide lui parut totalement différente de l'endroit où elle avait vécu un moment de terreur intense quelques semaines auparavant. Elle était la première arrivée, et s'installa à une table juste en face du grand écran. De là, elle aurait une vue parfaite du documentaire de son frère. À vrai dire, il y avait peu de chances que l'endroit soit bondé au point qu'on ne puisse voir l'écran.

Un bruit de verre brisé du côté du bar la fit se retourner. Daniel émergea de derrière le comptoir, pelle et balayette à la main.

« Salut, Holly. Je ne vous avais pas entendue, s'écria-t-il en la regardant, visiblement surpris.

– Ce n'est que moi. Je suis venue de bonne heure, pour changer. »

Elle s'approcha du bar pour le saluer. Elle le trouva différent lui aussi.

« C'est vrai que vous êtes drôlement en avance. Les

autres ne seront sans doute pas là avant une bonne heure », reprit-il en regardant sa montre.

Interloquée, Holly regarda la sienne.

« Mais l'émission commence à huit heures, non ? »

Ce fut au tour de Daniel d'avoir l'air interloqué.

« On m'a dit neuf heures, mais j'ai peut-être mal compris... » Il tendit la main vers le journal du jour et consulta la grille des programmes de télévision. « C'est ça. Neuf heures, Channel 4.

– Oh, non ! Désolée. Je vais faire un tour en ville, je reviendrai tout à l'heure, annonça-t-elle en se laissant glisser de son tabouret.

– Ne soyez pas ridicule, dit-il, souriant de toutes ses dents. Les magasins sont fermés. Tenez-moi plutôt compagnie, si ça ne vous ennuie pas, bien sûr...

– Bon, alors je reste », lança-t-elle, soulagée, en se perchant à nouveau sur le tabouret.

Daniel posa les mains sur les leviers de la pompe à bière, dans une posture de barman typique.

« Alors, passons aux choses sérieuses : qu'est-ce que je peux vous offrir ?

– Oh, quelle chance ! Pas besoin de faire la queue ni de hurler pour se faire entendre ! Juste de l'eau pétillante, s'il vous plaît.

– Rien de plus fort ? » demanda-t-il en haussant les sourcils. Il avait un sourire contagieux, qui lui fendait le visage d'une oreille à l'autre.

« Si je commence maintenant, je serai beurrée quand tout le monde arrivera.

– Prudente ! » dit-il en prenant une bouteille d'eau minérale dans le réfrigérateur derrière lui.

Holly se rendit alors compte de ce qui le changeait : au lieu d'être vêtu de noir comme d'habitude, il portait un jean délavé et une chemise à col ouvert bleu pâle, avec un T-shirt blanc en dessous. Cela mettait en valeur ses yeux bleus qui pétillaient encore davantage. Il avait les manches relevées jusqu'aux coudes et on devinait ses biceps sous le mince tissu. Elle détourna rapidement le regard lorsqu'il fit glisser le verre jusqu'à elle.

« Je peux vous offrir quelque chose ? demanda-t-elle.

– Non, merci, vous êtes mon invitée.

– Je vous en prie, insista Holly. Vous m'avez si souvent offert à boire que cette fois-ci, c'est ma tournée.

– Eh bien, merci, je prendrai une Budweiser. » Il s'appuya contre le bar et continua à la regarder fixement.

« Alors ? Je vous la sers ? »

Holly sauta de son tabouret et passa de l'autre côté du bar. Daniel recula et la regarda, amusé.

« Depuis toute petite, je rêve de travailler derrière un bar, dit-elle en attrapant une chope et en abaissant le levier de la pompe avec un plaisir manifeste.

– Eh bien, si vous cherchez du travail, il y a une place pour vous ici.

– Non, merci, je crois que je suis plus opérationnelle de l'autre côté du bar, répondit-elle en remplissant la chope.

– Mmm... Enfin, si vous êtes en panne, vous savez où vous adresser, dit Daniel après avoir bu une gorgée de sa bière. Vous avez fait ça très bien.

– Oh, ce n'est quand même pas sorcier », sourit-elle en repassant de l'autre côté du bar. Elle prit son sac et lui tendit un billet. « Gardez la monnaie. »

Quand il se tourna pour ouvrir la caisse, elle laissa son regard glisser vers ses fesses et s'en voulut aussitôt. Joli petit cul, bien ferme, mais pas aussi joli que celui de Gerry, pensa-t-elle.

« Votre mari vous a encore abandonnée ce soir ? » plaisanta-t-il en la rejoignant de l'autre côté du bar.

Elle se mordit les lèvres en se demandant quoi lui répondre. Le moment n'était pas vraiment bien choisi pour parler d'un sujet si déprimant à quelqu'un qui lui faisait simplement la conversation, mais elle ne voulait pas que le pauvre garçon lui pose la question chaque fois qu'il la voyait. Il apprendrait bientôt la vérité et cela l'embarrasserait encore plus.

« Daniel, dit-elle d'une voix douce, je sais que je vais

créer un malaise et j'en suis navrée, mais mon mari est mort. »

Daniel se figea et rougit légèrement.

« Je suis désolé, Holly, je ne savais pas.

– Je m'en doute, répondit-elle en souriant pour lui montrer qu'elle ne lui en voulait pas.

– Je ne l'ai pas rencontré l'autre soir, mais si quelqu'un m'avait prévenu, je serais allé à l'enterrement. » Il s'assit à côté d'elle.

« Gerry est mort en février, Daniel. Il n'était pas là l'autre soir.

– Mais vous ne m'avez pas dit qu'il était là ?...

– C'est vrai, fit-elle, gênée. Il n'était pas là, mais là, ajouta-t-elle en posant une main sur son cœur.

– Ah, je comprends... Eh bien, vous avez été encore plus courageuse que je ne le pensais, compte tenu des circonstances. »

Holly fut surprise de le voir aussi à l'aise. D'habitude, les gens bredouillaient, s'arrêtaient au milieu d'une phrase et s'en allaient, ou changeaient de sujet. Avec lui, elle se sentait très détendue et capable de parler ouvertement de ce qu'elle éprouvait sans craindre de se mettre à pleurer.

« Visiblement, vous tenez vos promesses, dit-il, faisant allusion au karaoké.

– Oh, ne m'en parlez pas ! » sourit Holly. Elle secoua la tête et entreprit de lui raconter l'histoire de la liste. « Gerry est un homme qui tient... tenait ses promesses, lui aussi », conclut-elle. Son erreur la fit tiquer. « Maintenant, vous comprenez pourquoi j'ai filé à la fin du concert de Declan.

– Ce n'est pas parce qu'ils étaient horriblement mauvais, plutôt ? » demanda-t-il. Puis il réfléchit. « Ah, oui, c'était le 30 avril !

– Eh oui, j'avais hâte d'ouvrir la lettre !

– Quand ouvrez-vous la prochaine ?

– En juillet.

– Alors, je ne vous verrai pas le 30 juin !

– Vous avez tout compris, lança-t-elle en riant.

– Me voilà ! » annonça Denise, qui fit une entrée royale.

Elle était sur son trente et un, vêtue de la robe qu'elle portait au bal de l'année précédente. Tom la suivait, radieux, sans la quitter des yeux.

« Ben dis donc, t'es canon ! » s'écria Holly en examinant son amie.

Elle avait quant à elle opté pour un jean, des bottes noires et un haut noir tout simple. Elle n'avait pas eu envie de faire d'effort vestimentaire, d'autant qu'ils allaient se retrouver dans un club vide. Mais Denise n'avait visiblement pas vu la situation sous cet angle.

Tom et Daniel se saluèrent avec effusion.

« Chérie, je te présente Daniel, mon meilleur ami », dit Tom.

Daniel et Holly se regardèrent, enregistrant le « chérie ».

Holly serra la main de Tom, qui se pencha pour lui faire la bise.

« Désolée pour l'autre soir, dit-elle en rougissant, je n'étais pas tout à fait dans mon état normal.

– Ce n'est pas grave, répondit Tom avec un gentil sourire. Si vous ne vous étiez pas inscrite, je n'aurais pas rencontré Denise, alors, je vous suis reconnaissant. »

Au bout d'un moment, Holly se rendit compte qu'elle ne s'ennuyait pas du tout ; elle ne faisait pas semblant de rire, ni de se mettre au diapason, elle s'amusait vraiment. Et cette idée la réjouit encore davantage.

Quelques minutes plus tard, la famille Kennedy arriva avec John et Sharon. Holly se précipita pour les accueillir.

« Ça fait longtemps que tu es là ? demanda Sharon.

– Je croyais que le rendez-vous était à huit heures, alors je suis arrivée à sept heures et demie.

– Oh, non !

– Ne t'inquiète pas pour moi. Daniel m'a tenu compagnie.

– Lui ? grommela John. Méfie-toi, Holly, ça m'a l'air d'être un drôle d'oiseau. Tu aurais dû entendre les discours qu'il a tenus à Sharon l'autre soir. »

Amusée, Holly s'abstint de tout commentaire et s'excusa pour aller rejoindre sa famille.

« Tiens, Meredith n'est pas avec toi ce soir ? demanda-t-elle à Richard à brûle-pourpoint.

– Non », grogna-t-il. Et il se dirigea vers le bar.

« Je me demande pourquoi il s'obstine à venir », dit-elle d'un ton plaintif à Jack qui, pour la consoler, pressa affectueusement sa tête contre sa poitrine en lui ébouriffant les cheveux.

« Écoutez-moi, tout le monde ! annonça Declan en montant sur un tabouret. On est tous en retard ce soir parce que Ciara ne savait pas quoi se mettre sur le dos, et mon documentaire va commencer d'une minute à l'autre. Alors, si vous pouviez vous taire et tous vous asseoir, ça serait cool.

– Declan ! » protesta sa mère, choquée par son ton cavalier.

Holly chercha Ciara des yeux et la découvrit scotchée au côté de Daniel. Elle réprima un sourire et s'installa pour regarder le film. Dès que le présentateur l'annonça, des acclamations fusèrent, mais Declan, qui ne voulait pas rater une seconde de l'émission, eut vite fait de rabrouer tout son monde.

Le titre, *Les Filles et la Ville*, apparut avec, en fond, une très belle vue de Dublin le soir. L'appréhension envahit Holly. Sur le plan suivant, on vit Sharon, Denise, Abbey et Ciara serrées sur la banquette arrière d'un taxi. Sharon annonça :

« Bonjour ! Je suis Sharon, et voici Abbey, Denise et Ciara. »

Gros plans successifs sur chacune des filles.

« Et nous allons chez notre meilleure amie Holly, dont c'est l'anniversaire aujourd'hui... »

Holly resta bouche bée. Elle regarda Sharon, qui paraissait tout aussi surprise. Les hommes riaient.

Holly, Sharon, Denise, Abbey et même Ciara se recroquevillèrent dans leur fauteuil, s'attendant au pire.

Qu'avait donc fait Declan ?

17

Il se fit un silence total dans le club. Tout le monde regardait l'écran, dans l'expectative. Holly retenait son souffle, redoutant ce qui allait suivre. Peut-être allaient-elles toutes les cinq se voir confrontées à ce qu'elles avaient si commodément réussi à oublier de cette nuit-là.

Un nouveau titre apparut sur l'écran : « Les cadeaux ». « Ouvre le mien d'abord ! » glapit Ciara en tendant son paquet à Holly et en poussant Sharon, qui tomba du canapé avec une mine horrifiée. Abbey la remit sur pied.

Ciara s'éloigna de Daniel et vint se réfugier à côté des quatre autres filles. Tout le monde poussa des cris excités, tandis que Holly déballait ses cadeaux d'anniversaire. Mais Holly sentit une boule se former dans sa gorge : Declan avait fait un zoom sur les deux photographies qui ornaient sa cheminée, pendant le toast de Sharon.

Puis un autre titre apparut : « En route pour la ville ». Le plan montrait les filles se bousculant pour entrer dans le taxi. Elles étaient visiblement éméchées à présent. Holly eut un choc : elle croyait avoir encore toute sa tête à ce moment-là. Elle s'entendit annoncer d'une voix plaintive au chauffeur : « Vous savez, John, j'ai trente ans aujourd'hui. Incroyable, non ? »

Celui-ci, qui s'en moquait royalement, la regarda et lança d'une voix de basse rocailleuse : « Vous êtes encore jeunette, Holly. » Suivait un zoom sur le visage de Holly.

Elle eut un sursaut en voyant son air hagard. Et surtout, tellement *triste.*

« Qu'est-ce que je vais devenir, John ? gémit-elle. J'ai pas de mari, pas d'enfants, pas de boulot. Et j'ai trente ans. Je vous l'avais dit, ça ? » lui demanda-t-elle en se penchant vers lui.

Dans le fauteuil voisin, Sharon se mit à glousser. Holly lui lança une bourrade. En fond sonore dans le film, on entendait les filles qui bavardaient avec excitation. Ou plutôt, qui parlaient toutes ensemble. On se demandait ce qu'elles pouvaient bien se raconter.

« Amusez-vous bien ce soir, Holly, et ne vous laissez pas envahir par des idées noires le jour de votre anniversaire. Il sera bien temps demain de vous faire du souci, ma petite fille. » John paraissait si compatissant que Holly se promit de lui téléphoner pour le remercier.

La caméra s'attarda sur le visage de Holly, qui, la tête appuyée contre la vitre, restait perdue dans ses pensées. Elle n'en revenait pas de se voir si triste, si déboussolée. Cela ne lui plaisait pas. Elle regarda autour d'elle, embarrassée, et croisa le regard de Daniel, qui lui adressa un clin d'œil encourageant. S'il éprouvait le besoin de la réconforter, tout le monde devait avoir la même réaction. Elle lui fit un pauvre sourire et se retourna vers l'écran juste au moment où, en pleine rue O'Connell, elle criait aux autres : « Écoutez-moi, les filles, on va au Boudoir ce soir, et *personne* ne nous empêchera d'entrer, surtout pas ces *videurs à la con* qui se prennent pour les patrons ici ! » Et elle partait d'un pas résolu mais zigzagant. Dire que sur le moment elle avait eu l'impression de marcher droit ! Les quatre autres, qui l'avaient suivie, l'approuvaient bruyamment.

Le plan suivant montrait les deux videurs devant Le Boudoir en train de secouer la tête en disant : « Désolés, les filles, pas ce soir. »

La famille de Holly hurla de rire.

« Vous n'avez pas bien compris, dit calmement Denise aux videurs, vous ne nous avez pas reconnues ?

– Non, répondirent-ils en regardant par-dessus leur tête.

– Ah, reprit Denise, les mains sur les hanches, désignant Holly du menton, mais c'est la célèbre, la célébrissime princesse Holly... de la famille royale de... Finlande. »

Sur l'écran, Holly faisait les gros yeux à Denise.

« Quel scénario d'enfer ! gloussa Declan.

« Parce que c'est une altesse royale ? siffla le videur moustachu.

– Absolument, dit Denise avec le plus grand sérieux.

– La Finlande a une famille royale, Paul ? demanda Moustache en se tournant vers son compagnon.

– Pas que je sache, chef. »

Holly rajusta la couronne de guingois sur sa tête et leur adressa à tous deux un salut royal.

« Vous voyez ? dit Denise, triomphante. Si vous ne la laissez pas entrer, vous allez le regretter.

– En admettant qu'on la laisse entrer, vous, vous resterez dehors », dit Moustache en faisant signe à ceux qui étaient derrière elles de passer.

Holly réitéra à l'intention des clients son salut royal.

« Oh mais non, mais non, mais non, dit Denise d'un ton amusé. Vous n'avez pas compris. Je suis sa dame d'honneur, et je ne peux pas la quitter d'une semelle.

– Dans ce cas, la dame d'honneur de Son Altesse attendra ici qu'elle sorte quand ce sera l'heure de fermer », intervint Paul.

Tom, Jack et John se mirent à rire et Denise se recroquevilla encore davantage dans son fauteuil.

Finalement, Holly prit la parole : « Nous avons besoin de boire un verre de toute urgence. Nous avons affreusement soif. »

Paul et Moustache s'efforçaient de garder leur sérieux, l'œil fixé au loin. « Non, vraiment, les filles, pas ce soir. Seuls les membres du club ont le droit d'entrer.

– Mais moi, je suis membre de la famille royale ! dit Holly d'un ton sévère. Qu'on leur coupe la tête », ordonna-t-elle en les montrant tous deux du doigt.

Denise lui prit aussitôt le bras et le lui fit baisser.

« Je vous assure que la princesse et moi serons très discrètes. Laissez-nous passer, juste pour prendre un verre », plaida-t-elle.

Moustache baissa les yeux vers elle, puis les leva au ciel. « Bon, allez, entrez, dit-il en s'écartant.

– Que Dieu vous bénisse, dit Holly, qui leur adressa un signe de croix.

– Qui c'est, une princesse ou un prêtre ? gloussa Paul, tandis qu'elles passaient.

– Elle en tient une sévère, répondit l'autre, mais le prétexte n'est pas mal trouvé. » Ils reprirent leur sérieux, tandis que Ciara et les deux autres s'approchaient de la porte.

« Ça ne pose pas de problème si mon équipe me suit ? demanda Ciara avec assurance et un accent australien des plus convaincants.

– Attendez que je vérifie auprès du patron. » Paul tourna le dos et parla dans son talkie-walkie. « Non, aucun, allez-y, dit-il en lui tenant la porte ouverte.

– C'est la chanteuse australienne, non ? demanda Moustache à Paul.

– Ouais. Géniale, cette nana.

– Dis aux gars à l'intérieur de garder l'œil sur la princesse et sa dame d'honneur. Faudrait pas qu'elle embête la chanteuse aux cheveux roses. »

Le père de Holly faillit s'étrangler, et Elizabeth lui tapa dans le dos.

En regardant les images de l'intérieur du Boudoir sur l'écran, Holly se rappela qu'elle avait été très déçue. Elle s'était toujours demandé à quoi ressemblait le décor. Les filles avaient lu dans un magazine qu'il y avait une fontaine où Madonna avait sauté un soir. Holly s'était figuré une cascade ruisselant sur l'un des murs, pour se diviser ensuite en petits filets glougloutants qui couraient tout autour du club et où toutes les célébrités trempaient leur verre pour le remplir de champagne. Une cascade de champagne, voilà ce qu'elle avait imaginé. En réalité, il n'y avait qu'un gros bocal à poissons rouges au centre du bar circulaire, sans aucun rapport avec la description qu'elle avait lue. La salle était moins grande qu'elle n'avait cru. Elle était décorée dans des tons chauds, rouge et or, et au fond se trouvait un grand rideau doré qui fermait un autre espace gardé par un videur à l'air menaçant.

Au bout du local, un immense lit massif était installé sur une plate-forme, incliné vers la salle. Sur les draps en soie or avaient pris place deux mannequins très maigres. Elles ne portaient qu'un minuscule string doré et avaient le corps passé au fond de teint or. L'ensemble était assez minable.

« Regardez-moi la taille de ces strings, souffla Denise. Le pansement que j'ai à mon petit doigt est plus grand. »

Assis à côté d'elle, Tom se mit à glousser et à mordiller ledit petit doigt. Holly détourna les yeux pour les diriger vers l'écran.

« Bonsoir et bienvenue au journal de minuit. Je suis Sharon McCarthy », lança Sharon, debout devant la caméra, une bouteille à la main en guise de micro. Declan avait orienté sa caméra de façon à avoir dans son champ les présentateurs des informations de la télévision irlandaise.

« Aujourd'hui, la princesse Holly de Finlande, qui fête son trentième anniversaire, escortée de sa dame d'honneur, a finalement eu accès au club Boudoir célèbre, rendez-vous "people". Nous avons aussi parmi nous la rockeuse australienne Ciara et son équipe de télévision et... » elle tendit un doigt vers son oreille comme si elle recevait une information « ... on vient de me dire que le présentateur des informations le plus célèbre de la télévision irlandaise a été vu en train de sourire il y a quelques instants. J'ai à côté de moi quelqu'un qui a été témoin de l'événement. Bienvenue, Denise. » Celle-ci prit une pose avantageuse devant la caméra. « Dites-moi, où étiez-vous quand la chose s'est produite, Denise ?

– Juste là, à côté de sa table, répondit Denise en avalant ses joues et en souriant à la caméra.

– Pouvez-vous nous expliquer ce qui s'est passé ?

– Eh bien, j'ai vu M. Walsh boire une gorgée de champagne et, peu après, il a souri.

– Stupéfiant ! Vous êtes sûre qu'il s'agissait bien d'un sourire ?

– Ah, c'était peut-être une grimace due à de l'aérophagie, mais je ne suis pas la seule à avoir interprété cela comme un sourire.

– Il y a donc eu d'autres témoins ?

– Oui, la princesse Holly ici présente. »

La caméra fit un travelling sur Holly qui, debout, buvait du champagne avec une paille à même la bouteille.

« Ainsi donc, dit Sharon, vous êtes les premiers à avoir cette information. Le présentateur le plus imperturbable d'Irlande a été pris en flagrant délit de sourire. À vous le studio. »

La mine de Sharon s'assombrit lorsqu'elle aperçut Tony Walsh debout à côté d'elle, qui la regardait. Et il n'avait pas le sourire. Elle déglutit et dit : « Bonsoir. »

Noir.

Le plan suivant montrait le miroir des toilettes pour dames. Declan filmait de l'extérieur, par la porte entrebâillée. On voyait clairement le reflet de Denise et de Sharon.

« Je plaisantais, c'est tout ! maugréa Sharon en se remettant du rouge à lèvres.

– Fais pas attention à ce pauvre crétin. Il était furieux d'être pris au dépourvu.

– Il n'y avait pas de quoi en faire toute une histoire et nous menacer de poursuites, maugréa Sharon. Mais où est passée Holly ?

– Sais pas. La dernière fois que je l'ai vue, elle était sur la piste et dansait sur un air de funky.

– Ah... notre pauvre petite diva disco, dit Sharon, apitoyée. J'espère qu'elle va se trouver un type super ce soir, et qu'elle lui tombera dans les bras.

– Tu as raison, fit Denise. Allez, viens, on va lui trouver un mec », dit-elle en rangeant son maquillage dans son sac.

Lorsqu'elles virent qu'elles étaient filmées, elles se regardèrent d'un air coupable, gênées d'avoir parlé de leur amie devant la caméra. Juste après qu'elles furent sorties, un bruit de chasse d'eau retentit et Holly sortit d'une cabine. Par l'entrebâillement de la porte, on voyait son visage reflété dans le miroir. Elle avait les yeux gonflés de larmes.

Elle se moucha et s'examina un moment d'un air malheureux. Puis elle prit une grande inspiration et redescendit derrière ses amies.

Holly ne se souvenait pas avoir pleuré le soir de son anniversaire ; en fait, elle pensait que tout s'était très bien passé. Elle se frotta le visage, se demandant ce qui allait suivre.

La scène changea et les mots « Opération rideau d'or » apparurent. Denise se mit à hurler :

« Oh, non, Declan, espèce de salaud ! » et elle se précipita dans les toilettes pour se cacher. Visiblement, elle se souvenait, elle.

Declan gloussa et alluma une cigarette.

« OK, les filles, dit Denise sur l'écran, c'est l'heure de l'Opération rideau d'or.

– Hein ? » grognèrent ensemble Sharon et Holly, qui s'étaient effondrées sur un canapé, dans un état de stupeur éthylique avancée.

Denise essaya de les tirer pour les faire lever en disant d'une voix excitée : « Opération rideau d'or. Il est temps de s'infiltrer dans le bar des VIP !

– Tu veux dire que c'est pas çui-là ? demanda Sharon en promenant autour d'elle un regard vaguement écœuré.

– Non, c'est dans l'autre que vont les vrais people, répondit Denise en désignant le rideau devant lequel se dressait un homme qui devait être le plus grand malabar de la planète.

– Pour être honnête, Denise, je me tape complètement d'aller où sont les stars. Je me trouve très bien là où je suis », dit Holly d'une petite voix. Et elle se pelotonna sur le canapé confortable.

Denise protesta : « Écoutez, les filles, Abbey et Ciara y sont, alors pourquoi pas nous ? »

Jack jeta à Abbey un regard perplexe. Elle haussa les épaules sans conviction. Cela ne rappelait visiblement rien à personne, sauf à Denise, qui était partie se cacher. Le sourire de Jack s'évanouit soudain et il se croisa les bras. Que sa sœur se ridiculise, soit ; mais sa petite amie ! Il se

laissa glisser dans son fauteuil, mit les pieds sur la chaise de devant et regarda en silence le reste du documentaire.

Manifestement, Declan était allé se cacher dans un coin de la salle. La caméra suivit les trois filles lorsqu'elles s'approchèrent du rideau avec des mines de conspiratrices et restèrent là à danser d'un pied sur l'autre comme des idiotes. Sharon rassembla finalement assez de courage pour donner une petite tape sur l'épaule du géant, qui se retourna, donnant ainsi à Denise le temps de se glisser derrière le rideau. Elle trébucha et, à quatre pattes, passa la tête pour regarder dans le bar des VIP, tandis qu'on pouvait encore voir son derrière de l'autre côté du rideau. Holly lui donna un coup de pied pour la faire avancer.

« Je les vois ! siffla Denise. C'est pas vrai ! Elles parlent à cet acteur américain... » Elle ressortit la tête pour regarder Holly. Malheureusement, Sharon était à court d'idées pour retenir l'attention du malabar, qui se retourna et remarqua Denise.

« Oh mais non, mais non, mais non ! Ce n'est pas ce que vous croyez, dit celle-ci. Cette dame est la princesse Holly de Suède.

– De Finlande, rectifia Sharon.

Le gros malabar prit son talkie-walkie. « Les gars, il y a un malaise avec la princesse et l'autre fille. »

Paniquée, Denise regarda ses deux amies et leur fit un signe éloquent. Elles déguerpirent toutes les trois. La caméra les suivit dans la foule, mais les perdit.

À ce stade, Holly se prit la tête dans les mains en poussant un gémissement. La mémoire lui était revenue.

18

Paul et Moustache se précipitèrent au premier pour rejoindre le malabar devant le rideau doré. « Qu'est-ce qui se passe ? demanda Moustache.

– Ces filles que vous m'avez dit de surveiller, elles ont essayé de passer de l'autre côté », répondit-il. On voyait qu'il ne prenait pas du tout cela à la légère et que, dans son job précédent, il liquidait ceux qui transgressaient les règles.

« Où sont-elles ? » demanda Moustache.

Le malabar toussota et détourna les yeux. « Elles se cachent, chef.

– Comment ça, elles se cachent ?

– Oui, chef.

– Où ? Dans le club ?

– Je crois, chef.

– On ne les a pas vues passer, alors elles doivent toujours être ici, fit Paul.

– Bon, soupira Moustache. On va les chercher. Demandez à quelqu'un de surveiller le rideau. »

La caméra suivit les trois videurs, tandis qu'ils fouillaient le club, regardant derrière les canapés, sous les tables, derrière les rideaux. Ils demandèrent même à quelqu'un d'aller visiter les toilettes. Sur ces entrefaites, un certain brouhaha se produisit du côté de l'estrade, où les deux filles dorées avaient cessé de danser et regardaient vers le lit, l'air horrifié. La caméra fit un zoom. Sous les draps de soie or, on aurait dit que trois cochons se battaient. Sharon, Denise et Holly se tortillaient en essayant de se faire aussi petites que possible pour passer inaperçues. La foule fit cercle et la musique cessa bientôt. Les trois grosses bosses se figèrent, les filles se savaient repérées.

Les videurs comptèrent jusqu'à trois et ôtèrent les draps. Trois créatures ahuries, les yeux écarquillés comme des animaux pris dans les phares d'une voiture, les regardèrent, aplaties sur le matelas, les bras le long du corps.

« Nous faisions une petite sieste avant de partir, dit Holly avec son accent le plus royal, tandis que les autres pouffaient.

– Allez, princesse, assez rigolé », dit Paul. Les trois hommes escortèrent les filles dehors en leur jurant que l'accès du club leur était désormais interdit.

On changea de scène et les mots « Le retour » s'inscrivirent sur l'écran. Elles étaient dans un taxi. Abbey, assise en chien de fusil, sortait la tête par la portière après que le chauffeur lui eut dit : « On ne vomit pas dans ma voiture. Ou vous passez la tête dehors, ou vous rentrez chez vous à pied. » Abbey avait le visage violacé et elle claquait des dents. Mais il était hors de question qu'elle rentre à pied. Ciara faisait grise mine ; elle en voulait aux autres de lui avoir gâché son numéro de rockeuse célèbre. Ses parents s'esclaffèrent en voyant le spectacle familier de leur fille en train de bouder. Sharon et Denise s'étaient assoupies, tête contre tête. John sourit en voyant sa femme endormie et lui prit la main.

L'objectif pivota vers le siège avant, où Holly était à nouveau assise, les yeux fixés droit devant elle dans le noir. En se regardant, elle savait à quoi elle pensait ce soir-là. Elle allait à nouveau se retrouver seule dans sa grande maison vide.

« Joyeux anniversaire, Holly ! » dit Abbey d'une petite voix tremblotante.

Holly se retourna pour sourire à son amie gelée et se trouva nez à nez avec la caméra. « Tu es encore en train de filmer ? Éteins ça ! » Et elle fit tomber la caméra d'un revers de main.

Fin.

En voyant Daniel se lever pour rallumer les lumières, Holly s'éclipsa rapidement et se glissa dans la pièce la plus proche. Elle avait besoin de rassembler ses idées avant que tout le monde ne se mette à parler du film. Elle était entrée dans un réduit où l'on rangeait les seaux, les serpillières et les tonneaux vides. Quelle idée de s'être cachée là ! Elle s'assit sur un tonneau et se mit à réfléchir à ce qu'elle venait de voir. Elle était sous le choc. Elle en voulait à son frère : il lui avait dit qu'il préparait un documentaire sur les boîtes de nuit, mais jamais il n'avait été question que ses amies et elle acceptent de se donner ainsi en spectacle. Or c'était précisément ce qu'il avait fait : il les avait données en spectacle. S'il le lui avait demandé poliment, ç'aurait été une autre affaire. Encore que. Elle aurait refusé, de toute façon.

Mais elle ne voulait surtout pas se mettre en colère contre lui devant tout le monde. Il avait beau l'avoir totalement ridiculisée, il avait néanmoins fait un très bon travail de tournage et de montage. S'il ne s'était pas agi d'elle, Holly aurait trouvé que ce film méritait le prix. Seulement voilà : il s'agissait d'elle, et il ne devait donc pas être récompensé... Certes, il y avait des passages amusants. Mais ce n'étaient pas tant les scènes où ses amies et elle se rendaient ridicules qui la chagrinaient que les moments où on la voyait triste.

De grosses larmes salées roulèrent sur ses joues et elle croisa les bras sur sa poitrine pour se réconforter. À l'écran, elle avait vu comment elle se sentait réellement. Perdue et seule. Elle pleurait sur Gerry, elle pleurait sur elle-même à gros sanglots convulsifs qui lui meurtrissaient les côtes chaque fois qu'elle essayait de reprendre sa respiration. Elle ne voulait plus se sentir aussi seule, elle ne voulait pas que sa famille voie la solitude qu'elle faisait tant d'efforts pour cacher. Elle voulait que Gerry revienne et se moquait éperdument du reste. Tant pis s'ils se disputaient tous les jours, tant pis s'ils n'avaient plus d'argent, plus de maison. Elle avait besoin de lui. Elle entendit la porte s'ouvrir derrière elle et deux grands bras l'entourèrent. Elle se sentit toute petite et pleura comme si des mois de chagrin et d'angoisse s'écroulaient tout d'un coup.

« Qu'est-ce qu'il y qui ne va pas ? Ça ne lui a pas plu ? » La voix de Declan.

« Laisse-la tranquille », dit la voix douce de sa mère.

La porte se referma et Daniel continua à lui caresser les cheveux en la berçant doucement.

Finalement, après avoir pleuré toutes les larmes de son corps, elle s'arrêta et se dégagea.

« Désolée, renifla-t-elle en s'essuyant le visage avec ses manches.

– Mais de quoi ? » dit-il à mi-voix en ôtant la main avec laquelle elle se cachait le visage et en lui tendant un Kleenex.

Elle garda le silence en essayant de retrouver son calme.

« Vous n'avez pas à vous faire de souci à cause du documentaire, vous savez, dit-il en s'asseyant en face d'elle sur une caisse de verres.

– Ben voyons !

– Je vous assure. J'ai trouvé le film vraiment drôle. Vous aviez l'air de beaucoup vous amuser, toutes.

– J'en avais peut-être l'air, mais pas la chanson, répliqua-t-elle avec tristesse.

– Je ne dis pas le contraire, seulement la caméra ne saisit pas les sentiments secrets, Holly.

– Ne vous sentez pas obligé de me réconforter, fit Holly, gênée d'être consolée par un étranger.

– Je ne me sens pas obligé, je dis simplement ce que je pense. Je ne sais pas ce qui vous chagrine, mais vous êtes la seule à l'avoir remarqué. Moi, je n'ai rien vu ; les autres non plus, sûrement. »

Holly se sentit un peu mieux.

« Vous êtes sûr ?

– Absolument sûr. Et maintenant, arrêtez de vous cacher

dans toutes les pièces de ce club, sinon je vais finir par me vexer.

– Et les autres, comment ont-elles réagi ? »

On entendit des rires bruyants de l'autre côté de la porte.

« Je vous laisse juge. Ciara est ravie parce que tout le monde va la prendre pour une star. Denise a fini par sortir des toilettes et Sharon ne peut pas s'arrêter de rire. Quant à Jack, il fait quelques réflexions à Abbey parce qu'elle a vomi en rentrant. »

Holly gloussa.

« Alors, vous voyez que personne n'a remarqué ce qui vous contrarie.

– Merci, Daniel », fit Holly en respirant un bon coup. Et elle lui sourit.

« Vous êtes prête à affronter votre public ?

– Je crois. »

Tout le monde était assis autour de la table, à rire et à raconter des histoires. Holly prit place près de sa mère, qui lui passa un bras autour des épaules et l'embrassa.

« J'ai trouvé ça super, dit Jack avec enthousiasme. Si seulement on arrivait à convaincre Declan d'accompagner les filles chaque fois qu'elles sortent, on saurait enfin ce qu'elles fabriquent, pas vrai, John ? fit-il en adressant un clin d'œil au mari de Sharon.

– Ce que vous avez vu, ce n'était pas une soirée classique entre filles, je vous assure », dit Abbey.

Cela laissa les garçons sceptiques.

« Alors, ça va ? » demanda Declan, craignant d'avoir fait de la peine à sa sœur.

Holly lui lança un regard noir.

« Je croyais que ça te plairait, Holly, dit-il d'un ton navré.

– Ça aurait pu me plaire si j'avais été au courant, rétorqua-t-elle.

– Mais je voulais te faire la surprise, répondit-il avec sincérité.

– J'ai horreur des surprises, répliqua-t-elle en frottant ses yeux irrités.

– Que ça te serve de leçon, dit Frank à son fils. Il ne faut pas filmer les gens à leur insu. D'ailleurs, c'est illégal.

– Je parie que le jury ne le savait pas quand le prix a été décerné, renchérit Elizabeth.

– Tu ne vas pas vendre la mèche, hein, Holly ? demanda Declan, inquiet.

– Alors, il faudra être très gentil avec moi pendant les mois qui viennent », rétorqua Holly en se tortillant une mèche de cheveux.

Declan fit la grimace. Il était coincé.

« Bon, bon, comme tu voudras, dit-il, coupant court d'un geste de la main aux remarques de sa sœur.

– Je dois reconnaître que j'ai trouvé ça plutôt marrant, Holly », gloussa Sharon. Puis elle se retourna vers Denise et lui donna une grande tape sur la cuisse : « Toi et ton “Opération rideau d'or” !

– Je vais te dire, fit celle-ci, je ne boirai jamais plus une goutte d'alcool ! »

Holly était debout devant l'évier, les manches relevées, à récurer ses casseroles, quand elle entendit la voix familière.

« Bonjour, ma chérie ! »

Elle leva les yeux et le vit debout dans l'embrasure de la porte du patio.

« Bonjour, toi ! répondit-elle en souriant.

– Je te manque ?

– Évidemment.

– Alors, ce nouveau mari, tu l'as trouvé ?

– Bien sûr. Il est en haut, au lit. Il dort », dit-elle en s'essuyant les mains.

Gerry secoua la tête.

« Si j'allais l'étouffer pour le punir de dormir dans notre lit ?

– Ah, donne-lui encore une heure de répit, plaisanta-t-elle en regardant sa montre. Il a besoin de se reposer. »

Elle lui trouva le visage frais, l'air content. Il était aussi beau que dans son souvenir et portait le pull bleu qu'elle préférait. Ses yeux bruns et tendres aux longs cils la regardaient.

« Tu n'entres pas ? demanda-t-elle.

– Non, je suis juste passé voir comment tu allais. Alors ? s'enquit-il en s'appuyant contre l'embrasure de la porte, les mains dans les poches.

– Ça va comme ci comme ça, répondit-elle, geste à l'appui. Ça pourrait aller mieux.

– Il paraît que tu es une star du petit écran maintenant, dit-il avec un sourire.

– Pas franchement de mon plein gré.

– Tu vas voir que les hommes tomberont comme des mouches.

– Je n'ai pas d'objection à ça, le problème, c'est qu'ils ratent l'objectif », lança-t-elle en se désignant.

Il rit.

« Tu me manques, Gerry.

– Je ne suis pas bien loin, répondit-il d'une voix douce.

– Tu me quittes encore ?

– Pour l'instant.

– À bientôt », dit-elle.

Il lui fit un clin d'œil et disparut.

Holly se réveilla, un sourire sur les lèvres, avec l'impression d'avoir dormi pendant des jours. « Bonjour, Gerry », dit-elle en regardant le plafond.

Le téléphone sonna à côté du lit. C'était Sharon, la voix vibrante de panique :

« Oh là là, Holly, jette un coup d'œil aux journaux du dimanche. »

19

Holly sauta du lit, passa un jogging et prit la voiture pour aller chez le marchand de journaux le plus proche. Devant le présentoir, elle en feuilleta un pour essayer de trouver ce qui avait mis Sharon dans un tel état.

« Vous n'êtes pas à la bibliothèque municipale, jeune fille. Il faut l'acheter, ce journal.

– Je sais bien », dit Holly, agacée par le manque de courtoisie de l'homme.

Mais comment savoir quel journal on voulait si on ne savait même pas lequel contenait l'information qu'on cherchait ? Elle finit par prendre un exemplaire de chaque journal sur le présentoir et abattit la liasse sur le comptoir avec un sourire suave.

L'homme parut un peu estomaqué et commença à les enregistrer un par un. Une queue se forma derrière Holly.

Elle fixa avec gourmandise les barres de chocolat près de la caisse, devant elle, et regarda alentour pour voir si on l'observait. Tout le monde avait l'œil braqué sur elle. Elle se retourna vite pour faire face au comptoir. « Mange-moi, mange-moi ! » lui criaient toutes les barres au chocolat. Finalement, son bras se détendit tout seul et attrapa les deux barres géantes les plus proches, en bas de la pile sur l'étagère. Une par une, les autres barres se mirent lentement à glisser sur le sol. L'adolescent derrière elle gloussa et détourna la tête pendant que Holly, rouge comme une pivoine, se baissait pour ramasser ce qu'elle avait fait tomber. Il y en avait tant qu'elle dut s'y reprendre à plusieurs fois. On n'entendait pas un bruit dans la boutique, hormis quelques toussotements impatients dans la queue derrière elle. Elle ajouta subrepticement quelques paquets de bonbons aux barres de chocolat. « Pour les enfants », dit-elle bien fort au commerçant, espérant que tout le monde derrière elle entendrait aussi. Il se contenta de grogner et continua à scanner les codes-barres. Elle se souvint alors qu'elle avait besoin de lait et se précipita au fond de la boutique pour prendre une bouteille dans l'armoire réfrigérée. Quelques femmes protestèrent lorsqu'elle remonta la queue pour revenir près du comptoir et y poser le litre de lait. Le commerçant s'arrêta pour la regarder fixement. Impavide, elle lui rendit son regard.

« Mark ! » hurla-t-il.

Un jeune homme boutonneux surgit de l'une des allées de la boutique, une étiqueteuse à la main.

« Oui ? grommela-t-il.

– Ouvre l'autre caisse, tu veux, fiston. On en a pour un moment, ici », dit-il en dardant un œil noir sur Holly.

Elle lui fit une grimace.

Mark se traîna vers la deuxième caisse sans cesser de regarder Holly. Et alors ? pensa-t-elle. Si tu fais ce boulot-là, je n'y suis pour rien.

Il ouvrit la caisse et toute la queue se précipita vers lui. Soulagée de ne plus sentir ces regards sur elle, Holly attrapa sous le comptoir quelques paquets de chips qu'elle ajouta à ses achats.

« Anniversaire », marmonna-t-elle.

Dans la queue d'à côté, l'adolescent demanda un paquet de cigarettes à mi-voix.

« Carte d'identité », claironna Mark.

L'adolescent regarda autour de lui, gêné, le rouge aux joues. Holly gloussa et détourna le regard.

« Et avec ça ? fit le commerçant d'un ton sarcastique.

– Merci, ça sera tout », marmonna-t-elle.

Quand il lui eut rendu la monnaie, elle eut un certain mal à faire entrer toutes les pièces dans son porte-monnaie.

« Au suivant, dit le commerçant au client derrière elle.

– Bonjour, je voudrais un paquet de Benson and...

– Excusez-moi, interrompit Holly, je pourrais avoir un sac, s'il vous plaît ? demanda-t-elle poliment en regardant l'énorme pile devant elle.

– Un instant, s'il vous plaît. Je finis de servir monsieur, dit le commerçant d'un ton rogue. Oui, monsieur, vous m'avez demandé des cigarettes ?

– J'attendrai que madame ait fini », dit poliment le client.

Holly lui sourit, reconnaissante. Elle allait quitter le magasin lorsque Mark la fit sursauter en criant :

« Mais je vous connais ! Vous êtes la fille de la télé ! »

Holly se retourna, surprise, et la poignée en plastique se détacha sous le poids des journaux. Tout le contenu du sac tomba par terre et s'éparpilla sur le sol.

Le client sympathique se mit à genoux pour l'aider à rassembler ses achats, pendant que les autres regardaient la scène, amusés, en se demandant qui était cette fille de la télé.

« C'est bien vous, non ? » demanda Mark.

Holly leva les yeux et lui fit un sourire hésitant.

« Je le savais ! Vous êtes cool ! » fit-il, tout excité, en claquant dans ses mains.

Cool... À quatre pattes dans le magasin, en train de ramasser ses barres au chocolat ! Elle devint toute rouge et toussota nerveusement.

« Je m'appelle Rob, dit l'homme en lui tendant la main après l'avoir aidée à tout remettre dans le sac.

– Moi, c'est Holly, dit-elle en acceptant sa main, un peu embarrassée par cet assaut de gentillesse. Et je suis une accro du chocolat. Merci de m'avoir aidée, ajouta-t-elle, reconnaissante, en se relevant.

– Je vous en prie », répondit-il en lui tenant la porte.

Il était beau garçon, un peu plus jeune qu'elle, avec des yeux d'une couleur étrange, entre vert et gris.

Il toussota. Soudain, elle rougit en se rendant compte qu'elle le dévisageait. Elle se dirigea vers sa voiture et plaça le sac bourré sur la banquette arrière. Rob la suivit. Son cœur battit un peu plus vite.

« Rebonjour, dit-il. Euh... je me demandais si vous accepteriez de prendre un verre ? » Puis, regardant sa montre, il rectifia : « Il est un peu tôt, peut-être, alors, que diriez-vous d'un café ? »

Avec beaucoup d'assurance, il s'adossa à la voiture voisine, les mains dans les poches de son jean, les pouces à l'extérieur. Il la regardait avec ses prunelles étranges, sans toutefois la mettre mal à l'aise. À le voir, on eût dit qu'inviter une inconnue à prendre un café était la chose la plus naturelle du monde. Ça se passait comme ça maintenant ?

« Hum... » Holly réfléchit. Quel mal pouvait-il y avoir à prendre un café avec un homme qui s'était montré si courtois ? De plus, il était très beau, ce qui ne gâtait rien. Mais, indépendamment de cela, Holly se sentait d'humeur sociable, et il paraissait être de bonne compagnie. Sharon et Denise travaillaient, et Holly ne pouvait pas passer son temps à téléphoner à sa mère. Nombre de ses amis étaient d'abord des amis de Gerry, rencontrés au travail ou dans d'autres circonstances. Mais, après sa mort, ces « amis » communs s'étaient faits rares. Le tri s'était opéré tout seul. Le temps était venu de faire de nouvelles connaissances.

Elle allait accepter la proposition de Rob quand il regarda sa main et son sourire s'évanouit.

« Oh, pardon... je n'avais pas remarqué... » Il recula d'un air gêné, comme si elle avait une maladie contagieuse. « Il faut que je me sauve », ajouta-t-il avec un sourire rapide. Et il fila dans la rue.

Holly le regarda partir, déconcertée. Avait-elle fait une gaffe ? Mis trop de temps à se décider ? Transgressé l'une des règles tacites de ce nouveau jeu des rencontres ? Elle regarda la main qui avait provoqué la fuite de Rob et vit briller son alliance. Elle poussa un grand soupir. Juste à ce moment-là, l'adolescent sortit du magasin, accompagné d'une bande de copains, une cigarette aux lèvres. En passant devant elle, il ricana. Ce n'était pas son jour.

Elle ouvrit la portière de sa voiture et regarda autour d'elle. Elle n'avait pas envie de rentrer, elle était lasse de contempler ses murs toute la sainte journée et de parler toute seule. Il n'était que dix heures du matin et il faisait un beau soleil. De l'autre côté de la rue, devant le petit café du quartier, La Cuillère en bois, on disposait tables et chaises sur le trottoir. L'estomac de Holly gargouilla. Ce dont elle avait besoin, c'était d'un bon petit déjeuner irlandais complet. Elle prit ses lunettes de soleil dans la boîte à gants, attrapa les journaux à deux mains et traversa la route. Une dame plantureuse nettoyait les tables. Elle avait les cheveux tirés en arrière en un chignon serré et portait un tablier à carreaux rouge vif et blancs par-dessus une robe à fleurs. Holly avait l'impression d'être entrée sans transition dans une cuisine de campagne.

« Ça fait un moment qu'elles n'ont pas vu le soleil, ces tables, dit joyeusement la femme à Holly, en la voyant s'approcher.

– Oui, il fait beau, hein ! » répondit Holly, et toutes deux contemplèrent le ciel.

Curieux comme le beau temps délie toujours les langues en Irlande. Il est si rare que lorsqu'il arrive enfin, tout le monde le perçoit comme un cadeau.

« Vous voulez vous installer dehors, ma petite fille ?

– Oui, autant en profiter. Peut-être que dans une heure, ce sera fini, dit Holly en prenant un siège.

– Allons, un peu d'optimisme, rétorqua la femme en s'affairant autour d'elle. Je vais vous chercher le menu.

– Ce n'est pas nécessaire. Je sais ce que je veux. Un petit déjeuner irlandais.

– Avec plaisir, ma petite fille. » La femme sourit, et ses yeux s'écarquillèrent à la vue de la pile de journaux sur la table. « Vous voulez faire marchande de journaux ? » gloussa-t-elle.

Holly rit en avisant *The Arab Leader* sur le dessus de la

pile. Dans sa hâte, elle avait pris un exemplaire de chaque journal sans même regarder les titres.

« Pour être franche, ma petite fille, on ne serait pas fâchés que vous fassiez fermer boutique à ce sale type en face ! »

Elle jeta un regard noir de l'autre côté de la rue et repartit dans son café en marchant comme un gros canard.

Holly resta là à regarder le spectacle de la rue. Elle aimait attraper au vol des bribes de conversations échangées par les passants ; cette petite plongée dans la vie des gens l'enchantait. Elle adorait deviner leur métier, où ils allaient, où ils habitaient, s'ils étaient célibataires ou mariés... Sharon et elle aimaient s'installer chez Bewley pour observer les passants dans Grafton Street en faisant un peu de sociologie sauvage. Elles se montaient des petits scénarios pour passer le temps et, récemment, Holly s'était assez souvent livrée seule à cette occupation. Encore une preuve qu'elle se préoccupait de la vie des autres et ne se concentrait pas que sur la sienne. Par exemple, le petit scénario qu'elle concoctait à présent concernait l'homme qui s'approchait en tenant la main de sa femme. Elle décida que c'était un homosexuel honteux et que l'homme qui arrivait en face du couple était son amant à lui. Elle observa les trois visages et se demanda s'ils allaient se regarder. Ils firent beaucoup mieux et Holly essaya de garder son sérieux lorsqu'ils s'arrêtèrent tous les trois juste devant sa table.

« Pardon, vous avez l'heure ? demanda l'amant.

– Oui, il est dix heures et quart, répondit l'homo inavoué en regardant sa montre.

– Merci », répondit l'amant, qui lui effleura le bras en repartant.

De toute évidence, ils avaient utilisé un code secret pour convenir d'un rendez-vous, pensa Holly, qui continua son activité délectable pendant un petit moment. Mais elle finit par s'en lasser et décida de reprendre le cours de sa vie.

Elle feuilleta les pages des journaux petit format et, dans la rubrique Télévision, elle tomba sur un court article intitulé « *Les Filles et la Ville* ont pulvérisé l'audimat » :

Que les malheureux qui ont raté le documentaire hilarant *Les Filles et la Ville* mercredi dernier ne se désespèrent pas. Ils auront bientôt l'occasion de se rattraper.

Cet irrésistible morceau d'anthologie réalisé par l'Irlandais Declan Kennedy suit cinq Dublinoises qui ont décidé de passer une soirée en ville. Ces filles lèvent le voile sur le monde mystérieux des célébrités dans Le Boudoir, ce club très exclusif, et nous offrent trente minutes de rire à vous tétaniser les abdominaux.

Cette émission a eu un franc succès dès sa première diffusion sur Channel 4 mercredi dernier. D'après nos informations, l'indice d'écoute était de 4 millions de téléspectateurs au Royaume-Uni. L'émission sera rediffusée dimanche à 23 heures sur la même chaîne. Incontournable. Ne la ratez pas. »

Les Filles et la Ville, dimanche 23 heures, Channel 4.

Tracey Coleman

Holly s'efforça de rester calme. De toute évidence, la nouvelle était excellente pour Declan, mais désastreuse pour elle. Que le documentaire ait été diffusé une fois était déjà regrettable. Mais une seconde fois ! Il fallait vraiment qu'elle ait une conversation sérieuse avec son frère. L'autre soir, il s'en était tiré à bon compte, parce qu'il était tout content et qu'elle n'avait pas voulu faire une scène.

Elle feuilleta les autres journaux et vit ce qui avait tellement contrarié Sharon. Tous les tabloïds publiaient une vieille photo de Sharon, Denise et Holly. Comment les journalistes avaient pu mettre la main dessus ? Mystère. Dieu merci, les journaux grand format donnaient des informations plus sérieuses, sinon Holly se serait vraiment posé des questions sur ce qui faisait tourner le monde. Cela étant, elle n'apprécia guère des expressions comme « filles déchaînées » et « soiffardes », ni le commentaire de l'un des journaux, selon lequel « elles ne reculaient devant rien ». Qu'est-ce qu'il entendait par là ?

L'assiette de Holly arriva enfin. Elle la regarda, ahurie, se demandant comment elle allait pouvoir avaler tout ça.

« Ça vous nourrira un peu, ma petite fille, dit la patronne

en la servant. Vous avez besoin de vous remplumer, vous n'avez que la peau sur les os. »

Et elle s'éloigna en se dandinant. Holly fut touchée par la remarque.

Sur l'assiette s'entassaient saucisses, bacon, œufs, croquettes de pomme de terre, boudin noir et boudin blanc, haricots blancs, pommes de terre sautées, champignons, tomates et cinq tranches de pain grillé. Holly jeta autour d'elle un coup d'œil gêné, espérant que personne n'allait la prendre pour une gloutonne. Quand elle aperçut l'ado qui revenait de son côté avec sa bande de copains, elle saisit son assiette et se réfugia à l'intérieur. Ces derniers temps, elle n'avait pas beaucoup d'appétit. Alors, maintenant qu'elle se sentait prête à manger, elle n'allait pas laisser ce gamin lui gâcher son plaisir.

Holly avait dû rester au café beaucoup plus longtemps qu'elle ne le pensait car, lorsqu'elle arriva chez ses parents à Portmarnock, il était presque deux heures. En dépit de ses prédictions, le temps était resté beau. Elle regarda la plage noire de monde devant la maison. On ne distinguait pas où finissait le ciel et où commençait la mer. Des gens arrivaient par bus entiers et il flottait dans l'air une agréable odeur de crème solaire. Des bandes de jeunes se tenaient autour de la zone couverte d'herbe avec des lecteurs de CD diffusant les derniers tubes à fond la caisse. Les bruits et les odeurs rappelèrent à Holly de bons souvenirs d'enfance.

Elle sonna une quatrième fois sans que personne vienne répondre. Pourtant, elle savait qu'il y avait quelqu'un dans la maison, car les fenêtres de la chambre du premier étaient grandes ouvertes, et jamais ses parents ne seraient sortis en les laissant ainsi, surtout avec les hordes d'étrangers qui circulaient dans le secteur. Elle traversa la pelouse et colla son visage à la fenêtre du salon pour repérer des signes de vie à l'intérieur. Elle allait renoncer et partir sur la plage lorsqu'elle entendit Declan et Ciara faire assaut de hurlements :

« CIARA, VA OUVRIR CETTE PUTAIN DE PORTE !

– J'AI DIT NON !... J'AI PAS QUE ÇA À FAIRE !

– MOI NON PLUS ! »

Holly sonna de nouveau, histoire de mettre de l'huile sur le feu.

« DECLAN ! »

Aïe ! Là, Ciara y allait fort avec les décibels.

« VA L'OUVRIR TOI-MÊME, GROSSE FLEMMARDE !

– HA ! C'EST *MOI* QUI SUIS FLEMMARDE ! »

Holly prit son portable et appela la maison.

« CIARA, RÉPONDS AU TÉLÉPHONE !

– NON ! »

« Oh, quels emmerdeurs ! » s'écria Holly en raccrochant.

Elle composa le numéro du portable de Declan.

« Ouais ?

– Declan, ouvre cette putain de porte ou je la défonce à coups de pied, glapit Holly.

– Oh, pardon, Holly, je croyais que Ciara y était allée », mentit Declan.

Il était en caleçon lorsqu'il ouvrit la porte et Holly entra au pas de charge.

« Non, mais je vous jure ! J'espère que vous ne faites pas toujours ce cirque quand on sonne à la porte. »

Declan haussa les épaules sans se compromettre.

« Les parents sont sortis », dit-il d'une voix paresseuse, et il remonta l'escalier.

« Hé ! Où vas-tu ?

– Je retourne au lit.

– Pas question. Tu vas t'asseoir avec moi ici, dit Holly avec calme en tapotant le canapé à côté d'elle, et nous allons parler gentiment de ton film.

– Non, gémit Declan. Pourquoi parler de ça maintenant ? Je suis vraiment, vraiment fatigué.

– Il est deux heures de l'après-midi et tu es encore fatigué ?

– Mais je ne suis rentré que depuis quelques heures », dit-il en lui faisant un clin d'œil coquin.

Là, Holly n'éprouva plus le moindre vestige de sympathie, mais seulement de la jalousie pure et simple.

« Assieds-toi », insista-t-elle.

Il gémit à nouveau et propulsa son corps las sur les coussins, où il s'effondra de tout son long, ne laissant aucune place pour sa sœur. Elle leva les yeux au ciel et approcha le fauteuil de son père.

« J'ai l'impression d'être chez le psy, dit-il en riant, et il croisa les mains derrière la tête en la regardant.

– Tant mieux, parce que j'ai bien l'intention de te faire cracher le morceau. »

Il reprit son ton plaintif :

« Mais enfin, on a déjà parlé de tout ça l'autre soir !

– Ah, parce que tu as cru que j'en resterais là ? Désolée, Declan, mais ta façon de nous humilier en public, mes amies et moi, ne m'a pas plu du tout, si tu vois ce que je veux dire.

– Absolument pas.

– Écoute, Declan, je suis ta sœur. Je ne suis pas ici pour te harceler, mais juste pour comprendre pourquoi tu as jugé bon de nous filmer, mes copines et moi, sans nous prévenir.

– Mais je te l'avais dit, protesta-t-il.

– Oui, il avait été question d'un documentaire sur les *boîtes à Dublin* ! répliqua-t-elle en élevant la voix.

– Oui, eh bien, j'ai filmé la vie en boîte ! s'esclaffa-t-il.

– Tu te crois malin ! » rétorqua-t-elle si sèchement qu'il cessa de rire. Elle compta jusqu'à dix et respira lentement pour garder son calme. « Écoute, Declan, ajouta-t-elle doucement, tu ne crois pas que j'ai une vie assez difficile comme ça sans qu'on m'inflige ce genre de problème ? Et sans même me consulter ! Pourquoi tu as fait une chose pareille, ça me dépasse ! »

Declan se redressa sur le canapé, l'air sérieux.

« Je sais, Holly. Tu viens de vivre des moments extrêmement pénibles. Mais je croyais que ça t'amuserait. Je ne mentais pas en disant que je voulais filmer la boîte, parce que c'était mon idée au départ. Mais quand j'ai ramené la bande à la fac et que j'ai commencé à faire le montage, tout le monde a trouvé ça si drôle que j'ai eu envie de la montrer. Holly, vous vous êtes toutes surpassées.

– Oui, mais tu as autorisé une diffusion à la télévision, Declan.

– Comment voulais-tu que je refuse lorsque j'ai gagné le concours ? Je ne savais pas que c'était ça, la récompense, je t'assure. Personne n'était au courant, même pas mes profs.

– D'accord, d'accord !

– Honnêtement, je croyais que ça te plairait. J'ai même demandé à Ciara, et elle a dit que tu trouverais ça drôle. Je suis désolé de t'avoir fait de la peine, marmonna-t-il enfin.

– Parce que Ciara était au courant ? » s'exclama-t-elle.

Declan se figea sur le canapé et essaya de trouver la phrase qui lui permettrait de s'en sortir. Finalement, il se laissa retomber de tout son long et se couvrit la tête d'un coussin, sachant qu'il venait de donner le coup d'envoi de la Troisième Guerre mondiale.

« Holly, je t'en supplie, ne lui dis rien ! Elle m'arracherait les yeux », répondit-il d'une voix étouffée.

Holly bondit de son fauteuil et se précipita dans l'escalier au pas de charge, tapant du pied bien fort sur chaque marche pour avertir Ciara qu'elle était absolument furieuse. Elle tambourina à la porte de sa sœur.

« N'entre pas ! hurla Ciara de l'intérieur.

– Ciara, tu es une vraie garce ! » cria Holly.

Ainsi, sa sœur, au courant depuis le début, ne l'avait pas prévenue. Elle tourna la poignée de la porte et fit irruption dans la chambre avec sa mine la plus furibonde.

« Je t'avais interdit d'entrer ! » gémit Ciara.

Holly s'apprêtait à déverser sur elle un torrent d'injures quand elle vit sa sœur assise par terre, le visage ruisselant de larmes, avec sur les genoux un album photos.

20

« Qu'est-ce que tu as, Ciara ? » demanda Holly avec sollicitude.

Elle ne se souvenait pas quand elle avait vu Ciara pleurer pour la dernière fois. En fait, elle ignorait même qu'elle pût pleurer. Tout ce qu'elle savait, c'était que pour faire fondre en larmes une fille aussi coriace que sa petite sœur, il fallait que ce soit très sérieux.

« Rien », dit Ciara en fermant d'un geste sec l'album et en le glissant sous son lit.

Elle semblait gênée d'avoir été surprise dans cet état et s'essuya le visage d'un geste brusque en prenant l'air détaché.

En bas sur le canapé, Declan sortit sa tête de sous un coussin. Le silence au premier étage lui semblait inquiétant. Il grimpa l'escalier à pas de loup et écouta à la porte de Ciara.

« Bien sûr que non », dit Holly en traversant la pièce pour s'asseoir par terre à côté de sa sœur.

Elle ne savait pas trop quoi faire. Depuis leur enfance, c'était toujours elle qui pleurait et Ciara qui la consolait, car elle était censée être la plus forte. Cette fois, les rôles étaient inversés.

« Tout va bien, grinça Ciara.

– Si tu le dis... Mais si quelque chose te préoccupe, tu sais que tu peux m'en parler. »

Ciara se contenta de hocher la tête sans la regarder. Holly se relevait pour partir et la laisser tranquille, lorsque Ciara fondit en larmes à nouveau. Aussitôt, Holly se rassit et passa autour d'elle des bras protecteurs. Ciara posa la tête sur la poitrine de sa sœur, qui se mit à caresser doucement les cheveux roses et soyeux.

« Tu ne veux pas me dire ce qui ne va pas ? demanda-t-elle à mi-voix.

Ciara émit une sorte de gargouillis et se redressa pour sortir son album photos de sous le lit. Les mains tremblantes, elle l'ouvrit, tourna quelques pages.

« Lui », articula-t-elle en montrant une photo d'elle avec un type que Holly ne reconnut pas. D'ailleurs, elle reconnut à peine sa sœur : elle paraissait beaucoup plus jeune et très différente. Elle était blonde, une couleur de cheveux que Holly ne lui avait encore jamais vue, elle arborait un grand sourire et avait un visage beaucoup plus doux. Pour une fois, elle ne semblait pas prête à mordre.

« C'est ton petit ami ? demanda Holly avec précaution.

– C'était », renifla Ciara. Une larme tomba sur la page.

« C'est pour ça que tu es rentrée ? » reprit Holly d'une voix douce en essuyant une larme sur la joue de sa sœur.

Ciara hocha la tête.

« Et si tu me racontais ce qui s'est passé ?

– On s'est disputés, hoqueta Ciara.

– Est-ce que... » Holly choisit ses mots avec soin. « Il ne t'a pas fait de mal, au moins ? »

Ciara secoua la tête.

« Non, bégaya-t-elle, on s'est disputés pour une bêtise. Alors, j'ai dit que je m'en allais et il m'a balancé que c'était tant mieux... » La voix de Ciara s'éteignit et elle se remit à sangloter.

Holly continua à serrer sa sœur dans ses bras et attendit qu'elle retrouve sa voix.

« Il n'est même pas venu me dire au revoir à l'aéroport. »

Holly frotta doucement le dos de Ciara, comme elle l'aurait fait à un bébé qui vient de finir son biberon. Pourvu qu'elle ne lui vomisse pas dessus !

« Il t'a téléphoné depuis ?

– Non, et ça fait deux mois que je suis rentrée, Holly », gémit-elle en la regardant avec des yeux si tristes que Holly faillit elle aussi se mettre à pleurer.

Elle en voulait à ce type qui avait fait de la peine à sa sœur. Il est vrai qu'elle ne connaissait pas les détails de l'histoire. Elle adressa à Ciara un sourire encourageant.

« Si ça se trouve, ce n'est pas du tout le genre de type qu'il te faut. »

Ciara se remit à pleurer.

« Mais, Holly, je l'aime, Mathew, et cette dispute était ridicule. J'ai pris mon billet parce que j'étais très en colère, mais je ne croyais pas qu'il me laisserait partir... »

Elle contempla longuement la photographie. Les fenêtres de la chambre étaient grandes ouvertes et Holly écouta le bruit des vagues et les rires venant de la plage. Enfants, sa sœur et elle avaient partagé cette chambre, et elle se sentit envahie par l'étrange réconfort que procurent les odeurs et les sons familiers.

Ciara commençait à se calmer.

« Pardon, Hol.

– Tu n'as pas à t'excuser, dit Holly en serrant les mains de Ciara entre les siennes. Tu aurais dû me parler de ça en rentrant, au lieu de tout garder pour toi.

– Comparé à ce qui t'est arrivé, c'est vraiment sans importance. Je me sens idiote de pleurer comme ça. » Elle essuya ses larmes, furieuse contre elle-même.

« Si, Ciara, c'est important. Perdre quelqu'un qu'on aime, c'est toujours une épreuve, que la personne soit vivante ou... » Elle fut incapable de terminer sa phrase. « Bien entendu, tu peux tout me dire.

– Oh, Holly, je suis là à pleurer sur un malheureux petit ami, alors que toi, tu as été tellement courageuse.

– Moi, courageuse ? Si seulement !

– Oh, à ta place, je serais couchée dans un fossé à attendre que ça se passe !

– Ne me donne pas ce genre d'idées, soupira Holly.

– Maintenant, tu es remise, non ? » demanda Ciara en scrutant avec inquiétude le visage de sa sœur.

Holly baissa les yeux vers ses mains et joua avec son alliance qu'elle fit glisser le long de son annulaire. Comment répondre ? Les deux sœurs étaient perdues dans leurs pensées. Ciara paraissait beaucoup plus calme qu'elle ne l'avait jamais été et attendait patiemment sa réponse.

« Remise ? » répéta Holly, comme pour elle-même. Elle fixa leur collection d'ours en peluche et de poupées, que leurs parents n'avaient pu se résoudre à jeter. « Je suis des tas de choses, Ciara, poursuivit-elle en continuant à tourner son alliance autour de son doigt. Je suis seule, fatiguée, tantôt triste, tantôt gaie. Tantôt j'ai de la chance, tantôt je n'en ai pas. Je suis mille choses différentes au cours d'une journée. Je suppose qu'entre autres, on peut dire que je suis remise. »

Elle regarda sa sœur avec un sourire triste.

« En plus, tu es courageuse. Et calme. Et tu maîtrises bien la situation. Et tu es organisée, énuméra Ciara.

– Non, Ciara, je ne suis pas courageuse. D'un jour sur l'autre, je ne sais plus ce que je fais. »

Le front de Ciara se plissa et elle secoua la tête avec énergie.

« C'est moi qui manque de courage, Holly.

– Attends ! insista Holly. Tu passes ton temps à faire des choses extrêmes, à sauter en parachute, à te lancer en snowboard du haut de falaises... » Elle s'interrompit, cherchant comment allonger la liste des exploits sa petite sœur.

« Oh, non, Holly, ce n'est pas courageux, c'est stupide. N'importe qui peut faire du saut à l'élastique. Toi la première. »

Les yeux de Holly s'écarquillèrent. Rien que d'y penser, elle était terrifiée. Ciara reprit d'une voix plus douce :

« Tu le ferais si tu n'avais pas le choix, Holly. Crois-moi, il n'y a rien d'héroïque à ça. »

Holly regarda sa sœur et répondit sur le même ton :

« Oui, et si ton mari mourait, tu serais bien obligée de

faire face. Le courage n'a rien à voir dans l'histoire quand on n'a pas le choix. »

Les deux sœurs se regardèrent un moment, pensives.

Ce fut Ciara qui rompit le silence :

« Eh bien, je crois qu'on se ressemble plus qu'on ne le croyait. » Elle sourit à Holly qui la serra plus étroitement. « C'est surprenant, hein ? »

Holly trouvait que sa sœur avait l'air très jeune avec ses grands yeux bleus innocents. En fait, c'était comme si elles étaient de nouveau enfants, sur ce plancher où elles avaient joué ensemble quand elles étaient petites, et souvent discuté ados. Elles restèrent assises, muettes, écoutant les bruits du dehors.

« Dis-moi, tout à l'heure, tu n'étais pas montée pour me reprocher quelque chose ? » demanda Ciara d'une voix tout à fait enfantine.

La façon dont elle essayait de reprendre l'avantage fit rire Holly, qui répondit en regardant le ciel :

« N'en parlons plus, ça n'a aucune importance. »

De l'autre côté de la porte, Declan s'essuya le front et poussa un soupir de soulagement. Il l'avait échappé belle. Il retourna se coucher sur la pointe des pieds. Il ne savait pas qui était ce Mathew, mais il lui devait une fière chandelle. Son téléphone fit entendre un petit *bip-bip* pour signaler l'arrivée d'un message. Il fronça les sourcils : qui diable était Sandra ? Puis il se remémora la nuit précédente et sourit.

Il était huit heures lorsque Holly rentra chez elle, et la nuit n'était pas encore tombée. Elle sourit : le monde était toujours moins déprimant lorsqu'il faisait beau. Elle avait passé la journée avec Ciara, à parler de ses aventures en Australie. Allait-elle ou non appeler Mathew ? Sa sœur avait changé d'avis au moins vingt fois en l'espace de quelques heures. Lorsqu'elle était partie, Ciara avait juré ses grands dieux que jamais au grand jamais elle ne lui adresserait à nouveau la parole, ce qui devait vouloir dire qu'elle l'avait déjà appelé.

Elle remonta l'allée menant à sa porte d'entrée et observa son jardin, intriguée. Était-ce un effet de son imagination ou était-il un peu nettoyé ? Il restait encore des mauvaises herbes et partout les arbustes avaient besoin d'être taillés, mais quelque chose avait changé...

Le bruit d'une tondeuse se déclencha et, en pivotant sur ses talons, Holly aperçut le voisin qui commençait à s'activer dans son jardin. Elle lui fit un signe de la main, supposant que c'était lui qui était venu, et il la salua en retour.

Du temps de Gerry, le jardin était sous sa responsabilité à lui. Il n'avait rien d'un accro du jardinage, mais, compte tenu de l'incompétence totale de Holly en la matière, il fallait bien que quelqu'un s'en charge. Ils avaient convenu qu'en aucun cas Holly ne passerait ses jours de congé à grattouiller la terre. Du coup, leur jardin se réduisait à sa plus simple expression : un petit carré d'herbe entouré de quelques arbustes et de fleurs. Mais comme Gerry n'y connaissait pas grand-chose, il avait planté les mauvaises fleurs au mauvais endroit, si bien qu'elles finissaient toujours par crever. Le jardin se limitait donc à une petite pelouse avec des arbustes. Quand Gerry était mort, le jardin était mort avec lui.

Se rappelant l'orchidée dans son salon, elle se précipita à l'intérieur et emplit un pot à eau pour arroser la plante qui en avait grand besoin. Elle paraissait fort mal en point, mais Holly se promit de ne pas la laisser crever. Elle mit une barquette de poulet au curry dans le micro-ondes et s'assit à la table de la cuisine en attendant qu'elle chauffe. Dehors, elle entendait les enfants qui jouaient encore dans la rue. Petite, elle adorait les longues soirées d'été, car les parents les autorisaient à rester dehors plus longtemps. Du coup, ils se couchaient beaucoup plus tard que d'habitude, ce qui les enchantait toujours. Holly repensa à sa journée et se dit que ç'avait été une bonne journée, à un incident près...

Elle regarda les bagues sur son annulaire et se sentit aussitôt coupable. Lorsque Rob s'était éloigné, elle avait éprouvé un certain malaise. Il l'avait regardée comme s'il pouvait se passer quelque chose entre eux, alors qu'une histoire amoureuse était la dernière chose à laquelle elle songeait. Elle se sentait même coupable d'avoir accepté son invitation à prendre un café. Elle n'avait certes aucune intention d'aller plus loin, mais elle avait regardé un homme droit dans les yeux, l'avait trouvé attirant et l'idée de sortir avec lui avait traversé son esprit. Bien sûr, au cours de toutes les années où elle avait été mariée avec Gerry, il lui était arrivé de rencontrer des hommes attirants. Mais à présent c'était différent. À l'époque, voir un beau garçon ne prêtait pas à conséquence, car, en rentrant chez elle, Holly retrouvait l'homme qu'elle aimait et n'y pensait plus.

Gerry était mort alors qu'elle était toujours très amoureuse de lui, et elle ne pouvait entrer en désamour simplement parce qu'il était mort. Elle se sentait toujours mariée et, en acceptant de prendre un verre avec un autre, elle avait le sentiment de tromper son mari, ce qui lui répugnait. Son cœur et son âme appartenaient toujours à Gerry. Et maintenant qu'il n'était plus là, qu'était-elle censée faire ?

Perdue dans ses pensées, elle tourna les bagues autour de son doigt. À quel stade devrait-elle ôter son alliance ? Gerry était mort depuis presque six mois. Où était le livre des convenances pour les veuves, expliquant exactement quand il fallait enlever son alliance ? Et lorsqu'elle l'enlèverait, qu'en ferait-elle ? Où fallait-il la mettre ? Dans la poubelle ? À côté de son lit, pour se rappeler son mari chaque jour ? Elle continua à tourner l'anneau et les questions l'assaillirent. Mais non, elle n'était pas encore prête à renoncer à son Gerry. Pour elle, il était toujours vivant. Le micro-ondes sonna, son dîner était prêt. Elle sortit la barquette et la jeta directement à la poubelle. Elle n'avait plus faim.

Plus tard dans la soirée, Denise l'appela, très agitée.

« Allume Radio Dublin sur la FM, vite. »

Holly se précipita sur le poste.

« Ici, Tom O'Connor. Vous écoutez Dublin FM. Si vous venez juste de nous rejoindre, nous parlons aujourd'hui des videurs. À en juger par les trésors de persuasion déployés par les filles du documentaire *Les Filles et la Ville* pour avoir accès au club Le Boudoir, on peut s'interroger sur leur attitude. Nous aimerions savoir ce que vous en pensez. Vous les trouvez sympathiques ou non ? Vous comprenez pourquoi ils agissent ainsi ? Vous les trouvez trop stricts ? Le numéro à appeler est... »

Holly prit le téléphone, oubliant que Denise était toujours au bout du fil.

« Alors ? demanda Denise.

– Dans quoi on a mis les pieds !

– Je ne te le fais pas dire, gloussa Denise, manifestement ravie de tout ce qui se passait. Tu as vu les journaux ce matin ?

– Oui. Tout ça, c'est un peu ridicule. Je reconnais que c'était un bon documentaire, mais les articles sont quand même assez nuls.

– Oh, moi, je trouve ça super. D'autant plus qu'on parle de moi !

– Tiens donc ! »

Elles se turent un instant pour écouter un videur exprimer son indignation, pendant que Tom s'efforçait de le calmer.

« Tu ne trouves pas qu'il a une voix craquante, mon homme ?

– Hem... oui. Alors, vous êtes toujours ensemble ? marmonna Holly.

– Évidemment, cette idée ! » Denise parut vexée.

« Oui, eh bien, ça fait un moment, c'est tout, se hâta d'ajouter Holly, qui ne voulait pas offenser son amie. Tu as toujours dit que tu ne pouvais pas rester plus d'un mois avec un mec, que tu détestais te sentir liée à une seule personne.

– J'ai dit que je n'arrivais pas à rester plus d'un mois avec le même, mais je n'ai jamais dit que je ne le ferais pas. Tom n'est pas comme les autres. »

Holly était surprise d'entendre ces propos dans la bouche d'une célibataire endurcie comme Denise.

« Qu'est-ce qu'il a donc de si différent ? demanda-t-elle,

coinçant le téléphone entre son oreille et son épaule et s'installant dans un fauteuil pour examiner ses ongles.

– Oh, c'est juste qu'il y a une complicité incroyable entre nous. C'est mon âme sœur. Il est tellement attentionné, tu sais. Il me fait tout le temps des surprises, des petits cadeaux, il m'emmène dîner et il me gâte. Avec lui, je ris tout le temps. J'adore ça. Je ne me lasse pas de lui comme des autres. En plus, il est beau, ce qui ne gâte rien. »

Holly étouffa un bâillement. Elle avait souvent entendu Denise lui tenir ce discours après être sortie une semaine avec un nouveau petit ami ; pourtant, elle changeait rapidement d'avis. Mais, encore une fois, peut-être que Denise pensait vraiment ce qu'elle disait. Et cette histoire durait depuis plus d'un mois.

« Je suis très contente pour toi », dit Holly, sincère.

Elles se remirent à écouter. Le videur avait repris la parole : « Je tiens à signaler que depuis quelques jours, nous avons eu je ne sais combien de princesses avec leur dame d'honneur qui faisaient la queue à la porte. Depuis la diffusion de ce foutu documentaire, les gens ont l'air de croire qu'on les laissera entrer s'ils ont du sang bleu. Tout ce que je veux dire, moi, c'est que ça ne marchera pas une deuxième fois, les filles, alors, pas la peine d'essayer. »

Le lendemain, Holly dut s'extraire de son lit pour aller faire un tour dans le parc. Il fallait qu'elle prenne de l'exercice, sinon elle allait grossir ; il fallait aussi qu'elle se préoccupe de trouver du travail. Partout où elle allait, elle s'efforçait de s'imaginer en train de travailler. Elle avait déjà éliminé les magasins de fringues (Denise l'avait dissuadée d'essayer), les restaurants, les hôtels et les pubs. Elle ne voulait plus non plus d'un job de bureau classique, ce qui laissait... peu de choix. La veille, elle avait vu un film dont l'héroïne lui avait donné une idée : travailler au FBI, interroger les gens pour résoudre le mystère d'un crime et finir par tomber amoureuse de son collègue qu'elle détestait au début. Mais, comme Holly ne vivait pas aux États-Unis et qu'elle n'avait pas la moindre formation policière, il y avait fort peu de chances que ses rêves se réalisent. Peut-être pourrait-elle s'engager dans un cirque...

Elle s'assit sur un banc devant l'aire de jeux des enfants et écouta leurs cris de joie. Si seulement elle pouvait aller jouer avec eux, glisser sur le toboggan, se faire pousser sur la balançoire, au lieu de rester assise là à les regarder. Pourquoi fallait-il grandir alors qu'on s'amusait beaucoup plus étant petit ? Holly se rendit compte que, pendant tout le week-end, elle avait rêvé de redevenir petite fille.

Elle avait envie d'être irresponsable, elle voulait qu'on s'occupe d'elle, qu'on lui dise de ne pas s'inquiéter, que quelqu'un d'autre se charge de tout. Comme la vie serait facile sans tous ces problèmes d'adulte. Ainsi, elle pourrait grandir à nouveau, rencontrer Gerry et l'obliger à aller consulter des mois plus tôt. Elle serait assise à côté de lui sur ce banc, à regarder jouer leurs enfants. Et si, et si, et si...

Elle se rappela la remarque assassine de Richard, lorsqu'il lui avait dit qu'elle devait être bien contente de ne pas avoir à se soucier de tous ces petits problèmes de gamins. Elle était furieuse rien qu'en y repensant. Justement, elle aurait donné cher pour cela ! Si seulement elle avait eu un petit Gerry en train de courir autour du bac à sable pendant qu'elle l'exhortait à la prudence et faisait tout ce que font les autres mamans, comme par exemple cracher sur un mouchoir en papier pour essuyer un petit visage joufflu.

Holly et Gerry avaient commencé à envisager d'avoir des enfants quelques mois avant que la maladie de Gerry soit diagnostiquée. Ils étaient tout excités à cette idée et passaient des heures à réfléchir à des prénoms et à bâtir des scénarios sur leur future vie de parents. Holly sourit en imaginant Gerry papa. Il aurait été merveilleux : patient pour les aider à faire leurs devoirs, père poule si sa fille amenait un jour un garçon à la maison. Et si, et si, et si... Il fallait que Holly cesse de se raconter des histoires, de ressasser de vieux souvenirs et de rêver à l'impossible. Cela ne la mènerait nulle part.

Tiens, quand on parle du loup..., se dit Holly en voyant Richard quitter l'aire de jeux avec Emily et Timmy. Elle lui trouva l'air très détendu et le regarda, surprise, courir après ses enfants dans le parc. Ils paraissaient s'amuser, ce qui était plutôt inhabituel. Elle se redressa sur son banc et se barda de défenses en prévision de leur conversation.

« Tiens, Holly ! » s'exclama Richard en la voyant. Il se dirigea vers elle avec le sourire.

« Bonjour ! » lança Holly aux enfants, qui se précipitèrent vers elle pour l'embrasser avec affection, ce qui était agréablement inhabituel aussi.

« Vous êtes loin de votre territoire, dit-elle à Richard. Quel bon vent vous amène par ici ?

– Je suis passé avec Emily et Timothy chez leurs grands-parents, dit-il en ébouriffant les cheveux de son fils.

– Et on a mangé au McDo, annonça fièrement Timmy, tandis qu'Emily applaudissait.

– Oh, miam, dit Holly en se léchant les lèvres. Petits veinards, vous avez un papa super ! » Richard eut l'air content. « Alors, on sacrifie à la malbouffe ? lança-t-elle à son frère.

– Oh, l'important, c'est de ne pas en abuser, pas vrai, Emily ? »

La petite fille de cinq ans hocha gravement la tête, comme si elle avait tout compris de l'échange des grandes personnes. Elle avait de grands yeux verts innocents et, lorsqu'elle bougeait la tête, ses anglaises blond vénitien dansaient. C'était le portrait craché de sa mère, à tel point que Holly dut détourner les yeux. Puis, se sentant coupable, elle la regarda à nouveau en souriant. Quelque chose l'effrayait dans ce regard et ces cheveux.

« C'est vrai qu'un repas chez McDonald's ne va pas les tuer », dit-elle.

Timmy porta les mains à sa gorge et fit mine d'étouffer. Il devint tout rouge, émit des bruits de haut-le-cœur et s'effondra sur l'herbe, où il resta étendu sans bouger. Emily semblait au bord des larmes.

« Oh, mon Dieu, lança Richard. On a dû se tromper, Emily. McDonald's a tué Timmy. »

Sidérée d'entendre son frère utiliser ce diminutif, Holly le regarda, mais s'abstint de tout commentaire, au cas où il se serait agi d'un lapsus. Richard se leva et jeta le petit garçon sur son épaule.

« Bon, eh bien on ferait mieux de l'enterrer tout de suite et de procéder à la cérémonie. »

Pendu la tête à l'envers sur l'épaule de son père, Timmy gloussa.

« Tiens, on dirait qu'il est vivant ! s'exclama Richard.

– Mais non, mais non ! » dit Timmy.

Amusée, Holly observait cette scène de famille. Cela faisait longtemps qu'elle n'avait rien vu de semblable. Aucun de ses amis n'avait d'enfants et Holly en voyait très rarement. Si elle se sentait gâteuse devant ses neveux, c'est qu'elle ne devait pas se sentir bien du tout. Et il n'était guère indiqué de se laisser aller à ce genre de nostalgie lorsqu'on n'avait pas d'homme dans sa vie.

« Bon, il va falloir qu'on rentre, dit Richard. Au revoir, Holly.

– Au revoir, Holly ! » reprirent en chœur les enfants.

Et Richard s'éloigna, son fils pendu comme un pantin sur son épaule, tandis que la petite Emily sautillait et dansait en tenant la main de son père.

Surprise, Holly regarda cet inconnu avec ses deux enfants. Qui était cet homme qui prétendait être son frère ? Assurément, Holly ne l'avait jamais rencontré.

Oh, pourquoi fallait-il que tout le monde soit heureux, sauf elle ?

21

Barbara finit de s'occuper de ses clients et, dès qu'ils furent partis, elle quitta le bâtiment et courut dans la salle du personnel pour allumer une cigarette. L'agence de voyages n'avait pas désempli de la journée et elle avait été obligée de travailler pendant sa pause déjeuner. Melissa, sa collègue, avait appelé le matin pour dire qu'elle était souffrante. Barbara savait pertinemment qu'elle avait trop fait la fête la veille et que, si elle était malade, elle n'avait à s'en prendre qu'à elle. Résultat, elle se retrouvait seule face à cette besogne fastidieuse. Comme par un fait exprès, il y avait un travail fou ce jour-là, ce qui ne s'était pas produit depuis un bon moment. Sitôt qu'arrivait le mois de novembre avec les nuits qui tombent désespérément tôt, les matins sombres, le vent qui vous transperce et les rideaux de pluie, les gens affluaient pour réserver des séjours de vacances dans des pays ensoleillés. En entendant le vent secouer les vitres, Barbara se dit qu'il lui fallait regarder les offres promotionnelles.

Son patron étant sorti faire des courses, elle s'était précipitée pour allumer une cigarette. La sonnette retentit, et Barbara maudit le client qui interrompait ainsi sa pause. Elle aspira une bouffée si goulûment qu'elle sentit sa tête lui tourner puis elle se remit un peu de brillant à lèvres et vaporisa du parfum dans la pièce pour que son patron ne détecte pas l'odeur de la fumée. En retournant à l'accueil, elle s'attendait à voir le client assis devant son bureau, mais non. Le vieillard qui était entré n'avait pas encore fini de traverser la pièce. Pour se donner une contenance, elle se mit à pianoter au hasard sur son clavier.

« Excusez-moi, dit l'homme d'une voix faible.

– Bonjour, monsieur. Je peux vous aider ? » dit-elle pour la énième fois de la journée.

Elle ne voulait pas manquer de tact en le dévisageant, mais elle avait eu un choc en se rendant compte qu'en réalité il était très jeune. De loin, sa silhouette ratatinée lui donnait l'air âgé. Il était voûté et, sans la canne sur laquelle il s'appuyait, il se serait sûrement effondré sur le sol ; son teint terreux donnait l'impression qu'il n'avait pas vu le soleil depuis des années ; mais ses grands yeux bruns désarmants et frangés de longs cils lui souriaient. Malgré elle, elle lui rendit son sourire.

« Je voudrais réserver pour des vacances, dit-il d'une voix douce. Et j'espère que vous allez m'aider à me décider. »

En temps ordinaire, Barbara l'aurait maudit de lui demander l'impossible. La plupart de ses clients étaient tellement exigeants qu'il lui arrivait de passer des heures à feuilleter des brochures avec eux en essayant de les persuader d'aller ici ou là, alors qu'en réalité elle s'en moquait éperdument. Mais il avait l'air gentil, cet homme-là, et totalement incapable de choisir tout seul une destination. Elle se sentait prête à l'aider, ce dont elle fut la première surprise, car la serviabilité n'était pas son fort.

« Pas de problème, monsieur, dit-elle en désignant la chaise devant elle. Asseyez-vous, et nous regarderons ensemble les brochures. » Elle détourna le regard pendant qu'il s'asseyait à grand-peine. « Alors, dit-elle, tout sourire, songez-vous à un pays en particulier ?

– Hum... L'Espagne... j'ai pensé à Lanzarote. »

Barbara se dit avec satisfaction que cela s'annonçait plus facile qu'elle ne l'aurait cru.

« C'est pour un séjour d'été ? »

Il hocha lentement la tête. Ils examinèrent ensemble plusieurs prospectus, et il trouva finalement un endroit qui lui plaisait. Barbara était contente qu'il l'écoute et tienne compte de ses avis, à la différence de certains de ses clients, qui n'accordaient aucune attention aux informations qu'elle leur donnait. Pourtant, c'était son travail de les conseiller.

« Vous voulez un mois précis ? dit-elle en regardant les prix.

– Août, de préférence, répondit-il en regardant Barbara avec ses grands yeux bruns si doux qu'elle eût volontiers sauté de l'autre côté du bureau pour le serrer dans ses bras.

– Vous souhaitez une vue sur la mer ou sur la piscine ? C'est trente euros de plus pour la vue sur la mer », se hâta-t-elle de préciser.

Il fixa un point dans l'espace au loin en souriant, comme s'il s'imaginait déjà là-bas.

« Vue sur la mer, dit-il.

– Vous avez raison. Puis-je avoir votre nom et votre adresse, s'il vous plaît ?

– Oh... Ce n'est pas pour moi, en fait... C'est un cadeau pour ma femme et ses amies. » Les grands yeux bruns étaient voilés de tristesse.

Barbara finit de préparer le dossier et il régla. Lorsqu'elle voulut imprimer les papiers et les lui donner, il l'arrêta.

« Si vous n'y voyez pas d'inconvénient, je préfère que vous gardiez le dossier ici. Je veux faire une surprise à ma femme et j'aurais peur de le laisser traîner à la maison et qu'elle le trouve. »

Barbara sourit : elle en avait de la chance, sa femme.

« Je ne la préviendrai qu'en juillet. Pensez-vous pouvoir garder le silence jusque-là ? Je vous assure qu'elle viendra alors retirer les billets elle-même.

– Bien sûr, monsieur. D'ailleurs, les horaires des vols ne sont généralement confirmés que quelques semaines avant le départ, donc nous n'avons aucune raison de lui téléphoner. Mais je donnerai à mes collègues la consigne de ne pas appeler chez vous.

– Merci beaucoup, Barbara, dit-il avec son sourire triste.

– Je vous en prie, monsieur... ?

– Gerry, dit-il en souriant à nouveau.

– Eh bien, Gerry, j'ai eu plaisir à préparer ce voyage avec vous. Je suis sûre que votre femme sera enchantée. J'ai une amie qui est allée là-bas il y a deux ans et elle a adoré, ajouta Barbara, éprouvant le besoin de le rassurer.

– Il faut que je rentre avant qu'on s'imagine que je me suis fait enlever. Je ne suis même pas censé quitter mon lit ! »

Il rit et une boule se forma dans la gorge de Barbara. Elle se leva d'un bond et se précipita pour lui ouvrir la porte. Il lui fit un sourire admiratif en passant devant elle et elle le regarda monter lentement dans le taxi qui l'attendait. Juste au moment où elle refermait la porte, son patron arriva et se cogna la tête. Elle jeta un coup d'œil à Gerry qui attendait que le taxi démarre : il se mit à rire et leva un pouce.

Le patron lança à Barbara un regard noir car elle avait quitté son bureau et il se précipita aussitôt dans la salle du personnel.

« Barbara, hurla-t-il, vous n'avez pas encore fumé, si ? »

Elle leva les yeux au ciel et se retourna pour lui faire face.

« Qu'est-ce qui vous prend ? demanda-t-il. On dirait que vous allez vous mettre à pleurer ! »

C'était le 1er juillet et Barbara était assise, morose, derrière le comptoir de l'agence de voyages Swords. Tous les jours où elle travaillait, il faisait un temps superbe, mais, pendant le peu de congés qu'elle avait pris, il avait plu à seaux. Bien évidemment, ce premier jour de juillet, il faisait beau. C'était la plus chaude journée de l'année, et ses clients faisaient des commentaires extatiques en arrivant à l'agence en short et décolleté, apportant avec eux une odeur de crème solaire à la noix de coco. Barbara se tortilla sur son fauteuil dans son uniforme incroyablement inconfortable, avec son tissu qui grattait. Elle avait l'impression d'être retournée à l'école. Une fois encore, elle donna un grand coup de poing au ventilateur, qui venait subitement de s'arrêter.

« Laisse tomber, Barbara, ça ne va rien arranger.

– Au point où on en est, grogna-t-elle en se tournant pour faire face à son ordinateur ; et elle entreprit de passer ses nerfs sur le clavier.

– Qu'est-ce que tu as aujourd'hui ? demanda Melissa.

– Oh, rien de particulier, siffla Barbara entre ses dents. Juste que c'est la canicule, qu'on est coincées ici à faire ce boulot *de merde* dans cette pièce où *on étouffe, sans air conditionné*, et avec ces uniformes *qui grattent*, claironna-t-elle en détachant bien chaque mot, la tête tournée vers le bureau du patron, espérant qu'il entendrait. À part ça, tout baigne. »

Melissa ricana.

« Tu devrais sortir prendre l'air cinq minutes. Je m'occupe de la prochaine cliente, dit-elle en désignant du menton la femme qui entrait dans l'agence.

– Merci, Mel », fit Barbara, soulagée de pouvoir s'éclipser enfin. Elle attrapa son paquet de cigarettes et se dirigea vers la sortie.

« Bonjour, madame. Vous désirez ? dit Melissa en souriant.

– J'aurais voulu savoir si Barbara travaillait toujours ici... »

Ladite Barbara se figea devant la porte et se demanda si elle allait prendre la fuite ou retourner au comptoir. Poussant un soupir, elle rebroussa chemin. La femme au comptoir était jolie, mais on aurait dit que les yeux allaient lui sortir de la tête tant elle dévisageait fiévreusement les deux filles l'une après l'autre.

« Oui, Barbara, c'est moi, fit cette dernière, s'efforçant de garder son sérieux.

– Ah, tant mieux ! » La jeune femme eut l'air soulagé et elle plongea sur le tabouret en face d'elle. « J'avais peur que vous ne travailliez plus ici.

– Elle aimerait bien ! marmonna à mi-voix Melissa, qui reçut dans les côtes le coude de Barbara.

– Je peux vous aider ? reprit cette dernière avec son sourire le plus commercial.

– Oh là là, j'espère que oui », dit la cliente d'une voix tendue en farfouillant dans son sac.

Barbara haussa les sourcils en regardant Melissa, et toutes deux retinrent leur envie de rire.

« Ah, voilà, dit-elle en sortant enfin une enveloppe froissée de son sac. J'ai reçu ça aujourd'hui de la part de mon mari et je me demandais si vous pouviez m'expliquer ce dont il s'agit. »

Barbara regarda le bout de papier posé sur le comptoir. Une page déchirée d'un dépliant de voyages avec au-dessus, écrits à la main, les mots « Agence de voyages Swords. Contact : Barbara ».

Barbara fronça encore une fois les sourcils et regarda la page avec plus d'attention.

« Une amie est allée là-bas en vacances il y a deux ans, mais, à part ce détail, cela ne me dit rien du tout. Vous n'avez aucune autre information ? »

La femme secoua la tête vigoureusement en signe de dénégation.

« Vous ne pouvez pas téléphoner à votre mari pour un complément d'information ? demanda Barbara, perplexe.

– Non, il n'est plus de ce monde », dit la jeune femme, les yeux pleins de larmes.

Barbara sentit la panique l'envahir : si son patron voyait quelqu'un pleurer à l'agence, elle allait se faire virer. Elle en était à son dernier avertissement.

« Eh bien, je vais prendre votre nom. Peut-être le retrouverai-je sur l'ordinateur.

– Holly Kennedy, dit-elle d'une voix tremblante.

– Holly Kennedy, Holly Kennedy, répéta Melissa. Ça me dit quelque chose. Ah, mais bien sûr ! Je devais vous appeler cette semaine. C'est drôle, Barbara m'avait formellement interdit de vous téléphoner avant juillet pour je ne sais quelle raison.

– Oh ! coupa Barbara, comprenant soudain. Vous êtes la femme de Gerry ?

– Oui ! » Holly porta ses deux mains à son visage, sidérée. « Il est venu ici ?

– Oui », répondit gentiment Barbara avec un sourire encourageant. L'homme aux beaux yeux bruns ne devait plus être de ce monde. « Un homme adorable », dit-elle en tendant la main par-dessus le comptoir pour prendre celle de Holly.

Stupéfaite, Melissa les regarda, ne sachant trop ce qui se passait.

Barbara se sentait très émue par cette jeune femme. Comme la vie devait être difficile maintenant pour elle ! Mais Barbara était par ailleurs heureuse d'être la messagère de bonnes nouvelles.

« Melissa, sois gentille d'aller chercher des mouchoirs pour Holly, pendant que je lui explique pourquoi son mari est venu ici », dit-elle en adressant un large sourire à Holly.

Elle lâcha sa main pour pianoter sur son ordinateur et Melissa revint avec une boîte de Kleenex.

« Nous y voilà. Gerry a réservé un séjour d'une semaine pour vous, Sharon McCarthy et Denise Hennessey à Lanzarote du 28 juillet au 3 août. »

Les mains de Holly volèrent à nouveau à son visage et les larmes se mirent à ruisseler sur ses joues.

« Il était absolument sûr d'avoir trouvé l'endroit idéal pour vous », poursuivit Barbara, enchantée de son nouveau rôle. Elle avait l'impression d'être présentatrice d'un de ces jeux télévisés où les candidats gagnent des montagnes de cadeaux. « Voilà où vous serez, dit-elle en tapotant du doigt la page froissée devant elle. Vous allez passer un séjour merveilleux, je vous le garantis. Une amie y est allée il y a deux ans et elle a adoré. Il y a plein de restaurants et de bars là-bas… »

Elle se tut, voyant que sa cliente se moquait sans doute éperdument de s'amuser ou non.

« Oh, pardon, dit Holly en s'essuyant les yeux, encore sous le choc.

– Ne vous excusez pas », dit gentiment Melissa, qui ne comprenait toujours rien à ce qui se passait. Un autre client entra et, de mauvaise grâce, elle lui accorda son attention.

« Quand est-il venu ? » demanda Holly, qui était toujours sous le coup de la surprise.

Barbara s'empressa d'interroger son ordinateur et annonça que la réservation avait été faite le 28 novembre.

« En novembre ! s'étrangla Holly. Mais il n'avait pas le droit de sortir du lit ! Il est venu seul ?

– Oui, mais un taxi l'attendait.

– Il était quelle heure ? » s'enquit aussitôt Holly. Manifestement, elle s'efforçait de se remémorer cette journée.

« Désolée, mais je ne me souviens pas exactement. C'était il y a longtemps...

– Bien sûr. Excusez-moi... »

Barbara la comprenait. Dans la même situation – si tant est qu'elle rencontre un jour quelqu'un qui vaille la peine qu'elle l'épouse –, elle aurait voulu elle aussi tout savoir dans les moindres détails. Barbara lui raconta tout ce dont elle se souvenait jusqu'à ce que Holly soit à court de questions.

« Je ne sais pas comment vous remercier, dit Holly, qui se pencha par-dessus le comptoir et embrassa Barbara avec effusion.

– Il n'y a vraiment pas de quoi, répondit celle-ci en lui rendant son baiser, heureuse d'avoir fait une bonne action. Revenez nous voir pour nous dire comment ça se sera passé. Voilà toutes les directives », ajouta-t-elle en lui tendant une grosse enveloppe et en la regardant sortir de l'agence.

Elle soupira et se dit qu'après tout, ce travail n'était pas toujours ingrat.

« Mais enfin, qu'est-ce que c'était que cette histoire ? » demanda Melissa, dévorée de curiosité.

Barbara entreprit de le lui expliquer.

Sur ces entrefaites, le patron sortit de son bureau.

« Dites, les filles, je fais une pause. Barbara, pas question d'aller fumer dans la salle du personnel », lança-t-il. Il allait refermer sa porte, quand il se retourna vers elle. « Non mais je rêve ! Qu'est-ce que vous avez toutes les deux à pleurer ? »

22

En rentrant chez elle, Holly aperçut Sharon et Denise assises sur le mur de son jardin, en train de se chauffer au soleil.

Elle agita la main et dès qu'elles l'aperçurent, elles se précipitèrent à sa rencontre.

« Eh bien, vous n'avez pas traîné, l'une et l'autre ! » dit-elle en s'efforçant de prendre une voix joyeuse.

Elle se sentait complètement vidée et n'avait vraiment pas envie de tout expliquer à ses amies maintenant. Mais il faudrait bien qu'elle finisse par le faire.

« Sharon a quitté son travail dès que tu as appelé et elle est passée me chercher, dit Denise en observant le visage de Holly pour essayer d'évaluer la gravité de la situation.

– Oh, ce n'était pas nécessaire, dit Holly d'une voix morne en mettant sa clé dans la serrure.

– Eh bien, dis donc ! Tu as fait du jardinage ? demanda Sharon pour essayer de détendre l'atmosphère.

– Non, je crois que c'est mon voisin ».

Holly retira la clé de la porte et fourragea dans son trousseau pour essayer de repérer la bonne.

« Tu crois ? intervint Sharon, pendant que Holly essayait une autre clé.

– Ou c'est mon voisin, ou c'est un petit lutin qui habite au fond de mon jardin », rétorqua-t-elle d'un ton sec, exaspérée de ne pas trouver sa clé.

Denise et Sharon échangèrent un regard perplexe et se firent signe de ne pas insister.

« Oh, et puis merde ! » cria Holly en jetant son trousseau par terre.

Denise fit un saut en arrière pour éviter qu'il n'atterrisse sur ses pieds.

Sharon le ramassa et dit d'un ton léger :

« Oups, ça m'arrive tout le temps, je suis sûre que ces foutues clés font exprès de s'intervertir, juste pour nous embêter. »

Holly esquissa un pauvre sourire, contente que quelqu'un prenne la situation en main. Sharon essaya une clé après l'autre, parlant calmement à Holly d'une voix chantante, comme si elle s'adressait à un enfant. La porte s'ouvrit enfin, et Holly se précipita pour débrancher l'alarme. Heureusement, elle se souvenait du code : l'année où Gerry et elle s'étaient rencontrés, plus l'année de leur mariage.

« Allez donc vous installer dans le salon, je vous rejoins dans une minute. »

Sharon et Denise obéirent, pendant que Holly allait dans la salle de bains se passer de l'eau froide sur le visage. Elle devait se secouer pour sortir de cet état de choc et reprendre le contrôle d'elle-même si elle voulait apprécier l'idée de Gerry à sa juste mesure. Lorsqu'elle se sentit un peu rafraîchie, elle rejoignit ses amies.

Elle approcha le repose-pied du canapé et s'installa face à elles.

« Bon, je ne vais pas vous faire languir plus longtemps. J'ai ouvert l'enveloppe de juillet aujourd'hui et voilà ce qu'elle contenait. »

Elle fouilla dans son sac à la recherche de la petite carte attachée au prospectus. Elle ne l'avait pas montrée à la fille de l'agence de voyages, mais la tendit à Sharon et à Denise. Dessus on lisait :

> Holly soit qui mal y pense !
> Bonnes vacances.
>
> P.S. Je t'aime...

« C'est tout ? » demanda Denise. Sharon lui donna un coup de coude dans les côtes. « Aïe !

– C'est un message adorable, Holly, commenta Sharon, pour dire quelque chose. Ça montre qu'il pense à toi. Et le jeu de mots est adorable aussi. »

Holly savait que Sharon mentait, parce que ses narines se dilataient toujours dans ce cas-là.

« Imbécile ! » dit-elle en lui tapant sur la tête avec un coussin.

Sharon se mit à rire.

« Ouf ! Je commençais à m'inquiéter !

– Ça aussi, c'était à l'intérieur », dit Holly en leur tendant la page froissée déchirée dans la brochure.

Amusée, elle regarda ses amies déchiffrer l'écriture de Gerry. Finalement, Denise se mit une main devant la bouche et souffla : « C'est pas vrai ! » en se redressant sur son fauteuil.

« Quoi, quoi, quoi ? demanda Sharon en se penchant en avant, frémissant d'impatience. Gerry t'a offert des vacances ?

– Non, dit très sérieusement Holly.

– Oh ! » firent Sharon et Denise, déçues, en se laissant retomber dans leurs sièges.

Holly laissa un silence malaise s'installer, avant de reprendre la parole :

« Les filles ! Il *nous* a offert des vacances ! »

Elles ouvrirent une bouteille de vin et s'installèrent pour discuter, au comble de l'excitation.

« Incroyable, dit Denise, lorsqu'elles eurent assimilé la nouvelle. C'était vraiment un amour, ton Gerry. »

Holly acquiesça, fière que son mari ait réussi à les surprendre toutes.

« Tu es donc allée voir cette fameuse Barbara ? demanda Sharon.

– Une fille adorable. Elle a pris le temps de me raconter en détail la conversation qu'elle a eue avec Gerry quand il est passé à l'agence.

– Quand ça ? demanda Denise.

– Fin novembre.

– Fin novembre ? Après la seconde opération ? s'étonna Sharon.

– La fille a dit qu'il paraissait très faible.

– Quand je pense que personne ne s'est douté de rien ! » renchérit Sharon.

Les deux autres opinèrent en silence.

« Alors, cap sur Lanzarote ! s'exclama Denise en levant son verre. Et à Gerry !

– À Gerry, reprirent en chœur Holly et Sharon.

– Vous êtes sûres que John et Tom n'y verront pas d'inconvénient ? demanda Holly, songeant soudain que ses amies n'étaient pas seules.

– John ne fera aucune objection. Il sera sans doute ravi d'être débarrassé de moi pendant une semaine !

– Tom et moi, on partira ensemble une autre semaine, ce qui m'arrange, en fait, dit Denise. Comme ça, on ne sera pas sur le dos l'un de l'autre pendant quinze jours d'affilée pour nos premières vacances communes !

– C'est vrai que vous vivez pratiquement ensemble maintenant », dit Sharon.

Denise sourit sans répondre, et les deux autres n'insistèrent pas. Holly aurait bien voulu savoir comment évoluaient les relations de ses amies, mais personne ne lui racontait plus rien, de peur de lui faire de la peine. Tout se passait comme si les gens craignaient de lui dire qu'ils étaient heureux et évitaient de lui annoncer les bonnes nouvelles. Les mauvaises aussi, d'ailleurs. Ciara la première. Alors, au lieu d'être informée de ce qui se passait dans la vie de ses copines, elle devait se contenter de bavardages plus ou moins futiles. Cela commençait à la contrarier. Elle ne pouvait pas être indéfiniment protégée du bonheur des autres. Quel bénéfice en tirait-elle, d'ailleurs ?

Denise interrompit le fil de ses pensées et déclara :

« Ton lutin fait vraiment du bon boulot dans ton jardin, Holly. »

Celle-ci rougit. « Excuse-moi d'avoir été désagréable tout à l'heure, Denise. Je devrais aller le remercier, non ? »

Lorsque ses amies furent parties, Holly prit une bouteille de vin sous l'escalier pour la porter à son voisin.

« Tiens, Holly ! s'exclama Derek en ouvrant la porte. Entre ! »

Quand Holly aperçut la famille assise dans la cuisine en train de dîner, elle recula d'un pas.

« Je ne veux pas vous déranger. J'étais juste passée te donner ça pour te remercier, fit-elle en lui tendant la bouteille de vin.

– Ah, c'est très gentil Holly », répondit-il en regardant l'étiquette. Puis il leva les yeux, perplexe. « Mais me remercier de quoi, si je peux te le demander ?

– D'avoir nettoyé mon jardin. Je suis sûre que tous les voisins devaient me maudire de déparer leur rue ! dit-elle en riant.

– Ton jardin n'est un souci pour personne, Holly. On comprend tous, tu sais. Mais je regrette, ce n'est pas moi qui m'en suis occupé. »

Holly toussota, gênée.

« Ah, je croyais...

– Non, non.

– Et tu ne sais pas qui c'est, par hasard ? demanda-t-elle avec un sourire idiot.

– Je n'en ai pas la moindre idée. Pour être honnête, je croyais que c'était toi. »

Holly ne savait plus quoi dire.

« Tu veux peut-être reprendre ça ? dit-il, gêné lui aussi, en lui tendant la bouteille de vin.

– Oh, je t'en prie, garde-la en gage de reconnaissance... de la chance que j'ai de vous avoir comme voisins ! Et puis je vais vous laisser dîner en paix ! »

Elle redescendit l'allée, le feu aux joues. Fallait-il être bête pour ne pas savoir qui nettoyait son jardin !

Elle frappa à quelques autres portes du voisinage, mais, à son grand embarras, personne ne semblait savoir de quoi elle parlait. Chacun était absorbé par son travail, par sa vie et, à la grande surprise de Holly, aucun de ses voisins ne passait ses journées à nettoyer son jardin. Elle rentra chez elle plus perplexe que jamais. Lorsqu'elle ouvrit sa porte, le téléphone sonnait.

« Allô, fit-elle, hors d'haleine.

– Qu'est-ce que tu faisais ? Un marathon ?

– Non, j'étais à la chasse au lutin.

– Super ! »

Aussi curieux que cela puisse paraître, Ciara ne lui demanda aucune explication.

« C'est mon anniversaire dans quinze jours. »

Holly avait complètement oublié.

« Oui, je sais, mentit-elle.

– Les parents veulent qu'on sorte tous en famille... »

Holly poussa un gémissement.

« Ouais, hein ! » Et Holly entendit sa sœur crier : « Papa ! Holly a eu la même réaction que moi. »

Holly gloussa en entendant son père maugréer en fond sonore. Ciara reprit, parlant fort pour que son père entende :

« Mon idée, c'est qu'on fasse un dîner de famille, mais qu'on invite des amis, pour passer une bonne soirée. Qu'est-ce que tu en penses ?

– Du bien.

– Papa ! cria Ciara. Holly est d'accord avec moi.

– Tout ça, c'est bien joli, s'égosilla leur père, mais je n'ai pas l'intention de régaler tout le monde.

– Il n'a pas tort, approuva Holly. Dis donc, si on faisait un barbecue ? Comme ça, papa sera dans son élément, et ça coûtera beaucoup moins cher.

– Ah, en voilà une bonne idée ! » Et Ciara cria : « Papa, si on faisait un barbecue ? »

Silence.

« Il trouve l'idée géniale ! gloussa Ciara. M. Superchef va de nouveau cuisiner pour les masses. »

Amusée, Holly se demanda pourquoi les hommes adoraient à ce point les barbecues. Son père était tout excité lorsqu'on en organisait un : il prenait la chose très au sérieux et restait à côté de l'engin à surveiller la cuisson des merveilles. Gerry était pareil. Leur intérêt venait sans doute de ce que c'était la seule cuisine dont ils étaient capables ; ou alors, ils étaient des pyromanes refoulés.

« Bon, peux-tu prévenir John et Sharon, Denise et son DJ ? Et si tu appelais Daniel aussi ? Ce type, il dégage !

– Ciara, je le connais à peine ! Demande à Declan de l'inviter, lui, il le voit tout le temps.

– Non, parce que je compte sur toi pour lui glisser discrètement que je l'aime et que je veux qu'il me fasse des bébés. C'est drôle, mais je ne vois pas Declan passer le message. »

Holly poussa un gémissement.

« Arrête, reprit Ciara. Je le veux comme cadeau d'anniversaire, ce mec-là.

– Bon, mais pourquoi tiens-tu à ce que tous mes amis soient là ? Et les tiens ?

– J'ai été absente si longtemps que j'ai perdu contact avec mes copains. Ceux que je me suis faits dernièrement sont en Australie ; quant au connard, il ne m'a même pas appelée.

– Tu ne crois pas que ce serait une bonne occasion de renouer avec tes anciens amis ? Une invitation à un barbecue, c'est sympa.

– Mouais, et qu'est-ce que je leur répondrai quand ils me poseront des questions ? Tu as un boulot ? Euh... non. Tu as un copain ? Euh... non. Où habites-tu ? Euh... en fait, j'habite encore chez mes parents. De quoi j'aurai l'air, hein ! »

Holly renonça.

« Comme tu veux. J'appelle les autres et... »

Ciara avait déjà raccroché.

Pour se débarrasser du coup de fil qui lui coûtait le plus, Holly composa d'abord le numéro de chez Hogan.

« Allô, Daniel ?

– Oui, qui est à l'appareil ?

– Holly Kennedy. »

Elle sautilla nerveusement autour de sa chambre en espérant qu'il reconnaîtrait son nom.

« Qui ? » hurla-t-il, comme le bruit de fond s'intensifiait.

Holly plongea sur son lit, affreusement gênée.

« Holly Kennedy, la sœur de Declan.

– Ah, Holly ! Attendez une seconde, je vais dans un endroit plus calme. »

Une fois de plus, elle resta là, à écouter *Greensleeves*. Elle se mit à chantonner en accompagnement.

« Excusez-moi, dit Daniel en reprenant l'appareil. J'espère que vous aimez *Greensleeves* ! »

Holly devint cramoisie en se souvenant de son premier coup de téléphone au club Diva.

« Hum, pas vraiment. » Déconcertée, elle resta muette, puis se rappela le motif de son appel. « Je voulais vous inviter à un barbecue.

– Quelle bonne idée ! Oui, je viendrai avec plaisir.

– L'anniversaire de Ciara tombe vendredi en huit. Vous connaissez ma sœur Ciara ?

– Euh... la fille aux cheveux roses ?

– Oui. Je ne vois pas pourquoi j'ai posé la question, fit Holly en riant. Tout le monde connaît Ciara. Eh bien, elle m'a demandé de vous appeler pour vous inviter et pour vous glisser discrètement qu'elle veut que vous l'épousiez et que vous lui fassiez des bébés. »

Daniel éclata de rire.

« En effet, vous avez fait ça très discrètement. »

Holly se demanda si Ciara intéressait Daniel, si elle était son genre.

« Elle aura vingt-cinq ans, se sentit-elle obligée d'ajouter. Denise et votre ami Tom viendront, ainsi que Declan avec ses copains musiciens, donc vous ne vous sentirez pas perdu.

– Vous serez là ?

– Bien sûr.

– Parfait, alors je me sentirai encore moins perdu.

– Elle va être ravie de savoir que vous venez.

– Ce serait grossier de ma part de refuser une invitation venant d'une princesse. »

Holly crut un instant qu'il la draguait, puis elle comprit qu'il faisait allusion au documentaire et elle marmonna une réponse incohérente. Avant de raccrocher, elle ajouta soudain :

« Oh, j'allais oublier...

– Dites toujours.

– Ce boulot de barmaid, il est toujours disponible ? »

23

Heureusement qu'il fait beau, songea Holly en fermant sa voiture et en contournant la maison de ses parents pour entrer par-derrière. Pendant la semaine, il avait plu sans arrêt. Ciara s'était fait un sang d'encre pour son barbecue et n'avait pas été à prendre avec des pincettes. Mais par chance pour tout le monde, le beau temps était revenu dans toute sa splendeur. Holly était déjà bronzée d'avoir pris des bains de soleil pendant tout le mois : l'un des avantages du chômage. Elle avait eu envie de mettre son hâle en valeur en portant une mignonne petite jupe en jean qu'elle avait achetée lors des soldes d'été et un T-shirt blanc moulant.

Elle était contente du cadeau qu'elle avait trouvé pour Ciara et savait qu'il lui ferait plaisir : un anneau de nombril en forme de papillon avec une petite incrustation de cristal dans chaque aile. Elle l'avait choisi assorti au nouveau tatouage de sa sœur et à ses cheveux roses. Elle se laissa guider par les rires et fut contente de voir le jardin plein d'amis et de membres de la famille. Denise était déjà arrivée avec Tom et Daniel, et tous trois discutaient, affalés sur l'herbe. Sharon bavardait avec Elizabeth. Assurément, elles parlaient de Holly et de la façon dont elle s'en sortait. Bon, elle n'était pas restée enfermée chez elle, et c'était déjà bien. Debout au milieu du jardin, Ciara hélait tout le monde, ravie d'être la reine de la fête. Elle portait un haut de bikini rose assorti à ses cheveux et un short en jean effrangé.

Holly s'approcha avec son cadeau, que sa sœur lui arracha des mains pour l'ouvrir en déchirant le papier. C'était bien la peine qu'elle se soit donné autant de mal pour l'emballer.

« Holly ! J'adore ! s'écria Ciara en lui jetant les bras autour du cou.

– C'est ce que j'espérais, dit Holly, contente d'avoir bien choisi, faute de quoi sa chère sœur le lui aurait fait savoir.

– Je vais le mettre tout de suite, dit Ciara en ôtant de son nombril l'anneau qu'elle portait pour y passer le papillon.

– Berk ! s'exclama Holly en frissonnant. Je me serais bien passée d'un spectacle pareil. »

L'appétissante odeur de viande grillée qui flottait dans l'air la faisait saliver. Elle découvrit tous les hommes agglutinés autour du barbecue, et son père à la place du chef. Rien d'étonnant à cela ! les chasseurs doivent fournir la nourriture aux femmes. Elle repéra Richard et s'approcha de lui. Sans préambule, elle lui posa la question qui lui brûlait les lèvres :

« Richard, c'est toi qui t'occupes de mon jardin ? »

Il leva les yeux du barbecue, l'air ahuri. « Hein ? »

Les autres s'arrêtèrent de bavarder pour la fixer.

« C'est toi qui t'es occupé de mon jardin ? » répéta-t-elle, les mains sur les hanches.

Pourquoi était-elle aussi furieuse contre lui ? La force de l'habitude, sans doute. En admettant que ce soit lui, il lui avait rendu un fier service. Mais elle trouvait agaçant de rentrer chez elle et de trouver une nouvelle portion du jardin remise en état sans savoir qui s'en était chargé.

« Et quand aurais-je trouvé le temps ? demanda-t-il, l'air aussi inquiet que si on venait de l'accuser de meurtre.

– Je ne sais pas, fit-elle sèchement. Pendant la journée, ces dernières semaines.

– Eh bien non, Holly, répondit-il sur le même ton. Il y a des gens qui travaillent, figure-toi. »

Elle lui lança un regard noir. Son père intervint pour éviter que la conversation ne dégénère et qu'une dispute familiale n'éclate en public.

« Qu'est-ce qu'il y a, ma puce ? Quelqu'un jardine à ta place ?

– Oui, mais je ne sais pas qui, marmonna-t-elle en se frottant le front, perplexe. C'est toi, papa ? »

Frank secoua vigoureusement la tête. Sa fille avait-elle perdu l'esprit ?

« C'est toi, Declan ?

– Pff ! Tu m'as bien regardé ?

– C'est vous ? demanda-t-elle en se tournant vers un inconnu qui se trouvait à côté de son père.

– Euh... Non. J'ai juste fait un saut à Dublin... hum... pour le week-end, répondit-il nerveusement avec un accent et un bégaiement très anglais.

– Laisse-moi faire », intervint Ciara. Et elle hurla à la cantonade : « EST-CE QUE QUELQU'UN ICI S'OCCUPE DU JARDIN DE HOLLY ? »

Tout le monde s'arrêta net et secoua la tête, l'air ahuri.

« Tu vois, ce n'est pas compliqué ! » gloussa Ciara.

Sidérée par le culot de sa sœur, Holly alla au bout du jardin rejoindre Denise, Tom et Daniel.

« Salut, Daniel, dit-elle en se penchant pour lui faire la bise.

– Salut, Holly. Ça fait une éternité qu'on ne s'est pas vus, dit-il en lui tendant une canette.

– Alors, ce fameux lutin, tu ne l'as toujours pas trouvé, hein ? fit Denise.

– Non, dit Holly en étendant les jambes sur l'herbe et en se calant en arrière sur ses coudes.

– C'est vraiment bizarre, ton histoire ! » Et elle se mit en devoir d'expliquer la situation à Tom et à Daniel.

« Ça ne peut pas être ton mari qui est derrière tout ça ? » suggéra Tom.

Daniel lui lança un regard réprobateur.

« Non, répondit Holly, contrariée qu'un étranger soit au courant de sa vie privée. Ça ne fait pas partie du jeu. »

Elle fronça les sourcils en regardant Denise. Elle n'avait pas à raconter ça à Tom. Mais son amie leva les mains pour signifier qu'elle n'y était pour rien.

« C'est gentil d'être venu, Daniel, dit Holly, ignorant les deux autres.
– Tout le plaisir est pour moi. »
Cette fois-ci, il avait troqué sa tenue d'hiver habituelle contre un T-shirt, un bermuda bleu marine et des chaussures de bateau assorties. Frappée par le changement, elle regarda ses biceps saillir pendant qu'il portait sa bière à ses lèvres. Elle ne l'aurait pas cru si musclé.
« Vous êtes drôlement bronzé, lança-t-elle pour excuser son regard appuyé.
– Vous aussi », répondit-il en fixant ses jambes.
Elle rit et les replia sous elle.
« Voilà ce que c'est d'être au chômage. Et vous, quelle est votre excuse ?
– J'ai passé quelque temps à Miami le mois dernier.
– Oh, veinard ! Ça vous a plu ?
– Beaucoup. Vous connaissez ?
– Non. Mais nous, on file en Espagne le mois prochain. J'ai hâte d'y être, fit-elle en se frottant les mains.
– J'ai appris ça. Jolie surprise ! lança-t-il avec un sourire qui lui plissa les yeux.
– C'est incroyable, non ! » s'exclama Holly, qui n'en revenait toujours pas.
Ils bavardèrent un moment du séjour à Miami et de leur vie en général. Holly renonça à manger son hamburger devant Daniel, ne trouvant aucun moyen d'éviter que ketchup et mayonnaise lui dégoulinent de la bouche chaque fois qu'elle parlerait.
« J'espère que vous n'êtes pas allé à Miami accompagné, sinon la pauvre Ciara ne s'en remettra pas ! lança Holly, qui regretta aussitôt son indiscrétion.
– Non. J'ai rompu il y a quelques mois.
– Oh, je suis désolée. Ça durait depuis longtemps ?
– Sept ans.
– C'est un bail !
– Oui. » Il détourna les yeux.
Visiblement, le sujet lui était pénible, aussi Holly se hâta-

t-elle d'en changer. Elle reprit d'une voix si basse qu'il dut tendre l'oreille pour entendre :

« Je voulais vous remercier de votre gentillesse l'autre jour après le documentaire. La plupart des hommes prennent la fuite quand ils voient pleurer une fille. Vous, non, ce que j'ai apprécié. »

Elle lui adressa un sourire reconnaissant.

« Je vous en prie, Holly. Ça me désolait de vous voir si contrariée.

– Vous vous êtes conduit en ami. Vous savez tout de ma vie, à présent. Peut-être qu'un jour, j'arriverai à en savoir aussi long sur vous que vous sur moi.

– Ça ne serait pas pour me déplaire. Dites, si on se retrouvait tous un soir pour sortir avant votre départ ? »

Lorsqu'ils furent tombés d'accord sur une date, Holly demanda :

« Vous avez donné votre cadeau à Ciara ?

– Pas encore. Votre sœur est... très occupée. »

En se retournant, elle la vit en train de draguer un des copains de Declan sous l'œil écœuré de ce dernier. Tiens, tiens, se dit Holly, elle ne pense plus aux bébés de Daniel.

« Ciara ! cria-t-elle. 'tit cadeau pour toi.

– Oh ! s'exclama Ciara, ravie, plantant là le garçon très déçu. Qu'est-ce que c'est ? demanda-t-elle en se laissant tomber sur l'herbe à côté d'eux.

– Vois ça avec lui », dit Holly en désignant Daniel du menton.

Ciara se tourna vers lui avec empressement.

« Je me demandais si vous accepteriez de travailler au bar du club Diva. »

Ciara mit les mains sur sa bouche.

« Daniel, c'est pas vrai !

– Vous avez souvent travaillé comme barmaid ?

– Plutôt, oui », fit-elle, écartant la question d'un revers de main. Mais Daniel leva des sourcils interrogateurs, attendant visiblement d'autres précisions. « J'ai travaillé comme serveuse dans presque tous les pays où je suis allée, je vous assure, dit-elle d'une voix excitée.

– Alors, vous avez les compétences requises ?

– Tu parles, Charles ! » s'écria-t-elle en lui jetant les bras autour du cou.

Toutes les excuses sont bonnes, pensa Holly en regardant sa sœur étrangler Daniel, qui lui fit des grimaces de détresse quand son visage vira au cramoisi.

« Allez, Ciara, ça suffit, dit-elle en tirant sa sœur en arrière pour libérer Daniel. Tu ne veux pas tuer ton nouveau patron !

– Oh, pardon, s'exclama Ciara en reculant. Ce que c'est cool, Holly, j'ai un boulot !

– Oui, j'ai entendu ! »

Soudain, il se fit un grand calme dans le jardin. Holly se retourna pour voir ce qui se passait. Les invités regardaient la porte de la serre, où apparurent les parents de Holly avec un gros gâteau, chantant *Joyeux anniversaire*. Tout le monde se joignit à eux et Ciara fut à nouveau le point de mire de tous. Mais Holly remarqua que quelqu'un suivait Frank et Elizabeth avec un énorme bouquet de fleurs. Les parents déposèrent le gâteau sur la table devant Ciara et l'inconnu baissa le bouquet derrière lequel il se cachait.

« Mathew ! » souffla Ciara, qui devint toute pâle.

Holly lui prit la main.

« Pardon d'avoir été aussi bête, Ciara ! »

L'accent australien de Mathew retentit dans le jardin. Certains des amis de Declan, gênés par cet aveu public, dissimulèrent leur malaise derrière des sourires goguenards. On aurait dit une scène de série australienne à l'eau de rose, mais la tension dramatique tourna à l'avantage de Ciara.

« Je t'aime. Veux-tu encore de moi ? » demanda-t-il.

Tous les regards se tournèrent vers Ciara. On attendait sa réaction.

Sa lèvre inférieure se mit à trembler. Elle se leva prestement, courut vers Mathew et lui sauta au cou, nouant ses jambes autour de sa taille. Émue de voir sa sœur réunie à l'homme qu'elle aimait, Holly laissa couler ses larmes. Declan saisit sa caméra et se mit à filmer la scène.

Daniel passa un bras autour des épaules de Holly et la serra affectueusement contre lui.

« Désolée, Daniel, dit-elle en s'essuyant les yeux. Je sais que vous venez juste de rompre.

– Ne vous en faites pas pour moi. De toute façon, il ne faut pas mélanger travail et plaisir. » Il paraissait plutôt soulagé.

Mathew tournait maintenant sur lui-même, tenant toujours Ciara, accrochée à lui.

« Oh, ça va, vous deux, montez dans une chambre ! » lança Declan.

« Holly soit qui mal y pense, nous trois, on part en vacances ! » Les filles chantaient ce refrain à tue-tête dans la voiture qui les conduisait à l'aéroport. John, qui avait proposé de les emmener, n'avait pas tardé à le regretter. On aurait dit qu'elles n'étaient jamais sorties d'Irlande. Holly ne se rappelait pas avoir jamais été aussi excitée. C'était comme si elle se retrouvait à l'école avant un départ en excursion. Elle avait bourré son sac de paquets de bonbons, de chocolats et de magazines. Installées sur la banquette arrière, Sharon, Denise et elle ne pouvaient s'arrêter de chanter des chansons idiotes. Leur avion ne décollerait pas avant vingt et une heures, et elles n'arriveraient à leur hôtel que vers deux heures du matin.

À l'aéroport, John sortit leurs valises du coffre. Denise traversa la route au trot pour entrer dans le hall des départs, comme si cela pouvait accélérer le mouvement. Mais Holly s'écarta de la voiture, attendant que Sharon ait fini de faire ses adieux à son mari.

« Sois prudente, lui recommanda-t-il d'un ton inquiet. Ne fais pas de bêtises là-bas.

– Bien sûr que je serai prudente, John.

– Parce que c'est une chose de faire tout ce qui te passe par la tête ici, mais dans un pays étranger, c'est hors de question.

– John, dit Sharon en lui passant les bras autour du cou,

je pars juste une semaine me reposer. Ne t'inquiète pas pour moi. »

Il lui chuchota quelques mots à l'oreille.

« Oui, je sais », fit-elle en hochant la tête.

En regardant ses amis de toujours échanger un long baiser d'adieu, Holly mit la main dans la poche de son sac afin de sentir la lettre de Gerry pour le mois d'août. Elle pourrait l'ouvrir sur la plage. Quel luxe ! Le soleil, le sable, la mer *et* Gerry, le même jour.

« Holly, tu veilleras sur mon épouse préférée à ma place, hein ? demanda John, l'interrompant dans ses pensées.

– Tu peux compter sur moi. Mais on ne part qu'une semaine, tu sais, dit-elle en l'embrassant.

– Je sais, mais, après avoir vu ce dont vous étiez capables quand vous sortiez, les filles, je ne suis pas tranquille. Amuse-toi bien, Holly, tu les as méritées, ces vacances. »

Il les regarda tirer leurs valises et entrer dans le hall des départs. Holly adorait les aéroports, le bruit et cette ambiance de ruche où tout le monde circule avec ses bagages, excité à l'idée de partir en vacances ou de rentrer au pays. Elle adorait voir les gens arriver et être accueillis avec joie par leur famille ; elle adorait les voir s'embrasser et s'étreindre. C'était un endroit idéal pour fantasmer sur les autres et leur histoire, un lieu qui lui procurait toujours une sensation d'excitation au creux de l'estomac, comme si elle était sur le point de faire quelque chose d'extraordinaire. Piétiner devant une porte d'embarquement était pour elle aussi exaltant qu'attendre son tour devant les montagnes russes dans un parc d'attractions. Elle retrouvait son âme d'enfant.

Elle suivit Sharon et elles rejoignirent Denise au milieu d'une des interminables queues au comptoir d'enregistrement.

« Je vous l'avais bien dit, qu'il fallait arriver plus tôt, gémit Denise.

– Et qu'est-ce qu'on aurait fait de plus, sinon attendre dans la salle d'embarquement ? répliqua Holly.

– Oui, mais au moins, là-bas, il y a un bar, et c'est le seul endroit de ce foutu bâtiment où nous autres, les accros à la nicotine, on peut fumer, grogna Denise.

– C'est vrai, reconnut Holly.

– Écoutez-moi, vous deux. Avant qu'on parte, je voudrais vous prévenir que je ne compte pas faire de folies, boire comme un trou ou me coucher à pas d'heure, annonça Sharon avec le plus grand sérieux. Je voudrais me vautrer à côté de la piscine avec un bouquin, faire quelques bonnes bouffes dehors et me coucher tôt. »

Sidérée, Denise regarda Holly.

« Tu crois qu'il est trop tard pour inviter quelqu'un d'autre, Hol ? À ton avis ? John ne doit pas être bien loin.

– Non, je suis d'accord avec Sharon, dit Holly en riant. J'ai envie de me relaxer et je ne veux rien faire de stressant. »

Denise se mit à bouder comme une gamine.

« Oh, ne t'en fais pas, mon poussin, dit Sharon d'une voix douce. Je suis sûre que tu trouveras des petits camarades de jeux de ton âge. »

Denise lui adressa un signe éloquent avec son médius.

« Si on me demande ce que j'ai à déclarer à la douane, lança-t-elle, je dirai deux chieuses ! »

Après trente minutes de queue, elles se débarrassèrent enfin ses formalités d'enregistrement et Denise put se précipiter à la boutique *duty free* où elle se déchaîna comme si elle s'approvisionnait en cigarettes pour le restant de ses jours.

« Pourquoi elle me dévisage, cette pétasse ? » siffla-t-elle entre ses dents en regardant une fille à l'autre bout du bar.

– Sans doute parce que, toi aussi, tu la dévisages, répondit Sharon en regardant sa montre. Plus qu'un quart d'heure.

– Non, je vous assure que je ne suis pas parano. Elle nous regarde.

– Alors, va la voir et demande-lui si elle veut aller régler ça dehors, plaisanta Holly.

– Tiens, la voilà qui s'approche », lança Denise en tournant le dos à la fille.

Holly leva les yeux et vit une blonde maigrichonne à la poitrine opulente, et manifestement fausse, se diriger vers elles.

« Tu devrais sortir ton coup-de-poing américain, Denise. On dirait une vraie terreur. »

Denise s'étrangla.

« Bonjour ! couina la fille.

– Bonjour, répondit Sharon, s'efforçant de garder son sérieux.

– Je ne voulais pas être indiscrète en vous dévisageant, mais il fallait que je vérifie si c'était bien vous !

– C'est bien moi, en chair et en os, rétorqua Sharon, ironique.

– Oh, je le savais ! » s'écria la fille, qui, dans son excitation, se mit à sautiller. Comme on pouvait s'y attendre, sa poitrine ne bougea pas. « Mes amies prétendaient que je me trompais, mais j'étais sûre que non. Elles sont là-bas, dit-elle en désignant l'extrémité du bar, où quatre autres Spice Girls se mirent à agiter les doigts. « Je m'appelle Cindy... » Sharon s'étrangla de nouveau avec son verre d'eau. « ... Et je suis une de vos fans. J'adore cette émission où vous jouez. Je vous ai regardées je ne sais pas combien de fois ! Vous faites la princesse Holly, non ? » demanda-t-elle en tendant un index manucuré vers Holly. Laquelle ouvrit la bouche pour répondre, mais Cindy était lancée. « Et vous, poursuivit-elle en désignant Denise, vous êtes sa dame d'honneur. Et vous, glapit-elle encore plus fort en pointant son index vers Sharon, vous étiez la copine de la rockeuse australienne. »

Les filles échangèrent des regards inquiets lorsqu'elle tira une chaise pour s'asseoir à leur table.

« Vous savez, je suis comédienne, moi aussi... » Denise leva les yeux au ciel. « Et j'adorerais jouer dans un spectacle comme le vôtre. Quand faites-vous le suivant ? »

Holly ouvrit la bouche pour expliquer qu'elles n'étaient pas actrices à proprement parler mais Denise la prit de vitesse :

« Nous sommes en pourparlers en ce moment à propos de notre prochain contrat.

– C'est super ! s'exclama Cindy en battant des mains. Quel est le scénario ?

– Ah, on ne peut rien dire encore, mais on va devoir aller à Hollywood pour le tournage.

– Oh là là, fit Cindy, au bord de la crise cardiaque. Qui c'est, votre agent ?

– Frankie, répondit Sharon, coupant l'herbe sous le pied de Denise. Et nous allons tous à Hollywood. »

Holly ne put retenir un éclat de rire.

« Ne faites pas attention à elle, Cindy. Elle est un peu survoltée, expliqua Denise.

– Ça se comprend ! » s'écria Cindy. En avisant la carte d'accès à bord de Denise, elle faillit avoir une autre attaque : « Je rêve ! Vous aussi, vous allez à Lanzarote ? »

Denise saisit sa carte et la fourra dans son sac, comme si cela changeait quelque chose.

« Parce que c'est là-bas que je vais avec mes amies. Celles qui sont là. » Et elle se tourna une seconde fois. Leur adressa un second signe de la main. Qu'elles lui rendirent une seconde fois. « Notre hôtel s'appelle le Costa Palma Palace. Et le vôtre ?

– Je ne me rappelle pas le nom. Et vous, les filles ? » demanda Holly avec un coup au cœur.

Sharon et Denise secouèrent vigoureusement la tête.

« Oh, ce n'est pas grave, reprit Cindy avec bonne humeur. Je vous verrai à l'arrivée, de toute façon ! Bon, il faut que j'y aille, je ne voudrais pas que l'avion parte sans moi ! »

Elle couinait si fort que les clients des autres tables se tournèrent pour la regarder. Elle les embrassa toutes les trois et partit rejoindre ses copines.

« On va peut-être en avoir l'usage, de ces coups-de-poing américains ! se lamenta Holly.

– On s'en fiche, lança Sharon, optimiste comme toujours. On n'a qu'à l'ignorer. »

Elles se levèrent et gagnèrent la porte d'embarquement.

Dans l'avion, en se dirigeant vers leurs places, Holly eut encore un coup au cœur. Elle plongea sur le siège le plus éloigné du couloir, Sharon s'assit à côté d'elle et Denise fit une drôle de tête quand elle comprit qui serait son autre voisine.

« Oh, la chance ! Vous êtes à côté de moi », s'égosilla Cindy.

Denise fusilla Sharon et Holly du regard avant de se laisser tomber sur le siège voisin de celui de Cindy.

« Tu vois, lui glissa Sharon, je te l'avais bien dit, que tu te trouverais une petite camarade de jeux ! »

24

Quatre heures plus tard, leur avion décrivit un virage au-dessus de la mer et atterrit à l'aéroport de Lanzarote. Tout le monde applaudit et poussa des cris de joie. Mais personne ne fut plus soulagé que Denise.

« J'ai un de ces maux de tête ! » se plaignit-elle à ses compagnes, lorsqu'elles se trouvèrent devant le carrousel à bagages. « Un vrai moulin à paroles, cette pétasse. »

Elle se massa les tempes en fermant les yeux, soulagée d'avoir retrouvé la paix.

Lorsque Sharon et Holly aperçurent Cindy et sa bande en train de foncer dans leur direction, elles plongèrent dans la foule, laissant Denise plantée là, les yeux clos. Elles se frayèrent un chemin dans la cohue afin d'être bien placées pour voir arriver les bagages. Mais tout le monde avait trouvé judicieux de se mettre tout près du tapis roulant et de se pencher en avant, si bien que plus personne n'y voyait rien. Résultat : une demi-heure plus tard, elles n'avaient toujours pas récupéré leurs valises, alors que la majorité des passagers étaient déjà sortis pour rejoindre les autocars.

« Espèces de salopes, fulmina Denise en s'approchant d'elles, en traînant son sac. Vous attendez toujours vos bagages ?

– Penses-tu, répondit Sharon, je prends mon pied à regarder tourner les mêmes valises abandonnées. Tu devrais aller t'installer dans le car pendant que je reste là à m'éclater.

– J'espère que ta valise est perdue, lança Denise. Ou, mieux encore, qu'elle s'est ouverte et que tes petites culottes et tes soutiens-gorge se sont étalés sur le tapis roulant pour que tout le monde en profite. »

Holly regarda Denise, amusée.

« Tu te sens mieux maintenant ?

– Je me sentirai mieux après une cigarette », répondit-elle. Mais elle réussit à sourire.

« Tiens, voilà mon sac », dit Sharon, soulagée. Elle le souleva du tapis en heurtant les tibias de Holly au passage.

« Ouille !

– Désolée, mais il faut bien que je récupère mes fringues.

– S'ils ont perdu les miennes, je leur fais un procès », dit Holly, furieuse. Tout le monde était parti et elles étaient les seules à l'intérieur du bâtiment. « Pourquoi est-ce que je suis toujours la dernière dans ce genre de situation ? ajouta-t-elle.

– La loi des séries, suggéra Sharon. Ah, la voilà, ta valise ! » Et elle saisit la poignée pour la prendre, heurtant à nouveau les tibias meurtris de Holly.

« Ouille ouille ouille ! hurla Holly, se frottant les jambes. Tu n'aurais pas pu la prendre de l'autre côté ?

– Je porte toujours à gauche, ma cocotte. »

Elles partirent toutes les trois en quête de leur guide.

« Arrête, Gary ! Lâche-moi, tu veux ! » cria une voix.

Lorsqu'elles tournèrent au coin du bâtiment, elles virent une jeune femme vêtue de l'uniforme rouge d'une agence de voyages aux prises avec un garçon vêtu d'un uniforme analogue. À l'approche des filles, elle se tut et se rajusta.

« Kennedy, Hennessey et McCarthy ? » dit-elle avec un accent londonien prononcé.

Les filles hochèrent la tête et elle leur adressa un sourire commercial.

« Bonjour ! Je me présente, je suis Victoria, votre guide pour la semaine. Suivez-moi, je vais vous indiquer votre autocar. »

Elle adressa un clin d'œil provocant à Gary et conduisit les filles à l'extérieur.

Il était deux heures du matin, mais une brise chaude les accueillit lorsqu'elles mirent le pied dehors. Elles échangèrent des sourires complices : maintenant, elles étaient vraiment en vacances. Lorsqu'elles montèrent dans le car, tout le monde applaudit. Holly maudit en silence leurs compagnons de voyage : pourvu que ce ne soit pas un de ces groupes où on se tape sur le ventre !

« Ouh, ouh ! » entendirent-elles. C'était Cindy qui, debout, leur faisait de grands signes. « Je vous ai gardé des sièges près de nous ! »

Denise poussa un grand soupir et toutes trois se dirigèrent avec des semelles de plomb vers le fond du véhicule. Holly s'assit près de la fenêtre et ignora les autres. Avec un peu de chance, Cindy comprendrait qu'elle voulait qu'on la laisse tranquille.

Trois quarts d'heure plus tard, le car arriva au Costa Palma Palace et l'excitation noua de nouveau l'estomac de Holly. Une longue allée avec des palmiers sur un terre-plein central menait jusqu'à l'hôtel. Devant l'entrée principale se dressait une grande fontaine illuminée par des spots bleus. Lorsque l'autocar s'arrêta à côté, tout le monde applaudit encore, à la grande consternation de Holly. Elles furent ensuite conduites à leur appartement, qui leur parut de taille confortable : une chambre avec des lits jumeaux, une salle de bains, une petite cuisine et un living avec un divan. Plus un balcon, où Holly s'attarda pour regarder la mer. Il faisait trop sombre pour voir quoi que ce soit, mais elle entendit le clapotis de l'eau sur le sable. Elle ferma les yeux et écouta.

« Cigarette, cigarette, il me faut une clope, dit Denise, qui la rejoignit en déchirant son paquet, puis se hâta de tirer une grande bouffée. Ah, ça va mieux. Je n'ai plus envie de tuer. »

Holly se mit à rire. Elle se réjouissait de passer une semaine avec ses amies.

« Ça t'ennuie si je prends le divan, Holly ? Comme ça, je pourrai ouvrir la porte-fenêtre et fumer.

– Seulement à condition que tu l'ouvres pour de bon, Denise. Je ne veux pas me réveiller le matin dans une pièce qui pue la cigarette », cria Sharon de l'intérieur.

Le lendemain matin à neuf heures, Holly entendit bouger Sharon, qui lui chuchota à l'oreille qu'elle descendait à la piscine pour réserver trois matelas. Quinze minutes plus tard, elle remonta.

« Les Allemands ont piqué tous les matelas, grogna-t-elle. Si vous me cherchez, vous me trouverez sur la plage. »

Holly marmonna une réponse ensommeillée et se rendormit. À dix heures, Denise vint la secouer et elles décidèrent de se lever et de rejoindre Sharon.

Le sable était brûlant et elles durent avancer rapidement pour ne pas se brûler la plante des pieds. Si Holly était fière de son bronzage en Irlande, on remarquait tout de même qu'elle venait d'arriver, car elle était parmi les plus blanches de la plage. Elles aperçurent Sharon en train de lire sous un parasol.

« Comme c'est beau ici », dit Denise en regardant autour d'elle, l'air ravi.

Sharon leva les yeux de son livre et sourit : « Le paradis. »

Holly promena son regard alentour pour voir si Gerry était dans le même paradis. Mais non. Aucun signe de lui. Autour d'elle, des couples se passaient mutuellement de la crème solaire ; des couples marchaient le long de la plage main dans la main, des couples jouaient au badminton ; et, juste devant elle, un couple bronzait, enlacé. Elle n'eut pas le temps de s'attrister, car Denise avait ôté sa robe et sautillait sur le sable brûlant, vêtue de son seul string peau de léopard.

« Est-ce que l'une de vous deux peut me mettre de la crème ? »

Sharon posa son livre et regarda Denise par-dessus ses lunettes.

« Je veux bien, à condition que tu te la passes toi-même sur les fesses et les loloches.

– Ben zut alors ! Je vais demander à quelqu'un d'autre, plaisanta Denise, qui alla s'installer au bout du matelas de Sharon pendant que celle-ci officiait. Tu sais quoi, Sharon ?

– Quoi ?

– Tu vas avoir une vilaine marque si tu gardes ton paréo. »

Sharon tira le tissu un peu plus bas.

« Quelle marque ? Je ne bronze jamais. J'ai une jolie peau d'Irlandaise. Tu ne savais pas que le blanc bleuté est le nouveau bronzage tendance ? »

Holly et Denise se mirent à rire. Sharon avait eu beau essayer année après année, elle prenait des coups de soleil, puis elle pelait. Finalement, elle avait renoncé à bronzer et accepté de garder une peau laiteuse.

« Et puis j'ai l'air d'un boudin, et je ne veux pas faire peur aux gens. »

Holly la regarda, choquée. Sharon avait pris un peu de poids, mais elle n'était pas grosse du tout.

« Alors, tu devrais aller à la piscine mettre tous ces Allemands en fuite, lança Denise.

– C'est vrai, il faut qu'on se lève plus tôt demain pour avoir une place à côté de la piscine. Au bout d'un moment, on s'ennuie sur la plage, dit Holly.

– Te fais pas de zouzi. Les Poches, on les aura plaisanta Sharon.

– On devrait appeler ça l'Opération piscine », lança Holly.

Elles passèrent le reste de la journée à paresser et à faire trempette de temps en temps pour se rafraîchir. Elles déjeunèrent au bar de la plage et sacrifièrent au farniente comme elles l'avaient prévu. Holly sentait le stress et les tensions quitter peu à peu son corps et, pendant quelques heures, elle eut le sentiment d'être libérée.

Ce soir-là, elles réussirent à éviter la brigade des Barbie et dînèrent agréablement dans un des nombreux restaurants qui bordaient la rue animée non loin du complexe hôtelier.

« Je n'arrive pas à croire qu'on rentre déjà à l'hôtel à dix heures », dit Denise avec une note de regret dans la voix.

De fait, pour les bars, elles n'avaient que l'embarras du choix. Ceux en plein air étaient bondés. De la musique sortait de chaque maison et toutes les mélodies se mélangeaient de façon curieusement éclectique. Holly sentait le sol vibrer sous ses pas. Elles cessèrent de bavarder pour mieux absorber les sons, les odeurs et le spectacle de la rue. De toutes parts venaient des rires, des tintements de verres entrechoqués et des chansons. Des néons clignotaient et bourdonnaient, rivalisant pour attirer le client. Dans la rue, les propriétaires des bars faisaient assaut de boniments pour convaincre les passants d'entrer chez eux, distribuant des prospectus, des boissons gratuites et des réductions.

Des jeunes gens bronzés s'agglutinaient autour de grandes tables ou déambulaient, l'air conquérant. L'air sentait la crème solaire à la noix de coco. En constatant l'âge moyen de la clientèle, Holly eut le sentiment d'être vieille.

« On peut aller prendre un verre si tu veux », dit-elle à Denise d'un ton hésitant, regardant les plus jeunes qui dansaient dans la rue.

Denise s'arrêta et examina les bars pour en choisir un.

« Alors, ma belle, on essaie celui-ci tous les deux ? » dit un beau garçon qui s'arrêta devant Denise avec un sourire engageant et un accent anglais.

Denise le regarda quelques instants, pensive. Sharon et Holly échangèrent un regard entendu : Denise ne se coucherait pas de sitôt, finalement. Si tant est qu'elle se couche, la connaissant.

Finalement, elle se ressaisit et se redressa.

« Non, merci, j'ai un petit ami et je l'aime ! annonça-t-elle fièrement. Vous venez ? » lança-t-elle à Holly et Sharon en reprenant la direction de l'hôtel.

Les deux filles en restèrent médusées et furent obligées de courir pour la rattraper.

« Qu'est-ce que vous avez à me regarder comme ça ? demanda-t-elle.

– On te regarde parce qu'on ne te reconnaît plus, dit

Sharon. Où est passée notre copine la mangeuse d'hommes ?

– Oh, dit Denise avec un geste fataliste, c'est peut-être qu'après tout, être seule et libre, c'est pas le pied tous les jours. »

Holly shoota dans une pierre qui se trouvait sur le chemin. C'était bien son avis, à elle aussi.

« Bravo, ma Denise », dit Sharon en lui passant le bras autour de la taille et en la serrant contre elle.

Elles gardèrent le silence et Holly écouta faiblir lentement la musique, dont on n'entendit bientôt plus que les pulsations, au loin.

« J'ai eu l'impression d'être une ancêtre dans cette rue, lança soudain Sharon.

– Moi aussi, dit Denise. Depuis quand les gens sortent-ils si jeunes ? »

Sharon se mit à rire.

« Ce ne sont pas les gens qui rajeunissent, c'est nous qui vieillissons, voilà. »

Denise rumina cela quelques instants et marmonna :

« Ce n'est pas comme si on était vraiment vieilles. On n'a quand même pas encore l'âge de raccrocher nos chaussures de bal pour prendre cannes et béquilles. On pourrait passer la nuit dehors si on en avait envie. Mais on est fatiguées. La journée a été longue... Non, c'est pas vrai, on croirait entendre parler une ancêtre ! »

Denise se parlait toute seule, car l'attention de Sharon était monopolisée par Holly, qui marchait tête baissée en poussant la pierre du pied.

« Ça va, Holly ? Ça fait un moment qu'on ne t'entend plus, demanda Sharon.

– Oui, oui. Je réfléchissais, dit Holly à mi-voix sans relever la tête.

– À quoi ?

– À Gerry. » Elle releva brusquement la tête et regarda ses amies. « Je pensais à Gerry.

– Si on allait sur la plage ? » proposa Denise.

Elles ôtèrent leurs chaussures et leurs pieds s'enfoncèrent dans le sable frais.

La nuit était claire et des millions de petites étoiles scintillaient. On aurait dit que quelqu'un avait lancé de la poudre pailletée dans le ciel et que les particules étaient restées prises du gigantesque filet noir. La lune était pleine et reposait sur l'horizon. Son reflet argenté illuminait l'endroit où se rejoignaient le ciel et la mer. Elles s'installèrent sur le sable. Les vagues léchaient le rivage avec un bruit doux et apaisant. L'air était tiède, mais une petite brise fraîche soulevait les cheveux. Holly ferma les yeux et inspira profondément.

« C'est pour ça qu'il t'a fait venir ici, tu sais », dit Sharon en voyant son amie se détendre.

Holly garda les yeux fermés et sourit.

« Tu ne parles jamais de lui, Holly », poursuivit Denise en dessinant sur le sable du bout du doigt.

Holly ouvrit lentement les yeux et répondit d'une voix chaude et douce : « C'est vrai. »

Denise cessa de regarder le sable et leva les yeux. « Pourquoi ? »

Holly ne répondit pas tout de suite et fixa la mer.

« Je ne sais pas comment parler de lui », dit-elle. Elle attendit quelques instants avant de reprendre : « Je ne sais pas si je dois dire "Gerry était" ou "Gerry est". Je ne sais pas si je dois être triste ou gaie en parlant de lui. Si je suis gaie, certains me jugent et pensent que je devrais pleurer toutes les larmes de mon corps. Et quand je suis triste, cela embarrasse les autres. » Elle regarda la mer qui scintillait et reprit d'une voix plus basse : « Je ne peux pas me moquer de lui comme avant, parce que ce serait déplacé. Je ne peux pas parler de ce qu'il m'a dit en confidence, parce que je ne veux pas trahir ses secrets. Je ne sais vraiment pas comment l'évoquer dans la conversation. Ce qui ne veut pas dire qu'il n'est pas très présent là-dedans », ajouta-t-elle en se tapotant les tempes.

Elles étaient tous les trois assises en tailleur sur le sable.

« John et moi, on parle tout le temps de lui, reprit Sharon, les larmes aux yeux. On se souvient des fois où il nous a fait rire, et ça, ça arrivait souvent. » Elles gloussèrent toutes les trois à cette évocation. « On se rappelle aussi les fois où on s'est disputés. Les choses qu'on aimait chez lui, ou celles qu'il a faites et qui nous ont vraiment contrariés. »

Holly leva les sourcils.

« Parce qu'il était comme ça, Gerry. Il avait ses bons côtés. Et ses mauvais. On se rappelle les uns comme les autres, et je ne vois rien de mal à ça », poursuivit Sharon.

Un long silence s'ensuivit, que Denise fut la première à rompre :

« J'aurais tellement aimé que mon Tom connaisse Gerry. »

Holly la regarda, surprise.

« Gerry était mon ami aussi, ajouta Denise. Or Tom et Daniel ne l'ont pas connu. Alors j'essaie tout le temps de leur parler de lui, parce que je veux qu'ils sachent qu'il n'y a pas longtemps, l'un des types les plus chouettes qui soient était mon ami, et j'estime que tout le monde devrait l'avoir connu. » Elle mordit sa lèvre qui tremblait de plus en plus. « J'ai du mal à admettre que quelqu'un que j'aime autant que Tom, qui sait tout de moi, puisse ne pas connaître un ami que j'ai aimé pendant dix ans. »

Une larme roula sur la joue de Holly et elle tendit le bras vers Denise pour la prendre par le cou.

« Eh bien, tu sais, Denise, on n'a qu'à continuer à leur parler de lui, voilà ! »

Elles ne cherchèrent pas à voir leur guide le lendemain matin, car elles n'avaient pas l'intention de faire d'excursions ni de participer à des tournois sportifs idiots. Elles se levèrent de bonne heure et coururent à la piscine pour jeter leur serviette sur les matelas encore libres afin de se les réserver pour la journée. Malheureusement, elles n'étaient pas encore descendues assez tôt. (« Ces foutus Allemands ne dorment donc jamais ? » s'était exclamée Sharon.) Finalement, après avoir subrepticement ôté les serviettes de quelques matelas laissés provisoirement vacants, elles réussirent à s'installer à trois places voisines.

Juste au moment où Holly s'assoupissait, des cris perçants retentirent et elle vit une foule passer devant elle au trot. Pour une raison quelconque, Gary, l'un des guides, avait jugé bon de se déguiser en *drag queen* et de se faire poursuivre autour de la piscine par Victoria. Tout le monde les applaudit et les trois filles levèrent au ciel des yeux excédés. Victoria finit par le rattraper et ils tombèrent tous les deux dans la piscine sous les acclamations générales.

Quelques instants plus tard, tandis que Holly nageait tranquillement, une femme équipée d'un micro annonça qu'une séance d'aquagym aurait lieu dans cinq minutes. Victoria et Gary, assistés par la brigade des Barbie, firent le tour des matelas en tirant les gens allongés par les pieds pour les forcer à participer.

Holly entendit Sharon crier : « Tu vas me foutre la paix, oui ! » tandis qu'une des Barbie essayait de l'entraîner dans la piscine. Holly fut bientôt chassée de l'eau par l'approche du troupeau d'hippopotames prêts à plonger. Les filles durent subir une demi-heure mortelle de gym, où la monitrice hurlait des instructions dans son micro. Lorsque la séance s'acheva enfin, on annonça un tournoi de water-polo. Les filles se levèrent illico et prirent le chemin de la plage pour avoir la paix.

« Tu as eu des nouvelles des parents de Gerry, Holly ? » demanda Sharon.

Elles flottaient sur l'eau, allongées sur des matelas pneumatiques.

« Oui, ils m'envoient des cartes postales de temps en temps pour me dire où ils sont et ce qu'ils font.

– Ils ne sont toujours pas rentrés de leur croisière ?

– Non.

– Ils te manquent ?

– Franchement, je ne pense pas qu'ils se sentent très proches de moi. Leur fils est parti, ils n'ont pas de petits-enfants et les liens se sont dénoués.

– N'importe quoi ! Tu étais mariée à leur fils. Belle-fille, c'est un lien très fort. »

Holly nota le « étais ».

« Oh, je ne sais pas, soupira-t-elle. Je ne pense pas que ce soit suffisant à leurs yeux.

– Ils sont un peu réacs, non ?

– Plutôt, oui ! Ils étaient outrés que Gerry et moi "vivions dans le péché", comme ils disaient. Ils avaient hâte qu'on se marie. Et quand on s'est mariés, ça n'a rien amélioré, bien au contraire. Ils n'ont pas digéré que je veuille garder mon nom.

– Oui, je me souviens, dit Sharon. À ton mariage, sa mère m'a vidé son sac. D'après elle, c'est le devoir d'une femme de changer de nom en signe de respect pour son mari. Tu imagines ! Quel culot ! »

Holly se mit à rire.

« Ma foi, tu es plus tranquille sans eux, poursuivit Sharon avec conviction.

– Salut, les filles ! cria Denise, qui arrivait près d'elles sur son matelas.

– Où étais-tu passée ? demanda Holly.

– Je bavardais avec un type de Miami. Très agréable.

– Miami ? Mais c'est là que Daniel est allé en vacances, dit Holly en laissant traîner ses doigts dans l'eau bleue et transparente.

– Mmmm, fit Sharon. Sympa comme mec, Daniel.

– Oui, très. On peut parler facilement avec lui, répondit Holly.

– Tom m'a raconté qu'il en a vu de toutes les couleurs, récemment », reprit Denise en se retournant pour se mettre sur le dos.

La commère Sharon dressa l'oreille. « Comment ça ?

– Il était fiancé à une nana, et il a appris qu'elle couchait avec un autre. C'est pour ça qu'il est venu à Dublin et a acheté ce pub. Pour s'éloigner d'elle.

– J'étais au courant. C'est vraiment un sale coup, dit Holly.

– Il habitait où, avant ? demanda Sharon.

– À Galway. Là-bas aussi, il tenait un pub, expliqua Holly.

– Tiens, il n'a pas l'accent de Galway, s'étonna Sharon.

– Il a été élevé à Dublin et il n'est allé que plus tard à Galway, où ses parents sont propriétaires d'un pub.

– Eh bien, tu en sais des choses ! » fit Sharon, narquoise.

Denise commençait à se désintéresser du sujet.

« Oh, ce que Tom me manque ! soupira-t-elle.

– Tu l'as dit au type de Miami, ça ? demanda Sharon.

– Je bavardais, rien de plus, se défendit-elle. Pour être honnête, personne d'autre que Tom ne m'intéresse. C'est bizarre, quand même. On dirait que les autres, je ne les vois même pas. Et comme on est entourées de centaines de mecs à moitié à poil, ça doit signifier quelque chose !

– Je crois que ça s'appelle l'amour, Denise, dit Sharon en souriant.

– Je ne sais pas, moi, mais en tout cas, je n'ai jamais éprouvé ça avant.

– C'est plutôt agréable », murmura Holly, se parlant à elle-même.

Elles gardèrent le silence un moment, perdues dans leurs pensées, bercées par le mouvement apaisant des vagues.

« Bordel de merde ! hurla soudain Denise, ce qui fit sursauter les deux autres. Vous avez vu où on est ! »

Holly se redressa aussitôt et regarda autour d'elle. Elles avaient dérivé si loin du bord que les gens sur la plage avaient la taille de fourmis.

« Merde ! lança Sharon, paniquée.

– Il faut rentrer, vite ! » cria Denise.

Toutes trois se mirent sur le ventre et commencèrent à pagayer avec leurs bras de toutes leurs forces. Au bout de quelques minutes d'efforts soutenus, elles abandonnèrent en se rendant compte avec horreur qu'elles s'étaient encore éloignées davantage. La marée descendait trop vite et le courant était trop fort.

25

« Au secours ! » hurla Denise le plus fort qu'elle put en agitant frénétiquement les bras.

– Je ne crois pas qu'ils puissent nous entendre là où ils sont, dit Holly, les larmes aux yeux.

– Comment avons-nous pu être aussi bêtes ! s'écria Sharon.

– Arrête, Sharon, lança Denise. On est en danger, alors tu n'as qu'une chose à faire, crier avec nous. Peut-être qu'ils nous entendront. »

Elles s'éclaircirent la voix et s'assirent du mieux qu'elles purent sans compromettre l'équilibre de leurs matelas.

« Un deux trois... AU SECOURS ! » hurlèrent-elles en agitant les bras.

Puis elles regardèrent les points sur la plage pour voir si leurs cris avaient produit le moindre effet. Personne n'avait bougé.

« Dites-moi qu'il n'y a pas de requins par ici, je vous en supplie, gémit Denise.

– La ferme, Denise, ce n'est vraiment pas le moment ! » siffla Sharon.

Holly regarda la mer. L'eau s'était assombrie, on l'aurait crue noire. Elle se laissa glisser de son matelas et, prenant conscience de la profondeur, elle commença à sentir son cœur cogner. La situation était grave.

Sharon et Holly se mirent à nager en tirant leurs matelas,

pendant que Denise continuait à pousser des cris à vous donner la chair de poule.

« Tu sais, Denise, la seule créature susceptible de répondre à ça, c'est un dauphin, haleta Sharon.

– Dites, vous feriez aussi bien d'arrêter de nager, toutes les deux, parce que vous avez beau faire, vous êtes toujours à côté de moi. »

Holly s'arrêta et, levant les yeux, vit Denise qui la regardait.

« C'est vrai, autant économiser notre énergie, Sharon. »

Lorsque chacune fut remontée sur son matelas, elles se rapprochèrent et se mirent à pleurer. Que faire ? Holly sentait la panique l'envahir. Elles avaient essayé d'appeler à l'aide, mais le vent emportait leurs voix au large ; elles avaient tenté de nager, mais leurs efforts contre le courant se révélaient vains. Il commençait à faire froid et la mer prenait de vilaines couleurs sombres. Elles s'étaient fourrées dans une situation idiote, et, malgré sa peur et son angoisse, Holly se surprit elle-même en constatant qu'elle éprouvait en plus une vive humiliation.

Ne sachant trop si elle devait rire ou pleurer, elle laissa échapper un son hybride qui alerta Sharon et Denise : elles s'arrêtèrent de pleurer pour la regarder comme si elle avait dix têtes.

« Eh bien, dans tout ça, il y a au moins une chose positive, dit-elle, toujours entre le rire et les larmes.

– Quoi donc ? demanda Sharon en s'essuyant les yeux.

– On a toujours voulu aller en Afrique, fit-elle en hoquetant, et si j'en crois mes yeux, on a déjà fait la moitié du chemin.

– En plus, on a choisi le moyen de transport le plus économique », renchérit Sharon.

Denise les dévisagea comme si elles étaient folles, mais les deux autres, la voyant couchée au milieu de l'océan avec ses lèvres bleues et pour tout vêtement son string léopard, partirent d'un fou rire nerveux.

Pendant quelques minutes encore, elles restèrent couchées sur leur matelas, mi-riant, mi-pleurant, jusqu'à ce que, brusquement, Denise se relève d'un bond. Elle venait d'entendre le bruit d'un bateau à moteur et agitait frénétiquement les bras. Holly et Sharon rirent franchement lorsqu'elles virent les seins de Denise tressauter au rythme de ses grands gestes à l'adresse des gardes-côtes qui approchaient.

« Finalement, quand on sort entre filles, c'est toujours la même chose, fit Sharon en regardant Denise hissée à moitié nue dans le bateau par un garde-côte musclé.

– Je crois qu'elles sont en état de choc, dit l'un des gardes à son collègue en embarquant les deux filles secouées par un incoercible fou rire.

– Sauvez les matelas, vite ! réussit à bredouiller Holly à travers ses éclats de rire.

– Matelas à la mer ! » hurla Sharon.

Les gardes-côtes essayèrent de conserver leur sérieux en les enveloppant dans des couvertures. Puis ils mirent le cap sur la terre à pleins gaz.

Quand le bateau s'approcha de la plage, une foule se massa sur le sable. Les filles se regardèrent et leur fou rire redoubla. Lorsqu'on les souleva pour les faire descendre du bateau, il y eut des applaudissements nourris. Denise fit une révérence à la foule.

« Ils applaudissent maintenant, mais où étaient-ils quand on avait besoin d'eux ? grommela Sharon.

– Bande de faux-culs ! renchérit Holly.

– Ah, les voilà ! » s'exclama une voix aiguë et familière. Elles virent Cindy et la brigade des Barbies qui se frayaient un chemin à travers la foule. « Oh là là, ça va ? J'ai tout vu à la jumelle, alors j'ai alerté les sauveteurs. Ça va aller ? insista-t-elle en les examinant d'un œil inquiet.

– Oui, oui, répondit Sharon avec sérieux. Nous encore, on a eu de la chance. Mais les pauvres matelas n'en ont pas réchappé. »

Là-dessus, elles s'écroulèrent à nouveau et on les conduisit chez un médecin pour qu'il les examine.

Le soir, elles prirent vraiment conscience du danger auquel elles avaient échappé et n'eurent plus du tout envie de rire. Elles dînèrent en silence, pensant à la chance qu'elles avaient eue d'être secourues et mesurant leur imprudence. Denise se tortillait sur sa chaise, mal à l'aise, et Holly remarqua qu'elle avait à peine touché au contenu de son assiette.

« Qu'est-ce qui ne va pas ? demanda Sharon en aspirant un spaghetti, s'éclaboussant du même coup le visage de sauce.

– Rien », murmura Denise en remplissant son verre d'eau.

Elles gardèrent le silence quelques instants.

« Excusez-moi deux minutes », ajouta Denise, avant de se lever et de se diriger d'un pas incertain vers les toilettes.

Sharon et Holly se regardèrent, sourcils froncés.

« Qu'est-ce qu'elle a, d'après toi ? » fit Holly.

Sharon haussa les épaules.

« Elle a bu au moins dix litres d'eau pendant le dîner, alors, étonne-toi qu'elle file aux toilettes !

– Je me demande si elle nous en veut d'avoir un peu pété les plombs là-bas. »

Sharon haussa encore les épaules et elles continuèrent leur repas en silence. Holly avait eu une drôle de réaction en mer et cela la tracassait. Après la panique initiale à l'idée qu'elle allait mourir, la pensée que, dans ce cas, elle retrouverait Gerry lui avait littéralement tourné la tête. Se moquer de vivre ou de mourir, c'était une attitude foncièrement égoïste, et elle se dit qu'il fallait qu'elle considère sa vie autrement. Le retour de Denise fit diversion. Elle grimaça en s'asseyant.

« Qu'est-ce qui ne va pas, Denise ? demanda Holly.

– Je ne veux pas vous le dire, sinon, vous allez vous moquer de moi, répondit-elle avec une moue enfantine.

– On est tes copines, on ne rigolera pas, promis, fit Holly.

– J'ai dit non ! s'écria Denise en se versant un autre verre d'eau.

– Écoute, Denise, tu sais que tu peux tout nous dire. Et on t'a promis de ne pas rire », déclara Sharon avec un tel sérieux que Holly s'en voulut de son manque de compassion.

Denise scruta leur visage avant de décider si elle pouvait ou non leur faire confiance.

« Bon, bon, d'accord », soupira-t-elle. Puis elle marmonna quelques mots indistincts.

« Comment ? demanda Holly en approchant sa chaise.

– Ma cocotte, on n'a rien entendu, tu as parlé trop bas », dit Sharon, en s'approchant elle aussi.

Denise regarda la salle de restaurant autour d'elle pour s'assurer que personne d'autre n'écoutait et elle pencha la tête pour parler bien au centre de la table.

« Ce que j'ai dit, c'est qu'à force de rester sur le ventre, j'ai un coup de soleil sur les fesses.

– Oh », fit Sharon, se redressant brusquement sur sa chaise.

Holly évita de croiser son regard et compta les petits pains dans la corbeille pour s'aider à garder son sérieux.

Il y eut un long silence.

« Vous voyez, je le savais bien que ça vous ferait rire, grommela Denise, vexée.

– Mais on ne rit pas », fit Sharon d'une voix mal assurée.

Il y eut un autre silence. Puis Holly ne put s'empêcher de lancer :

« Surtout ne lésine pas sur la crème si tu ne veux pas avoir le cul qui pèle. » Et elle s'écroula à nouveau avec Sharon.

Denise hocha la tête, attendant qu'elles s'arrêtent. Elle attendit longtemps. En fait, quelques heures plus tard, étendue sur son divan à essayer de trouver le sommeil, elle attendait toujours.

« Hé, Holly, souffla Sharon, lorsqu'elles se furent enfin calmées, il ne te tarde pas d'être à demain ?

– Pourquoi ? demanda Holly en bâillant.

– C'est le jour de la lettre ! fit Sharon, surprise que Holly n'ait pas compris d'emblée. Ne me dis pas que tu as oublié ! »

Holly glissa la main sous son oreiller et chercha l'enveloppe. Dans une heure, elle pourrait ouvrir la sixième lettre de Gerry. Bien sûr que non, elle n'avait pas oublié !

Le lendemain matin, ce fut Sharon, en train de vomir dans la salle de bains, qui réveilla Holly. Elle alla la rejoindre et lui massa doucement le dos en lui relevant les cheveux.

« Qu'est-ce qu'il y a ? demanda-t-elle, inquiète, lorsque les spasmes de son amie eurent enfin cessé.

– Oh, j'ai cauchemardé toute la nuit, voilà tout. J'ai rêvé que j'étais en bateau, et puis sur un matelas, et plein d'autres choses encore. J'ai dû avoir le mal de mer.

– Moi aussi, j'ai fait des cauchemars. On l'a échappé belle, hier, hein ?

– Jamais tu ne me reverras sur un matelas », conclut Sharon avec un pauvre sourire.

Denise arriva dans la salle de bains déjà en bikini. Elle avait emprunté à Sharon l'un de ses paréos pour couvrir ses arrières. Holly dut se mordre la langue pour s'empêcher de la mettre en boîte. Denise avait visiblement très mal.

Lorsqu'elles arrivèrent à la piscine, elles furent rejointes par la brigade des Barbie. Comme c'étaient elles qui avaient appelé les secours, elles ne pouvaient faire autrement que se montrer courtoises. À ceci près qu'elles avaient été épiées en mer à la jumelle, détail déplaisant que personne n'évoqua.

Holly et Sharon ne dirent pas grand-chose et laissèrent Denise répondre à toutes les questions sur leur nouveau projet hollywoodien. Holly se sentait coupable de mentir à ces filles, mais tant qu'elle ne prenait pas part à la conversation, elle avait l'impression de ne pas contribuer à la supercherie. Denise ne tarda guère à annoncer qu'elles allaient tourner avec Julia Roberts, Brad Pitt et Bruce Willis. L'ennui, c'était que les Barbie buvaient ses paroles.

Holly n'en revenait pas de s'être endormie avant minuit la veille au soir. Elle avait prévu de se relever sans bruit pour ne pas réveiller ses compagnes et d'aller lire tranquillement sa lettre sur le balcon, mais elle avait sombré dans le sommeil malgré son impatience. À présent, elle était incapable d'écouter plus longtemps les Barbie. Elle fit signe à Sharon qu'elle partait et celle-ci, devinant pourquoi, lui fit un clin d'œil encourageant. Holly drapa son paréo plus étroitement autour de ses hanches et emporta son petit sac de plage qui contenait la fameuse lettre.

Elle alla s'installer à l'écart des enfants qui criaient, des adultes qui jouaient et des transistors qui diffusaient à plein volume les derniers tubes de l'été, trouva un coin tranquille et s'installa confortablement sur sa serviette. Les vagues s'écrasaient sur la plage, les mouettes s'interpellaient dans le ciel bleu et clair, piquaient vers la mer et plongeaient dans l'eau fraîche cristalline pour y pêcher leur petit déjeuner. C'était le matin et le soleil était déjà chaud.

Holly sortit avec précaution la lettre de son sac, comme s'il s'agissait d'un objet très fragile, et caressa du doigt les lettres soigneusement calligraphiées : *Août.* Savourant les odeurs et les bruits du monde qui l'entourait, elle ouvrit lentement l'enveloppe pour lire le sixième message de Gerry :

Salut, Holly,

J'espère que tu passes des vacances formidables. Tu es ravissante avec ce bikini, tu sais. J'espère avoir bien choisi. C'est là que nous avons failli passer notre voyage de noces, tu te souviens ? Je suis content que tu y sois venue, finalement...

Il paraît que si on va jusqu'à l'extrémité de la plage, près des rochers de l'autre côté de ton hôtel, et qu'on regarde au-delà, sur la gauche, on peut voir un phare. On m'a dit que c'est le lieu de rendez-vous des dauphins... Peu de gens sont au courant. Je sais que tu adores les dauphins... dis-leur bonjour de ma part...

P.S. Je t'aime, Holly...

Les mains tremblantes, Holly remit la carte dans son enveloppe et la rangea soigneusement dans une des poches de son sac. Lorsqu'elle se leva et roula prestement sa serviette, elle sentit les yeux de Gerry sur elle. Elle avait l'impression qu'il était là, à ses côtés. Elle courut au bout de la plage et s'arrêta soudain devant une falaise rocheuse. Elle mit ses baskets et entreprit d'escalader les rochers pour voir de l'autre côté de la pointe.

Le phare était là. Exactement où Gerry l'avait écrit. Il était perché sur la falaise, tout blanc, comme une sorte de torche indiquant le ciel. Holly s'avança prudemment sur les rochers et gagna la petite crique de l'autre côté. Elle était seule à présent, dans ce lieu secret. C'est alors qu'elle entendit les petits cris joyeux des dauphins en train de jouer près du rivage, à l'abri des touristes des plages avoisinantes. Elle se laissa tomber sur le sable pour les regarder jouer et les écouter se parler.

Gerry était assis à côté d'elle.

Peut-être même lui prit-il la main.

Holly envisageait sans déplaisir son retour à Dublin. Elle se sentait détendue et bronzée. Néanmoins, son cœur se serra quand l'avion atterrit à Dublin sous une pluie battante. Cette fois-ci, les passagers n'applaudirent pas et l'aéroport lui parut très différent de celui d'où elle avait décollé la semaine précédente. Une fois de plus, elle fut la dernière à récupérer sa valise et, une heure plus tard, les trois filles sortaient d'un pas lourd pour rejoindre John, qui les attendait dans la voiture.

« Eh bien, on dirait que le petit lutin n'a rien fait pendant ton absence », dit Denise en examinant le jardin, lorsque John déposa Holly devant chez elle.

Holly embrassa ses amis et entra dans sa maison silencieuse et vide. Il y avait une horrible odeur de renfermé et elle alla dans la cuisine ouvrir les portes donnant sur le patio afin d'aérer.

En tournant la clé dans la serrure, elle regarda au-dehors et se figea. Tout le jardin avait été réorganisé à l'arrière.

La pelouse était tondue. Il n'y avait plus de mauvaises herbes. Les meubles de jardin avaient été nettoyés et vernis. Une couche de peinture fraîche recouvrait les murs. De nouvelles fleurs avaient été plantées et, dans le coin, à l'ombre du grand chêne, était installé un banc de bois. Holly n'en croyait pas ses yeux. Qui avait bien pu faire tout ça ?

26

Les jours qui suivirent son retour de Lanzarote, Holly garda un profil bas. Denise, Sharon et elle entendaient passer leurs premières journées chacune de leur côté. Elles n'en avaient pas parlé, mais, après une semaine au coude à coude, Holly était sûre que ses deux amies souhaitaient comme elle prendre un peu de distance. Impossible de voir Ciara : entre son travail au club Diva et Mathew, elle n'avait pas une minute. Jack passait ses précieuses dernières semaines de liberté à Cork, chez les parents d'Abbey, avant de recommencer l'année scolaire ; quant à Declan... Dieu seul savait où il se trouvait.

Maintenant qu'elle était rentrée chez elle, elle ne s'ennuyait pas, non, pas exactement, mais elle n'avait pas non plus envie de sauter de joie. Sa vie lui semblait seulement... vide et sans but. Avant, la perspective de son voyage l'occupait. Mais, à présent, elle avait du mal à trouver des raisons de se lever le matin et, comme elle se tenait à l'écart de ses amies, elle n'avait littéralement personne à qui parler. Quant à ses parents, les sujets qu'elle pouvait aborder avec eux étaient limités. Lorsqu'elle repensait au soleil et à la chaleur de Lanzarote, Dublin lui paraissait pluvieux et froid, ce qui signifiait qu'elle ne pouvait ni entretenir son superbe bronzage, ni profiter de son nouveau jardin.

Certains jours, elle ne sortit même pas de son lit, elle se contenta de regarder la télévision et d'attendre. D'attendre l'enveloppe du mois prochain. Où l'emmènerait Gerry ? Elle savait que ses amies lui reprocheraient son comportement, alors qu'elle s'était montrée si positive en vacances, mais, quand son mari était vivant, elle n'existait que pour lui. Maintenant qu'il était parti, elle vivait pour ses messages. Tout tournait autour de lui. Elle avait vraiment cru que son but dans la vie était de rencontrer Gerry, de savourer le bonheur d'être avec lui pendant le reste de leur existence. Quel but avait-elle maintenant ? Assurément, elle en avait un. À moins d'une erreur administrative commise là-haut...

Une des tâches qu'elle s'était fixées, cependant, c'était d'attraper son lutin. Elle avait eu beau interroger à nouveau ses voisins, elle n'avait rien appris sur son mystérieux jardinier et elle commençait à penser qu'il s'agissait d'une erreur, qu'un pépiniériste s'était trompé de jardin. Elle surveillait son courrier, guettant chaque jour l'arrivée d'une note qu'elle refuserait de payer. Mais elle n'en découvrit aucune ; en tout cas, aucune de pépiniériste. Beaucoup d'autres s'accumulaient, en revanche, et ses économies fondaient comme neige au soleil. Elle croulait sous les emprunts ; et toutes les enveloppes qu'elle recevait contenaient des factures : électricité, téléphone, assurances. Comment pourrait-elle continuer à les payer ? Elle ne s'en souciait même pas. Elle était comme insensible à tous ces problèmes sans intérêt. Elle rêvait à l'impossible.

Un jour, constatant que le lutin n'était pas revenu, elle comprit que son jardin n'était nettoyé qu'en son absence. Aussi un matin se leva-t-elle très tôt. Elle prit sa voiture, la gara derrière le premier coin de rue, puis elle rentra chez elle, s'installa sur son lit et attendit que le mystérieux jardinier se manifeste. Après trois jours de pluie incessante, le soleil avait reparu. Holly allait abandonner tout espoir de résoudre le mystère lorsqu'elle entendit des pas approcher. Elle sauta du lit, paniquée, ne sachant que faire, bien qu'elle eût passé des journées entières à se préparer à cet instant. Elle jeta un coup d'œil par-dessus le rebord de sa fenêtre et avisa un jeune garçon qui pouvait avoir dix ans et qui montait son allée en tirant une tondeuse. Elle passa la robe de chambre de Gerry et descendit l'escalier quatre à quatre sans se soucier de son apparence.

Elle ouvrit prestement la porte d'entrée, ce qui fit sursauter le garçon. Son bras levé se figea et ses doigts s'arrêtèrent à quelque distance de la sonnette. Il resta bouche bée en voyant une femme devant lui.

« A-HA ! s'exclama Holly, satisfaite. Je crois que j'ai attrapé mon petit lutin. »

La bouche de l'enfant s'ouvrit et se ferma, comme celle d'un poisson rouge. Il ne savait pas quoi dire. Au bout de quelques instants, son visage se plissa comme s'il allait pleurer et il hurla : « Pa ! »

Holly regarda des deux côtés de la rue sans voir personne et décida de tirer les vers du nez du petit avant l'arrivée de son père.

« Alors comme ça, c'est toi qui as travaillé dans mon jardin », dit-elle en croisant les bras sur sa poitrine.

Il fit un signe de dénégation vigoureux.

« Tu ne peux pas le nier, dit-elle doucement. Je t'ai pris sur le fait », ajouta-t-elle en désignant la tondeuse.

Il se tourna, regarda l'instrument et hurla de nouveau « Pa ! ». Lequel claqua la porte de sa camionnette et s'approcha de la maison.

« Qu'est-ce qu'il y a, fiston ? » fit-il en passant un bras autour des épaules de son fils, et il regarda Holly en attendant qu'elle s'explique.

Elle n'allait pas tomber dans le piège.

« Je pose juste quelques questions à votre fils à propos de votre petite combine.

– Quelle combine ? grogna-t-il.

– Celle qui consiste à travailler dans mon jardin sans ma permission pour me présenter la note à la fin. J'ai déjà entendu parler de ce genre de procédé. »

Elle mit ses poings sur ses hanches en essayant de prendre l'air de celle à qui on ne la fait pas. L'homme parut dérouté.

« Désolé, madame, je ne sais pas de quoi vous parlez. On n'a encore jamais travaillé ici. »

Il regarda l'état du jardin devant la maison et se dit qu'il avait affaire à une folle.

« Pas celui-ci. Mais vous avez aménagé mon jardin de derrière, dit-elle en haussant les sourcils, croyant marquer un point.

– Aménagé votre jardin ? Vous rêvez, ma petite dame. Nous, on s'occupe de tondre, et ça s'arrête là. Vous voyez ça ? C'est une tondeuse. Ça coupe l'herbe, un point c'est tout. »

Holly laissa retomber ses bras et mit lentement les mains dans les poches de la robe de chambre. Peut-être disait-il la vérité.

« Vous êtes sûr que vous n'êtes pas venu dans mon jardin ?

– Ma petite dame, j'ai même jamais travaillé dans cette rue avant, encore moins dans votre jardin, et je vous garantis que je ne risque pas de le faire.

– Mais je croyais...

– Je me fous de ce que vous croyez, coupa-t-il. À l'avenir, vérifiez ce que vous dites avant de terroriser mon gamin. »

Holly regarda l'enfant et vit qu'il avait des larmes plein les yeux. Très embarrassée, elle porta la main à sa bouche.

« Je suis vraiment désolée. Attendez une minute. »

Elle se précipita dans la maison pour chercher son porte-monnaie et glissa son dernier billet de cinq livres dans la petite main grassouillette du garçon, dont le visage s'illumina.

« Bon, on s'en va », dit le père, et il prit son fils par l'épaule et le fit pivoter pour qu'il descende l'allée.

« Pa, je veux plus faire ce boulot, gémit le garçon, tandis qu'ils allaient sonner à la maison voisine.

– T'en fais pas, fiston, les gens sont pas tous aussi cinglés. »

Holly referma sa porte et regarda son reflet dans la glace. Il avait raison, elle était devenue folle. Il ne lui manquait plus qu'une armée de chats dans la maison.

Le téléphone sonna.

« Alors, comment va ? » La voix enjouée de Denise au bout du fil.

« Oh, ça baigne, qu'est-ce que tu crois ! » grinça Holly. Et merci de m'avoir tant appelée depuis trois semaines, eut-elle envie d'ajouter.

« Pour moi aussi, répondit Denise.

– Ah bon ? Et qu'est-ce qui te rend si heureuse ?

– Oh, rien, la vie en général. »

Ben voyons. La vie est formidable. Quelle question !

« Qu'est-ce qui se passe ?

– Je t'appelais pour qu'on dîne ensemble demain soir. Je sais que c'est un peu à la dernière minute, mais si tu es prise, annule ce que tu avais prévu !

– Attends, laisse-moi consulter mon agenda, fit Holly, ironique.

– Pas de problème. »

Manifestement, le sarcasme lui était passé au-dessus de la tête. Holly leva les yeux au ciel et reprit :

« Eh bien, ça c'est incroyable ! Figure-toi que je suis libre demain soir !

– Super ! s'exclama Denise d'un ton ravi. On se retrouve tous chez Chang à huit heures.

– Tous ?

– Sharon et John viennent, et des amis de Tom. Ça fait une éternité qu'on n'est pas sortis ensemble !

– Bon, alors à demain. »

Holly raccrocha, agacée. Denise ne se souvenait donc pas qu'elle était encore en deuil et que pour elle, la vie n'était pas qu'un lit de roses ? Elle monta quatre à quatre et ouvrit son placard. Quelles vieilles fringues pourries mettrait-elle le lendemain ? Et comment allait-elle pouvoir s'offrir un restaurant, alors qu'elle avait déjà du mal à payer son essence ? Elle attrapa tous ses vêtements et les jeta de l'autre côté de la chambre en hurlant jusqu'à ce qu'elle se sente plus calme. Peut-être devrait-elle vraiment songer à acheter des chats.

Holly arriva au restaurant avec vingt minutes de retard. Elle avait passé un temps fou à essayer différentes tenues, pour les éliminer l'une après l'autre. Finalement, elle avait choisi l'ensemble que lui avait fait acheter Gerry pour le karaoké. Une façon de se sentir plus proche de lui. Ces dernières semaines, ses forces l'avaient un peu trahie et, ce soir-là encore, en s'approchant de la table au restaurant, elle sentit le courage lui manquer.

Des couples, des couples, et encore des couples.

Elle s'arrêta à mi-chemin, fit prestement un pas de côté et se cacha derrière une cloison avant qu'on ne l'aperçoive. Elle n'était pas sûre de pouvoir affronter ça. D'avoir la force de réfréner ses émotions, trop violentes pour se laisser museler. Elle regarda autour d'elle, cherchant une issue. Si elle repartait par là où elle était entrée, on la verrait. À côté de la porte de la cuisine, elle aperçut la sortie de secours, ouverte pour laisser la fumée s'évacuer, et se glissa dehors. Dès qu'elle se retrouva à l'air libre, elle se sentit mieux. Elle traversa le parking en essayant d'imaginer une excuse pour Sharon et Denise.

« Bonjour, Holly ! »

Elle se figea et se retourna lentement. Elle s'était fait prendre : Daniel fumait une cigarette, appuyé à sa voiture.

« Tiens, Daniel ! Je ne savais pas que vous fumiez.

– Seulement quand je suis nerveux.

– Vous êtes nerveux ?

– Je me demandais si j'allais me joindre aux heureux couples qui sont là-dedans, fit-il en désignant du menton le restaurant.

– Ah, vous aussi ! dit Holly en souriant.

– Je ne leur dirai pas que je vous ai vue, si vous n'y tenez pas.

– Parce que vous allez entrer, finalement ?

– Il faudra bien que je me jette à l'eau un jour ou l'autre, dit-il, le visage sombre, en écrasant sa cigarette avec son pied.

– Vous avez raison.

– Vous n'êtes pas obligée d'y aller si vous n'avez pas

envie. Je ne veux pas qu'à cause de moi vous passiez une soirée misérable.

– Au contraire, ça me réconfortera d'avoir la compagnie d'un autre solitaire. On n'est pas si nombreux en circulation. »

Daniel rit et lui offrit son bras.

« Madame, permettez-moi... »

Ensemble, ils s'approchèrent lentement du restaurant. Elle se sentait réconfortée de savoir qu'elle n'était pas la seule à se sentir seule.

« Je vous préviens, je me sauve dès qu'on a fini le plat principal, dit-il.

– Lâcheur. » Elle lui donna un petit coup sur le bras. « Moi aussi, il faudra que je parte de bonne heure pour attraper le dernier bus. » Depuis quelques jours, elle n'avait plus de quoi remplir son réservoir.

« Eh bien ça nous donne un bon prétexte. Je dirai qu'on doit partir tôt parce que je vous raccompagne chez vous, et qu'il faut que vous soyez rentrée avant... quelle heure ?

– Onze heures et demie. » Elle avait l'intention d'ouvrir l'enveloppe de septembre à minuit.

« Ça me va. À propos, on pourrait peut-être se tutoyer, non, entre complices ?

– D'accord », fit Holly, et ils entrèrent dans le restaurant, un peu rassérénés l'un par l'autre.

« Les voilà ! » lança Denise en les apercevant.

Holly prit place à côté de Daniel.

« On est désolés d'être en retard, dit-elle.

– Holly, je te présente Catherine et Thomas, Peter et Sue, Joanne et Paul, Tracey et Bryan, John et Sharon, tu connais, Geoffrey et Samantha, et enfin, les derniers mais non les moindres, Des et Simon. »

Holly leur sourit à tous en faisant un signe de tête.

« Eh bien nous, c'est Daniel et Holly », lança Daniel du tac au tac. Holly étouffa un rire.

« On a déjà commandé, j'espère que ça ne vous ennuie pas, reprit Denise. Mais comme tous les plats sont différents, on partagera. Ça vous va ? »

Holly et Daniel opinèrent. La voisine de Holly, dont elle n'avait pas mémorisé le nom, se tourna pour demander assez fort :

« Alors, Holly, qu'est-ce que vous faites ? »

Daniel regarda Holly en levant les sourcils.

« Pardon ? demanda-t-elle. Qu'est-ce que je fais quand ? »

Elle détestait les gens curieux. Elle détestait les questions sur ce qu'elle faisait dans la vie, surtout de la part de personnes qu'elle ne connaissait pas depuis plus d'une minute. À côté d'elle, elle sentit la connivence de Daniel.

« Qu'est-ce que vous faites comme travail ? » insista la fille.

Holly, qui avait eu l'intention de lui lancer une réponse drôle mais légèrement insolente, se figea soudain, car les conversations autour de la table s'étaient arrêtées, et elle était l'objet de l'attention générale. Elle regarda les convives avec embarras et s'éclaircit la voix.

« Hum... Eh bien... Je suis entre deux boulots en ce moment », dit-elle d'une voix mal assurée.

Les lèvres de la fille se crispèrent et elle ôta une miette de pain coincée entre deux dents.

« Et vous, qu'est-ce que vous faites ? lança Daniel dans le silence qui s'ensuivit.

– Oh, Geoffrey a sa propre entreprise, répondit-elle en se tournant fièrement vers son mari.

– Oui, mais vous, qu'est-ce que vous faites ? » reprit Daniel.

Elle parut contrariée que sa réponse ne lui ait pas suffi.

« Oh, je m'occupe toute la journée à différentes choses. Chéri, tu devrais leur parler de la société, dit-elle en se tournant à nouveau vers son mari pour détourner l'attention d'elle.

– Oh, c'est une petite affaire, vous savez. » Il mordit dans son pain, mastiqua lentement sa bouchée et tout le monde attendit qu'il avale.

« Petite, mais prospère, dit sa femme.

– Nous fabriquons des pare-brise de voiture et nous les

vendons à des entrepôts, reprit Geoffrey, lorsqu'il en eut terminé avec son pain.

– Passionnant », dit Daniel, pince-sans-rire. Mais hormis Holly, personne ne perçut le sarcasme.

« Et vous, qu'est-ce que vous faites, Dermot ? demanda la femme, s'adressant à Daniel.

– Pardon, moi, c'est Daniel. Je tiens un pub.

– C'est bien, ça ! commenta-t-elle en détournant le regard. On a vraiment un sale temps en ce moment, hein ? » dit-elle, s'adressant à la tablée.

Les conversations reprirent et Daniel se tourna vers Holly.

« Alors, c'était comment, ces vacances ?

– Merveilleux. On s'est reposées et on n'a fait aucune folie, aucune excentricité.

– C'est exactement ce qu'il vous fallait. Mais j'ai entendu dire que vous l'aviez échappé belle. »

Holly leva les yeux au ciel.

« Je parie que c'est Denise qui t'a raconté ça. »

Daniel acquiesça.

« Elle a dû te donner une version très dramatisée.

– Non, elle m'a juste raconté que vous étiez entourées de requins et qu'il a fallu vous récupérer par hélicoptère.

– Je rêve !

– Non, ce n'est pas exactement ce qu'elle a dit, fit-il en riant. Mais vous deviez avoir une conversation vraiment passionnante pour ne pas vous apercevoir que vous dériviez à ce point ! »

Holly rougit légèrement en se rappelant qu'elles parlaient de lui, justement.

« Votre attention, s'il vous plaît, lança Denise. Vous vous demandez sans doute pourquoi Tom et moi on vous a réunis ce soir.

– C'est bien le moins qu'on puisse dire, souffla Daniel.

– Eh bien, nous avons quelque chose à vous annoncer, continua-t-elle en regardant chacune des convives, radieuse. Tom et moi allons nous marier ! » déclara-t-elle d'une petite voix aiguë.

Sidérée, Holly se cacha la figure dans les mains. Celle-là, elle ne l'avait pas vue venir.

« Oh, Denise », hoqueta-t-elle. Et, se levant, elle fit le tour de la table pour aller les embrasser, Tom et elle. « C'est merveilleux. Félicitations. »

Quand elle regarda Daniel, elle vit qu'il était blême.

On ouvrit une bouteille de champagne et tout le monde leva son verre pendant que Jemima et Jim, Samantha et Sam, ou Machine et Machin portaient un toast.

« Eh là, attendez ! dit Denise, Sharon, tu n'as pas eu de champagne ? »

Tout le monde regarda Sharon qui tenait un verre de jus d'orange à la main.

« Tiens, voilà du champagne, dit Tom en lui versant une coupe.

– Non, non, pas pour moi, merci.

– Et pourquoi ? » fit Denise, vexée.

John et Sharon se regardèrent et sourirent.

« Je ne voulais rien dire parce que c'est un grand soir pour Denise et Tom... » Tout le monde insista pour qu'elle soit plus explicite. « Eh bien, je suis enceinte. John et moi attendons un bébé. »

Les yeux de John s'embuèrent et Holly resta figée de surprise sur sa chaise. Celle-là non plus, elle ne l'avait pas vue venir. Elle aussi avait les larmes aux yeux lorsqu'elle alla féliciter John et Sharon. En revenant s'asseoir, elle respira profondément. Ça commençait à faire beaucoup.

« Alors, buvons aux fiançailles de Tom et Denise et au bébé de Sharon et John ! »

Tout le monde trinqua et Holly mangea en silence ce qu'il y avait dans son assiette. Tout avait un goût de papier.

« Tu veux qu'on avance le départ à onze heures ? » demanda Daniel à mi-voix. Elle opina.

Ils prirent donc congé sans que personne essaie vraiment de les retenir.

« Je laisse combien pour l'addition ? demanda Holly à Denise.

– Ne t'en fais pas pour ça, dit son amie en écartant la question d'un revers de main.

– Ne sois pas ridicule, je ne vais pas te laisser payer ça, insista Holly. Combien je dois ? »

Sa voisine saisit le menu et se mit en devoir d'additionner toutes les commandes, qui avaient été nombreuses. Holly n'avait pris qu'un plat, évitant de commander une entrée pour pouvoir payer son addition.

« Eh bien, en comptant le vin et le champagne, ça fait cinquante euros par personne. »

Holly regarda les trente euros qu'elle avait préparés. Daniel lui prit la main et la tira.

« Allez, Holly, on s'en va. »

Elle s'apprêtait à s'excuser de ne pas avoir prévu assez large, mais, lorsqu'elle ouvrit la main, elle s'aperçut qu'il y avait un billet de vingt euros en plus. Elle adressa à Daniel un sourire reconnaissant et ils regagnèrent ensemble la voiture.

Ils firent le trajet en silence. Chacun pensait à la soirée. Holly aurait sincèrement voulu se réjouir pour ses amis, mais elle ne parvenait pas à se débarrasser d'un sentiment d'exclusion. Tout le monde avançait dans la vie, sauf elle.

Daniel arrêta sa voiture devant chez elle.

« Tu veux monter prendre un thé, un café ou autre chose ? » proposa-t-elle, sûre qu'il allait refuser.

Elle eut un choc en le voyant ôter sa ceinture et accepter. Elle aimait bien Daniel, il était amusant, mais là, elle avait envie d'être seule.

« Quelle soirée ! » soupira-t-il en s'asseyant sur le canapé et en prenant une gorgée de café.

Holly secoua la tête, encore incrédule.

« Je les connais depuis toujours, ces filles, et je n'ai rien deviné.

– Si ça peut te consoler, je connais Tom depuis des éternités et il ne m'a rien dit.

– C'est vrai que Sharon n'a rien bu quand on était en vacances, dit Holly, suivant le fil de ses idées sans écouter Daniel. Et il lui est arrivé d'être malade le matin, mais elle a prétendu que c'était le mal de mer... » Sa voix s'éteignit. Son cerveau fonctionnait à toute vitesse, ajoutant les indices les uns aux autres.

« Le mal de mer ? répéta Daniel.

– Après notre aventure.

– Oh. »

Cette fois, aucun des deux ne rit.

« C'est drôle », commença Daniel en s'installant confortablement sur le canapé. Oh non, pensa Holly. Il ne va jamais partir. « Mes copains disaient toujours que nous serions les premiers à nous marier, Laura et moi. Jamais je n'aurais cru qu'elle se marierait avant moi.

– Elle se marie ? » demanda Holly d'une voix douce.

Il hocha la tête en détournant les yeux.

« Et c'était un de mes amis, figure-toi, dit-il avec un petit rire amer.

– Visiblement, ce n'est plus le cas.

– Non, en effet.

– Désolée, dit-elle, sincère.

– Ah, on a tous notre ration de coups durs. Tu sais ça mieux que personne.

– Oui, chacun sa ration, fit-elle en écho.

– Et parfois, elle est copieuse. Mais, ne t'en fais pas, on aura aussi notre ration de chance.

– Tu crois ?

– J'espère. »

Ils gardèrent le silence pendant un moment. Holly surveillait la pendule. Minuit cinq. Vivement qu'il parte pour qu'elle puisse ouvrir son enveloppe ! Il dut lire dans ses pensées, car il demanda :

« Et où en sont les messages de l'au-delà ? »

Holly se pencha et posa sa tasse sur la table.

« Eh bien, il se trouve que j'en ai un à ouvrir ce soir. Alors... » Elle le regarda.

« Ah... », fit-il. Il se redressa vivement et reposa sa tasse. « Je vais te laisser t'en occuper. »

Holly se mordit les lèvres. Elle regrettait de le mettre ainsi à la porte, mais elle le voyait partir avec soulagement.

« Merci de m'avoir raccompagnée, Daniel, ça m'a rendu un fier service.

– Je t'en prie », répondit-il en reprenant son manteau sur la rampe. En sortant, il l'embrassa rapidement.

« À bientôt », dit-elle.

En le regardant regagner sa voiture sous la pluie, elle eut l'impression d'être une vraie garce. Elle lui fit un grand signe d'adieu ; mais, dès qu'elle eut refermé la porte, sa culpabilité disparut.

« À nous deux, Gerry, dit-elle en se dirigeant vers la cuisine, où elle prit l'enveloppe sur la table. Qu'est-ce que tu me réserves ce mois-ci ? »

27

Holly tint la petite enveloppe serrée dans sa main et regarda l'horloge sur le mur au-dessus de la table de la cuisine. En temps normal, Sharon et Denise l'auraient appelée, impatientes d'en connaître le contenu. Mais ce soir, ni l'une ni l'autre n'avait téléphoné. Des fiançailles et une grossesse passaient avant un message de Gerry, apparemment. Holly s'en voulut de son amertume. Elle aurait aimé partager le bonheur de ses amies, elle aurait aimé se retrouver dans le restaurant pour fêter les bonnes nouvelles avec elles. C'est la réaction qu'aurait eue l'ancienne Holly. Mais elle ne réussissait même pas à sourire en pensant à Sharon et à Denise.

Elle était jalouse d'elles, de la chance qu'elles avaient. Elle leur en voulait d'avancer dans la vie sans elle. Elle se sentait seule et savait que les autres ne pouvaient partager ce sentiment. Même en compagnie d'amis, elle se sentait seule ; dans une salle où se trouvaient mille personnes, elle se sentait seule. Mais c'était surtout lorsqu'elle circulait dans sa maison silencieuse qu'elle se sentait seule.

Elle ne se souvenait pas de la dernière fois où elle avait été vraiment heureuse. Elle avait la nostalgie de l'époque où elle se couchait sans un souci en tête. Où elle prenait plaisir à ce qu'elle mangeait, alors que maintenant elle s'alimentait pour rester en vie. Elle détestait avoir la gorge serrée et sentir le froid l'envahir chaque fois qu'elle pensait à Gerry ; elle avait la nostalgie de l'époque où elle se délectait en regardant ses émissions de télévision préférées, alors que maintenant elle fixait l'écran d'un œil vague pour passer le temps. Elle détestait le sentiment de n'avoir rien à attendre de la journée qui s'annonçait ; se réveiller avec cette sensation lui était insupportable. Elle détestait l'impression de n'avoir aucun désir, aucun plaisir. Elle avait la nostalgie de se savoir aimée, de sentir les yeux de Gerry sur elle pendant qu'elle était devant la télévision ou qu'elle dînait avec lui. Le regard de Gerry quand elle entrait dans une pièce lui manquait ; ses caresses, ses bras, ses conseils, ses mots d'amour lui manquaient.

Elle détestait compter les jours qui la séparaient du prochain message, car c'était tout ce qui lui restait de son homme. Après celui-ci, il n'en resterait plus que trois. Et elle détestait penser à ce que serait sa vie quand il n'y aurait plus de Gerry. Les souvenirs, c'était bien joli, mais on ne pouvait ni les toucher, ni les sentir, ni les serrer contre soi. Ils ne collaient jamais complètement au moment présent et s'effaçaient avec le temps.

Qu'elles aillent se faire foutre, Sharon et Denise, qu'elles s'occupent de leur bonheur ; pendant les mois à venir, tout ce qu'il lui restait, c'était ses quelques ultimes rendez-vous avec Gerry. Et elle allait en savourer chaque minute. Elle s'essuya les yeux. Les larmes faisaient partie intégrante de sa vie, désormais. Lentement, elle ouvrit l'enveloppe.

Attrape la lune, et si tu la rates, tu seras toujours parmi les étoiles.

Promets-moi de trouver un travail qui te plaît, cette fois-ci.

P.S. Je t'aime.

Un sourire illumina son visage. Je te le promets, Gerry, dit-elle. Ce n'était certes pas un voyage à Lanzarote, mais c'était un pas de plus pour remettre sa vie sur des rails. Elle examina longtemps l'écriture de Gerry après avoir lu le message, comme elle le faisait toujours, et quand elle fut sûre d'avoir analysé chaque mot, elle courut ouvrir le tiroir de la cuisine, sortit un bloc et un stylo et commença à dresser une liste.

Liste de boulots envisageables

1. Agent du FBI – Suis pas américaine. Veux pas vivre aux États-Unis. N'ai aucune expérience de la police.
2. Avocate – Détestais l'école. Détestais les études. Hors de question d'aller à la fac et d'étudier pendant trois mille ans.
3. Médecin – Berk.
4. Infirmière – Uniforme moche.
5. Serveuse – Boufferais tous les plats.
6. Chasseur de gens ordinaires – Bonne idée, mais personne ne me paierait.
7. Esthéticienne – Me ronge les ongles et m'épile le plus rarement possible. Veux pas voir certaines zones du corps des autres.
8. Coiffeuse – Aimerais pas travailler autant que Leo.
9. Vendeuse – Aimerais pas travailler autant que Denise.
10. Secrétaire – JAMAIS PLUS.
11. Journaliste – Ai pas une baune ortaugrafe. Ha, ha, devrais être comédienne.
12. Comédienne – Lire ce qui précède. Blague pas drôle.
13. Actrice de cinéma – Brad Pitt marié maintenant. Aucun intérêt. Et puis impossible d'égaler le succès du superbe *Les Filles et la Ville*.
14. Mannequin – Trop petite, trop grosse, trop vieille.
15. Chanteuse – Se reporter à la rubrique Comédienne.
16. Pub pour femme d'affaires ayant pris sa vie en main – Hum. Ferai des recherches demain...

À trois heures du matin, Holly s'écroula finalement sur son lit, et elle rêva qu'elle était une personnalité du monde de la pub et qu'elle faisait une présentation devant une immense table de conférence au dernier étage d'un gratte-ciel surplombant Grafton Street. Il avait bien dit de viser la lune...

Elle se réveilla de bonne heure ce matin-là, excitée par ses rêves de succès, se doucha rapidement, se maquilla et descendit à la bibliothèque municipale pour consulter les petites annonces sur Internet.

Ses talons claquèrent sur le parquet lorsqu'elle traversa la salle pour s'approcher du bureau de la bibliothécaire. Plusieurs personnes levèrent la tête. Elle continua à avancer et rougit en se rendant compte qu'elle était le point de mire. Elle ralentit aussitôt et se mit à marcher sur la pointe des pieds pour cesser d'attirer l'attention. Elle avait l'impression d'être un de ces personnages de dessins animés qui font des mouvements exagérés lorsqu'ils marchent à pas de loup et rougit encore plus lorsqu'elle prit conscience qu'elle devait vraiment avoir l'air d'une idiote. Deux élèves en uniforme qui devaient faire l'école buissonnière ricanèrent lorsqu'elle passa près de leur table.

« Chhhtt ! » fit la bibliothécaire en fronçant les sourcils à l'intention des écolières puis elle regarda Holly, sourit et feignit d'être surprise en voyant quelqu'un devant son bureau. Comme si elle n'avait pas entendu le raffut qu'elle avait fait en traversant la salle.

« Bonjour, chuchota Holly, je me demandais s'il était possible d'utiliser Internet.

– Pardon ? répondit la bibliothécaire d'une voix normale en approchant la tête pour mieux entendre.

– Oh », dit Holly en toussotant. On ne parlait donc plus à voix basse dans les bibliothèques à présent ? Elle répéta sa requête.

« Allez-y. Les ordinateurs sont là, dit son interlocutrice en désignant une rangée d'écrans à l'autre bout de la salle. C'est cinq euros pour vingt minutes en ligne. »

Holly tendit son dernier billet de dix euros. C'était tout ce qu'elle avait pu tirer au distributeur le matin. Une queue s'était formée derrière elle pendant qu'elle réduisait ses demandes de cent euros à dix, la machine lui signalant avec des bips-bips embarrassants « Compte insuffisamment approvisionné » chaque fois qu'elle cliquait sur un montant. Elle n'arrivait pas à croire que c'était tout ce qui lui restait ! Raison de plus pour se mettre sans plus attendre en quête d'un travail.

« Non, non, dit la bibliothécaire en lui rendant son billet. Vous réglerez quand vous aurez terminé. »

Holly regarda la rangée d'ordinateurs. Comme de bien entendu, ils se trouvaient à l'autre extrémité de la salle, ce qui voulait dire qu'elle allait devoir encore franchir tout cet espace, au risque de se faire remarquer. Elle prit une grande inspiration et se lança. Comme des rangées de dominos, les têtes se levaient à son approche. Lorsqu'elle arriva enfin aux ordinateurs, aucun n'était libre. Elle eut l'impression d'avoir perdu au jeu des chaises musicales et de voir tout le monde se moquer d'elle. Ça devenait pénible. Qu'est-ce que vous regardez tous ? eut-elle envie de demander. Mais les têtes avaient déjà replongé dans les livres.

Debout au milieu de l'espace entre les rangées de tables et les ordinateurs, Holly tambourina sur son sac et jeta un coup d'œil autour d'elle. Stupéfaite, elle aperçut Richard, très occupé à taper sur un clavier. Elle s'approcha de lui et lui tapa doucement sur l'épaule. Il sursauta et pivota sur sa chaise.

« Salut, souffla-t-elle.

– Holly ! Qu'est-ce que tu fais ici ? dit-il, gêné, comme si elle l'avait surpris en flagrant délit d'inconduite.

– J'attends qu'un ordinateur se libère, expliqua-t-elle. Je commence à chercher du travail.

– Ah bon, eh bien prends celui-ci, dit-il en éteignant l'écran.

– Ne t'interromps pas pour moi !

– Je t'en prie. Je faisais quelques recherches, c'est tout.

– Tu es venu jusqu'ici pour ça ? Ils n'ont donc pas d'ordinateurs à Blackrock ? » plaisanta-t-elle.

Elle ne savait pas au juste ce que faisait Richard et il aurait été déplacé de le lui demander, alors qu'il travaillait dans la même boîte depuis dix ans. Tout ce qu'elle savait, c'est qu'il portait une blouse blanche et remplissait des éprouvettes de substances colorées dans un laboratoire. Holly et Jack disaient toujours qu'il fabriquait une potion magique pour débarrasser le monde du bonheur. À présent, elle avait mauvaise conscience d'avoir été aussi peu charitable.

« Qu'est-ce qu'on ne me ferait pas faire pour mon travail ! dit-il, voulant plaisanter, mais sans succès.

– Chhhtt », fit la bibliothécaire en les regardant.

Le public de Holly leva la tête à nouveau. Allons bon, on est censé parler à voix basse, maintenant, se dit-elle, exaspérée. Richard prit congé en hâte, alla payer au bureau et s'éclipsa discrètement.

Quand Holly prit place, son voisin lui adressa un drôle de sourire. Elle lui sourit à son tour en jetant un coup d'œil curieux à son ordinateur. Elle détourna bien vite le regard, suffoquée par les images pornos qui s'étalaient sur l'écran. Il eut beau continuer à la fixer d'un air inquiétant, Holly l'ignora et s'absorba dans ses recherches de petites annonces.

Quarante minutes plus tard, satisfaite, elle éteignit l'ordinateur, retourna au bureau et posa dessus son billet de dix euros. La femme tapa sur son clavier, ignorant le billet devant elle.

« Quinze euros, s'il vous plaît.

– Mais vous aviez dit que c'était cinq euros les vingt minutes ?

– Oui, répondit-elle en souriant.

– Je n'ai passé que quarante minutes en ligne.

– Quarante-quatre minutes exactement. Vous avez entamé la tranche suivante, fit-elle en consultant son ordinateur.

– Pour quelques minutes de plus, vous n'allez pas me compter cinq euros ! »

La bibliothécaire avait toujours le même sourire vide.

« Vous voulez que je paie ? demanda Holly, surprise.

– Oui, c'est le tarif. »

Holly baissa la voix pour ajouter : « Écoutez, c'est très embarrassant, mais je n'ai que ce billet de dix sur moi. Est-ce que je peux revenir vous régler le reste plus tard ?

– Je regrette, ce n'est pas possible. Il faut payer la totalité tout de suite.

– Oui, mais je n'ai pas assez sur moi », protesta Holly.

La femme lui opposa un visage inexpressif.

« Très bien », fit Holly, vexée. Et elle sortit son portable.

« Excusez-moi, mais vous n'avez pas le droit de téléphoner ici », intervint l'autre en désignant du doigt les écriteaux PORTABLES INTERDITS DANS L'ENCEINTE DE LA BIBLIOTHÈQUE qui se dressaient sur le comptoir.

Holly releva lentement la tête pour la regarder et compta jusqu'à cinq en silence.

« Si vous ne voulez pas me laisser utiliser mon portable, alors je ne peux pas téléphoner pour demander de l'aide. Et si je ne peux pas téléphoner, personne ne pourra venir ici pour me donner l'argent. Et si personne ne vient me donner d'argent, alors, je ne peux pas vous payer. Nous avons donc un petit problème, semblerait-il. Est-ce que je peux sortir pour me servir de mon téléphone ? »

La bibliothécaire réfléchit un instant.

« D'habitude, nous n'autorisons pas les personnes à sortir sans avoir payé. Mais je dois pouvoir faire une exception. » Elle ajouta vivement : « À condition que vous restiez juste en face de l'entrée, là.

– Pour que vous ne me perdiez pas de vue ? » lança Holly d'un ton ironique.

Gênée, la femme déplaça des papiers derrière le comptoir et affecta de se replonger dans son travail. Holly soupira bruyamment et fit claquer ses talons en se dirigeant vers la porte, si bien que toutes les têtes se relevèrent.

Dehors, elle se demanda qui appeler. Hors de question de téléphoner à Denise ou à Sharon. Certes, elles arriveraient ventre à terre de leur travail pour lui venir en aide, mais elle ne tenait pas à ce qu'elles soient au courant de ses ennuis maintenant qu'elles nageaient l'une et l'autre dans le bonheur. Hors de question aussi d'appeler Ciara, qui travaillait chez Hogan pendant la journée ; comme Holly devait déjà vingt euros à Daniel, il n'était pas malin de faire venir sa sœur pour cinq euros supplémentaires. Jack donnait ses cours, Abbey également, et Declan était à la fac.

Les larmes se mirent à rouler sur ses joues, tandis qu'elle

compulsait la liste des noms dans son répertoire. La majorité des gens qui s'y trouvaient inscrits ne lui avaient même pas téléphoné depuis la mort de Gerry, ce qui voulait dire qu'elle n'avait pas d'amis à appeler. Elle tourna le dos à la bibliothécaire pour ne pas lui montrer sa détresse. Que faire ? C'était horriblement embarrassant de devoir mendier cinq euros. Et encore plus embarrassant de se rendre compte qu'elle n'avait personne à qui les demander. Pourtant, il fallait qu'elle trouve une solution, sinon l'autre morveuse risquait d'appeler la police. Elle composa le premier numéro qui lui vint à l'esprit.

« Bonjour, ici Gerry, merci de laisser un message après le bip, je vous rappellerai dès que possible. »

« Gerry, sanglota Holly, j'ai besoin de toi... »

Debout devant la porte de la bibliothèque, Holly attendait. La bibliothécaire ne la lâchait pas des yeux, au cas où elle aurait essayé de s'enfuir. Holly lui fit une grimace et lui tourna le dos.

« Pauvre conne », grogna-t-elle.

Enfin, la voiture d'Elizabeth s'arrêta devant le bâtiment et Holly s'efforça de garder son sang-froid. Le bon visage de sa mère arrivant dans le parking lui rappela une foule de souvenirs. C'était elle qui l'attendait tous les jours à la sortie de l'école lorsqu'elle était petite, et Holly éprouvait toujours le même soulagement en voyant la voiture familière qui venait la délivrer après une pénible journée de classe. Elle avait toujours détesté l'école. Enfin, jusqu'à ce qu'elle rencontre Gerry. Lorsqu'ils avaient commencé à sortir ensemble, ils s'étaient mis l'un à côté de l'autre dans le plus grand nombre de cours possible. Du coup, elle avait hâte de retourner au lycée pour se retrouver assise à côté de lui et flirter au fond de la classe. Il la faisait rire et elle récoltait des punitions, alors que lui, qui gardait toujours son sérieux, passait au travers.

À chaque réunion, les professeurs avaient beau avertir les parents de Holly que Gerry exerçait une mauvaise influence sur elle, ils en plaisantaient lorsqu'ils rentraient et que Holly leur demandait ce qu'on avait dit sur elle. Ils estimaient, eux, que l'influence de Gerry était excellente. Il rendait leur fille heureuse et, tant qu'elle se bornait à rire en classe et que ses notes ne baissaient pas, ils ne se plaignaient pas. Ils savaient bien que, sans Gerry, Holly n'aurait pas fréquenté le lycée aussi assidûment.

Les yeux de Holly se remplirent à nouveau de larmes lorsqu'elle vit Elizabeth se précipiter vers elle et la prendre dans ses bras.

« Mon pauvre petit bébé, qu'est-ce qui t'est arrivé », demanda-t-elle en caressant les cheveux de sa fille.

Elle jeta un regard noir à la bibliothécaire lorsque Holly lui eut expliqué son histoire.

« Bon, eh bien, tu devrais aller m'attendre dans la voiture pendant que je règle l'affaire avec cette dame. »

Holly s'exécuta et s'installa dans la voiture, où elle écouta la radio, passant d'une station à l'autre tandis que sa mère affrontait le monstre.

« Elle en tient une couche », grommela sa mère en montant dans la voiture. Elle regarda sa fille, qui semblait complètement perdue. « Si on allait à la maison se détendre un peu ? »

Holly lui fit un sourire reconnaissant. La maison. Quelle bonne idée.

Une fois à Portmarnock, Holly s'installa confortablement sur le canapé avec sa mère. Autrefois, elles avaient l'habitude de se pelotonner là toutes les deux et de se raconter leurs petites histoires. Si seulement elles pouvaient encore partager les mêmes fous rires ! Sa mère interrompit ses pensées en disant : « Je t'ai appelée hier soir, tu étais sortie ? »

Elle but une gorgée de thé. Ah, la magie du thé ! La réponse à tous les petits problèmes du quotidien. On veut bavarder ? On prend une tasse de thé. On vient de se faire virer de son boulot ? Une tasse de thé. Votre mari vous annonce qu'il a un cancer au cerveau ? Vite, une tasse de thé...

« J'étais allée dîner avec les copines et au moins cent personnes que je ne connaissais pas, dit Holly en se frottant les yeux d'un geste las.

– Comment vont-elles ? » demanda Elizabeth.

Elle s'était toujours bien entendue avec les amis de Holly, qui avait une préférence pour les gens gentils et attentionnés – les amis de Ciara, eux, la terrifiaient.

Holly reprit une gorgée de thé. « Sharon est enceinte et Denise s'est fiancée, répondit-elle, l'œil dans le vague.

– Ah bon, dit Elizabeth, ne sachant trop comment réagir face à sa fille qui était visiblement malheureuse. Et qu'est-ce que tu en penses ? » demanda-t-elle avec douceur en repoussant une mèche du front de Holly.

Celle-ci regarda ses mains, s'efforçant de se maîtriser. En vain. Ses épaules commencèrent à trembler et elle se cacha le visage derrière ses cheveux.

« Oh, Holly ! » s'exclama Elizabeth. Elle posa sa tasse et prit sa fille dans ses bras.

Holly n'eut même pas le temps d'articuler un mot. La porte d'entrée claqua et Ciara annonça à la cantonade : « On est làààà !

– Super ! renifla Holly en nichant sa tête contre la poitrine de sa mère.

– OÙ ÊTES-VOUS TOUS PASSÉS ? s'égosilla Ciara en ouvrant et fermant les portes avec fracas.

– Un instant, ma chérie », répondit Elizabeth, contrariée de voir son tête-à-tête avec Holly compromis.

Cela faisait longtemps que sa fille aînée ne s'était pas confiée à elle ; après l'enterrement, elle avait préféré se fermer et maintenant, elle semblait à bout de forces. Elizabeth ne voulait pas qu'une Ciara surexcitée la fasse à nouveau rentrer dans sa coquille.

« J'AI UNE GRANDE NOUVELLE ! » Mathew ouvrit la porte du salon à la volée et entra en portant Ciara dans ses bras. « Mat et moi retournons en Australie », claironna-t-elle gaiement.

Mais quand elle vit sa sœur en larmes dans les bras de sa mère, elle se figea, Mathew la déposa doucement par terre, elle lui prit la main et ferma sans bruit la porte derrière eux.

« Et maintenant, c'est Ciara qui part aussi », sanglota Holly de plus belle et Elizabeth joignit ses larmes à celles de sa fille.

Holly veilla tard ce soir-là et raconta à sa mère tout ce qui bouillonnait en elle depuis quelques mois. Mais, malgré les paroles de réconfort d'Elizabeth, elle se sentait toujours prise au piège.

Elle resta dormir dans la chambre d'amis et, le lendemain, se réveilla dans une maison de fous. D'abord, ce furent les bruits familiers de son frère et de sa sœur courant partout en criant qu'ils étaient en retard, l'un pour la fac, l'autre pour son travail. Puis elle entendit la voix grognon de son père qui leur disait de se dépêcher et celle, plus douce, de sa mère, qui priait tout le monde de faire moins de bruit pour ne pas réveiller Holly, ce qui la fit sourire. La terre continuait à tourner, tout simplement, aucune bulle n'était assez grosse pour la protéger.

À l'heure du déjeuner, son père la déposa chez elle et lui glissa dans la main un chèque confortable.

« Papa, je ne peux pas accepter une somme pareille ! dit Holly, bouleversée.

– Prends-le, dit-il en repoussant sa main avec douceur. Laisse-nous t'aider, ma puce.

– Je vous rembourserai jusqu'au dernier centime », promit-elle en lui sautant au cou.

Debout à la porte, elle fit un signe d'adieu à son père qui s'éloignait. Ce chèque la soulageait d'un grand poids. Elle pensa à mille façons d'utiliser cet argent et, pour une fois, acheter des vêtements n'était pas du nombre. En allant dans la cuisine, elle remarqua la lumière rouge qui clignotait sur le répondeur posé sur la table de l'entrée. Elle s'assit au bas des escaliers et appuya sur le bouton.

Cinq nouveaux messages.

Un de Sharon, qui voulait savoir comment elle allait parce qu'elle n'avait pas eu de nouvelles de toute la journée. Un autre de Denise, qui voulait savoir comment elle allait parce qu'elle n'avait pas eu de nouvelles de toute la journée. Ces deux-là avaient dû se parler. Le troisième était encore de Sharon, le quatrième encore de Denise, et le cinquième de quelqu'un qui avait raccroché. Holly les effaça tous et courut se changer. Elle ne se sentait pas encore capable de parler à Sharon ou à Denise ; elle avait besoin de mettre de l'ordre dans sa vie afin de pouvoir se montrer plus présente pour les autres.

Assise dans la chambre d'amis devant son ordinateur, elle entreprit de taper un CV. Une activité pour laquelle elle était bien rodée à présent, car elle avait souvent changé de travail. Mais cela faisait un moment qu'elle n'avait pas eu à se soucier de passer des entretiens. Et si elle réussissait à en décrocher un, qui voudrait de quelqu'un qui n'avait pas travaillé depuis un an ?

Il lui fallut deux heures pour imprimer un CV à peu près convenable. En fait, elle était assez fière d'elle, car elle avait réussi à présenter les choses de façon à paraître intelligente et expérimentée. S'il ne tenait qu'à moi, se dit-elle en relisant son CV, je m'embaucherais !

Elle s'habilla avec soin et descendit au village avec sa voiture, dont elle avait enfin pu remplir le réservoir. Elle se gara devant l'agence de recrutement et se passa du gloss sur les lèvres en se regardant dans le rétroviseur. Elle n'avait plus de temps à perdre. Puisque Gerry lui avait dit de trouver du travail, elle allait trouver du travail.

28

Quelques jours plus tard, Holly était assise dans son jardin, derrière la maison, à siroter un verre de vin rouge et à écouter son carillon à vent tinter sous la brise. Elle regardait les lignes nettes de son jardin en se disant que c'était vraiment du travail de professionnel. Elle inspira et apprécia le parfum des fleurs. Il était huit heures et la nuit commençait déjà à tomber. Les soirées lumineuses étaient passées ; à présent, tout le monde se préparait à l'hibernation.

Elle pensa au message de l'agence de recrutement qu'elle avait trouvé en rentrant sur son répondeur. Elle avait été surprise d'être appelée aussi rapidement. La femme disait que son CV avait suscité beaucoup d'intérêt et lui proposait deux entretiens d'embauche la semaine suivante. Elle appréhendait déjà. Elle n'avait jamais été très douée pour ce genre d'exercice ; mais aussi, elle n'avait jamais été particulièrement intéressée par le type de travail qu'on lui offrait. Cette fois-ci, son état d'esprit était différent : elle était excitée à l'idée de retravailler et d'explorer un nouveau domaine. Son premier entretien était pour un travail qui consistait à vendre de l'espace publicitaire dans un magazine de Dublin. Elle n'avait aucune expérience en la matière, mais était toute disposée à apprendre, parce que cela lui paraissait beaucoup plus intéressant que ses boulots précédents, où ces tâches se bornaient à répondre au téléphone, à prendre les messages et à archiver des documents.

Tout ce qui n'impliquait pas ces activités-là serait un progrès.

Le second entretien prévu devait se dérouler dans une agence de publicité très connue à Dublin. Elle savait qu'elle n'avait aucune chance, mais Gerry lui avait dit d'essayer d'attraper la lune, alors...

Elle repensa aussi au coup de téléphone de près d'une heure qu'elle venait de recevoir de Denise, excitée au point d'oublier apparemment que Holly ne l'avait pas appelée depuis leur dîner de la semaine précédente. En fait, son amie n'avait parlé que de l'organisation de son mariage et s'était montrée intarissable sur la robe qu'elle porterait, les fleurs qu'elle voulait choisir et le lieu qu'elle envisageait pour la réception. Elle commençait une phrase, omettait de la finir et sautait d'un sujet à l'autre. Holly n'avait eu qu'à émettre quelques bruits de temps en temps pour montrer qu'elle écoutait toujours... ce qui n'était pas le cas. La seule information qu'elle avait retenue était que Denise prévoyait de se marier en janvier et que, d'après ce qu'elle avait compris, Tom n'avait pas son mot à dire quant au déroulement de ce que Denise envisageait comme le plus beau jour de sa vie. Holly fut surprise du choix d'une date si proche ; elle avait imaginé que ces fiançailles seraient de celles qui durent quelques années, d'autant que Denise et Tom n'étaient ensemble que depuis cinq mois. Mais Holly ne s'en inquiétait pas autant qu'elle l'aurait fait autrefois. Elle pensait maintenant qu'une fois qu'on a trouvé l'amour, il ne faut pas le lâcher. Denise et Tom avaient raison de ne pas perdre de temps à se soucier de l'avis des gens si dans leur cœur ils savaient qu'ils avaient pris la bonne décision.

Quant à Sharon, elle ne l'avait pas rappelée depuis le jour où elle avait annoncé sa grossesse. Holly savait qu'il fallait qu'elle se manifeste rapidement, sinon il risquait d'être trop tard. C'était une période importante dans la vie de son amie et elle se devait d'être présente à ses côtés, mais elle avait du mal à décrocher son téléphone. Elle reconnaissait qu'elle était jalouse, amère et incroyablement égoïste, mais ces derniers temps, l'égoïsme était une question de survie pour elle.

Elle essayait d'accepter l'idée que Sharon et John avaient fait ce que Gerry et elle étaient censés faire les premiers, de l'avis général. Sharon avait toujours dit qu'elle détestait les enfants, songeait Holly avec rancœur. Elle l'appellerait, oui, mais quand elle se sentirait prête.

Il commençait à faire froid et Holly emporta son verre de vin à l'intérieur pour le remplir. Tout ce qu'elle avait à faire les jours suivants, c'était d'attendre ses entretiens et de prier pour qu'ils portent leurs fruits. Elle passa dans le salon, mit un CD de leurs chansons d'amour favorites, à Gerry et à elle, et se blottit sur le canapé avec son verre de vin, les yeux clos. Elle s'imaginait en train de danser avec Gerry.

Le lendemain, elle fut réveillée par le bruit d'un véhicule dans son allée. Elle sauta du lit et passa la robe de chambre de Gerry en se disant que c'était sans doute le garagiste qui lui ramenait sa voiture. Elle jeta un coup d'œil à travers les rideaux et vit Richard approcher. Pourvu qu'il ne l'ait pas vue : elle ne se sentait pas d'humeur à supporter sa visite. Elle arpenta sa chambre en se sentant coupable de ne pas répondre lorsqu'il sonna une deuxième fois. Ce n'était pas gentil de sa part, mais elle ne supportait pas l'idée de s'asseoir avec lui et de s'engager dans une de ces conversations pénibles dont il avait le secret. Elle n'avait rien à lui dire de nouveau, rien n'avait changé dans sa vie ; elle n'avait pas de nouvelles intéressantes, ni même de nouvelles tout court à annoncer à qui que ce soit. À plus forte raison à Richard.

Elle poussa un soupir de soulagement en entendant ses pas s'éloigner et la porte de sa voiture claquer. Elle se mit sous sa douche, laissa l'eau chaude ruisseler sur son visage et se perdit à nouveau dans ses pensées. Vingt minutes plus tard, elle descendit avec ses pantoufles de diva disco. Elle se figea brusquement en entendant un raclement à l'extérieur. Tendant l'oreille, elle s'efforça d'identifier le bruit. Il recommença. Un grattement. On aurait dit qu'il y avait quelqu'un dans son jardin. Ses yeux s'écarquillèrent. Serait-ce son petit lutin ? Elle resta immobile, ne sachant quel parti prendre. Voilà des mois qu'elle attendait cet instant…

Elle se glissa dans le salon à pas de loup, comme si la personne qui se trouvait dehors risquait de l'entendre circuler dans la maison, et se mit à genoux. En jetant un coup d'œil par-dessus le rebord de la fenêtre, elle eut un choc : la voiture de Richard se trouvait toujours dans l'allée. Ce qui la surprit plus encore, ce fut de voir son frère à quatre pattes, une serpette à la main, creusant la terre pour planter de nouvelles fleurs. Elle s'écarta doucement de la fenêtre et s'assit sur le tapis, perplexe. Le bruit de sa voiture qu'on garait devant la maison la fit sursauter et elle se mit à réfléchir à toute vitesse : devrait-elle répondre lorsque le mécanicien sonnerait ou non ? Pour une raison mystérieuse, Richard ne voulait pas qu'elle sache qu'il s'occupait de son jardin, aussi décida-t-elle de respecter son désir… pour l'instant.

Elle se cacha derrière le canapé quand le mécanicien approcha de la porte et, amusée, perçut tout le ridicule de la situation. La sonnette retentit et elle se fit encore plus petite lorsqu'il vint jeter un coup d'œil par la fenêtre. Elle avait le cœur qui cognait, comme si elle commettait un délit. Une fois de plus, elle eut l'impression de retomber en enfance. Elle avait toujours été nulle à cache-cache parce que, lorsque celui qui cherchait s'approchait, elle piquait un fou rire et se faisait repérer. Mais à présent, elle se vengeait de tous les déboires du passé, car elle avait réussi à se jouer à la fois de Richard et du mécanicien, et, quand elle entendit ce dernier jeter les clés dans la boîte aux lettres et s'éloigner, elle s'écroula sur le tapis en se tenant les côtes.

Quelques instants plus tard, elle sortit avec précaution la tête de derrière le canapé et vérifia qu'elle pouvait quitter sa cachette sans risque. Elle se leva et s'épousseta en se disant que ces petits jeux-là n'étaient plus de son âge. En regardant derrière le rideau, elle vit Richard qui pliait bagage. Elle ôta ses pantoufles, enfila ses baskets et prit avec précaution ses clés de voiture dans la boîte aux lettres en faisant bien attention de ne pas passer devant la partie vitrée de la porte d'entrée.

Après tout, tant qu'elle n'avait rien de mieux à faire, ces enfantillages l'amusaient. Dès que Richard fut arrivé au bout de la rue, elle se précipita dehors et sauta dans sa voiture. Elle allait filer son lutin.

Elle réussit à laisser trois véhicules entre Richard et elle, comme dans les films, et ralentit lorsqu'elle le vit se garer. Il entra dans une maison de la presse et en ressortit un journal à la main. Holly ajusta ses lunettes, enfonça sa casquette de base-ball et remonta le foulard palestinien qui lui recouvrait le bas du visage. Elle s'aperçut dans le miroir et se trouva l'air extrêmement louche. Richard traversa la rue et alla s'installer à La Cuillère en bois. Elle se sentit vaguement déçue. Elle s'était attendue à une aventure plus romanesque.

Pendant quelques minutes, elle resta assise à son volant à échafauder un plan. Elle sursauta lorsqu'un contractuel frappa à la vitre.

« Interdit de stationner ici », dit-il. Et il lui fit signe d'aller se mettre au parking.

Holly lui sourit gentiment et leva les yeux au ciel en se garant en marche arrière dans un espace libre. Assurément, Cagney et Lacey n'avaient jamais eu ce problème.

Finalement, l'enfant en elle s'évanouit et la Holly adulte ôta sa casquette et ses lunettes, qu'elle lança sur le siège du passager, se sentant un peu ridicule. Finis, les petits jeux. Retour à la vraie vie.

Elle traversa la rue et chercha son frère dans la salle du café. Assis à une table, il buvait du thé et lui tournait le dos, penché sur un journal. Elle s'approcha de lui, un sourire aux lèvres.

« Tiens, Richard, mais tu n'es donc jamais au travail », plaisanta-t-elle, ce qui le fit sursauter.

Elle allait poursuivre lorsqu'il leva les yeux. Ils étaient pleins de larmes et ses épaules étaient secouées de sanglots.

Holly regarda autour d'elle pour voir si quelqu'un d'autre avait remarqué la scène et elle tira une chaise pour s'asseoir près de son frère. Avait-elle fait une gaffe ? Bouleversée, elle ne savait ni quoi dire, ni quoi faire. Jamais elle ne s'était trouvée dans une situation pareille.

« Qu'est-ce qui se passe, Richard ? » demanda-t-elle, troublée. Elle posa maladroitement une main sur son bras, qu'elle tapota d'un geste contraint.

Richard était toujours secoué par les sanglots. La dame replète, en tablier jaune canari cette fois, fit le tour du comptoir pour prendre une boîte de Kleenex qu'elle plaça à côté d'eux.

« Et voilà », dit Holly en en tendant un à son frère.

Il s'essuya les yeux et se moucha en faisant un bruit de trompette.

« Désolé, dit-il, en évitant de la regarder.

– Tu sais, répondit-elle d'une voix douce en remettant la main sur son bras, plus spontanément cette fois-ci, il n'y a pas de mal à pleurer. C'est mon nouveau passe-temps en ce moment, alors ne le critique pas. »

Il lui adressa un sourire contraint. « Tout s'écroule en ce moment, Holly », dit-il. Il essuya une larme avant qu'elle ne lui coule du menton.

« C'est-à-dire ? » demanda-t-elle, déconcertée de voir son frère transformé en un homme qu'elle ne connaissait pas du tout. Elle lui découvrait soudain une personnalité complexe, alors qu'il s'était toujours comporté comme un robot.

Il prit une grande inspiration et finit son thé. Holly demanda à la femme qui se trouvait derrière le comptoir de remplir à nouveau la théière.

« Richard, j'ai découvert récemment que ça fait du bien de parler. Et c'est moi qui te dis ça, moi qui ai préféré me taire si longtemps en croyant que j'étais Superwoman. » Elle lui adressa un sourire encourageant. « Si tu me disais ce qui ne va pas ? »

Il la regarda, hésitant.

« Je ne me moquerai pas de toi, je me tairai si tu préfères. Et ce que tu raconteras restera entre nous. J'écouterai, c'est tout. »

Il baissa les yeux et les fixa sur la salière au milieu de la table.

« J'ai perdu mon travail », murmura-t-il.

Comme Holly gardait le silence, attendant qu'il poursuive, Richard leva les yeux vers elle.

« Ça n'est pas si grave, Richard, tu en trouveras un autre. Si ça peut te consoler, j'ai passé mon temps à changer de boulot...

– J'ai perdu mon travail en avril, Holly, coupa-t-il d'une voix rageuse. On est en septembre. Je ne trouve rien. Rien qui soit dans mes compétences... » Il détourna le regard.

Holly resta interdite. Après un long silence, elle reprit la parole. « Au moins, Meredith travaille encore, alors, vous avez toujours des revenus réguliers. Prends tout ton temps pour trouver un travail qui te convienne... Si pour l'instant tu n'as rien qui...

– Meredith m'a quitté le mois dernier », dit-il sans la laisser terminer. Cette fois, son ton était moins assuré.

Le pauvre ! pensa Holly. Jamais elle n'avait aimé cette sale bonne femme, mais Richard l'avait adorée. Elle demanda prudemment : « Et les enfants ?

– Ils sont avec elle, répondit-il d'une voix brisée.

– Oh, Richard, je suis désolée.

– Moi aussi, dit-il d'un ton malheureux, l'œil toujours fixé sur la salière.

– Ce n'est pas de ta faute, Richard, alors, ne culpabilise pas.

– Pas de ma faute ? reprit-il d'une voix tremblante. Elle m'a dit que j'étais un pauvre mec qui n'était même pas capable de subvenir aux besoins de sa famille » Sa voix se brisa de nouveau.

« N'écoute donc pas ce que raconte cette mégère ! Tu es un excellent père et un mari loyal », dit-elle d'un ton sans réplique. Et elle pensait ce qu'elle disait. « Timmy et Emily t'adorent parce que tu es merveilleux avec eux. Alors, ne tiens aucun compte de ce que dit cette folle. »

Elle lui passa les bras autour du cou et le serra contre elle pendant qu'il pleurait. Elle éprouvait une rage telle qu'elle aurait volontiers cassé la figure à Meredith. À vrai dire, elle avait envie de le faire depuis toujours, mais maintenant, elle avait une bonne raison.

Les larmes de Richard finirent par se tarir et il s'écarta de sa sœur pour prendre un autre mouchoir. Le cœur de Holly se serra : il avait toujours essayé d'être parfait, de se créer une vie parfaite, une famille parfaite, et il avait échoué. Il paraissait en état de choc.

« Où habites-tu ? demanda-t-elle, prenant soudain conscience qu'il n'avait pas de foyer depuis plusieurs mois.

– Dans une chambre d'hôte en bas de la rue. Très correcte, chez des gens gentils », dit-il en se versant encore une tasse de thé. Votre femme vous quitte ? Prenez une tasse de thé...

« Tu ne vas pas rester là-bas, Richard. Pourquoi ne nous as-tu rien dit ?

– Parce que je croyais que ça s'arrangerait, mais ce n'est pas le cas. Elle a pris sa décision. »

Holly aurait voulu lui proposer de s'installer chez elle, mais elle ne s'en sentait pas capable. Elle avait déjà sa part de soucis et de problèmes, et cela, elle était sûre que Richard le comprenait.

« Tu as pensé à papa et maman ? Ils seraient ravis de t'aider.

– Non. Ciara est rentrée, et Declan vit encore chez eux. Je ne vais pas leur infliger ma présence en plus. Je suis un adulte maintenant.

– Oh, Richard, ne sois pas ridicule. La chambre d'amis est libre. Du reste, c'est ton ancienne chambre. Tu seras accueilli à bras ouverts. D'ailleurs, j'y ai dormi il y a quelques jours. »

Il cessa de fixer la table et leva les yeux vers elle.

« Il n'y a vraiment aucune honte à retourner de temps en temps dans la maison où on a grandi. C'est bon pour le moral, fit-elle en lui souriant.

– Euh... Je ne suis pas sûr que ce soit une si bonne idée, Holly.

– Si c'est la présence de Ciara qui te fait hésiter, rassure-toi. Elle repart en Australie d'ici quelques semaines avec son petit ami. La maison sera moins... agitée. »

Le visage de Richard se détendit un peu.

« Alors, qu'en penses-tu ? Tu sais qu'elle tient la route, mon idée. Et puis, tu ne jetteras plus d'argent par les fenêtres pour te payer une vieille chambre pourrie, même si les propriétaires sont aussi charmants que tu le dis. »

Un bref sourire illumina le visage de Richard, puis disparut. « Je ne peux pas demander ça aux parents, Holly. D'abord, je ne saurais pas quoi dire.

– J'irai avec toi. Et c'est moi qui leur expliquerai. Honnêtement, Richard, ils seront ravis de t'aider. Tu es leur fils et ils t'aiment. On t'aime tous, ajouta-t-elle en posant sa main sur celle de son frère.

– D'accord », dit-il enfin.

Elle prit son bras et ils sortirent pour regagner leurs voitures.

« À propos, Richard, merci pour mon jardin », dit Holly. Et elle se pencha pour l'embrasser sur la joue.

« Tu es au courant ?

– Tu sais que tu as un talent fou ? Je te rembourserai jusqu'au dernier centime quand j'aurai un boulot. »

Le visage de son frère s'éclaira et il esquissa un sourire timide.

Ils remontèrent dans leurs voitures et prirent le chemin de Portmarnock, pour regagner la maison où ils avaient grandi.

Quelques jours plus tard, Holly alla se regarder dans la glace des toilettes de l'immeuble où devait se tenir son premier entretien d'embauche. Elle avait tellement maigri qu'elle flottait dans tous ses anciens tailleurs et avait dû s'en acheter un neuf. Il était très flatteur pour sa nouvelle silhouette mince. La veste cintrée lui arrivait juste au-dessus du genou, fermée par un bouton à la taille, et le pantalon tombait parfaitement et se cassait juste comme il fallait sur ses boots. L'ensemble était noir, avec une discrète rayure rose, et dessous elle portait un petit haut rose assorti. Elle avait l'impression d'être une femme d'affaires, une publicitaire en vue... Maintenant, il ne lui restait plus qu'à assortir le ramage au plumage. Elle se remit une couche de gloss rose sur les lèvres, passa ses doigts dans ses boucles souples qu'elle avait laissées flotter sur ses épaules, respira profondément et se dirigea vers la salle d'attente.

Elle reprit sa place et examina les autres candidates. Elles semblaient beaucoup plus jeunes qu'elle et tenaient toutes un gros classeur sur les genoux. Holly commença à paniquer. Elle se leva et se dirigea vers la secrétaire.

« Excusez-moi », dit-elle, essayant d'attirer son attention.

La femme leva les yeux et lui sourit. « Je peux vous aider ?

– Oui, j'étais aux toilettes à l'instant, et je pense que j'ai dû manquer la distribution de classeurs », dit Holly avec un sourire courtois.

L'autre fronça les sourcils, l'air perplexe. « Pardon ? Quels classeurs ? »

Holly montra les classeurs qui reposaient sur les genoux de chacune des candidates, puis se retourna vers la secrétaire. Laquelle sourit et, de l'index, lui fit signe de s'approcher.

« Oui ?

– En fait, il s'agit de press-books, et ce sont elles qui les ont apportés », chuchota-t-elle discrètement, pour que son interlocutrice ne se sente pas gênée.

Le visage de Holly se figea. « J'aurais dû en apporter un aussi ?

– Vous en avez un ? » demanda la femme avec un bon sourire.

Holly fit non de la tête.

« Oh, ne vous inquiétez pas. Ce n'est pas une obligation ; les gens apportent ça surtout pour faire style », lança-t-elle à Holly, qui se mit à rire.

Elle regagna son siège, apaisée. La pièce où elle se trouvait, était plaisante, avec ses couleurs chaudes et la lumière qui entrait à flots par les vastes fenêtres. Les plafonds étaient hauts et l'ensemble donnait une agréable impression d'espace. Holly aurait pu rester là toute la journée, à suivre le fil de ses pensées. Elle se sentait si à l'aise que son cœur ne battit pas plus vite lorsqu'elle entendit appeler son nom. Elle se dirigea d'un pas assuré vers le bureau où devait se dérouler l'entretien et la secrétaire lui adressa un clin d'œil pour lui souhaiter bonne chance. Holly lui rendit son sourire. Curieusement, elle avait déjà le sentiment de faire partie de l'équipe. Elle s'arrêta juste devant la porte et prit une grande inspiration.

« Essaie d'attraper la lune, se dit-elle tout bas. Essaie d'attraper la lune. »

29

Holly frappa un coup léger à la porte et une grosse voix bourrue lui dit d'entrer. Son cœur battit un peu plus vite en l'entendant : elle avait l'impression d'être convoquée chez le directeur à l'école. Elle essuya ses mains moites sur son tailleur et entra.

« Bonjour », dit-elle avec une assurance qu'elle n'éprouvait déjà plus.

Elle traversa la petite pièce et tendit la main à l'homme qui s'était levé pour l'accueillir avec un sourire chaleureux et une poignée de main ferme. Son visage ne ressemblait heureusement pas à sa voix. Holly se détendit un peu : il lui rappelait son père. La soixantaine, avec un physique de gros nounours. Ses cheveux argentés étaient brillants et bien coiffés. Il devait avoir été très beau dans sa jeunesse.

« Holly Kennedy, c'est ça ? » dit-il en se rasseyant et en regardant le CV posé devant lui.

Elle prit place en face et se força à respirer. Ces derniers jours, elle avait lu tous les manuels de technique d'entretien sur lesquels elle avait pu mettre la main et s'était exercée à suivre leurs conseils, depuis la façon de traverser la pièce jusqu'à la poignée de main et la manière de s'asseoir. Holly voulait donner l'impression qu'elle était une personne expérimentée, intelligente et extrêmement sûre d'elle. Mais, pour cela, il fallait plus qu'une poignée de main ferme.

« Oui. » Elle posa son sac sur le sol à côté d'elle et mit ses mains moites sur ses genoux.

Il avança ses lunettes sur le bout de son nez et feuilleta le CV de Holly en silence. Elle scruta son visage pour tenter de déchiffrer son expression. La tâche était malaisée, car il faisait partie de ces personnes qui lisent en fronçant les sourcils. À moins qu'il ne soit guère impressionné par ce qu'il voyait. Elle regarda son bureau en attendant qu'il reprenne la parole et son regard tomba sur un cadre en argent contenant la photographie de trois jolies filles à peu près du même âge qu'elle, qui souriaient joyeusement à l'objectif. Le cliché avait été pris dans un très beau jardin ou un parc. Lorsqu'elle reporta ses yeux sur son interlocuteur, elle se rendit compte qu'il l'observait. Elle lui sourit en essayant de prendre son air le plus professionnel.

« Avant que vous me parliez de vous, je vais vous expliquer qui je suis et en quoi consiste exactement le travail, commença-t-il. Je m'appelle Chris Feeney et j'ai fondé ce magazine dont je suis rédacteur en chef. Le patron, comme tout le monde m'appelle ici », ajouta-t-il avec un petit rire.

Holly fut séduite par ses yeux bleus pétillants.

« Ce que nous cherchons, en fait, c'est quelqu'un qui s'occupe du secteur publicité de notre magazine. Comme vous le savez, la gestion d'un organe de presse est largement tributaire de la publicité. Pour que notre magazine soit publié, nous avons besoin d'argent, c'est pourquoi ce travail est si important. Malheureusement, le responsable de ce poste a dû nous quitter précipitamment, et nous cherchons quelqu'un qui pourrait commencer tout de suite. Qu'en pensez-vous ?

– Cela ne me poserait aucun problème. En fait, j'ai hâte de travailler. »

Chris hocha la tête et regarda le CV.

« Je vois que vous n'avez pas travaillé depuis un an, si je ne me trompe ? » Il baissa la tête et la regarda par-dessus ses lunettes.

« C'est vrai. Et c'est moi qui ai choisi de rester à la maison. Mon mari était malade, malheureusement, et j'ai dû cesser de travailler pour rester avec lui. » Elle avala sa salive avec effort. Elle savait que c'était là que le bât blessait. Personne n'aurait envie d'engager quelqu'un qui avait passé un an à ne rien faire.

« Je vois, dit-il en relevant la tête avec un bon sourire. J'espère qu'il est complètement remis maintenant. »

Holly n'était pas sûre que ce soit une question, ni qu'elle ait à répondre. Était-il judicieux de lui parler de sa vie personnelle ? Mais comme il continuait à la regarder, elle comprit qu'il attendait une réponse.

« Euh, non, monsieur. Il est mort en février... d'une tumeur au cerveau. C'est pour cela que j'ai jugé plus important de ne pas travailler.

– Oh, mon Dieu, dit-il en ôtant ses lunettes, bien sûr, je comprends. Je suis vraiment désolé, ce doit être très difficile pour vous, d'autant que vous êtes si jeune... » Il fixa son bureau un moment avant de relever les yeux et de la regarder bien en face. « J'ai perdu ma femme d'un cancer du sein il y a un an, alors je comprends ce que vous éprouvez.

– Je suis désolée, dit Holly, émue.

– Il paraît que ça s'arrange avec le temps.

– Oui, répondit Holly, le visage sombre. Il paraît que des litres de thé font des miracles. »

Il se mit à rire d'un rire franc.

« Celle-là, je l'ai déjà entendue, mes filles me disent aussi que l'air frais guérit beaucoup de choses.

– C'est vrai, la magie de l'air pur... Ce sont vos filles ? demanda-t-elle en souriant.

– En effet. Mes trois petits docteurs, qui essaient de me garder en vie. Malheureusement, le jardin ne ressemble plus du tout à cela.

– Oh là là ! C'est votre jardin ? demanda Holly en écarquillant les yeux. Il est superbe. Je croyais que c'était un jardin botanique !

– C'était Maureen qui s'en occupait. Le bureau me prend trop de temps.

– Oh, ne me parlez pas de jardins. Je n'ai pas la main verte moi-même, et le mien commence à ressembler à une jungle ! » Enfin, il ressemblait à une jungle, rectifia-t-elle mentalement.

Ils continuèrent à se regarder en souriant et Holly fut réconfortée d'entendre une histoire semblable à la sienne. Qu'elle décroche ce travail ou non, au moins, elle aurait rencontré quelqu'un qui était dans la même galère.

« Si on revenait à l'entretien ? dit Chris. Avez-vous une quelconque expérience du travail avec les médias ? »

La façon dont il avait dit « une quelconque expérience » signifiait qu'il avait examiné son CV sans rien repérer de tel. Holly ne vit rien là de bon augure.

« Oui, en fait, j'ai travaillé dans une agence immobilière et j'étais responsable des contacts avec la presse, lorsque nous voulions faire de la publicité pour les nouveaux produits sur le marché... J'ai donc vu le problème de l'autre côté, celui des sociétés qui achètent de l'espace publicitaire.

– Mais vous n'avez jamais travaillé dans un magazine, un journal ou la presse en général ? »

Holly hocha lentement la tête, cherchant désespérément quelque chose à dire. « Mais j'ai été responsable de la lettre d'information hebdomadaire d'une société pour laquelle j'ai travaillé... » Elle continua, se raccrochant aux branches, mais se rendit compte qu'elle avait l'air plutôt pitoyable.

Chris était trop poli pour l'interrompre tandis qu'elle passait en revue tous les postes qu'elle avait occupés en montant en épingle tout ce qui touchait aux médias de près ou de loin. Elle s'arrêta, car le son de sa propre voix commençait à l'ennuyer elle-même, et elle se tordit nerveusement les doigts. Elle n'était pas assez qualifiée pour ce travail, elle le savait. Mais elle savait aussi qu'elle serait capable de s'en acquitter.

Chris ôta ses lunettes. « Je vois que vous avez beaucoup d'expérience dans différents secteurs d'activité, mais je remarque que vous n'êtes jamais restée plus de neuf mois dans aucun de vos emplois...

– Je cherchais le travail qui me conviendrait », répondit-elle. Son assurance était en miettes à présent.

« Alors, comment puis-je être certain que vous ne me

quitterez pas d'ici quelques mois ? demanda-t-il en souriant, mais la question était sérieuse.

– Parce que ce travail me convient parfaitement », dit-elle avec un égal sérieux. Elle sentait ses chances lui échapper, mais elle n'était pas disposée à abandonner la partie. « Monsieur Feeney, dit-elle, et, assise sur le bord de son fauteuil, elle se pencha vers lui, je sais travailler dur. Quand j'aime quelque chose, je m'y investis à cent pour cent. Je suis très efficace et ce que je ne sais pas, je suis prête à l'apprendre afin de donner le meilleur de moi-même, pour moi, pour la société et pour vous. Si vous me faites confiance, je vous promets de ne pas vous décevoir. »

Elle s'interrompit. Elle n'allait tout de même pas se mettre à genoux et supplier qu'on lui donne ce poste ! Elle rougit en se rendant compte que c'était exactement ce qu'elle venait de faire.

« Eh bien, je crois que c'est une bonne conclusion à cet entretien », dit Chris en se levant et en lui souriant. Il lui tendit la main et ajouta : « Merci d'avoir pris le temps de venir nous voir. Nous vous contacterons. »

Holly prit la main tendue et le remercia à mi-voix. Elle ramassa son sac et sentit les yeux de M. Feeney dans son dos pendant qu'elle sortait. Juste avant de franchir la porte, elle se retourna.

« Monsieur Feeney, demandez à votre secrétaire de vous apporter une bonne tasse de thé. Cela vous fera beaucoup de bien. »

Elle sourit et referma la porte en l'entendant s'esclaffer. La gentille secrétaire leva les sourcils lorsque Holly passa devant son bureau et les autres candidates se cramponnèrent à leurs classeurs en se demandant ce qu'avait pu dire cette fille pour faire rire ainsi son interlocuteur.

En retournant à sa voiture, Holly se rendit compte que son estomac gargouillait et elle décida d'aller surprendre Ciara à son travail pour manger quelque chose. Elle tourna le coin de la rue et entra chez Hogan. Le pub était bondé.

Une foule de gens bien habillés étaient venus là pour déjeuner et certains avalaient quelques pintes en douce avant de retourner travailler. Holly alla s'installer à une petite table dans un coin.

« Excusez-moi, cria-t-elle en claquant des doigts, est-ce que je pourrais être servie, s'il vous plaît ? »

Les gens des tables avoisinantes la regardèrent avec réprobation : ce n'étaient pas des façons de parler au personnel. Elle continua à claquer des doigts. « Hep, là-bas ! » cria-t-elle.

Ciara se retourna avec une mine furieuse qui s'illumina dès qu'elle reconnut sa sœur qui la regardait, amusée. « Eh bien dis donc ! J'allais t'arracher la tête », dit-elle en s'approchant de la table.

– J'espère que tu ne parles pas à tous tes clients comme ça ! plaisanta Holly.

– À tous, non, répondit Ciara, très sérieuse. Tu déjeunes ici aujourd'hui ? »

Holly fit signe que oui et ajouta : « Tu sers les déjeuners, maintenant ? Je croyais que tu travaillais au club là-haut ? »

Ciara leva les yeux au ciel. « Ce type me fait travailler à toutes les heures du jour et de la nuit. Il me traite comme une esclave.

– On parle de moi ? » s'enquit en riant Daniel, qui arrivait derrière elle.

Le visage de Ciara se figea lorsqu'elle comprit qu'il l'avait entendue.

« Non, non, c'est de Mathew que je parlais. Avec lui, je suis à pied d'œuvre à n'importe quelle heure. Il me traite comme son esclave sexuelle... » Sa voix se perdit dans le brouhaha et elle repartit vers le bar pour chercher un bloc et un crayon.

« Je ne voulais pas être indiscret, dit Daniel, embarrassé, tandis que Ciara s'éloignait. Ça t'ennuie si je te tiens compagnie ?

– Oui ! fit Holly en poussant un tabouret vers lui. Qu'est-ce qu'il y a de bon à manger ? » demanda-t-elle, l'œil sur le menu.

Ciara, qui était revenue avec de quoi prendre la commande, articula silencieusement derrière la tête de Daniel : « Rien ! »

« Ce que je préfère, c'est le sandwich grillé spécial », dit Daniel.

Ciara secoua frénétiquement la tête. De toute évidence, elle n'était pas d'accord.

« Pourquoi secouez-vous la tête ? demanda Daniel, la prenant encore sur le fait.

– Euh... c'est que ma sœur est allergique aux oignons », bafouilla Ciara. Première nouvelle, pensa Holly.

« Oui, euh, ils me font... enfler », dit-elle en gonflant ses joues. Très dangereux, les oignons. Ils pourraient me tuer un de ces jours. »

Ciara fit les gros yeux à sa sœur qui, une fois de plus, avait forcé la dose.

« Bon, eh bien, ne mettez pas d'oignons », suggéra Daniel. Holly opina.

« Tu es drôlement chic aujourd'hui, reprit-il en regardant son ensemble.

– Oui, j'essayais de faire bonne impression. Je sors d'un entretien d'embauche, dit Holly, qui fit la grimace en y repensant.

– Comment ça s'est passé ?

– Disons que je devrai m'acheter un ensemble plus élégant. Je ne m'attends pas à ce qu'ils me rappellent de sitôt.

– Ne t'inquiète pas, dit Daniel en souriant, tu auras d'autres occasions. J'ai toujours ce boulot en haut, s'il t'intéresse.

– Je croyais que tu l'avais donné à Ciara ?

– Holly, tu connais ta sœur. Nous avons eu un incident.

– Oh, non ! Qu'est-ce qu'elle a encore fait ?

– Un type au bar lui a dit quelque chose qui lui a déplu et, après avoir tiré sa pinte, elle la lui a versée sur la tête.

– Oh, non ! répéta Holly, sidérée. Tu ne l'as pas virée ?

– Je ne pouvais pas faire ça à un membre de la famille Kennedy, quand même. Jamais je n'aurais pu te regarder en face.

– C'est vrai. Tu es peut-être mon ami, mais tu dois respecter la famille, poursuivit-elle avec un accent italien.
– Tu nous la joues façon *Le Parrain* ? demanda Ciara, qui revenait avec le plat de Holly. Bon appétit, lança-t-elle d'un ton narquois, faisant claquer l'assiette sur la table, avant de tourner les talons.
– Eh là ! dit Daniel en examinant le sandwich de Holly. Mais il y a des oignons là-dedans, Ciara a dû encore se tromper dans la commande.
– Non, non, dit Holly, volant à la défense de sa sœur, je suis allergique aux oignons rouges seulement.
– Tiens, c'est curieux. Je ne savais pas qu'il y avait une différence, dit Daniel, sourcils froncés.
– Oh, si. Ils sont peut-être de la même famille, mais les oignons rouges contiennent... des toxines fatales...
– Des toxines ?
– Enfin, des substances toxiques pour moi..., marmonna-t-elle en mordant dans son sandwich pour éviter d'en dire plus.
– Alors, tu l'as attrapé, ton lutin ? s'enquit-il.
– Eh bien oui, je l'ai finalement démasqué, dit-elle en essuyant ses mains grasses sur sa serviette.
– Ah oui ? Qui était-ce ?
– Tu ne voudras jamais me croire. Mon frère Richard.
– C'est pas vrai ! Pourquoi il ne t'a rien dit ? Il voulait te faire une surprise ou quoi ?
– Sans doute.
– C'est un type bien, Richard, dit Daniel d'un ton pensif.
– Tu trouves ?
– Oui. Il ne ferait pas de mal à une mouche. C'est un gentil. »

Holly resta pensive un instant.

« Tu as eu des nouvelles de Denise ou de Sharon récemment ? reprit-il.
– De Denise, c'est tout. Et toi ?
– Tom m'a soûlé avec toutes ces histoires de mariage. Il veut que je sois garçon d'honneur. Pour être franc, je ne m'attendais pas à ce qu'ils se marient si vite.

– Moi non plus. Qu'est-ce que tu en dis ?

– Ma foi, je me réjouis pour lui, mais égoïstement, je me sens un peu amer.

– Je te comprends. Tu n'as pas parlé à ton ex, ces temps-ci ?

– À qui ? À Laura ? dit-il, surpris. Je ne veux plus la voir, cette fille.

– C'est une amie de Tom ?

– Moins qu'avant, heureusement.

– Elle ne risque pas de venir au mariage ? »

Les yeux de Daniel s'écarquillèrent. « Cette idée ne m'avait même pas traversé l'esprit. J'espère bien que non. Tom se doute de ce que je lui ferais s'il l'invitait. »

Il y eut un silence, pendant que Daniel imaginait diverses vengeances. Puis il reprit : « J'ai rendez-vous avec Tom et Denise demain soir pour discuter du mariage. Si le cœur t'en dit...

– Tu parles d'une partie de plaisir, rétorqua Holly en levant les yeux au ciel.

– C'est justement pour ça que je n'ai pas envie d'y aller tout seul. Si tu changes d'avis, appelle-moi plus tard.

– Voilà l'addition », dit Ciara, qui laissa tomber un bout de papier sur la table avant de s'éloigner. Daniel la regarda et secoua la tête.

« Ne t'en fais pas, dit Holly en riant, tu n'auras plus à la supporter très longtemps.

– Pourquoi ? » demanda-t-il sans comprendre.

Tiens, tiens, pensa Holly, Ciara ne lui a pas encore annoncé qu'elle partait.

« Oh, pour rien, marmonna-t-elle en cherchant son portefeuille dans son sac.

– Qu'est-ce que tu voulais dire au juste ?

– Elle a dû finir sa journée pour aujourd'hui, non ?

– Ne t'occupe pas de l'addition, c'est pour moi.

– Je ne peux pas accepter ». Elle continua à fourrager dans les reçus et le petit bazar de son porte-monnaie. « Ce qui me fait penser que je te dois vingt euros, ajouta-t-elle en posant un billet sur la table.

– Oublie ça, tu veux, dit-il avec un geste de refus catégorique.

– Hé là, tu vas me laisser payer quelque chose, oui ! »

Ciara, qui était revenue, tendit la main, attendant le règlement.

« Ça ira, Ciara, mettez ça sur mon compte », dit Daniel.

Ciara regarda Holly, un sourcil levé, et lui envoya un clin d'œil. Puis elle avisa le billet de vingt euros. « Oh, merci, 'tite sœur, je ne savais pas que tu laissais des pourboires pareils. » Et elle empocha l'argent, puis se dirigea vers une autre table.

« Ne t'en fais pas, dit Daniel en regardant Holly, qui en était restée bouche bée, je le lui retiendrai sur son salaire. »

Quand Holly regagna sa maison, elle vit la voiture de Sharon garée devant chez elle, et son cœur se mit à battre. Cela faisait une éternité qu'elles ne s'étaient pas parlé, et Holly ne l'avait pas appelée depuis si longtemps qu'elle se sentait très gênée. Elle fut tentée de faire demi-tour, mais elle hésita. Il faudrait bien qu'elle affronte la situation un jour ou l'autre si elle ne voulait pas perdre une de ses meilleures amies. Si toutefois il n'était pas déjà trop tard.

30

Holly s'arrêta en haut de son allée et prit une grande inspiration avant de descendre de voiture. C'est elle qui aurait dû aller voir Sharon la première. Elle s'approcha du véhicule de Sharon et fut surprise de voir John en sortir. Pas de Sharon à l'horizon. Son cœur se mit à cogner. Pourvu que son amie aille bien !

« Bonjour, Holly, dit John, la mine sombre, claquant la portière derrière lui.

– John, où est Sharon ?

– J'arrive de l'hôpital », dit-il en s'avançant lentement vers elle.

Holly se prit le visage à deux mains et les larmes lui montèrent aux yeux. « Oh, mon Dieu, qu'est-ce qui se passe ? »

John eut l'air perplexe. « Une visite de contrôle, c'est tout. Je retourne la chercher en partant d'ici. »

Les mains de Holly retombèrent. « Oh ! fit-elle, se sentant stupide.

– Si tu es tellement inquiète à son sujet, tu devrais l'appeler », dit John en la regardant dans les yeux d'un air glacial.

Holly vit que sa mâchoire se crispait. Elle soutint son regard quelques instants, mais finit par détourner les yeux et se mordit les lèvres, gagnée par la culpabilité. « Oui, je sais. Entre donc, je vais nous faire du thé. » À tout autre moment, elle aurait ricané en s'entendant prononcer ces mots. Voilà qu'elle devenait comme *ces gens-là*.

Elle enfonça le bouton de la bouilloire et s'activa pendant que John s'installait devant la table.

« Sharon ne sait pas que je suis là, alors je préférerais que tu ne dises rien.

– Oh... » Holly se sentit déçue. Ce n'était pas elle qui avait envoyé John ? Elle ne voulait donc même plus la voir.

« Tu lui manques, tu sais », poursuivit John en la regardant toujours droit dans les yeux sans ciller.

Holly apporta les tasses et s'assit. « Moi aussi, elle me manque.

– Ça fait trois semaines, Holly.

– Non, pas trois semaines, protesta-t-elle faiblement, gênée par ce regard sans merci.

– Presque... Enfin, peu importe, avant, vous vous téléphoniez tous les jours. » John prit la tasse que lui tendait Holly et la posa devant lui.

« C'était différent alors, John », rétorqua sèchement Holly. Personne ne comprenait donc l'épreuve qu'elle traversait ? Était-elle la seule personne sensée, par les temps qui couraient ?

« Écoute, tout le monde sait ce que tu as souffert..., commença John.

– Je sais que vous le savez tous, John. C'est évident. Mais vous n'avez pas l'air de comprendre que ce n'est pas fini. »

Il y eut un silence.

« Ce n'est pas vrai du tout, dit posément John en imprimant à son thé un mouvement tournant.

– Si. Je ne peux pas continuer à vivre comme vous tous et faire comme s'il ne s'était rien passé.

– Parce que tu crois que c'est ce que nous faisons ?

– La preuve ! lança-t-elle d'un ton acerbe. Sharon a un bébé et Denise se marie...

– Holly, ça s'appelle vivre, coupa John. Tu as l'air d'avoir oublié comment on fait. Et je ne dis pas que c'est facile pour toi, parce que j'en sais quelque chose. Gerry me manque à moi aussi. C'était mon meilleur ami. Toute ma vie, il a été vécu à côté de moi. J'étais à la maternelle avec lui, ne l'oublie pas ! On est allés à l'école primaire ensemble, au lycée ensemble, on a joué dans la même équipe de foot. J'étais garçon d'honneur à son mariage et il l'était au mien ! Quand j'avais un problème, j'en parlais à Gerry, quand je voulais m'amuser, j'allais trouver Gerry. Je lui disais des choses dont je n'aurais jamais parlé à Sharon, et il me disait des choses dont il ne t'aurait jamais parlé. Ce n'est pas parce que je n'étais pas marié avec lui que je ne suis pas aussi malheureux que toi. Et ce n'est pas parce qu'il est mort que je dois m'arrêter de vivre. »

Holly resta sidérée. John fit pivoter son siège de façon à se trouver face à elle. Les pieds de la chaise grincèrent dans le silence. John prit une grande inspiration avant de poursuivre :

« Oui, c'est difficile. Oui, c'est horrible. C'est la pire chose qui me soit arrivée jusqu'à présent et ça restera sans doute l'épreuve la plus douloureuse que j'aie dû traverser. Mais je ne vais pas abandonner. Je ne vais pas arrêter d'aller au pub parce qu'il y a deux types qui rigolent et qui blaguent sur les tabourets où Gerry et moi avions l'habitude de nous asseoir. Et je ne vais pas cesser d'aller à des matchs de foot parce que nous y allions toujours ensemble. Je n'ai rien oublié, mais je ne peux pas y renoncer pour autant. »

Les yeux de Holly s'emplirent de larmes et John continua.

« Sharon sait que tu souffres et elle comprend. Mais toi aussi il faut que tu comprennes qu'elle vit une période importante de sa vie, et qu'elle a besoin que sa meilleure amie l'aide. Elle a besoin de toi comme tu as besoin d'elle. Je ne suis pas capable de lui donner tous ces conseils de fille. On a tous nos peurs, Holly, mais ce n'est pas ça qui doit nous empêcher de vivre.

– Je fais de mon mieux, John, sanglota Holly.

– Je sais, dit-il en se penchant pour lui saisir la main. Mais Sharon a besoin de toi aussi. La politique de l'autruche n'aidera personne.

– Aujourd'hui, j'ai eu un entretien d'embauche », fit-elle d'une voix de petite fille en continuant à pleurer.

John s'efforça de cacher un sourire. « C'est une grande nouvelle, Holly. Et comment ça s'est passé ?

– La cata ! »

Elle renifla et John se mit à rire. Il laissa le silence s'installer à nouveau entre eux avant de reprendre la parole :

« Elle est enceinte de près de cinq mois, tu sais.

– Quoi ! Elle ne m'a rien dit !

– Elle avait peur de t'en parler, fit-il avec douceur. Elle avait peur que tu lui en veuilles tellement que tu ne lui adresses plus jamais la parole.

– Oui, eh bien, c'était idiot de sa part de s'imaginer une chose pareille, grommela Holly en s'essuyant furieusement les yeux.

– Tiens donc ! Et comment décrirais-tu ta réaction, alors ? »

Holly détourna le regard. « J'avais l'intention de l'appeler, je t'assure. Tous les jours, j'ai pris mon téléphone, mais je n'arrivais pas à faire le numéro. Je me disais : "J'appellerai demain", et le lendemain, j'étais occupée... Oh, John, j'espère que vous me pardonnerez. Je suis vraiment heureuse pour vous deux.

– Merci, mais ce n'est pas à moi qu'il faut dire ça, tu sais.

– J'ai été au-dessous de tout. Jamais elle ne me pardonnera !

– Ne sois pas ridicule, Holly. Tu connais Sharon. Demain, elle aura tout oublié. »

Holly haussa les sourcils, pleine d'espoir.

« Enfin, peut-être pas demain, reprit-il. L'année prochaine, plutôt... et tu auras beaucoup à te faire pardonner, mais elle finira par passer l'éponge... » Son regard était devenu nettement plus chaleureux.

– Arrête, dit Holly en lui tapant sur le bras. Je peux aller la chercher avec toi ? »

Holly sentit le cœur lui manquer lorsqu'ils se garèrent devant l'hôpital. Elle vit Sharon, debout, seule, qui attendait et cherchait la voiture du regard. Elle avait l'air tellement mignonne que Holly, attendrie, sourit. Sharon allait être maman. Cinq mois de grossesse. Elle n'arrivait pas à le croire. Cela signifiait qu'elle était enceinte de trois mois lorsqu'elles étaient parties en vacances, et elle n'avait rien dit ! Qui plus est, Holly avait été aveugle au point de ne rien remarquer des changements qui s'étaient opérés chez elle. Bien sûr, à trois mois, elle n'avait pas de ventre ; mais maintenant, à cinq, on discernait un renflement sous le polo et le jean. Et ça lui allait bien. Quand Holly descendit de voiture, le visage de Sharon se figea.

Oh, non ! Elle allait l'engueuler ! Elle allait lui dire qu'elle la détestait, qu'elle ne voulait plus jamais la voir, qu'elle était nulle comme amie et que...

Mais Sharon se mit à sourire et lui tendit les bras. « Viens ici, grosse bête », dit-elle tendrement.

Holly se précipita vers elle. Serrée contre son amie, elle sentit les larmes couler à nouveau. « Je te demande pardon, Sharon, je t'en prie, je t'en supplie, ne m'en veux pas. J'ai été au-dessous de tout. Si tu savais comme je suis désolée. Je ne voulais pas...

– Oh, arrête tes jérémiades et serre-moi fort », dit Sharon, dont la voix se brisa aussi.

Elles restèrent un long moment dans les bras l'une de l'autre. John, qui les regardait, finit par toussoter ostensiblement.

« Oh, viens là aussi, toi, dit Holly en passant les bras autour de lui.

– Je suppose que c'était ton idée ? dit Sharon en regardant son mari.

– Pas du tout, répondit-il en faisant un clin d'œil à Holly. J'ai croisé notre amie dans la rue, et je lui ai proposé de la remonter jusqu'ici...

– Mouais, fit Sharon d'un ton dubitatif en se dirigeant vers la voiture, bras dessus bras dessous avec Holly. En tout cas, c'est mon moral que tu as remonté avec elle, fit-elle en souriant à son amie.

– Que t'a dit le docteur ? demanda Holly, qui s'assit sur

la banquette arrière et passa la tête comme une gamine excitée entre les deux sièges avant. Fille ou garçon ?

– Eh bien, tu ne vas jamais me croire, Holly, dit Sharon d'une voix tout aussi excitée en se retournant sur son siège. Le docteur m'a dit que... et je le crois, parce que apparemment c'est un des meilleurs... bref, il m'a dit...

– Allez ! fit Holly, impatiente.

– Il a dit que c'était un bébé ! »

Holly leva les yeux au ciel. « Ce que je voulais savoir, c'est si c'était un garçon ou une fille.

– Pour l'instant, c'est un bébé. Point. Ils ne savent pas encore.

– Et s'ils pouvaient te le dire, tu aimerais connaître le sexe ? »

Sharon fronça le nez. « En fait, je ne sais pas. Je n'ai pas encore réfléchi à la question. » Elle regarda John et ils échangèrent un sourire complice.

Une pointe de jalousie familière mordit le cœur de Holly, mais elle resta tranquillement assise en attendant que cela passe et que son excitation revienne. Ils se dirigeaient vers chez elle. Sharon et elle n'étaient pas prêtes à se quitter si tôt après s'être réconciliées. Elles avaient mille choses à se dire.

Assises à la table de la cuisine, elles rattrapèrent le temps perdu.

« Tu sais que Holly a eu un entretien d'embauche aujourd'hui, dit John, lorsqu'il réussit à placer un mot.

– Ah bon ? J'ignorais que tu cherchais déjà du travail !

– C'est la nouvelle tâche que Gerry m'a fixée, dit Holly en souriant.

– C'est celle de ce mois-ci ? J'étais morte de curiosité ! Alors, comment ça s'est passé ? »

Holly fit une grimace et se prit la tête entre les mains. « Mal, Sharon. Je me suis ridiculisée.

– Vraiment ? C'est quoi, ce boulot ?

– Il s'agit de vendre des espaces publicitaires pour le magazine *City Annonces*.

– Oh, super. C'est un truc que je lis tout le temps au travail.
– Je ne crois pas le connaître, celui-là, dit John. C'est quel genre de magazine ?
– Un mélange éclectique. Mode, sport, culture, cuisine, comptes rendus... un peu de tout, répondit Sharon.
– Et de la pub, ajouta Holly en riant.
– D'abord, leur pub ne sera pas si bonne si Holly Kennedy ne travaille pas pour eux, dit gentiment Sharon.
– Merci, mais je ne crois vraiment pas que je serai embauchée.
– Qu'est-ce qui s'est passé de si désastreux pendant l'entretien pour te faire croire que tu as été mauvaise ? demanda Sharon, intriguée, en attrapant la théière.
– Le désastre, c'est lorsque le type te demande si tu as une expérience professionnelle dans un journal ou un magazine, et que tu lui réponds qu'autrefois, tu as rédigé le bulletin d'information d'une société merdique. » Et Holly fit mine de se cogner la tête contre la table de la cuisine.
Sharon ouvrit grand les yeux. « Un bulletin d'information ? J'espère que tu ne faisais pas allusion à ce torchon que tu sortais sur ton imprimante pour faire connaître cette société minable ? »
John et Sharon se mirent à pouffer.
« Ah, mais c'était pour vanter les mérites de la compagnie. Faire sa pub, quoi !... » La voix de Holly s'éteignit et elle gloussa pour masquer sa gêne croissante.
« Tu te souviens que tu nous avais demandé à tous d'aller distribuer cette feuille chez les gens sous une pluie battante et par un froid de loup ! Ça nous a pris des jours, dit Sharon.
– Ah oui, je me souviens, renchérit John. Tu m'avais envoyé avec Gerry en poster plusieurs centaines un soir ! » Et il continua à rire.
« Et alors ? dit Holly, s'attendant au pire.
– On les a fourrées dans la benne derrière le pub, et on est entrés boire quelques pintes.

– Sales faux jetons ! C'est à cause de vous deux que la société a fait faillite et que j'ai perdu mon boulot !

– Moi, je dirais qu'elle a fait faillite dès que les gens ont jeté un coup d'œil sur ces bulletins, intervint Sharon. Tu n'arrêtais pas de te plaindre que c'était une sale boîte.

– Tu sais bien qu'avec Holly, c'était toujours le même refrain », plaisanta John. Ce en quoi il avait raison.

« Oui, eh bien en tout cas, je n'aurais pas dit ça de celle de ce matin, laissa-t-elle tomber avec tristesse.

– Ce ne sont pas les boulots qui manquent, fit Sharon, rassurante. À toi de mettre au point ta technique pour les entretiens suivants, voilà tout.

– Ah oui ? Et comment ? » demanda Holly en donnant des coups de cuillère dans le sucrier.

Ils restèrent un moment silencieux.

« Tu as publié ce bulletin, quand même, dit John, l'œil pétillant à l'évocation de l'épisode.

– Oh, arrête, tu veux, lança Holly. Qu'est-ce que vous avez encore fait que j'ignore, Gerry et toi ? insista-t-elle.

– Ah, un véritable ami ne révèle jamais les secrets. »

Mais un verrou avait sauté. Holly et Sharon menacèrent John de lui soutirer de force des informations, et finalement, en une soirée, Holly apprit sur Gerry mille choses insoupçonnées. Pour la première fois depuis sa mort, tous trois passèrent la soirée à rire, et Holly comprit enfin comment parler de son mari. Jadis, ils se rassemblaient à quatre, Holly, Gerry, Sharon et John. Cette fois-ci, ils n'étaient que trois qui évoquaient le quatrième, celui qu'ils avaient perdu. À force de parler de lui, il redevint vivant pour un soir. Et bientôt, avec l'arrivée du bébé de Sharon, ils seraient quatre à nouveau.

La vie continuait.

Holly était heureuse d'avoir retrouvé son amie.

Le dimanche suivant, Richard passa voir sa sœur. Elle lui avait proposé de venir avec ses enfants quand il voudrait, un jour où ce serait son tour de les avoir, au lieu de les garder enfermés toute la journée comme ces dernières semaines dans un malheureux studio meublé. Les petits sortirent jouer dans le jardin tandis que Holly et Richard finissaient de déjeuner en les surveillant par les portes-fenêtres.

« Ils semblent très contents, dit Holly qui les regardait.

– Oui, hein ? » Il sourit en voyant les deux enfants se poursuivre. « Je veux que la vie soit aussi normale que possible pour eux. Ils ne comprennent pas bien la situation et elle n'est pas facile à expliquer.

– Qu'est-ce que tu leur as dit ?

– Que papa et maman ne s'aiment plus et que j'ai déménagé pour que nous soyons plus heureux. Enfin, grosso modo.

– Et ils l'ont accepté ? »

Il hocha lentement la tête. « Timothy, oui. Mais Emily a peur que nous cessions de l'aimer et redoute de devoir déménager aussi. » Il leva vers Holly des yeux pleins de tristesse.

Pauvre Emily, pensa-t-elle en regardant sa nièce courir et sauter avec sa poupée à l'air mauvais. Holly ne parvenait pas à croire que c'était avec Richard qu'elle avait cette conversation. Depuis quelque temps, il était devenu un autre homme. Mais peut-être était-ce elle qui avait changé ? Elle le supportait mieux à présent et avait moins de mal à ignorer les petites réflexions agaçantes qui lui échappaient encore. Il est vrai qu'ils avaient en commun leur solitude et leur manque d'assurance.

« Comment ça va chez les parents ? »

Richard avala une bouchée de pommes de terre avant de répondre : « Bien. Ils sont extrêmement généreux.

– Ciara te fiche la paix ? »

Holly avait l'impression de poser des questions à un enfant au retour de son premier jour d'école, pour savoir si les autres l'avaient bien ou mal traité. Ces temps-ci, elle se sentait très protectrice à son égard. Aider Richard l'aidait elle-même et lui donnait de la force.

« Ciara... c'est Ciara, tu sais, sourit-il. Nous n'avons pas la même façon de voir.

– Ne t'inquiète pas pour ça. La plupart des gens sont dans ton cas », dit-elle en essayant de piquer sa fourchette dans un morceau de porc. La fourchette dérapa et la viande alla atterrir sur le plan de travail.

« Tiens, je croyais qu'on ne volait pas sans ailes, dit Richard.

– Ça alors, Richard, tu plaisantes maintenant ! »

Il eut l'air content d'avoir fait rire sa sœur.

« Ça m'arrive à moi aussi, tu sais. Mais c'est rare. »

Holly posa ses couverts et réfléchit à la façon dont elle allait formuler ce qu'elle voulait dire.

« Chacun de nous est différent, Richard. Ciara est un peu excentrique, Declan, rêveur, Jack plaisante tout le temps et moi... ma foi, je ne sais pas trop. Mais toi, tu as toujours été très pondéré. Sérieux, consciencieux. Ce n'est pas nécessairement une mauvaise chose, mais chacun a son caractère.

– Toi, tu es très attentive aux autres, dit Richard après un long silence.

– Hein ? » fit Holly, prise au dépourvu. Pour cacher son embarras, elle enfourna une grosse bouchée.

« Je t'ai toujours trouvée très attentive, répéta-t-il.

– À quelle occasion ? demanda Holly, incrédule.

– Oh, je ne serais pas là en train de déjeuner, avec les enfants qui s'amusent dans ton jardin, si tu n'étais pas attentive aux autres. Mais je pensais à l'époque où nous étions petits.

– Je ne trouve pas, Richard. Jack et moi n'étions vraiment pas gentils avec toi.

– Tu n'étais pas systématiquement horrible, Holly, dit-il en la regardant avec un sourire amusé. Mais tu sais, les frères et les sœurs sont là pour se rendre la vie impossible. C'est une bonne école pour la suite, ça vous forge le caractère. Et puis moi, j'aimais bien commander.

– Je ne vois pas en quoi ça prouve que j'étais attentive », insista Holly.

– Tu adorais Jack. Tu le suivais tout le temps, comme un vrai toutou. Je l'entendais, quand il te demandait de venir me dire des horreurs. Tu arrivais dans ma chambre, terrifiée, tu bafouillais ta phrase et tu repartais en courant. »

Holly regarda son assiette, très embarrassée. C'était vrai, Jack et elle s'ingéniaient à empoisonner la vie de Richard.

« Mais tu revenais toujours, poursuivit-il. Tu te glissais dans ma chambre sans faire de bruit et tu me regardais travailler à mon bureau. Je savais que c'était ta façon de me demander pardon. » Il lui sourit. « Voilà pourquoi je dis que tu es naturellement attentive. Personne n'avait de scrupules de conscience dans cette maison. Moi pas plus que les autres. Toi, tu étais l'exception. Tu as toujours eu beaucoup de sensibilité. »

Il continua à manger et Holly resta silencieuse, essayant d'assimiler toutes ces informations. Elle ne se souvenait pas d'avoir idolâtré Jack à ce point, mais, en y réfléchissant bien, elle reconnaissait que Richard avait sans doute raison. Jack était son grand frère, un garçon drôle, beau, décontracté, qui avait une foule d'amis dans la rue où ils habitaient. Holly le suppliait de la laisser jouer avec eux. Elle avait encore cette attitude envers lui maintenant. S'il le lui demandait, elle laisserait tomber immédiatement ce qu'elle était en train de faire pour le suivre. Jamais elle n'en avait pris conscience jusqu'alors. Il est vrai qu'elle passait beaucoup plus de temps avec Richard qu'avec Jack ces temps derniers. Mais elle avait toujours préféré Jack. Gerry s'entendait d'ailleurs très bien avec lui. C'était à lui qu'il proposait de l'accompagner boire un verre en semaine, pas à Richard ; c'était à côté de Jack que Gerry voulait être placé aux repas de famille. Maintenant que Gerry n'était plus là, Jack lui téléphonait encore, certes, mais moins souvent qu'avant. L'avait-elle mis sur un piédestal ?

Depuis quelque temps, Richard avait donné à Holly matière à réflexion. Elle le regarda ôter la serviette qu'il avait glissée dans son col et la plier en un petit carré à angles bien droits. Il alignait les objets soigneusement sur la table, il fallait toujours que tout soit à sa place. C'était obsessionnel chez lui. Holly aurait été incapable de vivre avec un homme pareil.

Soudain, tous deux bondirent en entendant un bruit sourd dehors. La petite Emily était étendue par terre, en larmes. Debout à côté d'elle, Timmy la regardait. Richard se précipita.

Holly entendit la voix suppliante du petit garçon.

« Mais papa, elle est tombée toute seule. Je te jure, j'ai rien fait ! »

Pauvre Timmy. Elle leva les yeux au ciel en voyant Richard traîner son fils par le bras et lui donner l'ordre de rester debout dans un coin pour réfléchir à ce qu'il venait de faire.

Il y avait des gens qui ne changeraient jamais.

Le lendemain, Holly fit le tour de sa maison en sautant de joie, et repassa pour la troisième fois le message trouvé sur son répondeur.

Une voix bourrue : « Bonjour, Holly. Ici, Chris Feeney, du magazine *City Annonces*. J'appelle pour vous dire que vous m'avez fait très bonne impression pendant notre entretien. Euh... » Il hésita un peu. « Je suis sûr que vous serez ravie de savoir que j'ai décidé de vous accueillir au sein de notre équipe. Je souhaiterais que vous commenciez dès que possible. Appelez-moi rapidement afin que nous discutions des détails pratiques. Euh... Au revoir. »

Holly se roula sur son lit, à la fois terrifiée et ravie, et appuya une nouvelle fois sur le bouton. Elle avait essayé d'attraper la lune, et elle avait réussi !

31

Holly regarda la grande bâtisse classique de style George III et un frisson d'excitation lui parcourut le corps. C'était son premier jour de travail, et elle avait l'intuition que de très bons moments l'attendaient dans cet immeuble. Il était situé en centre-ville, et les bureaux où s'affairait l'équipe du magazine *City Annonces* occupaient le second étage, au-dessus d'un petit café. L'excitation et l'appréhension l'avaient empêchée de dormir la nuit précédente. Mais elle n'éprouvait pas la crainte qui l'envahissait d'habitude avant de se présenter à un nouveau job. Elle avait rappelé Chris presque immédiatement (après avoir encore écouté trois fois son message), puis annoncé la nouvelle à sa famille et à ses amis. Comme elle, ils avaient été fous de joie. Juste avant de quitter la maison ce matin-là, elle avait reçu un magnifique bouquet de fleurs de la part de ses parents qui la félicitaient et lui souhaitaient bonne chance.

Elle avait l'impression que c'était son premier jour d'école : elle s'était acheté de nouveaux stylos, un nouveau bloc, un classeur et une nouvelle serviette qui lui donnait l'air sérieux. Mais, lorsqu'elle s'assit devant son petit déjeuner, son excitation se mêla de tristesse. Gerry n'était pas là pour partager son nouveau départ. Chaque fois que Holly débutait dans un nouveau travail – ce qui se produisait souvent –, ils avaient un petit rituel. Gerry la réveillait en lui apportant le petit déjeuner au lit, et il glissait dans son sac des sandwichs au fromage, une pomme, un paquet de chips et une barre de chocolat. Il l'accompagnait en voiture, et allait la rejoindre à l'heure du déjeuner pour voir si ses collègues étaient gentils avec elle ; après quoi, il revenait la chercher pour la ramener à la maison. Enfin, ils dînaient et Holly le faisait rire en lui décrivant les différents personnages de son bureau et en grognant qu'elle détestait travailler. Mais cela, c'était le premier jour. Le reste du temps, ils se levaient en catastrophe au dernier moment, se bousculaient pour passer en premier sous la douche, se retrouvaient ensemble dans la cuisine, à moitié réveillés, et se chamaillaient en se préparant une tasse de café instantané pour commencer la journée. Puis ils échangeaient un petit baiser et partaient chacun de leur côté. Le même scénario se renouvelait chaque matin. Si Holly avait su que le temps leur était compté, elle n'aurait pas sacrifié jour après jour à cet ennuyeux train-train...

Ce matin-là, la donne était différente. Au réveil, elle était seule dans sa maison, seule dans son lit, et personne ne lui avait apporté son petit déjeuner sur un plateau. Elle n'avait pas eu à se battre pour être la première sous la douche et la cuisine ne résonnait pas des éternuements matinaux de Gerry. Curieusement, elle avait réussi à se persuader que Gerry serait là comme par miracle pour l'encourager, parce que c'était la tradition et qu'un jour aussi exceptionnel ne pourrait se dérouler sans lui.

Mais la mort ne connaît pas l'exception.

À présent, devant la porte de l'immeuble, Holly vérifia que la fermeture de son pantalon était bien fermée, que sa veste ne s'était pas prise dedans et que son chemisier était correctement boutonné. Une fois rassurée sur son apparence, elle monta l'escalier en bois jusqu'à son nouveau bureau. Lorsqu'elle entra à la réception, la secrétaire qui l'avait vue le jour de l'entretien la reconnut et fit le tour de son bureau pour l'accueillir.

« Bonjour, Holly, lui dit-elle gentiment en lui serrant la main. Bienvenue dans notre humble demeure. » Et elle leva les mains pour désigner le reste de la pièce. Dès le premier regard, Holly l'avait trouvée sympathique. Elle avait à peu près le même âge qu'elle, de longs cheveux blonds, et un visage souriant qui respirait la bonne humeur. « Je m'appelle Alice, et je travaille à la réception. Je vais t'emmener chez le patron. Il t'attend.

– Oh, là, là, j'espère que je ne suis pas en retard », lança Holly, inquiète, en regardant sa montre.

Elle était partie de chez elle de bonne heure pour ne pas être prise par la circulation et avait compté très large pour son premier jour.

« Non, pas du tout, répondit Alice en la conduisant au bureau de M. Feeney. Ne te laisse pas impressionner par Chris et tous les autres. Ils sont accros au boulot. Il faudrait qu'ils aient une vie privée, ces chéris. Moi, tu ne me verras jamais traîner dans les locaux après six heures. »

Ce qui amusa Holly, car cela lui rappela son propre comportement autrefois.

« D'ailleurs, il ne faut pas te sentir obligée d'arriver tôt et de partir tard sous prétexte que les autres le font. Chris vit pratiquement dans son bureau, alors, tu ne pourras jamais lui faire concurrence. Il n'est pas normal, cet homme-là, dit-elle bien fort en frappant légèrement à la porte avant de faire entrer Holly.

– Qui n'est pas normal ? » demanda Chris, bourru. Il se leva et s'étira.

« Vous ! lança Alice, qui referma la porte derrière elle.

– Vous voyez comment me traite mon personnel », dit-il en s'approchant de Holly pour l'accueillir.

Il avait une poignée de main ferme et chaleureuse, et Holly se sentit d'emblée à l'aise dans l'atmosphère qui semblait régner au sein de l'équipe.

« Merci de m'avoir engagée, monsieur, dit-elle avec sincérité.

– Appelez-moi Chris, et ne me remerciez pas. C'est moi qui vous remercierai d'ici la fin du mois. »

Elle fronça les sourcils, ne sachant comment interpréter cette remarque.

« Notre magazine est un mensuel, Holly, c'est tout ce que je voulais dire ! précisa-t-il pour la rassurer.

– Ah, bon ! Je croyais que vous me donniez déjà mon congé.

– Suivez-moi, je vais vous faire visiter. »

Il l'emmena d'abord dans le hall, dont les murs étaient couverts de cadres où figuraient toutes les couvertures des magazines publiés pendant les vingt dernières années.

« Nos locaux ne sont pas très impressionnants. Voici la ruche de nos petites abeilles industrieuses. » Il ouvrit une porte et Holly vit une grande salle de travail, où devaient se trouver en tout dix bureaux, occupés par des gens affairés devant leurs ordinateurs ou parlant au téléphone. Tout le monde leva les yeux et fit un bonjour poli de la main. Holly sourit, se souvenant de l'importance des premières impressions. « Ce sont tous d'excellents journalistes qui m'aident à payer mes factures. Lui, c'est Ciaran, le chef de la rubrique mode ; Mary, qui s'occupe de cuisine. Voici Brian, Stephen, Gordon, Aishling et Tracey. Inutile que je vous dise ce qu'ils font, ce sont des propres à rien. »

Il rit, et l'un des hommes leva deux doigts en direction de Chris tout en continuant à parler au téléphone. L'un des propres à rien, sans doute.

« Je vous présente Holly ! » cria Chris.

Tout le monde sourit à nouveau et lui fit un signe de bienvenue sans cesser de travailler.

« Les autres sont des journalistes free-lance, que vous ne verrez pas souvent dans nos bureaux, expliqua Chris en la conduisant dans la pièce contiguë. Voici où se cachent nos champions de l'informatique, Dermot et Wayne. Ce sont les responsables de la mise en pages et de la maquette ; vous travaillerez donc en collaboration étroite avec eux, pour décider de la nature des publicités et de leur place d'insertion. Les gars, voici Holly. »

Ils se levèrent pour lui serrer la main et se remirent aussitôt à travailler sur leur écran.

« Je les ai bien dressés ! dit Chris en la reconduisant dans le hall. Là-bas, c'est la salle de réunion, où nous nous retrouvons tous les matins à huit heures quarante-cinq. Mais vous n'avez besoin d'être là que le lundi pour avoir les informations nécessaires. »

Holly hochait la tête en l'écoutant, espérant se rappeler le prénom des uns et des autres.

« Cet escalier mène aux toilettes. Maintenant, je vais vous montrer votre bureau. »

Il repartit par là où ils étaient venus et Holly, tout excitée, regarda les murs. Jamais elle n'avait éprouvé pareille impression.

« Voici votre bureau », dit-il en poussant une porte et en s'effaçant pour la laisser passer.

La vision de cette petite pièce la combla d'aise, même s'il n'y avait guère la place que pour un bureau et un meuble de rangement. Mais jamais encore elle n'avait eu son espace personnel. Sur le bureau se trouvaient un ordinateur ainsi que des piles et des piles de dossiers. En face, des étagères croulaient sous les livres, les chemises et d'anciens magazines. Une vaste fenêtre occupait pratiquement tout un mur et, bien que le temps fût froid et venteux au-dehors, la pièce était claire et chaleureuse. Holly s'y voyait déjà à l'œuvre.

« C'est parfait, dit-elle à Chris en posant sa serviette et en regardant autour d'elle.

– Tant mieux. Le dernier occupant était extrêmement organisé et tous ces classeurs vous diront très clairement ce que vous avez à faire. Si vous avez un problème ou des questions, venez me voir. Je suis juste à côté, dit-il en tapant sur la cloison qui séparait leurs deux bureaux. Je n'attends pas de miracle, car je sais que vous êtes novice dans ce type d'activité. Je suppose donc que vous aurez beaucoup de questions à me poser. Notre prochain numéro sort la semaine prochaine : nous paraissons le premier de chaque mois. »

Les yeux de Holly s'écarquillèrent. Elle n'avait qu'une semaine pour remplir un magazine entier !

« Ne vous inquiétez pas, dit-il avec un sourire. Je veux que vous vous concentriez sur notre numéro de novembre. Familiarisez-vous avec la mise en pages, c'est la même chaque mois. Vous verrez ce qu'il convient d'insérer sur chaque page. C'est un gros travail pour une seule personne. Si vous savez vous organiser, tout ira très bien. Je vous conseille de discuter avec Wayne et Dermot, les maquettistes. Ils vous donneront tous les détails sur la maquette standard et si vous avez besoin de quoi que ce soit, demandez à Alice. Elle est là pour aider tout le monde. » Il s'interrompit et regarda autour de lui. « Bon, eh bien c'est tout. Vous avez des questions à me poser ? »

Holly secoua la tête. « Je crois que vous m'avez dit l'essentiel.

– Alors, je vous laisse. »

Il ferma la porte derrière lui et Holly s'assit à son nouveau bureau, dans son nouveau domaine. Une certaine appréhension se mêlait à son excitation. Jamais elle n'avait eu de telles responsabilités et, d'après ce qu'elle comprenait, elle allait avoir beaucoup à faire. Ce qui n'était pas pour lui déplaire. Elle avait besoin de s'occuper l'esprit. Comme elle n'avait pas retenu les noms de tous ses collègues, elle prit son bloc et nota ceux dont elle se souvenait encore. Elle ouvrit les classeurs et se plongea dans l'étude des différents dossiers.

Elle était si absorbée par sa lecture qu'elle se rendit compte au bout d'un moment qu'elle avait laissé passer l'heure du déjeuner. Mais d'après ce qu'elle entendait, personne d'autre n'avait bougé de son bureau. Normalement, dans ses postes précédents, Holly s'arrêtait de travailler au moins une demi-heure avant la pause de midi pour penser à ce qu'elle allait manger. Elle partait un quart d'heure en avance et rentrait un quart d'heure en retard, à cause des embouteillages, bien qu'elle fût à pied, passait la majeure partie de ses journées à rêvasser, donnait des coups de téléphone à ses amis, de préférence à ceux qui habitaient loin, afin de ne pas payer les communications, et, à la fin du mois, elle était parmi les premières à faire la queue pour toucher son chèque, qu'elle dépensait en général dans les quinze jours. Oui, ce travail était très différent, et elle attendait avec impatience de commencer pour de bon.

« Dis-moi, Ciara, tu es sûre d'avoir ton passeport ? demanda sa mère pour la troisième fois depuis qu'ils avaient quitté la maison.

– Mais oui, m'man, grommela Ciara, je te l'ai dit vingt mille fois, il est là.

– Montre-le-moi, insista Elizabeth en se retournant sur le siège du passager.

– Et puis quoi encore ! Tu pourrais me croire sur parole quand je dis quelque chose. Tu me prends pour un bébé ou quoi ! »

Declan ricana et reçut un coup de coude dans les côtes.

« Oh, toi, la ferme ! lança sa sœur.

– Ciara, sois gentille, montre à maman ton passeport pour qu'elle soit rassurée, murmura Holly.

– Bon, bon, grommela-t-elle, vexée, en prenant son sac sur ses genoux. Il est là, regarde, m'man... Non, attends, en fait, c'est là qu'il est... Non, en fait, j'ai dû le mettre là... oh, merde !

– Bon sang, Ciara », gronda son père en donnant un coup de freins brutal. Et il fit faire demi-tour à la voiture.

« Quoi ? rétorqua-t-elle, sur la défensive. Je l'ai mis là, papa, quelqu'un a dû le sortir, grommela-t-elle en vidant le contenu de son sac sur la banquette.

– Je rêve, Ciara ! gémit Holly après avoir failli recevoir une culotte sur le nez.

– Oh, tais-toi, hein. Je pars, alors vous n'aurez plus à me supporter longtemps. »

Tout le monde prit conscience de ce que cela signifiait vraiment. Ciara partait en Australie pour Dieu sait combien de temps, et elle allait leur manquer à tous. Elle avait beau être une emmerdeuse et brasser beaucoup d'air, son absence leur pèserait.

Declan, Ciara et Holly, coincée contre la portière, étaient serrés comme des sardines sur la banquette arrière de la voiture paternelle. Dans l'autre, celle de Richard, se trouvaient Mathew et Jack, malgré les protestations de ce dernier. Ils devaient déjà être arrivés, eux, alors que Frank avait dû faire demi-tour deux fois, Ciara ayant oublié son anneau de nez porte-bonheur et demandé à son père de retourner le chercher.

Une heure après leur départ, ils arrivèrent enfin à l'aéroport, alors qu'ils auraient dû y être en vingt minutes.

« Mais enfin, comment se fait-il que vous ayez mis tout ce temps ? » demanda Jack à Holly, lorsqu'il les vit arriver avec des figures d'un pied de long. « J'étais coincé avec Dick et obligé de lui parler.

– Arrête, Jack, protesta Holly. Il n'est pas si pénible que ça.

– Tiens, tiens, voilà un nouveau son de cloche, plaisanta-t-il, feignant la surprise.

– Le plus cloche des deux n'est pas celui qu'on pense ! » répliqua-t-elle sèchement, et elle s'approcha de Richard, qui s'était mis à l'écart pour observer. Elle sourit à son frère aîné.

« Ma puce, donne-nous un peu plus souvent de tes nouvelles, cette fois-ci, dit Elizabeth en prenant sa fille dans ses bras.

– Oui, maman, je te promets. Je t'en prie, ne pleure pas, sinon je vais m'y mettre moi aussi. »

Holly sentit une boule se former dans sa gorge et elle refoula ses larmes. Pendant ces derniers mois, la compagnie de Ciara lui avait été d'un grand réconfort, car sa sœur réussissait toujours à lui remonter le moral quand elle avait l'impression de toucher le fond. Elle allait lui manquer, mais il était normal qu'elle veuille vivre avec Mathew. C'était un type bien, et Holly se réjouissait de leur rencontre.

« Prends bien soin de ma sœur, dit Holly en se dressant sur la pointe des pieds pour faire la bise au malabar australien.

– Ne t'inquiète pas, elle est entre de bonnes mains, répondit-il en souriant.

– Tu feras attention à elle, hein ? » Frank envoya une bourrade dans le dos de Mathew en souriant, mais ce dernier était assez fin pour se rendre compte que c'était plus un avertissement qu'une question, aussi fit-il une réponse très convaincante.

« Salut, Richard, dit Ciara en étreignant son frère. Tiens-toi à distance de cette salope de Meredith. Tu es beaucoup trop bien pour elle.

– J'essaierai, dit-il avec tristesse, néanmoins touché par les paroles de sa sœur.

– Viens quand tu veux, Dec, si tu as envie de faire un film sur moi, lança-t-elle très sérieusement à son cadet en l'embrassant. Et toi, Jack, occupe-toi de ma grande sœur, dit-elle en souriant à Holly, qu'elle prit dans ses bras et serra très fort. Tu vas me manquer.

– Toi aussi, répondit Holly d'une voix tremblante.

– Bon, je vais me sauver avant de me transformer en fontaine. Vous êtes trop déprimants à la fin ! s'exclama Ciara pour lutter contre l'émotion.

– Et surtout, ne t'avise pas de sauter à la corde, Ciara, c'est beaucoup trop dangereux, intervint Frank, l'air inquiet.

– À l'élastique, papa ! » rectifia sa fille en riant. Et elle embrassa à nouveau ses parents. « Ne vous en faites pas, je vais bien trouver quelque chose de nouveau ! »

Holly et les siens regardèrent en silence Ciara s'éloigner, main dans la main avec Mathew. Même Declan avait la larme à l'œil, bien qu'il prétendît que c'était parce qu'il avait envie d'éternuer.

« Fixe les lumières, Declan, dit Jack en passant un bras autour des épaules de son frère. Il paraît que ça aide à éternuer. »

Declan regarda donc fixement les lumières du plafond afin de ne pas voir disparaître sa sœur préférée. Frank tint sa femme serrée contre lui, tandis qu'elle faisait de grands au revoir à sa fille, les joues ruisselantes de larmes.

Ils éclatèrent néanmoins tous de rire en entendant l'alarme sonner lorsque Ciara passa sous les portiques de détection. Elle dut vider ses poches et se soumettre à une fouille en règle.

« C'est chaque fois pareil ! s'exclama Jack. Elle a de la chance qu'on la laisse partir ! »

Tout le monde agita les bras lorsque Ciara et Mathew

s'éloignèrent. Bientôt, ses cheveux roses disparurent dans la foule.

« Bon, dit Elizabeth en s'essuyant les yeux, mes petits, si vous reveniez déjeuner avec nous à la maison ? »

Elle était si manifestement bouleversée que tout le monde accepta.

« Cette fois, je te cède ma place dans la voiture de Richard », lança Jack à Holly.

Et il s'en alla avec le reste de la famille, laissant Richard et Holly décontenancés.

« Alors, Holly, cette première semaine de travail ? » demanda Elizabeth alors qu'ils étaient tous assis autour de la table du déjeuner.

Les yeux de Holly s'illuminèrent. « Je suis ravie, maman. Jamais je n'ai eu un boulot aussi passionnant. Et puis, les collègues sont sympas et l'ambiance excellente.

– Et ton patron ?

– Un amour. Il me fait penser à toi, papa. Chaque fois que je le vois, j'ai envie de lui sauter au cou.

– Mmm, ça ressemble à du harcèlement sexuel, si tu veux mon avis », dit Declan. Jack ricana.

« Tu as des projets de documentaires cette année, Declan ? demanda-t-il.

– Oui, sur les sans-abri, répondit Declan, la bouche pleine.

– Qu'est-ce que tu dis, fiston ? demanda Frank.

– Je fais un documentaire sur les SDF cette année dans le cadre de la fac.

– Quel membre de la famille vas-tu prendre comme personnage cette fois-ci ? Richard ? » glissa sournoisement Jack.

Holly reposa ses couverts avec un bruit sec.

« C'est pas drôle, mec, dit Declan sérieusement, à la grande surprise de Holly.

– Ce que vous êtes tous susceptibles en ce moment ! fit Jack en regardant autour de lui. Je plaisantais, voilà tout.

– Ce n'était pas drôle, Jack, fit sévèrement Elizabeth.

« Qu'est-ce qu'il a dit ? » demanda Frank, qui s'était absorbé dans ses pensées.

À la façon dont sa femme secoua la tête, il comprit qu'il valait mieux ne pas insister.

Holly regarda Richard. Assis en bout de table, il mangeait en silence. Elle le trouva attendrissant. Il ne méritait pas ça. Ou Jack était plus cruel que d'habitude, ou c'était son ton ordinaire et elle avait été stupide de trouver ses réflexions drôles. Si c'était le cas, elle s'en voulait.

« Excuse-moi, Richard, je plaisantais, dit Jack.

– Ce n'est pas grave.

– Tu as trouvé du boulot ?

– Pas encore.

– Pas de chance », dit sèchement Jack.

Holly le fusilla du regard. Quelle mouche l'avait piqué ?

Elizabeth prit calmement son assiette et ses couverts et, sans un mot, passa dans le salon, où elle alluma la télévision et finit son repas en paix.

Ses « drôles de petits nains » ne la faisaient plus rire.

32

Holly tambourina sur son bureau et regarda par la fenêtre. Cette semaine, elle avait abattu un boulot monstre. Jamais elle ne se serait doutée qu'on pouvait prendre autant de plaisir à travailler. Elle avait beau être restée au bureau pendant ses pauses déjeuner et même tard le soir, elle n'avait pas la moindre envie de casser la figure à ses collègues. Elle n'en était qu'à sa troisième semaine, certes. Mais chacun s'occupait de ses affaires et travaillait dur. Les seules personnes avec qui elle avait des contacts suivis étaient Dermot et Wayne, les maquettistes. Dans la boîte régnait une atmosphère bon enfant : on se lançait des vannes d'une pièce à l'autre, on s'insultait dans la bonne humeur et Holly adorait cela.

Elle aimait cette impression de faire partie d'une équipe et se plaisait à croire que son rôle avait un impact important sur le produit fini. Car, comme l'avait dit Chris, la santé des organes de presse dépend étroitement de la publicité. Dans sa petite tête, elle se disait que toute la revue dépendait d'elle. Et elle riait de sa présomption.

Chaque jour, elle pensait à Gerry. Chaque fois qu'elle passait un contrat, elle le remerciait. C'était lui qui l'avait poussée à viser haut. Elle connaissait encore des jours difficiles, où elle trouvait que cela ne valait pas la peine de sortir de son lit. Mais l'intérêt qu'elle éprouvait pour son travail ne s'était pas encore émoussé et l'aidait à résister à la tentation de l'inertie.

En entendant la radio dans le bureau de Chris, elle sourit. Dix fois par jour, à l'heure pile, il écoutait les informations. Et les nouvelles imprégnaient peu à peu le cerveau de Holly. Jamais elle ne s'était sentie aussi intelligente.

« Hé, là ! cria-t-elle en tapant sur le mur, baissez le son, il y en a qui essaient de travailler ici ! »

Elle l'entendit rire et se replongea dans la lecture de son article. Un journaliste free-lance avait écrit un papier sur le tour d'Irlande qu'il avait fait à la recherche de la pinte de bière la moins chère. C'était très amusant. Au bas de la page, il y avait un énorme blanc qu'il incombait à Holly de remplir. Elle feuilleta son carnet d'adresses et une idée lui vint. Elle saisit son téléphone, composa le numéro de chez Hogan et demanda à parler à Daniel Connelly.

Encore ce maudit *Greensleeves* ! Elle se mit à danser autour de la pièce pour meubler l'attente. Chris ouvrit la porte et la referma en la voyant.

« Daniel ? C'est Holly. Ça va ?

– Et toi ? Ton boulot branché ?

– C'est justement pour ça que je t'appelle, répondit Holly d'un ton embarrassé.

– Ah non ! Par principe, la maison n'embauche plus de membres de la famille Kennedy !

– Pas de chance ! Moi qui espérais tellement jeter des verres à la tête des clients !

– Alors, qu'est-ce qui se passe ?

– Je crois me souvenir que tu voulais faire plus de publicité pour le club Diva, non ? » À l'époque, il croyait parler à Sharon, mais il ne se rappellerait pas un détail aussi mineur.

« Oui, en effet.

– Alors ça te dirait de passer une pub dans le magazine *City Annonces* ?

– C'est le nom du magazine où tu travailles ?

– Non, c'était histoire de te poser une question intéressante... Blague à part, c'est pour eux que je travaille, bien sûr.

– C'est au coin de la rue !

– Exact.

– Alors pourquoi est-ce que je ne te vois pas à l'heure du déjeuner ? Mon pub n'est pas assez chic pour toi ?

– Tu parles ! Tout le monde déjeune d'un sandwich à son bureau. Qu'est-ce que tu penses ?

– Que vous n'êtes pas marrants.

– Non, qu'est-ce que tu penses de l'encart publicitaire ?

– C'est une bonne idée.

– Bon, il passera dans le numéro de novembre. Tu voudrais qu'il paraisse tous les mois ?

– Eh là ! Dis-moi d'abord combien ça me coûterait ? » rétorqua-t-il en riant.

Holly fit les calculs et lui donna un chiffre.

« Hmm. Faut que je réfléchisse. Mais c'est d'accord pour le numéro de novembre.

– Parfait ! Tu vas te retrouver millionnaire une fois qu'on aura passé ça. » Aussitôt Holly pensa qu'il l'était probablement déjà.

« Y a intérêt ! À propos, la semaine prochaine, j'organise une soirée pour le lancement d'une nouvelle boisson. Je t'envoie une invitation ?

– C'est gentil. Qu'est-ce que c'est ?

– Ça s'appelle le Blue Rock. Une boisson sans alcool, qui devrait très bien marcher. Ça a un sale goût, mais c'est gratuit toute la soirée, alors c'est moi qui régalerai.

– Tu es un bon publicitaire. C'est quel soir ? » Elle nota la date sur son agenda. « Je viendrai en sortant du bureau.

– Alors dans ce cas, n'oublie pas de prendre ton bikini en partant travailler.

– Mon *quoi* ?

– Ton bikini. C'est une soirée sur le thème de la plage.

– Mais on est en hiver, crétin.

– L'idée n'est pas de moi. Ils ont choisi comme slogan : "Blue Rock, la nouvelle boisson *hot* pour l'hiver."

– Oh, c'est nul ! s'exclama-t-elle.

– Et tu parles du bazar que ça va mettre dans le pub ! On sera obligés de recouvrir le sol de sable. Je ne te raconte pas le mal qu'on aura à nettoyer ça après. Et le personnel du bar devra être en bikini et maillot de bain. Bon, je retourne au travail, on a un monde fou aujourd'hui.

– Merci, Daniel. Pense à ce que tu veux mettre sur l'encart et rappelle-moi. »

Elle raccrocha, pensive. Puis elle se leva et alla voir Chris dans le bureau voisin.

« Tiens, vous avez fini de danser dans votre bureau ?

– Oui, c'est ma nouvelle habitude. Je suis venue vous montrer. »

Il finit ce qu'il était en train de faire et ôta ses lunettes. « Alors, quel est le problème ?

– Il ne s'agit pas d'un problème. Juste d'une idée.

– Asseyez-vous », fit-il en désignant la chaise en face de lui.

Il y avait tout juste trois semaines, elle s'était assise là pour son entretien et à présent, elle soumettait ses idées à son nouveau patron. La vie changeait vite. Mais cela, elle le savait déjà...

« C'est quoi, cette idée ?

– Vous connaissez Hogan, le pub d'à côté ? »

Chris hocha la tête.

« Je viens d'appeler le propriétaire, il est d'accord pour passer une publicité dans notre magazine.

– C'est très bien, mais j'espère que vous ne viendrez pas me prévenir chaque fois que vous remplirez un espace, sinon on sera encore là l'année prochaine.

– Ce n'est pas ça du tout. Il me parlait de la soirée de lancement d'une nouvelle boisson non alcoolisée, le Blue Rock. Ce sera une soirée à thème et tout le personnel sera en bikini. Enfin, vous voyez le style.

– En plein hiver ? fit-il en haussant les sourcils.

– C'est la nouvelle boisson *hot* pour l'hiver, d'après le slogan.

– Nul !

– C'est exactement ce que j'ai dit. Slogan mis à part, je me demandais si ça ne vaudrait pas la peine de faire un article. Je sais que les décisions se prennent pendant les réunions, mais d'ici la semaine prochaine, le délai est très court.

– Je comprends. C'est une très bonne idée, Holly. Je vais mettre l'un de mes gars dessus. »

Contente, Holly sourit et se leva. « À propos, vous vous êtes occupé de votre jardin ? »

Chris eut l'air contrarié. « J'ai consulté au moins dix personnes. On me demande six mille euros pour le remettre en état.

– Aïe ! C'est une somme !

– Le jardin est grand, je ne peux pas dire le contraire, et il y a beaucoup de travail.

– Quelle était l'offre la moins chère ?

– Cinq mille cinq cents. Pourquoi ?

– Parce que mon frère le ferait pour cinq mille, lâcha-t-elle.

– Cinq mille ! dit-il, les yeux écarquillés. C'est l'offre la plus avantageuse que j'aie eue. Il est compétent ?

– Vous vous souvenez de ce que je vous ai dit ? Mon jardin ressemblait à une jungle. » Chris hocha la tête. « Eh bien, il a tout remis en ordre. Il a fait un travail impeccable, mais comme il est seul, il met plus de temps.

– Vu le prix, je m'en moque. Vous avez sa carte ?

– Euh... Oui, attendez, je vais la chercher. »

Elle vola un bristol très élégant dans le bureau d'Alice, tapa le nom de Richard et son numéro de portable avec une police fantaisie et tira la carte sur l'imprimante, puis découpa un petit rectangle au format d'une carte professionnelle.

« Parfait, dit Chris. Je vais l'appeler tout de suite.

– Non, non, fit Holly, vous l'aurez plus facilement demain, aujourd'hui, il est débordé.

– Eh bien, merci, Holly. »

Elle se dirigeait vers la porte, quand il la rappela.

« Vous écrivez, Holly ?

– Oh, j'ai appris à l'école.

– Vous n'avez pas oublié ?

– Je pourrais acheter un dictionnaire des synonymes.

– Parfait, parce que j'ai besoin de vous pour cet article sur le lancement du Blue Rock mardi prochain.

– Pardon ?

– Personne n'est disponible à si court terme et je ne peux pas y aller moi-même, alors je compte sur vous. » Il fouilla dans les papiers de son bureau. « J'enverrai un photographe avec vous pour prendre quelques clichés du sable et des bikinis.

– Euh, d'accord, dit Holly, le cœur battant.

– Huit cents mots, ça ira ? »

Impossible, pensa-t-elle. Elle avait un vocabulaire de cinquante mots, guère plus !

« Pas de problème », lança-t-elle avec assurance. Et elle sortit.

Merde, merde, merde, merde, pensa-t-elle. Comment allait-elle se sortir de cette galère ? De plus, elle avait une orthographe... approximative.

Elle prit son téléphone et appuya sur le bouton *bis*.

« Pourrais-je parler à Daniel Connelly, s'il vous plaît ?

– Un instant.

– Ne me mettez pas... »

Greensleeves se déclencha une fois de plus.

Elle s'annonça lorsqu'elle eut Daniel au bout du fil.

« Tu ne peux pas me laisser tranquille !

– Non, j'ai besoin d'aide.

– Je sais, mais je ne suis pas qualifié.

– Trêve de plaisanterie, j'ai parlé du lancement à mon rédacteur, et il veut couvrir cette soirée.

– Génial. Alors, tu peux oublier l'encart.

– Non, pas génial du tout. Il veut que ce soit moi qui écrive l'article.

– Eh bien, c'est une grande nouvelle, Holly !

– Non. Je suis incapable de rédiger deux lignes, fit-elle, d'une voix paniquée.

– Tiens ? L'expression écrite était pourtant l'une des matières principales dans mon lycée.

– Oh, Daniel, tu pourrais être sérieux deux minutes ? J'ai besoin que tu me dises absolument tout ce que tu sais sur ce produit et sur le lancement, pour que je puisse commencer à écrire cet article dès aujourd'hui et que j'aie quelques jours pour le peaufiner.

– Oui, monsieur, une petite minute, cria-t-il à l'intention d'un client. Écoute, Holly, il faut que je te laisse.

– S'il te plaît, gémit-elle.

– Bon, à quelle heure termines-tu ?

– À six heures. » Elle croisa les doigts et fit une prière.

« D'accord, ma puce, passe ici à six heures, et je t'emmènerai dans un endroit charmant pour grignoter quelque chose. D'accord ? »

Soulagée, elle le remercia avec effusion en sautant autour de son bureau. Peut-être y avait-il une chance qu'elle réussisse à rédiger cet article sans se griller. Puis elle se repassa mentalement la conversation et se figea.

Est-ce qu'il ne l'avait pas appelée *ma puce* ? Et il voulait l'emmener dans un endroit *charmant*. Ils allaient dîner, et non pas prendre un verre comme d'habitude.

Est-ce qu'elle venait d'accepter un rendez-vous galant ?

33

Pendant sa dernière heure au bureau, Holly ne cessa de regarder la pendule. Si seulement le temps pouvait ralentir ! Pourquoi n'allait-il pas aussi vite lorsqu'elle attendait pour ouvrir les messages de Gerry ? À six heures pile, elle entendit Alice éteindre son ordinateur et descendre l'escalier de bois qui menait à la liberté en faisant claquer ses talons. Holly sourit en se souvenant qu'autrefois, elle aurait agi exactement de la même façon. Mais alors, tout était différent, elle allait retrouver un mari. Elle écouta ses collègues ranger leurs affaires et pria pour que Chris dépose sur son bureau un gros tas de dossiers urgents à régler. Elle serait obligée de rester tard et d'annuler son dîner avec Daniel. Pourtant, elle ne comptait plus les fois où elle était sortie avec lui. Alors, pourquoi s'inquiétait-elle aujourd'hui ? Quelque chose la tourmentait confusément ; quelque chose dans la voix de Daniel au téléphone lui avait noué l'estomac et lui faisait appréhender la perspective de cette soirée en tête à tête. Elle se sentait coupable de sortir avec lui, honteuse même, et s'efforçait de se convaincre qu'il s'agissait juste d'un dîner d'affaires. D'ailleurs, plus elle y pensait, plus elle se rendait compte que c'était exactement cela. Elle était devenue l'une de ces personnes qui traitent des affaires au restaurant. D'habitude, les seules affaires dont elle discutait en dînant, c'étaient des hommes et de la vie en général, des histoires de femmes, quoi. Et cela se passait avec Sharon et Denise.

Lentement, elle éteignit son ordinateur et rangea sa serviette. Elle se mouvait au ralenti, comme si cela pouvait lui éviter d'aller dîner avec Daniel. Elle se frappa le crâne. C'était un dîner *d'affaires*.

« Tout va bien ? demanda Alice.

– Oui, dit-elle sans conviction. C'est juste que je dois faire quelque chose que je n'ai pas vraiment envie de faire, et, ce qui n'arrange rien, j'ai l'impression que c'est mal, alors que ce n'est pas le cas. Tu vois ce que je veux dire ? » Elle regarda son interlocutrice qui la fixait, les yeux écarquillés.

« Et moi qui croyais qu'il n'y avait pas pire que moi pour couper les cheveux en quatre !

– Ne fais pas attention ! dit Holly en se redressant. Je deviens dingue, c'est tout.

– Ça arrive aux gens les plus doués.

– Mais qu'est-ce que tu fais ici ? demanda Holly, se souvenant soudain qu'elle l'avait entendue descendre un peu plus tôt. Tu ne réponds plus à l'appel du large ?

– Plutôt deux fois qu'une ! lança Alice avec une grimace. Mais j'avais oublié qu'on avait une réunion à six heures.

– Oh », fit Holly, déçue.

Personne ne lui en avait parlé. Cela n'avait rien d'anormal, car elle n'avait pas besoin d'assister à toutes, mais c'était curieux qu'Alice y soit conviée et pas elle.

« Vous allez parler d'un sujet intéressant ? demanda Holly en fourrageant dans les papiers de son bureau, histoire de s'informer tout en faisant mine d'être totalement indifférente.

– C'est la réunion d'astrologie.

– Une réunion d'astrologie ?

– Oui. Nous en avons une par mois.

– Je suis censée y participer, ou bien je ne suis pas invitée ? demanda-t-elle, l'air faussement dégagé.

– Bien entendu, tu es la bienvenue, dit Alice, amusée. J'allais justement te demander de venir. »

Holly, qui se sentait idiote, reposa sa serviette et suivit Alice dans la salle de réunion, où toute l'équipe était déjà installée.

« Voici Holly. C'est la première fois qu'elle vient à une de nos réunions. Alors, accueillons-la gentiment », annonça Alice.

Holly s'assit pendant que tout le monde autour de la table l'applaudissait. Chris lui adressa un signe de connivence.

« Holly, je tiens à ce que vous sachiez que je n'ai absolument rien à voir avec ces sottises, et je m'excuse par avance car je vois que vous avez été embrigadée.

– Oh, Chris, arrêtez ! dit Tracey en s'installant à l'extrémité de la table, un bloc et un crayon à la main.

– Bien, qui veut commencer, ce mois-ci ?

– On devrait laisser Holly passer en premier », proposa courtoisement Alice.

Holly regarda autour d'elle, complètement déboussolée.

« Vous voyez bien qu'elle n'a aucune idée de ce dont il est question.

– Holly, quel est ton signe ? demanda Tracey.

– Taureau. »

Ce qui fut salué par des exclamations diverses. Chris se prit la tête dans les mains, essayant de cacher son amusement.

« Ah, c'est une chance, fit Tracey avec un soupir d'aise. Nous n'avons jamais eu de Taureau jusqu'à présent. Alors, tu es mariée, célibataire, tu es avec quelqu'un ? »

Holly rougit. Brian lui adressa un clin d'œil et Chris un sourire encourageant, car il était le seul autour de la table à savoir la vérité. Elle se rendit compte que c'était la première fois qu'elle était confrontée à cette question depuis la mort de Gerry et elle ne savait pas quoi répondre.

« Euh... je ne suis pas vraiment avec quelqu'un, mais...

– Bon, coupa Tracey, commençant à écrire. Ce mois-ci, le Taureau devra s'attendre à rencontrer un homme brun et beau... » Elle haussa les épaules et leva les yeux. « Quelqu'un a une idée ?

– Et qui aura un impact important sur son avenir », termina Alice.

Brian fit un nouveau clin d'œil à Holly. Visiblement, il

trouvait très amusant d'être grand et brun ; mais, s'il pensait être beau, il se mettait le doigt dans l'œil. Holly frissonna et il détourna le regard.

« Pour la rubrique travail, c'est très facile, poursuivit Tracey. Le Taureau sera très occupé et devra faire face à une nouvelle somme de travail. Dominante romantique ce mois-ci. Jour de chance, le... » elle réfléchit « mardi et couleur porte-bonheur... le bleu, conclut-elle en regardant le chemisier de Holly. Bon, au suivant...

– Attends une minute, intervint Holly. C'est mon horoscope pour le mois prochain ? »

Tout le monde rit autour de la table.

« On t'a fait perdre tes illusions ? plaisanta Gordon.

– Un peu ! J'adore lire mon horoscope. Dites-moi que ce n'est pas comme ça dans tous les magazines ! supplia-t-elle.

– Non, Holly, tous ne fonctionnent pas comme ça. Certains emploient les services de gens qui ont assez de talent pour faire leur boulot eux-mêmes au lieu de mettre tout le bureau à contribution, répondit Chris en jetant un regard accusateur à Tracey.

– Alors, tu n'as pas le don de double vue, Tracey ? demanda Holly, déçue.

– Non, Holly, mais je suis très douée pour la rubrique des cœurs brisés et je fais d'excellentes grilles de mots croisés. » Elle rendit à Chris son regard.

« Eh bien, vous m'avez fait tomber de haut », lança Holly en riant. Elle se carra dans sa chaise, déçue.

« Bien. Chris, à vous. Ce mois-ci, les Gémeaux vont se tuer au travail, ne pas sortir de leur bureau et très mal se nourrir. Ils doivent essayer de trouver un certain équilibre.

– Vous écrivez la même chose tous les mois, Tracey, commenta Chris.

– Tant que vous n'aurez pas changé votre mode de vie, moi, je ne peux pas changer à la place des Gémeaux. Et puis, jusqu'ici, personne ne s'est plaint.

– Moi, je me plains, dit Chris en riant.

– Parce que vous ne croyez pas aux signes.

– Ça vous étonne ? »

Ils firent le tour du zodiaque et Tracey finit par céder aux instances de Brian, qui tenait absolument à ce que le Lion soit irrésistible pour le sexe opposé tout le mois et gagne à la loterie. Après ça, il était facile de deviner son signe.

Holly regarda sa montre et vit qu'elle était en retard pour son rendez-vous avec Daniel.

« Si vous voulez bien m'excuser, tous, il faut que je file, dit-elle en se levant.

– Ton beau brun t'attend, gloussa Alice. Si tu ne veux pas de lui, pense aux copines. »

Holly sortit et son cœur se mit à cogner lorsqu'elle vit Daniel venir à sa rencontre dans la rue. L'automne et sa fraîcheur étaient arrivés et il avait remis sa veste de cuir noir avec un jean. Ses cheveux bruns étaient en désordre et il était mal rasé. Il avait l'air de sortir du lit. Sa gorge se serra et elle détourna le regard.

« Tiens, tiens, qu'est-ce que je t'avais dit ! » lança Tracey, qui sortait sur ses talons.

Elle s'éloigna joyeusement, et Holly s'excusa auprès de Daniel. « J'étais en réunion, je ne pouvais pas téléphoner, mentit-elle.

– Ne t'en fais pas. Ça devait être important », fit-il en souriant.

Aussitôt, elle se sentit coupable. C'était un ami, Daniel, pas un homme qu'elle devait éviter. Qu'est-ce qui lui était passé par la tête ?

« Si on allait là ? » proposa-t-elle en regardant le petit café qui occupait le rez-de-chaussée de l'immeuble. Elle souhaitait se trouver dans un lieu aussi neutre et peu intime que possible.

Daniel fronça le nez. « Je ne mangerai pas à ma faim là-dedans. Je n'ai rien avalé depuis ce matin. »

Pendant qu'ils longeaient la rue côte à côte, Holly proposa tous les cafés devant lesquels ils passèrent et, chaque fois, Daniel refusa. Il opta enfin pour un restaurant italien et elle ne put rien objecter, non qu'elle fût tentée d'y entrer, mais parce qu'elle avait rejeté tous ceux qu'il lui avait suggérés chemin faisant.

À l'intérieur régnait une ambiance feutrée ; seules quelques tables étaient occupées par des couples qui se regardaient amoureusement dans le blanc des yeux à la lumière de chandelles. Lorsque Daniel se leva pour ôter sa veste, Holly souffla prestement la bougie de leur table à son insu. Il portait une chemise d'un bleu profond qui faisait ressortir ses yeux dans la salle faiblement éclairée. Il suivit le regard de Holly posé sur un couple en train de s'embrasser pardessus la table à l'autre bout du restaurant.

« Il y a de quoi te donner des boutons, non ?

– Ou plutôt le cafard. »

Plongé dans le menu, Daniel n'entendit pas sa réponse.

« Qu'est-ce que tu prends ?

– Une salade César. »

Il leva les yeux au ciel. « Vous, les bonnes femmes, avec vos salades César ! Tu n'as donc pas faim ?

– Pas vraiment, répondit-elle en rougissant, car son estomac s'était mis à gargouiller bruyamment.

– Il y en a un qui n'est pas d'accord ! dit Daniel en riant. Tu ne manges donc jamais, Holly Kennedy ? »

Jamais quand je suis avec toi, se dit-elle. Tout haut, elle répondit : « Je n'ai pas un gros appétit, c'est tout.

– En effet, j'ai déjà vu des lapins manger plus que toi.

– Les lapins font beaucoup de choses que je ne fais plus », lâcha-t-elle, avant de porter ses deux mains à sa bouche.

Il haussa les sourcils et se mit à rire.

« Je pourrais en dire autant. »

Elle s'efforça de garder le contrôle de la conversation, et ils passèrent la soirée à parler du lancement à venir. Elle n'était pas d'humeur à discuter de leurs sentiments, ce soir. Elle n'était pas sûre que ce soit le moment. Daniel avait gentiment apporté les communiqués de presse afin qu'elle puisse les regarder à l'avance et s'en servir comme base de travail pour commencer à écrire. Il lui confia aussi une liste de numéros de téléphone des personnes qui travaillaient chez Blue Rock afin qu'elle puisse citer quelques-unes de leurs remarques. Il se montra très coopératif, lui donna de bons conseils sur les angles d'attaque des questions à traiter et les gens à consulter pour obtenir des informations supplémentaires. À la fin du dîner, elle était beaucoup moins angoissée sur son article, mais s'interrogeait sur les motifs de son malaise face à un homme dont elle était certaine qu'il ne recherchait que son amitié. De plus, elle mourait de faim, n'ayant grignoté que quelques feuilles de salade.

Elle sortit du restaurant pour respirer un peu pendant que Daniel réglait l'addition. Il était extrêmement généreux, elle ne pouvait le nier. Elle se félicitait de l'amitié qu'il lui portait. Malgré tout, il lui semblait déplacé de dîner dans un petit restaurant intime avec un homme autre que Gerry. Elle avait l'impression d'avoir mal agi. Elle aurait dû être chez elle, assise à sa table de cuisine en attendant qu'il soit minuit pour ouvrir sa lettre du mois d'octobre.

Elle se figea et baissa la tête en apercevant un couple qui marchait vers elle et qu'elle ne souhaitait absolument pas voir. Elle se pencha pour faire mine de renouer ses lacets, mais se rendit compte qu'elle avait des boots aux pieds et se mit à tripoter maladroitement l'ourlet de son pantalon.

« C'est vous, Holly ? » demanda une voix familière.

Elle regarda les deux paires de chaussures qui lui faisaient face sur le trottoir et se releva lentement pour regarder ses interlocuteurs.

« Par exemple ! » Elle feignit la surprise en reprenant péniblement son équilibre.

« Comment allez-vous ? demanda la femme en l'embrassant sans chaleur. Qu'est-ce que vous faites ici par ce froid ? »

Holly pria le ciel que Daniel reste un peu plus longtemps à l'intérieur.

« Oh, vous savez... j'ai grignoté un petit quelque chose, dit-elle d'une voix mal assurée en désignant le restaurant.

– Tiens, justement, nous y allions, dit l'homme en souriant. Dommage, nous aurions pu dîner ensemble.

– Oui, en effet...

– En tout cas, bravo, dit la femme en lui tapotant le dos, c'est bien de sortir et de faire des choses toute seule.

– C'est-à-dire... » Elle regarda la porte, espérant qu'elle ne s'ouvrirait pas. « Oui, c'est bien... » Sa voix s'éteignit.

« Ah, te voilà, lança Daniel, qui arrivait. Je croyais que tu t'étais sauvée », ajouta-t-il, hilare, en lui passant un bras autour de la taille.

Holly lui fit un pauvre sourire et se tourna vers le couple.

« Oh, pardon, je ne vous avais pas vus », dit Daniel en souriant.

Le couple le gratifia d'un regard glacial.

« Euh... Judith et Charles, je vous présente Daniel. Daniel, je te présente les parents de Gerry. »

Holly klaxonna violemment et insulta le conducteur devant elle. Elle enrageait, furieuse de s'être laissé ainsi piéger. Furieuse aussi de réagir comme si elle avait été prise la main dans le sac, alors qu'elle n'avait rien à se reprocher. Furieuse contre elle-même, surtout ! Pourquoi éprouvait-elle ce sentiment de culpabilité, alors qu'elle avait vraiment apprécié la compagnie de Daniel toute la soirée ?

Elle porta la main à son front et se massa les tempes. Elle avait mal à la tête. Voilà qu'elle coupait encore les cheveux en quatre. Et puis, ces embouteillages sur le trajet du retour la rendaient folle. Pauvre Daniel ! Les parents de Gerry s'étaient montrés très grossiers avec lui. Ils s'étaient précipités au pas de charge dans le restaurant et avaient refusé de la regarder en face. Pourquoi avait-il fallu qu'elle les rencontre la seule fois où elle passait une bonne soirée ? Ils auraient pu venir chez elle n'importe quel jour et voir à quel point elle était malheureuse dans son rôle de veuve irréprochable. Ils auraient été satisfaits. Mais maintenant ils devaient se dire qu'elle menait joyeuse vie sans leur fils. Eh bien qu'ils aillent se faire foutre, pensa-t-elle avec fureur en klaxonnant à nouveau. Pourquoi fallait-il toujours cinq minutes aux gens avant de démarrer quand le feu passait au vert ?

Elle dut s'arrêter à chaque carrefour sur le trajet, alors que tout ce dont elle avait envie, c'était de se retrouver chez elle pour pouvoir laisser libre cours à sa rage. Elle prit son portable et appela Sharon. Elle, elle comprendrait.

« Allô, John, c'est Holly. Tu peux me passer Sharon ? » Sa propre voix la surprit, car elle semblait joyeuse.

« Désolée, elle dort. Je la réveillerais bien, mais elle est vraiment crevée...

– Tant pis, coupa-t-elle. Je la rappellerai demain.

– C'est important ? demanda-t-il avec sollicitude.

– Non, répondit-elle à mi-voix. Pas du tout. »

Elle raccrocha et composa immédiatement le numéro de Denise.

« Allô ? gazouilla Denise.

– Salut ! dit Holly, encore surprise par le ton de sa voix. L'oscar de la meilleure actrice est attribué à...

– Ça va ? demanda Denise entre deux gloussements. Tom, arrête ! » chuchota-t-elle.

Holly comprit qu'elle avait mal choisi son moment.

« Oui, oui, je voulais juste bavarder, mais je vois que tu es occupée. » Elle se força à rire.

« Je te rappelle demain, Hol !

– D'acc... » Elle n'eut pas le temps de terminer, Denise avait déjà raccroché.

Perdue dans ses réflexions, elle attendit au feu jusqu'à ce qu'un concert d'avertisseurs derrière elle la fasse sursauter. En redémarrant, elle décida d'aller chez ses parents pour voir Ciara, qui saurait lui remonter le moral. Mais, lorsqu'elle se gara devant chez eux, elle se souvint que sa sœur était partie et ses yeux se remplirent de larmes. Elle n'avait plus personne, une fois de plus.

Ce fut Declan qui répondit à son coup de sonnette.

« Qu'est-ce qui se passe ? demanda-t-il.

– Rien, répondit-elle, pénétrée de son propre malheur. Où est maman ?

– Dans la cuisine avec Richard. Si j'étais toi, je ne les dérangerais pas pour l'instant.

– D'accord, d'accord... », dit-elle, désemparée. Elle

essaya de se raccrocher à son frère. « Qu'est-ce que tu fais en ce moment ?

– Je visionne ce que j'ai filmé aujourd'hui.

– Ton documentaire sur les SDF ?

– Oui. Tu veux regarder ?

– Merci », fit-elle avec reconnaissance, et elle s'installa sur le canapé.

Quelques minutes plus tard, elle pleurait à chaudes larmes, mais pas sur elle-même cette fois-ci. Declan avait réalisé une interview hallucinante d'un clochard incroyable qui vivait dans les rues de Dublin. Elle se rendit compte qu'il y avait des gens beaucoup plus malheureux qu'elle. Du coup, il lui parut dérisoire de se tourmenter à propos de sa rencontre avec les parents de Gerry.

« Excellent, Declan, dit-elle en s'essuyant les yeux.

– Merci, répondit-il en sortant posément la cassette du magnétoscope et en la rangeant dans son sac.

– Tu n'es pas fier de toi ?

– Quand on a passé la journée avec des types comme ça, on se rend compte que ce qu'ils ont à dire est si grave que ça fait nécessairement un bon documentaire. Il n'y a vraiment pas de quoi se réjouir, parce que plus la situation de mon clodo est mauvaise et plus ça joue à mon avantage, finalement.

– Je ne suis pas d'accord, Declan. Ton film peut changer quelque chose pour lui. S'il a une audience aussi large que le précédent, il servira sa cause. Les gens qui verront ce documentaire auront envie d'aider les sans-abri. »

Declan haussa les épaules. « Peut-être. En tout cas, je vais me coucher. Je suis mort. »

Il ramassa son sac et embrassa Holly sur le sommet du crâne en passant, ce qui la toucha. Son petit frère devenait adulte.

Elle regarda l'horloge sur la cheminée. Presque minuit. Attrapant son sac, elle en sortit l'enveloppe d'octobre. Elle avait pensé toute la journée au moment où elle l'ouvrirait, et l'avait emportée au travail. Elle l'avait sortie de son sac à maintes reprises pour vérifier qu'elle était toujours là. Elle ne savait pas ce qu'elle ferait si elle l'égarait. Elle perdrait l'esprit, probablement. Elle avait maintenant pris l'habitude de ces conseils mensuels, et elle redoutait le moment où il n'y aurait plus d'enveloppes. Il ne lui en restait plus que deux après celle-ci. Elle passa ses doigts sur le relief de l'écriture, comme à l'accoutumée, et ouvrit l'enveloppe. Cette fois-ci, il y avait deux cartes. Holly les sortit, et une fleur séchée qui avait été pressée entre les deux tomba sur ses genoux. Sa fleur favorite, un soleil. Elle toucha d'une main tremblante les pétales délicats, craignant qu'ils ne s'effritent sous ses doigts.

Un soleil pour mon soleil. Afin d'éclairer les jours sombres du mois d'octobre que tu détestes tant. Je suis très fier de toi, ma belle, ma femme à moi.

P.S.1 : Je t'aime...
P.S.2 : Peux-tu s'il te plaît transmettre l'autre carte à John.

Holly prit la seconde carte qui était tombée sur ses genoux et la lut, pleurant et riant à la fois.

À John,

Bon anniversaire ! Tu vieillis, mon pote, trente-deux ans !
Mais j'espère que tu auras beaucoup, beaucoup d'autres anniversaires.
Profite de la vie et fais attention à toi. Veille sur ta femme et sur la mienne. C'est toi l'homme, maintenant !
Affectueusement,

Ton ami Gerry.

P.S. Je te l'avais dit, que je tiendrais ma promesse...

Holly lut et relut les mots tracés par Gerry. Assise sur ce canapé pendant ce qui lui parut être des heures, elle pensa au plaisir que ce message de son ami ferait à John. Elle pensa aussi à tous les changements intervenus dans sa vie à elle pendant ces derniers mois. Sa vie professionnelle s'était sensiblement améliorée, et elle était fière d'avoir persévéré.

Elle aimait la satisfaction du devoir accompli chaque jour lorsqu'elle éteignait son ordinateur et quittait le bureau. Gerry l'avait poussée à être courageuse, à trouver un travail qui signifierait pour elle autre chose qu'un chèque à la fin du mois. Il n'en restait pas moins qu'elle n'aurait pas recherché tout cela si Gerry avait encore été auprès d'elle. Sans lui, la vie était plus vide, laissant plus de place pour elle. Elle travaillait pour meubler le temps. Le fait que son travail lui plaisait était un plus, mais, pour être tout à fait honnête, elle savait que si Gerry avait été là, elle aurait repris sur-le-champ l'un de ses anciens boulots.

Elle se sentait évoluer ; il fallait qu'elle commence à penser à elle, à son avenir. Car il n'y avait plus personne avec qui partager les responsabilités.

Elle s'essuya les yeux et se leva. D'un pas plus tonique, elle alla frapper discrètement à la porte de la cuisine.

« Entrez », dit Elizabeth.

Holly ouvrit la porte et regarda ses parents et Richard, installés autour de la table, à boire du thé.

« Tiens, ma chérie, je ne t'avais pas entendue arriver », dit sa mère, visiblement contente de la voir ; elle se leva pour la serrer dans ses bras.

« Ça fait presque une heure que je suis là. J'ai regardé le documentaire de Declan. »

Holly fit un grand sourire à sa famille. Elle aurait aimé les serrer tous contre son cœur.

« Excellent, hein ? » dit Frank en embrassant sa fille.

Holly s'assit avec eux à la table.

« Tu as trouvé un boulot ? » demanda-t-elle à Richard.

Il secoua tristement la tête et elle crut qu'il allait se mettre à pleurer.

« Moi, si. »

Il la regarda, choqué qu'elle puisse oser lui dire une chose pareille. « Je le sais bien que tu en as un, toi !

– Ce n'est pas ce que je veux dire, Richard. J'ai trouvé un boulot *pour toi.*

– Pardon ?

– Tu m'as bien entendue, fit-elle avec un large sourire. Mon patron t'appelle demain.

– C'est vraiment très gentil de ta part, Holly, mais je ne connais rien à la publicité. Je suis un scientifique.

– Et un jardinier.

– Oui, j'aime bien jardiner, dit-il sans comprendre.

– C'est pour ça que mon patron va t'appeler. Pour te demander de lui remettre son jardin en état. Je lui ai dit que tu le ferais pour cinq mille euros. J'espère que ça te va ? » Elle le regarda, amusée, tandis qu'il restait bouche bée. « Tiens, voilà tes cartes de visite », ajouta-t-elle en lui tendant une grosse pile qu'elle avait tirée le jour même.

Richard et ses parents prirent les cartes et les lurent en silence.

Soudain, Richard se mit à rire.

« Oh, je suis désolée, mais tu as orthographié "paysagiste" de travers. Ce n'est pas payisagiste, dit-il en articulant lentement, c'est paysagiste, avec un *y* mais sans *i*. Tu vois la différence ? »

Holly poussa un soupir excédé.

34

« D'accord, les copines, je vous promets que c'est la dernière », cria Denise, dont on vit voler le soutien-gorge pardessus la porte de la cabine d'essayage.

Sharon et Holly gémirent et se laissèrent retomber sur leur fauteuil.

« Tu as déjà dit ça il y a une heure, protesta Sharon, retirant ses chaussures pour masser ses chevilles enflées.

– Oui, mais cette fois-ci, je suis sérieuse. J'ai vraiment l'impression que c'est la bonne, répondit Denise d'une voix tout excitée.

– Tu as déjà dit ça aussi il y a une heure, grommela Holly en appuyant la tête en arrière sur son fauteuil et en fermant les yeux.

– Tu ne vas pas t'endormir maintenant », la rabroua Denise.

Après s'être laissé traîner dans toutes les boutiques de robes de mariée de la ville sans exception, Sharon et Holly étaient épuisées, excédées et complètement saturées. Tout l'intérêt qu'elles avaient pu éprouver pour Denise et son mariage s'était évanoui au fur et à mesure qu'elle essayait robe après robe. Si Holly l'entendait s'exclamer une fois de plus, elle allait...

– Aaaaahhhh, j'adoooore ! hurla Denise.

– Bon, alors, voici ce qu'on va faire, souffla Sharon à

Holly : Si en sortant elle ressemble à une meringue sur une pompe à bicyclette, on lui dira qu'elle est superbe.

– On ne peut pas faire ça, Sharon !

– Vous allez voir ce que vous allez voir, cria Denise.

– Tu n'as peut-être pas tort..., dit Holly en regardant Sharon avec résignation.

– Vous êtes prêtes ? demanda Denise.

– Oui, gémit Sharon.

– Attention les yeux ! annonça-t-elle en sortant de la cabine.

– Oh, qu'est-ce qu'elle vous va bien ! s'extasia la vendeuse.

– Arrêtez, dit Denise, vous ne m'êtes d'aucune aide, vous les avez toutes trouvées très bien. »

Holly, perplexe, regarda Sharon et se retint de rire en voyant sa tête : on aurait dit qu'elle respirait une odeur nauséabonde.

Sharon leva les yeux au ciel et chuchota : « Denise n'a pas l'air de savoir ce que c'est que la commission sur les ventes.

– Qu'est-ce que c'est que ces messes basses ? s'enquit l'intéressée.

– On disait juste que tu étais ravissante. »

Holly fronça les sourcils en regardant Sharon.

« Elle vous plaît ? » demanda encore Denise d'une voix surexcitée.

Holly paraissait sceptique.

« Oui, dit Sharon sans enthousiasme.

– Vous êtes sûres ?

– Oui.

– Vous croyez que Tom sera heureux quand il me regardera avancer vers lui dans l'allée centrale.

– Oui, répéta Sharon.

– Vous en êtes vraiment sûres ?

– Oui.

– Vous trouvez que c'est un bon rapport qualité-prix ?

– Oui.

– Vraiment ?

– Oui.
– Elle m'ira mieux si je suis un peu bronzée, non ?
– Oui.
– Elle me fait un gros cul, vous ne trouvez pas ?
– Oui. »

Holly regarda Sharon et comprit qu'elle n'écoutait plus les questions.

« Vous en êtes vraiment sûres ? poursuivit Denise qui, visiblement, n'écoutait pas davantage les réponses.
– Oui.
– Alors je la prends ? »

Holly crut que la vendeuse allait se mettre à sauter de joie et à crier « Ouiiii ! » mais elle se maîtrisa.

« Non ! lança Holly avant que Sharon ait pu répondre.
– Comment ça, non ? demanda Denise.
– Non, répéta Holly.
– Elle ne te plaît pas ?
– Non.
– Parce qu'elle me grossit ?
– Non.
– Tu ne crois pas qu'elle plaira à Tom ?
– Non.
– Ce n'est pas un bon rapport qualité-prix ?
– Non.
– Ça alors ! » Denise se tourna vers Sharon. « Tu es d'accord avec Holly ?
– Oui. »

La vendeuse fit une grimace de désespoir et s'approcha d'une autre cliente avec laquelle elle espérait avoir plus de chance.

« Bon, dit Denise en se regardant une dernière fois dans le miroir avec regret, je vous fais confiance. Pour être honnête, je n'étais pas totalement convaincue.
– Écoute, Denise, dit Sharon en remettant ses chaussures, tu nous as dit que c'était la dernière. Allons manger quelque chose, sinon je vais tomber raide.
– Ah, mais je voulais dire la dernière *dans cette boutique*. Il y en a encore beaucoup à explorer.

– Pas question, protesta Holly. Denise, je meurs de faim et, à ce stade, j'ai l'impression que ces robes se ressemblent toutes. J'ai besoin de faire une pause.

– Mais c'est mon mariage, Holly !

– Oui..., mais Sharon est enceinte.

– D'accord, on va déjeuner », dit Denise, déçue, en retournant dans la cabine.

Sharon expédia un coup de coude dans les côtes de Holly. « Dis donc, je suis enceinte, pas malade !

– Soit, mais c'est la première idée qui m'est venue », chuchota Holly.

Toutes trois se dirigèrent d'un pas lourd vers le café Bewley, où elles réussirent à avoir leur table habituelle près de la fenêtre, avec vue sur Grafton Street.

« Ce que je déteste faire des courses le samedi ! se lamenta Holly en regardant les gens se bousculer dans la rue animée en contrebas.

– Ah, fini le shopping en milieu de semaine maintenant que tu n'es plus une femme oisive, lui dit Sharon, qui prit son club sandwich et mordit dedans avec appétit.

– Oui, je suis morte de fatigue, mais maintenant je sais pourquoi, contrairement à l'époque où je traînais devant la télévision à regarder les programmes pour insomniaques, dit Holly.

– Raconte-nous ta rencontre avec les parents de Gerry, demanda Sharon, la bouche pleine.

– Ils ont été d'une grossièreté avec ce pauvre Daniel !

– Je regrette de ne pas t'avoir répondu quand tu as appelé. Si John s'était douté de ce qui se passait, il m'aurait réveillée, fit Sharon.

– Ne sois pas ridicule. Il n'y avait pas de quoi en faire une montagne. Mais, sur le coup, cela m'a paru énorme.

– À juste titre. Ils n'ont pas à te dicter avec qui tu dois sortir ou pas ! lança Sharon.

– Sharon, je ne sors pas avec lui, rectifia Holly. Je n'ai pas l'intention de sortir avec qui que ce soit pendant les vingt prochaines années. Nous avons juste eu un dîner d'affaires.

– Un dîner d'affaires, tiens donc ! s'esclaffèrent Sharon et Denise.

– Parfaitement. Et ce n'était pas désagréable d'avoir un peu de compagnie. Je ne vous reproche rien, se hâta-t-elle d'ajouter. Je dis seulement que quand tout le monde est occupé, c'est agréable d'avoir quelqu'un avec qui parler. J'apprécie la compagnie masculine. Et comme avec Daniel je n'ai pas besoin de faire d'efforts, je me sens très à l'aise.

– Je comprends, acquiesça Sharon. Ça ne peut que te faire du bien de sortir et de rencontrer des gens nouveaux.

– Alors, tu as découvert des choses à son sujet ? demanda Denise, l'œil brillant. Parce que c'est un beau ténébreux, notre Daniel.

– Beau, peut-être, mais ténébreux, je ne trouve pas, dit Holly, perplexe. Il m'a parlé de la fille à qui il était fiancé, Laura. Il m'a dit qu'il avait été dans l'armée, mais qu'il est parti au bout de quatre ans... » Holly essayait de leur donner un aperçu en accéléré de la vie de Daniel.

Denise se pâma : « Il était dans l'armée ? Oooohhh, j'adore les beaux militaires.

– Et les disc-jockeys, rappela Sharon.

– Et les disc-jockeys, bien sûr, fit Denise en riant.

– En tout cas, je lui ai dit ce que je pensais de l'armée, dit Holly.

– Non ! s'exclama Sharon.

– Qu'est-ce que c'est que cette histoire ? » demanda Denise.

Sharon l'ignora et poursuivit : « Alors, qu'est-ce qu'il a dit ?

– Il a ri.

– Si vous m'expliquiez ? insista Denise.

– Il s'agit de la théorie de Holly sur l'armée.

– Et alors ? demanda Denise, agacée.

– Elle trouve que se battre pour la paix, c'est comme se faire sauter pour rester vierge.

– Oui, mais on peut prendre son pied pendant des heures en essayant, lança Denise.

– Parce que vous n'avez pas encore maîtrisé la technique ?

– Non, mais on saisit toutes les occasions de l'améliorer, dit Denise, pince-sans-rire. Je suis contente que tu trouves Daniel sympathique, Holly, parce que tu seras obligé de danser avec lui au mariage.

– Pourquoi ? demanda-t-elle, surprise.

– La tradition veut que le garçon d'honneur danse avec la première demoiselle d'honneur, répondit Denise, les yeux brillants.

– Tu veux que je sois ta demoiselle d'honneur ? fit Holly, estomaquée.

– Ne t'inquiète pas, j'en ai déjà parlé à Sharon et elle n'y voit pas d'inconvénient.

– Oh, ça me ferait tellement plaisir ! s'exclama Holly, ravie. Tu es sûre que ça ne t'ennuie pas, Sharon ?

– Ne t'en fais pas pour moi, je me contenterai d'être une demoiselle d'honneur avec une bouée de sauvetage. Je serai enceinte de huit mois. Il faudra que j'emprunte la tente du mariage pour me faire une robe.

– J'espère que tu n'accoucheras pas pendant la cérémonie, fit Denise.

– Ne t'en fais pas, je ne te volerai pas la vedette le plus beau jour de ta vie. Le bébé ne doit naître que fin janvier, alors, ça laisse une marge de plusieurs semaines. »

Denise parut soulagée.

« À propos, je ne vous l'ai pas montré, dit Sharon en fouillant dans son sac, d'où elle finit par extraire une photo prise à l'échographie.

– Où il est ? demanda Denise.

– Là, fit Sharon.

– Waouh ! Quel beau petit gars ! s'écria Denise en approchant son visage.

– Imbécile, c'est un pied que tu regardes ! On ne connaît pas encore le sexe.

– Ah bon. Eh bien, félicitations, Sharon, on dirait que tu couves un petit extraterrestre.

– Arrête, Denise. Moi, je la trouve très émouvante, cette photo, intervint Holly.

– Tant mieux. » Sharon sourit en regardant Denise, qui lui fit signe de poursuivre. « Parce que je voulais te demander quelque chose, Holly.

– Quoi donc ? demanda-t-elle, inquiète.

– John et moi serions ravis si tu acceptais d'être la marraine de notre bébé. »

Pour la deuxième fois, Holly resta sans voix, et les larmes lui montèrent aux yeux.

« Dis donc, tu n'as pas pleuré quand je t'ai demandé d'être ma demoiselle d'honneur, lança Denise, vexée.

– Sharon, ça me touche vraiment beaucoup, dit Holly en serrant son amie dans ses bras. Merci d'avoir pensé à moi.

– Merci d'avoir accepté. John va être ravi !

– Bon, ça va, vous n'allez pas vous mettre à pleurer toutes les deux », protesta Denise.

Mais Sharon et Holly l'ignorèrent et restèrent enlacées.

« Hé ! glapit Denise, ce qui les fit sursauter toutes les deux.

– Qu'est-ce qu'il y a ? »

Denise montrait du doigt quelque chose de l'autre côté de la rue.

« Incroyable ! Jamais je n'avais remarqué qu'il y avait une boutique de robes de mariée en face ! Finissez vos tasses et on y va », fit-elle en scrutant déjà les robes à travers la vitre.

Sharon soupira et fit mine de s'évanouir. « Je ne peux pas, Denise, je suis enceinte... »

« Dis donc, Holly, je réfléchissais, dit Alice, pendant qu'elles se remaquillaient dans les toilettes au bureau.

– Non ! Ça ne t'a pas fait trop mal ?

– Hin, hin... Non, sérieusement, je pensais à l'horoscope du magazine de ce mois-ci et je me disais que Tracey était sans doute tombée pile, aussi curieux que ça puisse paraître.

– Pourquoi ? »

Alice reposa son bâton de rouge à lèvres et se détourna du miroir pour faire face à Holly.

« D'abord, il y a ce bel homme, ce grand brun avec qui tu sors.

– Je ne sors pas avec lui, c'est juste un ami, expliqua Holly pour la énième fois.

– Bon, comme tu veux, mais il y a aussi un autre truc...

– Je t'assure que non, répéta Holly.

– Bon, bon, fit Alice sans en croire un mot. Donc, il y a aussi un autre truc... »

Holly posa brutalement sa trousse de maquillage. « Alice, je ne sors pas avec Daniel.

– D'accord, d'accord. J'ai compris. Tu ne sors pas avec lui. Mais arrête de m'interrompre ! » Elle attendit que Holly se soit calmée pour reprendre : « Elle t'a dit aussi que ton jour de chance, ce serait le mardi ; or nous sommes mardi.

– Ça alors, Alice, je crois que tu tiens un scoop, là ! dit Holly en se soulignant les lèvres avec un crayon.

– Mais écoute-moi, bon sang ! Elle a aussi dit que ta couleur porte-bonheur était le bleu. Eh bien, aujourd'hui *mardi*, tu as été invitée par un *bel homme brun* au lancement du *Blue* Rock.

– Et alors ?

– Alors c'est un signe, conclut Alice, manifestement très contente d'elle.

– Un signe que le chemisier que je portais était bleu, raison pour laquelle Tracey a choisi cette couleur ; et si je le portais, c'est parce que je n'avais plus rien de propre. Quant au jour, elle a juste pris le premier auquel elle a pensé. Ça ne veut rien dire du tout, Alice.

– Oh, femme de peu de foi..., soupira celle-ci.

– Si je devais croire ta petite théorie tordue, cela signifierait aussi que Brian va gagner à la loterie et qu'il deviendra la coqueluche de toutes les femmes. »

Alice se mordit les lèvres, l'air gêné.

« Qu'est-ce qu'il y a ? demanda Holly, devinant qu'il se passait quelque chose.

– Eh bien, Brian a gagné quatre euros au grattage.

la bouche de Holly lorsqu'elle vit les serveurs apporter des plateaux chargés de viande grillée. Elle se précipita à la table la plus proche et se servit un kebab dans lequel elle mordit à belles dents.

« Je t'y prends ! Tu manges ? »

Elle se retourna pour faire face à Daniel. Mastiquant vaillamment, elle avala sa bouchée.

« Euh... Bonjour. Désolée, je n'ai rien mangé de la journée et je suis absolument morte de faim. La salle a une sacrée allure, dit-elle en regardant autour d'elle, dans l'espoir qu'il en ferait autant et cesserait de la fixer alors qu'elle avait la bouche pleine.

– Oui, ça s'est bien passé », répondit-il d'un air satisfait.

Un peu moins dévêtu que son personnel, il portait un jean délavé et une chemise hawaïenne à grosses fleurs jaunes et roses. Il ne s'était toujours pas rasé et Holly se demanda si cette barbe piquait beaucoup quand on l'embrassait. Non qu'elle en eût l'intention, bien sûr. La question ne se posait pas... Elle fut tout de même contrariée qu'elle lui soit venue à l'esprit.

« Hé, Holly, laisse-moi te prendre avec le beau brun », cria Alice, se précipitant vers eux avec son appareil photo.

Daniel se mit à rire. « Tu devrais venir plus souvent avec tes amies.

– Ce n'est pas mon amie, grinça Holly, mortifiée de poser à côté de Daniel.

– Attendez une seconde », dit-il en couvrant l'objectif de sa main.

Il prit une serviette sur la table et se mit en devoir d'essuyer la graisse et la sauce de barbecue sur le visage de Holly. Sa peau lui picota, et une sensation de chaleur lui envahit le corps. Elle avait dû rougir violemment.

« Bon, te voilà propre », reprit-il en lui souriant. Et il passa un bras autour d'elle en se tournant vers l'appareil.

Alice s'éloigna ensuite, mitraillant tous azimuts.

« Daniel, je suis désolée pour l'autre soir, je tiens à te le redire. Les parents de Gerry ont vraiment été grossiers avec toi. Je suis navrée, tu as dû te sentir très gêné...

– Inutile de t'excuser encore, Holly. D'ailleurs, tu n'as pas à t'excuser du tout. C'est pour toi que j'étais gêné. À quel titre peuvent-ils te dire avec qui sortir ou pas ? En tout cas, ne t'inquiète pas pour moi. »

Il sourit et posa ses mains sur les épaules de Holly, comme s'il s'apprêtait à poursuivre. Mais quelqu'un l'appela au bar et il se précipita à la rescousse.

« À ceci près que je ne sors pas avec toi », murmura-t-elle pour elle-même. Si elle était obligée d'en convaincre Daniel, c'est qu'ils avaient un problème. Pourvu qu'il ne s'imagine pas que ce dîner signifiait autre chose que ce qu'elle croyait. Depuis cet épisode, il l'avait appelée presque tous les jours. Il voulait juste être gentil et ces appels lui faisaient plaisir, mais... voilà qu'une petite inquiétude sournoise s'insinuait à nouveau en elle. Elle alla rejoindre Denise sur son matelas de plage, où elle sirotait la mixture bleue.

« Tiens, Holly, j'ai mis ça de côté pour toi », dit-elle en désignant un matelas pneumatique. Et elles se mirent à rire en repensant à leur mésaventure en mer.

« Alors, que penses-tu de la nouvelle boisson *hot* pour l'hiver ? demanda Holly.

– Du mal, dit Denise avec une grimace. J'en ai juste bu quelques verres et j'ai déjà la tête qui tourne. »

Alice se précipita vers Holly en traînant derrière elle un énorme type très musclé vêtu d'un short minuscule. Elle l'avait agrippé par un de ses biceps, qui était plus gros que sa taille à elle, et tendait son appareil à Holly en lui demandant de les photographier tous les deux. Holly ne pensait pas que c'était le genre de cliché que Chris avait en tête, mais elle s'exécuta pour faire plaisir à Alice.

« C'est pour l'écran de mon ordinateur au bureau, expliqua Alice à Denise. Ça me donnera peut-être envie de rester un peu plus longtemps. »

Holly passa une bonne soirée en compagnie de Tom et Denise, pendant qu'Alice photographiait tous les mannequins masculins à moitié nus. Elle regrettait d'en avoir voulu à Tom pour la soirée karaoké, tous ces mois auparavant. C'était un gentil garçon, et Denise et lui formaient un couple adorable. Holly eut à peine l'occasion de parler avec Daniel, qui était très occupé et très sollicité en tant que responsable de la soirée. Elle le regarda donner à son personnel des ordres aussitôt exécutés. Il alliait l'autorité à l'efficacité, et de toute évidence ses employés le respectaient beaucoup. Chaque fois qu'elle le voyait se diriger vers un groupe, quelqu'un l'arrêtait pour lui poser des questions ou simplement bavarder quelques minutes. La plupart du temps, c'étaient les maigrichonnes en maillot de bain qui le harponnaient. Ce qui contraria Holly. Elle détourna le regard.

« Je me demande comment je vais faire pour écrire cet article maintenant, gémit-elle un peu plus tard, en retrouvant l'air froid de la rue avec Alice.

– Ne t'inquiète pas, Holly, tu vas y arriver. Ce n'est qu'une affaire de huit cents mots.

– Oui, *seulement* ! ironisa Holly. Tu vois, il est déjà écrit depuis quelques jours, parce que Daniel m'a donné des infos, mais, après avoir assisté à la soirée, il va falloir que je réécrive tout.

– Ça te tracasse vraiment, on dirait ?

– Je ne sais pas écrire, Alice, soupira Holly. Jamais je n'ai été douée pour formuler les choses ou les décrire avec précision. »

L'air pensif, Alice demanda : « Tu l'as au bureau, ton article ? »

Holly hocha la tête.

« Bon, alors, allons-y. Si tu veux, je peux le regarder et faire quelques modifications si besoin est.

– Je ne sais pas comment te remercier, Alice ! » dit Holly, soulagée, en lui sautant au cou.

Le lendemain, Holly, très nerveuse, regardait Chris lire l'article. Il garda le même visage grognon en tournant la page. Alice ne s'était pas contentée de quelques changements, elle avait tout réécrit et Holly trouvait maintenant l'article incroyablement bon. À la fois drôle et bien documenté, il décrivait la soirée avec une verve dont elle eût été bien incapable. Alice avait un véritable talent pour l'écriture et Holly ne comprenait pas pourquoi elle travaillait à la réception du magazine au lieu d'être à la rédaction.

Lorsque Chris eut terminé, il ôta lentement ses lunettes et leva les yeux vers Holly, qui, les mains crispées sur ses genoux, avait l'impression d'être une écolière ayant triché à un examen.

« Je me demande ce que vous faites à la publicité, Holly, dit-il enfin. Vous avez une plume très alerte. J'adore cet article : il est insolent, drôle et fait passer le message. Excellent ! »

Holly se força à sourire. « Euh... Merci.

– Vous êtes vraiment douée. Quand je pense que vous m'aviez caché ça ! Ça vous dirait de faire un article de temps en temps ? »

Le visage de Holly se figea : « Vous savez, Chris, je préfère la publicité.

– Oh, je comprends, mais je vous paierai en plus pour ça. Seulement, si nous nous retrouvons à nouveau coincés, au moins, je saurai que j'ai quelqu'un qui sait écrire dans l'équipe. Beau travail, Holly ! » Il sourit et lui tendit la main.

« Euh... Merci, répéta Holly. Il faut que je retourne travailler maintenant. »

Elle se leva et sortit du bureau, les jambes raides.

« Alors, ça lui a plu ? claironna Alice en traversant le hall.

– Euh... oui, il a adoré. Il voudrait que j'en fasse d'autres. »

Holly se mordit la lèvre, affreusement gênée de récolter les bénéfices de l'affaire.

« Aha ! dit Alice en regagnant son bureau. Quelle veinarde ! »

35

Denise ferma le tiroir-caisse d'un coup de hanche et tendit le reçu à la cliente par-dessus le comptoir. « Merci », dit-elle avec un sourire qui s'effaça dès que la femme eut tourné le dos. Elle regarda la longue queue qui se formait devant la caisse et soupira. Il faudrait qu'elle reste là encore une éternité, alors qu'elle mourait d'envie d'aller griller une cigarette. Mais comme elle n'avait aucun moyen de se dérober, elle prit sans enthousiasme l'article des mains de la cliente suivante et ôta l'étiquette qu'elle passa au scanner.

« Excusez-moi, vous êtes bien Denise Hennessey ? » demanda une voix de basse.

Elle leva les yeux pour voir qui possédait ce bel organe et, avisant devant elle un motard de la police, elle fronça les sourcils. Avait-elle commis une infraction pendant les derniers jours ? Après un instant d'hésitation, elle conclut qu'elle n'avait rien à se reprocher et lui fit un sourire : « En effet.

– Sergent Ryan. Voulez-vous m'accompagner au poste, s'il vous plaît ? »

C'était davantage un ordre qu'une question, et Denise en resta bouche bée. Devant elle, ce n'était plus un motard doté d'un bel organe qu'elle voyait, mais un méchant policier qui allait l'enfermer dans une petite cellule sans eau chaude où elle moisirait à perpétuité sans maquillage, avec un jogging orange fluo et des savates aux pieds. Denise s'imaginait déjà tabassée par un groupe de mégères allergiques au mascara, dans la cour de la prison, sous l'œil de gardiens qui pariaient sur la gagnante du pugilat. Elle avala péniblement sa salive. « Pourquoi ?

– Ne discutez pas, on vous expliquera tout au poste », lança-t-il en contournant le comptoir.

Denise recula lentement et regarda, impuissante, la longue queue de clientes. Toutes la dévisageaient, intriguées.

« Demandez donc à voir sa carte ! » cria l'une d'elles au bout de la queue.

Denise obtempéra d'une voix chevrotante ; en pure perte au demeurant, car elle n'avait jamais vu une carte de policier et ne savait pas à quoi cela pouvait bien ressembler. D'une main tremblante, elle fit mine d'étudier le document sans rien voir en réalité. Elle sentait les yeux de la foule et du personnel fixés sur elle. Tout le monde devait croire la même chose, à savoir qu'elle avait commis un crime quelconque.

Elle rassembla son courage et décida qu'elle n'allait pas se laisser faire comme ça. « Je refuse de vous suivre tant que vous ne m'aurez pas dit de quoi il s'agit. »

Il s'approcha d'elle à nouveau. « Mademoiselle Hennessey, si vous êtes coopérative, je n'aurai pas besoin d'utiliser ceci. » Il prit une paire de menottes accrochée à sa ceinture. « Mieux vaudrait éviter l'esclandre.

– Mais je n'ai rien fait, protesta-t-elle, sentant la panique la gagner.

– Nous discuterons de ça tranquillement au poste », fit-il d'un ton agacé.

Denise recula. Elle était bien décidée à montrer à ses clientes et à son personnel qu'elle avait la conscience tranquille. Elle ne suivrait pas cet homme au poste tant qu'il ne lui aurait pas dit la faute qu'elle était censée avoir commise. Confortée dans sa résolution, elle cessa de reculer et croisa les bras pour montrer sa détermination.

« J'ai dit que je ne vous suivrai pas tant que vous ne m'aurez pas informée de ce dont il s'agit.

– Alors tant pis, fit-il en s'approchant d'elle avec un haussement d'épaules. Puisque vous insistez. »

Elle poussa un hurlement en sentant le contact froid du métal sur ses poignets. Même si ce n'était pas la première fois qu'elle portait une paire de menottes, le choc fut tel qu'elle resta muette et ne put qu'enregistrer les mines choquées autour d'elle lorsque l'homme la fit sortir en la tirant par le bras.

Quand elle passa devant la fin de la queue, la même cliente lui cria : « Bonne chance, ma petite ! Si on vous envoie à Mount Joy, passez le bonjour à ma fille Orla, et dites-lui que j'irai la voir à Noël. »

Denise écarquilla les yeux et elle s'imagina déjà en train d'arpenter la cellule qu'elle partagerait avec une meurtrière déjantée. Peut-être trouverait-elle un jour un petit oiseau avec une aile brisée, qu'elle soignerait et auquel elle apprendrait à voler pour passer le temps pendant ses années à l'ombre...

Son visage s'empourpra lorsqu'elle sortit sous bonne escorte dans Grafton Street. Les badauds se dispersèrent dès qu'ils virent le policier et sa prisonnière. Denise garda les yeux rivés au sol, espérant que personne de sa connaissance n'assistait à son arrestation. Son cœur cognait et elle songea un instant à se sauver. Elle jeta un coup d'œil autour d'elle en essayant de trouver une issue possible, mais elle ne fut pas assez rapide, car elle se trouva propulsée sur le siège avant d'un grand minibus bleu. Elle appuya sa tête contre la vitre et dit adieu à la liberté.

« Où allons-nous ? » demanda-t-elle.

La fliquette qui conduisait et le motard l'ignorèrent et continuèrent à regarder droit devant eux.

« Hé ! hurla-t-elle, je croyais que vous m'emmeniez au poste ? »

Ils ne bronchèrent pas davantage.

« HÉ ! OÙ ALLONS-NOUS ? ! ! »

Pas de réponse.

« JE N'AI RIEN FAIT DE MAL ! »

Toujours pas de réponse.

« JE SUIS INNOCENTE, BORDEL ! INNOCENTE, JE VOUS DIS ! »

Denise se mit à lancer des coups de pied dans le siège devant elle pour essayer d'attirer leur attention. Lorsque la femme glissa une cassette dans l'autoradio et monta le volume, les yeux de Denise faillirent lui sortir de la tête en entendant le morceau.

Le motard se retourna avec un sourire jusqu'aux oreilles et déclara : « Denise, vous avez été très vilaine ! » Là-dessus, il se leva et se mit à onduler du bassin au rythme de *Hot Stuff*.

Elle s'apprêtait à lui envoyer un grand coup de pied à l'entrejambe quand elle entendit des cris et des rires derrière elle dans le minibus. Elle se retourna et vit ses sœurs, Holly, Sharon et cinq autres amies assises par terre en train de se tordre de rire. En montant, elle avait été tellement bouleversée qu'elle ne les avait même pas remarquées. Il lui fallut un certain temps pour comprendre qu'elles n'avaient pas toutes été arrêtées par hasard en même temps qu'elle. Elle ne commença à comprendre ce qui se passait vraiment que lorsque ses sœurs lui mirent un voile sur la tête en criant : « Joyeux enterrement de ta vie de jeune fille ! » C'était donc ça !

« Quelles salopes ! » cracha Denise. Et elle se mit à les traiter de tous les noms. « Oui, eh bien, vous avez eu de la chance que je ne vous aie pas shooté dans les couilles ! cria-t-elle au policier qui continuait à danser.

– Denise, on te présente Paul. C'est ton escorte pour la journée. »

Elle plissa les yeux et continua à les agonir d'injures.

« J'ai failli avoir une crise cardiaque, je ne sais pas si vous vous en rendez compte ! Je croyais aller en prison, sales garces. Oh, mon Dieu, qu'est-ce qu'elles vont penser, mes clientes ? Et mes vendeuses ! Oh là là, mes vendeuses vont me prendre pour une criminelle. » Denise ferma les yeux comme si elle souffrait le martyre.

« On les a prévenues la semaine dernière, dit Sharon. Elles t'ont fait marcher.

– Non mais quelles salopes ! répéta Denise. Quand je

retournerai au magasin, je les virerai toutes. Mais les clientes ? fit-elle, recommençant à paniquer.

– Ne t'inquiète pas, dit sa sœur. On a demandé aux vendeuses de tout leur expliquer dès que tu serais sortie.

– Oui, eh bien, les connaissant, elles feront exprès de ne rien dire. Et si elles ne disent rien, les clientes se plaindront, et s'il y a des plaintes, c'est *moi* qui serai virée.

– Denise, arrête de te tracasser ! Tu ne crois quand même pas qu'on aurait fait ça sans mettre tes patrons au courant. Tu n'as rien à craindre, précisa Fiona. Ils ont trouvé ça marrant, alors détends-toi et profite de ton week-end.

– Le week-end ? Qu'est-ce que vous allez encore me faire, les filles ? Où on va ? demanda Denise, intriguée.

– À Galway, c'est tout ce que tu as besoin de savoir, rétorqua Sharon.

– Si je n'avais pas des menottes, je t'enverrais ma main dans la figure », menaça Denise.

Toutes les filles applaudirent lorsque Paul commença à ôter son uniforme et à s'asperger d'huile pour bébé afin de se faire masser par Denise.

« Les hommes en uniforme sont tellement plus beaux quand ils l'enlèvent..., marmonna-t-elle en le regardant faire saillir ses muscles à son intention.

– Tu as de la chance qu'elle ait les menottes, Paul, sinon, tu courrais de gros risques.

– De gros risques, c'est le mot, murmura encore Denise en le regardant, interloquée, lorsque le reste de ses vêtements tomba au sol. Oh, les filles, merci ! » gloussa-t-elle sur un tout autre ton.

« Il faut absolument que j'appelle Tom », gémit Denise en s'écroulant sur le grand lit qu'elle partageait avec Holly à l'hôtel.

À côté, Sharon dormait à poings fermés dans un lit à une personne après avoir refusé la proposition de Denise de prendre le lit double à cause de son ventre qui grossissait à vue d'œil. Elle s'était couchée beaucoup plus tôt que les autres, car, ne buvant pas, elle n'était pas au diapason et s'ennuyait.

« J'ai des instructions strictes pour ne pas te laisser l'appeler, fit Holly en bâillant. C'est un week-end entre filles.

– S'il te plaît ! implora Denise.

– Non. Je confisque ton téléphone. » Et elle s'empara du portable de son amie, qu'elle cacha dans l'armoire à côté du lit.

Denise paraissait au bord des larmes. Elle regarda Holly se recoucher, ferma les yeux et réfléchit à un plan : elle attendrait qu'elle s'endorme pour appeler Tom. Holly avait été tellement silencieuse toute la journée que Denise commençait à s'en formaliser. Chaque fois qu'elle lui avait posé une question, Holly lui avait répondu par oui ou par non et chaque fois qu'elle avait essayé d'engager la conversation, elle n'avait abouti à rien. De toute évidence, Holly ne s'amusait pas, mais ce qui contrariait vraiment Denise, c'était qu'elle ne se donnait même pas la peine d'essayer, ni même de faire semblant. Que Holly ne soit pas en grande forme, elle pouvait le comprendre. N'empêche qu'elle cassait un peu l'ambiance.

Lorsque Holly reposa sa tête sur l'oreiller et ferma les yeux, la pièce se mit à tourner ; du coup, elle les rouvrit bien vite. Il était cinq heures du matin, ce qui signifiait qu'elle buvait depuis près de douze heures et sa tête cognait. Son estomac se souleva et les murs continuèrent à tourner, tourner, tourner... Elle se redressa et essaya de garder les yeux ouverts pour combattre la sensation de mal de mer.

Elle aurait bien bavardé avec Denise, mais les ronflements de son amie lui ôtèrent tout espoir de communication. En soupirant, elle promena le regard autour de la pièce. Elle aurait donné cher pour rentrer chez elle et dormir dans son lit, entourée d'odeurs et de bruits familiers. Elle tendit le bras, tâtonna sur les couvertures en quête de la télécommande et alluma la télévision. Des publicités apparurent sur l'écran. Holly regarda la présentation d'un nouveau couteau pour trancher les oranges sans s'éclabousser de jus ; de chaussettes incroyables qui ne se perdaient jamais dans la machine à laver et restaient toujours ensemble.

À côté d'elle, Denise, qui ronflait toujours aussi bruyamment, lui donna des coups de pied dans les tibias en changeant de position. Holly fit la grimace et se frotta la jambe. Elle regarda avec tendresse Sharon qui, couchée sur le côté, essayait en vain de se tourner sur le ventre, puis renonçait. Soudain, Holly se précipita aux toilettes et mit sa tête au-dessus de la cuvette, prête à toute éventualité. Quelle idée d'avoir autant bu ! Mais, à force d'entendre parler de mariage, de mari et de bonheur, elle avait éprouvé le besoin d'écluser copieusement pour ne pas hurler à tout le monde de se taire. Elle redoutait les deux jours qui allaient suivre. Les amies de Denise, que Holly avait déjà brièvement rencontrées, étaient bien pires que Denise elle-même : bruyantes, excitées, bref, parfaitement dans la note pour enterrer une vie de jeune fille, seule Holly n'avait pas l'énergie de suivre le mouvement. Sharon, elle au moins, avait l'excuse d'être enceinte. Elle pouvait toujours dire qu'elle ne se sentait pas bien ou qu'elle était fatiguée. Mais Holly n'avait aucune excuse, hormis qu'elle était devenue ennuyeuse comme la pluie, et cette excuse-là, elle la gardait en réserve pour le moment où elle en aurait vraiment besoin.

Elle avait l'impression que c'était la veille qu'elle avait enterré sa propre vie de jeune fille, alors qu'en fait cela remontait à sept ans. Elle avait pris l'avion pour Londres avec un groupe de dix amies, et elles avaient vraiment fait la bringue, à ceci près que Gerry avait fini par tant lui manquer qu'elle lui avait téléphoné toutes les heures. À l'époque, elle se réjouissait à la perspective d'un avenir qui paraissait si brillant et si heureux. Elle aurait dû écouter les mises en garde : il faut se méfier de ce qui brille...

Elle allait épouser l'homme de ses rêves, et ils passeraient ensemble le reste de leur existence. Elle se souvenait que, pendant tout ce week-end loin de lui, elle avait compté les heures qui la séparaient du retour. Pendant le vol Londres-

Dublin, elle était excitée comme si elle s'était absentée pendant une éternité, alors qu'elle n'était partie que quelques jours. Il l'attendait à l'aéroport avec une pancarte sur laquelle étaient inscrits ces mots « Ma future femme ». En le voyant, elle avait laissé tomber ses bagages et s'était précipitée dans ses bras pour le serrer de toutes ses forces. Elle ne voulait plus le lâcher. Quel luxe que de pouvoir étreindre quand on veut ceux qu'on aime. Leurs retrouvailles à l'aéroport ressemblaient à une scène de film, mais elles étaient réelles : il s'agissait de sentiments réels, d'émotions réelles, d'un amour réel parce que cela se passait dans la vie réelle. Or la vie réelle était devenue un cauchemar pour Holly.

Pourtant, elle réussissait à s'extraire de son lit chaque matin ; elle parvenait même en général à s'habiller. Elle était arrivée à se trouver un nouveau travail où elle avait rencontré de nouveaux visages ; et oui, elle s'était finalement remise à faire des courses et à s'alimenter. Mais elle ne se sentait pas transportée de joie pour autant. Ce n'étaient là que des formalités, des rubriques à cocher sur la liste des choses que font les gens normaux. Aucune ne comblait le trou béant dans son cœur. On aurait dit que son corps était devenu un grand puzzle, comme les champs avec leurs jolis murets qui relient l'ensemble de l'Irlande. Elle avait commencé le puzzle par les coins et les bords, parce que c'étaient les parties les plus simples ; maintenant qu'ils étaient en place, il fallait qu'elle s'attaque aux autres portions, aux morceaux difficiles. Mais rien de ce qu'elle avait fait jusqu'à présent n'avait rempli le vide central : cette pièce restait à trouver.

Holly se racla la gorge et fit semblant d'avoir une crise de toux pour que les autres se réveillent. Elle avait besoin de parler, de pleurer, d'épancher ses frustrations et ses déceptions. Mais que pouvait-elle dire à Denise et à Sharon qu'elle n'eût déjà dit ? Elle ressassait éternellement les mêmes préoccupations et ses amies parvenaient parfois à lui faire entendre raison ; alors, elle se sentait regonflée pendant quelques jours, mais cela ne durait pas et elle retombait dans le désespoir. Elle recommencerait à égrener les mêmes plaintes, elles répéteraient les mêmes conseils, et elle affronterait à nouveau le monde. Mais, parfois, elle ne suivait pas leurs conseils et écoutait la voix de la déraison.

Au bout d'un moment, Holly se lassa de regarder les quatre murs de la chambre. Elle passa un survêtement et descendit au bar de l'hôtel.

Charlie fit une grimace en entendant la tablée derrière le bar hurler de rire une fois de plus. Il essuya le comptoir en zinc et regarda sa montre. Cinq heures trente-cinq. Il était encore au travail alors qu'il n'avait qu'une envie : rentrer chez lui. Il s'était estimé heureux quand les femmes qui étaient venues enterrer une vie de jeune fille étaient allées se coucher plus tôt que prévu, et il s'apprêtait à tout ranger avant de rentrer chez lui lorsque avait surgi un groupe de clients après la fermeture d'un night-club de Galway. Et ils étaient toujours là. En fait, il aurait préféré que les filles restent plutôt que de devoir supporter cette bande de fêtards arrogants installés au fond du bar. Ils n'étaient même pas clients de l'hôtel, mais il ne pouvait refuser de les servir car c'était la fille du propriétaire qui les avait amenés. Elle et son petit ami qui ne se prenait pas pour du pipi de chat, il les trouvait horripilants.

« Ne me dites pas que vous êtes revenue boire ! » dit-il, amusé, en voyant Holly entrer dans la salle.

Elle se dirigea vers le bar en titubant un peu et visa non sans peine le grand tabouret. Charlie s'efforça de garder son sérieux.

« Je suis juste venue vous demander un verre d'eau, fit-elle dans un hoquet. Oh, là là ! » s'exclama-t-elle en apercevant son reflet dans la glace.

Charlie devait reconnaître qu'elle n'était pas tellement à son avantage : elle ressemblait à l'un des épouvantails de la ferme de son père. Ses cheveux hérissés ressemblaient à de la paille ; son mascara avait coulé, formant des cercles noirs autour de ses yeux, et elle avait les dents tachées par tout le vin rouge qu'elle avait bu. On aurait dit qu'elle avait reçu un direct dans les deux yeux, mais elle, elle avait la sensation d'en avoir reçu un à l'estomac. Les commissures de ses lèvres s'ornaient de deux petits retroussis rouges.

« Voilà, dit Charlie en posant devant elle un verre d'eau sur un sous-bock.

– Merci. » Elle plongea l'index dans le verre et commença à effacer les taches de mascara et celles de vin autour de sa bouche.

Charlie se mit à rire et elle regarda le nom inscrit sur son badge.

« Qu'est-ce qui vous amuse, Charlie ?

– Je croyais que vous aviez soif. Si j'avais su, je vous aurais donné un gant de toilette ! »

La jeune femme sourit et ses traits s'adoucirent.

« Le citron et la glace sont excellents pour la peau.

– Tiens, c'est nouveau, ça ! dit Charlie en continuant à polir son comptoir. Vous vous êtes bien amusées ce soir ?

– Sans doute, soupira Holly. »

« S'amuser » n'était plus un verbe qu'elle utilisait souvent. Toute la soirée, elle avait ri aux blagues des autres et partagé l'excitation de Denise, mais elle s'était sentie plutôt mal. Un peu comme ces écolières timides qui ne prennent jamais la parole et à qui personne ne l'adresse. Elle ne se reconnaissait plus ; quand elle sortait, elle aurait voulu cesser de regarder la pendule en espérant que la soirée se terminerait rapidement pour rentrer chez elle et se réfugier dans son lit. Elle aurait voulu jouir du moment présent au lieu de souhaiter que le temps passe.

« Ça va ? » demanda Charlie, qui cessa d'astiquer son zinc pour l'observer. Il avait le pressentiment désagréable qu'elle allait se mettre à pleurer. Il avait l'habitude : beaucoup de gens deviennent sentimentaux quand ils ont bu.

« Mon mari me manque », murmura-t-elle, les épaules tremblantes.

Les coins de la bouche de Charlie se retroussèrent. Il trouvait les gens soûls plutôt drôles.

« Qu'est-ce qui vous amuse ? demanda-t-elle, vexée.

– Vous êtes ici pour combien de temps ?

– Le week-end, dit-elle en roulant un Kleenex usagé autour de son index.

– Et vous n'avez jamais passé un week-end séparés ? »

Il sourit en regardant son interlocutrice réfléchir, sourcils froncés.

« Si, une seule fois, répondit-elle enfin. Et c'était pour enterrer ma vie de jeune fille.

– Il y a combien de temps ?

– Sept ans. » Une larme roula sur sa joue.

« Ça fait un bail. Bon, si vous y êtes arrivée une fois, vous pouvez recommencer. Sept, c'est un chiffre porte-bonheur, à ce qu'on dit. »

Holly s'étouffa avec son eau. Porte-bonheur, tu parles !

« Ne vous en faites pas, votre mari est sans doute malheureux sans vous.

– Oh là là, j'espère bien que non !

– Bon, alors, vous voyez ? Lui aussi, il doit espérer que vous n'êtes pas malheureuse sans lui. Vous êtes censée vous amuser.

– Vous avez raison, dit Holly, réconfortée. Il ne voudrait pas me savoir malheureuse.

– Voilà ce qu'il faut vous dire. »

Charlie se rembrunit en voyant la fille de son patron se diriger vers le bar avec sur le visage un air qu'il ne connaissait que trop.

« Hé, Charlie, cria-t-elle, ça fait une éternité que j'essaie d'attirer votre attention. Peut-être que si vous arrêtiez de bavasser avec les clients du bar et que vous faisiez votre travail, mes amis et moi aurions moins soif. »

Holly en resta bouche bée. Elle en avait, du culot, celle-là, de parler à Charlie sur ce ton. Et son parfum était si fort qu'elle se mit à tousser discrètement.

« Vous avez un problème ? dit la femme, qui tourna la tête vers Holly et la toisa.

– Oui, dit Holly en avalant une gorgée d'eau. Votre parfum est écœurant, il me donne envie de vomir. »

Charlie plongea derrière le comptoir sous prétexte de chercher des rondelles de citron pour ne pas pouffer.

« Pourquoi on attend comme ça ? » dit une voix de basse. Charlie se redressa en reconnaissant le petit ami, Stevie. Il était encore pire. « Va donc t'asseoir, chérie, ordonna-t-il. J'apporterai les consommations.

– Merci. Heureusement qu'il y a quelqu'un de courtois ici », glapit-elle en toisant Holly à nouveau avant de repartir d'un pas furieux vers sa table au bout du bar.

Holly regarda ses hanches onduler comme un balancier de pendule tandis qu'elle marchait. Un top model, sans doute, pensa-t-elle. Voilà qui expliquait les caprices.

« Alors, comment ça va ? » demanda Stevie en la regardant droit dans les seins.

Charlie se mordit la langue pour ne faire aucune réflexion. Il baissa le levier de la pompe à bière pour emplir une pinte de Guinness qu'il laissa reposer sur le comptoir. Il avait l'intuition que sa cliente n'allait pas succomber au charme de Stevie, d'autant qu'elle paraissait très amoureuse de son mari. Charlie attendait avec impatience de le voir se faire remettre vertement à sa place.

« Je vais très bien, dit Holly d'un ton sec en regardant droit devant elle.

– Je m'appelle Stevie, dit-il en lui tendant la main.

– Et moi, Holly, marmonna-t-elle en serrant très légèrement sa main, juste pour ne pas être trop impolie.

– Quel joli nom ! » Il retint sa main beaucoup trop longtemps et Holly fut forcée de le regarder. Il avait de grands yeux bleus pétillants.

« Euh... merci », répondit-elle en rougissant.

Charlie soupira. Toutes les mêmes...

« Je peux vous offrir un verre, Holly ? demanda Stevie d'une voix doucereuse.

– Non, merci, fit-elle en avalant une gorgée d'eau.

– Bon, eh bien, je vais porter ce plateau à ma table et je reviendrai offrir un verre à la charmante Holly », dit-il en lui adressant un sourire déplaisant.

Dès qu'il eut tourné les talons, Charlie leva les yeux au ciel.

« Non mais je vous jure ! C'est qui, ce crétin ? » demanda Holly, perplexe.

Charlie se mit à rire, soulagé de voir que les avances du don juan la laissaient de marbre. Cela prouvait qu'elle ne manquait pas de bon sens, même si elle pleurait parce que son mari lui manquait au bout d'une journée de séparation.

Il baissa la voix : « C'est Stevie, le petit copain de Laura, la blonde qui était là tout à l'heure. Son père à elle est propriétaire de cet hôtel, ce qui veut dire que je ne peux pas l'envoyer balader. Je perdrais mon boulot, et le jeu n'en vaut pas la chandelle.

– Ah mais si, dit Holly en regardant la belle Laura et en remuant des pensées vipérines. Enfin, bonne nuit, Charlie, dit-elle en descendant de son tabouret après quelques minutes.

– Vous allez vous coucher ?

– Il serait temps ! Il est plus de six heures, fit-elle en tapotant sa montre. J'espère que vous n'aurez pas trop à attendre.

– Rien n'est moins sûr », répondit-il en la regardant quitter le bar.

Stevie la suivit et Charlie s'approcha de la porte pour s'assurer qu'elle ne craignait rien.

Holly avait sommeil et avançait dans le couloir en bâillant. Elle était contente d'avoir trouvé quelqu'un à qui parler à cette heure-ci. D'habitude, chez elle, quand elle n'arrivait pas à dormir, il était trop tard pour téléphoner à qui que ce soit. Ce serait agréable d'avoir un barman personnel à demeure, pour pouvoir lui parler toutes les fois qu'elle en éprouvait le besoin. Mais, en fait, elle en avait déjà un : Daniel.

Elle sursauta en sentant une main se poser sur son épaule et poussa un petit cri de surprise.

« Il ne faut pas avoir peur ! chuchota Stevie. Ce n'est que moi.

– Non mais, qu'est-ce qui vous prend de me suivre comme ça ? souffla Holly, furieuse.

– Désolé. » Il sourit en avançant la main pour remettre

une mèche de cheveux derrière l'oreille de Holly. Il avait les paupières lourdes et tanguait légèrement sur ses pieds.

Holly s'écarta, sourcils froncés. « Je crois que vous faites erreur, Stevie. Retournez donc au bar et rejoignez votre petite amie. »

Il oscilla légèrement et elle sentit son haleine chargée d'alcool et de tabac. Il lui sourit à nouveau.

Elle pivota prestement sur ses talons et courut jusqu'à sa porte, mais il l'attrapa par la main et l'attira contre lui pour essayer de l'embrasser.

« Stevie ! hurla une voix de femme. Comment oses-tu ! »

Il eut un sursaut de panique et Holly regarda vers le hall, où elle aperçut Laura, hagarde. Derrière elle, Charlie levait deux pouces à l'intention de Holly. Dégoûtée, elle essuya la salive de Stevie sur son visage pendant que Laura le traitait de tous les noms.

« Beeeerk ! dit Holly à Charlie qui s'était approché. Je ne l'ai vraiment pas cherché !

– Je vous crois ! J'ai vu la scène par la porte.

– Oui, eh bien, merci d'être venu à mon secours ! lança-t-elle, sarcastique.

– Pardon ! J'aurais dû, mais je voulais qu'elle voie ça. Je n'ai pas pu résister ! »

Holly regarda au bout du couloir. Laura et Stevie se disputaient comme des chiffonniers.

« Eh bien dites donc ! » fit-elle en souriant à Charlie.

Rentrée dans la chambre, elle essaya tant bien que mal de regagner son lit dans le noir.

« Aïe ! cria-t-elle en se heurtant le gros orteil contre un pied de lit.

– Chut », souffla Sharon d'une voix ensommeillée.

Holly continua sa progression en marmonnant et tapa sur l'épaule de Denise jusqu'à ce qu'elle se réveille.

« Quoi, qu'est-ce que c'est ? gémit Denise, émergeant du sommeil avec peine.

– Tiens, dit Holly en mettant le portable de son amie sur son oreiller. Téléphone à ton futur mari ; dis-lui que tu l'aimes. Les autres n'auront pas besoin de le savoir. »

Le lendemain, Holly fit une grande promenade sur la plage juste en dehors de la ville. Bien qu'on fût en octobre, l'air était doux et elle n'avait pas eu besoin de mettre de manteau, une veste un peu chaude suffisait. Debout devant la mer, elle écoutait le bruit doux des vagues qui léchaient la grève. Les autres filles avaient l'intention de recommencer à boire au déjeuner, mais Holly ne se sentait pas l'estomac assez bien accroché pour ça. Sharon et elle avaient donc décidé d'aller se promener pour s'éclaircir les idées.

« Ça va, Holly ? » demanda Sharon en s'approchant de son amie par-derrière et en lui passant les bras autour du cou.

Holly soupira. « Chaque fois qu'on me pose cette question, Sharon, je réponds : "Oui, ça va." Mais, pour être franche, ce n'est pas vrai. Est-ce que les gens ont vraiment envie de savoir ? Ou est-ce qu'ils sont simplement polis ? La prochaine fois que ma voisine me demandera : "Comment ça va ?", je lui répondrai : "Eh bien, en fait, plutôt mal, merci. Je me sens seule et déprimée. J'en ai ras le bol du monde. Je suis jalouse de vous et de votre petite famille modèle. Mais je n'envie pas votre mari d'être obligé de vous supporter." Et puis je lui dirai que j'ai commencé un nouveau boulot, rencontré des gens nouveaux ; que j'essaie de me remettre, mais que je ne sais pas très bien quoi faire de plus. Je lui dirai aussi à quel point ça m'agace quand on me serine que le temps guérit tout, alors qu'on me soutient en même temps que l'absence renforce les sentiments. Ça m'intrigue, vois-tu, parce que cela signifie que j'aime Gerry de plus en plus à mesure que le temps passe. Je lui dirai que rien ne se guérit et que chaque matin, quand je me réveille dans mon lit vide, j'ai l'impression qu'on frotte du sel sur mes blessures, qui ne se cicatrisent pas. Et puis, je lui dirai que mon mari me manque énormément, que ma vie semble un désert sans lui, que je n'ai guère envie de faire des choses toute seule ; je lui expliquerai que j'ai l'impression d'attendre que ma vie se termine pour aller le rejoindre. Elle dira probablement : "Oh, c'est bien, ça", comme elle le fait toujours, et puis elle embrassera son mari, montera dans sa voiture pour conduire ses enfants à l'école, ira travailler, préparera le repas, dînera et ira se coucher avec son mari. Et elle aura fait tout ça pendant que moi je n'aurai toujours pas décidé la couleur du chemisier que je porterai pour aller travailler. Tu vois ? »

Sa tirade terminée, Holly se tourna vers Sharon.

« Oh ! » Sharon sursauta et ôta son bras des épaules de Holly.

« Comment ça "Oh !" ? Je te dis tout ce que j'ai sur le cœur et tout ce que tu trouves à répondre, c'est "Oh" ? »

Sharon rit et mit sa main sur son ventre.

« Mais non, idiote, le bébé m'a donné un coup de pied ! »

La bouche de Holly s'ouvrit toute grande.

« Sens-le. »

Holly plaça sa main sur le ventre protubérant et perçut un petit mouvement. Les yeux des deux amies s'emplirent de larmes.

« Oh, Sharon, si chaque minute de ma vie était pleine de petits moments aussi parfaits que celui-ci, je ne me plaindrais plus jamais.

– Mais aucune vie ne comporte que des petits moments parfaits. Si c'était le cas, on ne le remarquerait plus parce que cela paraîtrait normal. Comment reconnaîtrais-tu le bonheur s'il n'y avait que des hauts et jamais de bas dans la vie ?

– Oh ! crièrent-elles encore ensemble, lorsque le bébé donna un nouveau coup de pied.

– Je crois que ce petit garçon sera footballeur comme son père ! s'esclaffa Sharon.

– Un garçon ! s'exclama Holly. C'est un garçon ? »

Sharon hocha la tête avec satisfaction.

« Holly, je te présente le petit Gerry. Et toi, Gerry, voici ta marraine, Holly. »

36

« Salut, Alice », dit Holly en s'approchant du bureau de sa collègue. Elle était là depuis quelques minutes et Alice n'avait pas encore desserré les dents.

« Salut, dit Alice sèchement sans lever les yeux.

– Tu es fâchée ?

– Non, répondit l'autre, toujours aussi sèchement. Chris demande à te voir. Il voudrait que tu écrives un autre article.

– Un autre article !

– C'est ce qu'il a dit.

– Alice, pourquoi ne l'écris-tu pas ? Tu écris merveilleusement. Je suis sûre que si Chris le savait, il te...

– Il le sait, coupa Alice.

– Hein ? fit Holly, sidérée.

– Il y a cinq ans, j'ai posé ma candidature comme journaliste, mais il n'y avait qu'un poste de secrétaire. Chris m'a dit que si j'étais patiente, il y aurait peut-être une occasion. »

Alice paraissait vraiment en colère, ce qui surprit Holly, habituée à la voir toujours de bonne humeur. Manifestement, ce n'était pas de la contrariété qu'elle éprouvait, mais de la rage.

Holly soupira et entra dans le bureau de Chris. Cet article-là, elle allait manifestement devoir l'écrire toute seule.

Holly feuilleta le magazine de novembre sur lequel elle

avait travaillé. Il serait distribué le lendemain, 1er novembre, et elle se sentait très excitée. Son premier numéro serait sur les présentoirs et elle ouvrirait la lettre de Gerry. Demain serait un jour faste.

Bien qu'elle se fût seulement occupée des publicités, elle se sentait très fière de faire partie d'une équipe qui avait réussi à réaliser un vrai travail de pros. On était loin de la misérable feuille d'informations qu'elle avait imprimée des années plus tôt et elle rit en se souvenant de l'avoir mentionnée dans son entretien. Comme si cela avait des chances d'impressionner Chris ! Malgré tout, elle avait donné sa mesure : elle avait pris son travail à bras-le-corps et atteint ses objectifs.

« Eh bien, je suis contente de te voir si gaie, siffla Alice en entrant dans le bureau de Holly pour lui lancer deux petits morceaux de papier.

» Tu as eu deux appels pendant ton absence. Un de Sharon et un de Denise. Tu voudras bien dire à tes copines de te téléphoner pendant ton heure de déjeuner, parce que moi, je n'ai pas que ça à faire.

– Oh, merci ! » dit Holly en regardant les messages. Les griffonnages d'Alice étaient illisibles. Elle l'avait sans doute fait exprès. « Hé, Alice ! cria-t-elle après que celle-ci eut claqué la porte derrière elle.

– Quoi encore ?

– Tu as lu l'article sur le lancement du Blue Rock ? Les photos sont très réussies, l'ensemble aussi ! Je suis très fière, dit Holly avec un large sourire.

– Non, je ne l'ai pas lu », fit Alice, l'air excédé. Et elle claqua la porte de nouveau.

Holly lui courut après, le magazine à la main.

« Mais regarde ! C'est excellent. Daniel va être ravi.

– Eh bien, je me réjouis pour vous deux, grinça Alice en farfouillant dans les papiers qui se trouvaient sur son bureau.

– Arrête de faire ton caprice et lis ce truc.

– Non ! s'entêta Alice.

– Alors, tu ne verras pas la photo où tu es avec ce type

superbe à moitié nu... » Holly se retourna et s'éloigna lentement.

« Donne-moi ça ! » Alice lui arracha des mains le magazine. Lorsqu'elle arriva à la page concernant le lancement du Blue Rock, elle resta bouche bée.

En haut de la page, sous le titre « Alice au Pays des merveilles », elle découvrit la photo que Holly avait prise d'elle et du mannequin musclé.

« Lis-le tout haut », ordonna Holly.

Alice se mit à lire d'une voix tremblante : « Une nouvelle boisson non alcoolisée vient d'être commercialisée et notre nouvelle *correspondante pour les festivités*, Alice Goodyear, est allée voir si la "nouvelle boisson *hot* pour l'hiver" était à la hauteur de sa publicité... » Sa voix s'éteignit et elle porta une main à sa bouche, stupéfaite. « Correspondante pour les festivités » ? répéta-t-elle.

Holly appela Chris, qui sortit de son bureau et les rejoignit, radieux.

« Beau travail, Alice. Vous avez écrit un article très enlevé, très amusant, dit-il en lui tapotant l'épaule. Alors, j'ai créé une nouvelle rubrique intitulée "Alice au Pays des merveilles", où vous ferez une chronique mensuelle pour raconter toutes les choses marrantes et insolites qui se passent dans ces fêtes que vous adorez. »

Les yeux d'Alice allèrent de l'un à l'autre et elle bégaya : « Mais, Holly...

– Holly ne sait pas écrire, fit Chris en riant. Et vous, vous êtes très douée. J'aurais dû avoir recours à vos services depuis longtemps.

– Oh, là là, souffla-t-elle, comment te remercier, Holly ? » Elle se jeta à son cou, et la serra si fort que Holly faillit étouffer.

« Merci quand même, Chris ! croassa Holly avant de virer au violet.

– Oh, Chris ! s'écria Alice, qui lâcha Holly pour se jeter cette fois au cou de son patron. Je vous promets de ne pas vous décevoir !

– D'accord, mais lâchez-moi avant de m'étrangler. Allez donc téléphoner à votre mère pour lui annoncer la nouvelle.
– Maman ? Ah, mais bien sûr. Bonne idée ! »
Holly et Chris échangèrent un sourire et regagnèrent leurs bureaux respectifs pendant qu'Alice s'égosillait au téléphone.
« Oups ! s'exclama Holly en trébuchant sur une pile de sacs posés par terre devant sa porte. Qu'est-ce que c'est que tout ça ? »
Chris fit une grimace. « Ce sont les sacs de Ciaran.
– Les sacs de Ciaran ! gloussa-t-elle.
– Il écrit un article sur les sacs à la mode cette saison ou une autre ânerie dans ce genre-là, laissa-t-il tomber, blasé.
– Mais ils sont ravissants ! dit Holly, se penchant pour en ramasser un.
– Chouettes, non ? dit Ciaran, qui sortit de son bureau et s'appuya à la porte.
– J'adore celui-ci, dit Holly en glissant la bandoulière sur son épaule. Il me va comment ? »
Chris leva les yeux au ciel. « Quelle question ! C'est un sac, voilà tout.
– Alors il faudra que vous lisiez l'article que j'écris pour le mois prochain, rétorqua Ciaran. N'importe quel sac ne va pas à n'importe qui, vous savez. » Il se tourna vers Holly. « Tu peux garder celui-ci si tu veux.
– Tu es sérieux ? Ça doit valoir une jolie somme !
– Oui, mais j'en ai un tas. Si tu voyais tout ce que le créateur m'a donné ! Des cadeaux pour se gagner mes bonnes grâces. Quel culot ! s'exclama-t-il en prenant une mine scandalisée.
– Peut-être, mais je parie que c'est payant ! dit Holly.
– Absolument. La première ligne de mon article sera : "Allez tous vous acheter un de ces sacs. Ils sont fabuleux !"
– Qu'est-ce que tu as d'autre ? demanda-t-elle en essayant de regarder derrière lui pour inventorier l'intérieur de son bureau.
– J'écris un article sur les tenues de fête. Quelques robes sont arrivées aujourd'hui. En fait, ajouta-t-il en regardant

Holly des pieds à la tête tandis qu'elle rentrait son ventre, il y en a une qui serait super sur toi. Viens l'essayer.
– Chic alors ! J'adore ce boulot ! »
Chris secoua la tête et hurla : « Est-ce que quelqu'un bosse une seconde dans ce putain de bureau ?
– Justement ! rétorqua Tracey, si vous arrêtiez de nous déranger, ça nous soulagerait ! »
Tout le monde rit et Holly aurait juré avoir vu Chris sourire avant de claquer la porte d'un geste théâtral.

Quelques heures et de nombreuses robes de bal plus tard, Holly regagna son bureau et rappela Denise.
« Allô, ici boutique Prout-ma-chère pour fringues très chères. Vous avez la gérante à l'appareil, et elle en a ras le bol. Je vous écoute.
– Denise ! s'écria Holly, estomaquée. Tu ne peux pas répondre au téléphone comme ça !
– T'inquiète ! J'ai la présentation du numéro, alors je savais que c'était toi.
– Mmmm, fit Holly, sceptique. J'ai eu ton message.
– Oui, je t'ai appelée pour te confirmer que tu allais au bal. Tom va retenir une table cette année.
– Quel bal ?
– Le bal de Noël, imbécile. On y va tous les ans.
– Ah, oui, le bal de Noël, qui a toujours lieu à la mi-novembre, fit Holly en riant. Désolée, mais cette année, je ne suis pas libre.
– Tu ne sais pas encore la date ! protesta Denise.
– Je suppose que c'est la même que chaque année, alors je ne suis pas libre.
– Mais non, c'est le 30 novembre cette année, alors, tu es libre !
– Le 30... » Holly marqua une pause et feuilleta bruyamment les pages de son agenda de bureau. « Non, Denise, je regrette. Je suis prise le 30. J'ai une charrette... », mentit-elle. Oui, elle allait avoir une charrette, mais le magazine

serait chez les marchands le 1er décembre, donc elle ne serait pas particulièrement occupée la veille.

« Mais on n'a pas besoin d'arriver avant huit heures, insista Denise. Tu peux même venir à neuf heures si ça t'arrange. Tu rateras juste le cocktail. C'est un vendredi soir, Holly. Personne ne peut te demander de travailler tard un vendredi soir...

– Écoute, Denise, je suis désolée, répondit-elle. Je serai débordée.

– Pour changer, marmonna Denise.

– Qu'est-ce que tu dis ? demanda Holly, prenant la mouche.

– Rien, rétorqua Denise d'un ton sec.

– Je t'ai entendue. Tu as dit "Pour changer". Eh bien, figure-toi que je prends mon travail au sérieux. Et je n'ai pas l'intention de le perdre pour un malheureux bal.

– Très bien, fit Denise, vexée. N'y va pas.

– Je n'en ai pas l'intention.

– Parfait.

– Je suis ravie que tu trouves ça parfait, Denise. »

Holly ne put s'empêcher de sourire en se rendant compte du tour ridicule que prenait la conversation.

« Ravie que tu sois ravie, grinça Denise.

– Oh, arrête de réagir comme une gamine. J'ai du travail, c'est aussi simple que ça.

– Tu parles d'un scoop ! Bosser, c'est tout ce que tu sais faire par les temps qui courent, lâcha Denise d'un ton rageur. Tu ne sors plus jamais. Chaque fois que je t'invite, tu as plus important à faire, apparemment. Travailler, par exemple. Pour l'enterrement de ma vie de jeune fille, tu faisais une mine de condamnée, et le deuxième soir, tu n'es même pas sortie avec nous. En fait, je me demande pourquoi tu es venue à Galway. Si tu m'en veux pour quelque chose, Holly, j'aimerais mieux que tu me le dises en face au lieu de te conduire comme une chieuse ! »

Sidérée, Holly regarda le téléphone. Elle n'en croyait pas ses oreilles. Denise n'était tout de même pas assez bête ou égocentrique pour s'imaginer que sa réaction était dirigée contre elle ! Pour ne pas comprendre qu'il s'agissait du contrecoup de son chagrin !

« Jamais je n'ai entendu de réflexion plus égoïste, dit-elle d'une voix qui se voulait pondérée, mais où bouillonnait la rage.

– Moi, égoïste ! cria Denise. C'est toi qui es restée terrée dans ta chambre d'hôtel pendant le week-end entre filles. *Mon* week-end ! Et tu es censée être mon témoin !

– J'étais dans la chambre avec Sharon, tu le sais très bien, protesta Holly.

– Tu parles ! Comme si elle ne pouvait pas se passer de toi ! Sharon est enceinte, elle n'est pas mourante. Elle n'a pas besoin que tu restes avec elle vingt-quatre heures sur vingt-quatre. »

Comprenant qu'elle venait de faire une gaffe, Denise se tut. Piquée au vif, Holly répondit d'une voix tremblante :

« Et tu te demandes pourquoi je ne sors pas avec toi ! À cause de réflexions comme celle-ci. Est-ce que tu as pensé une seconde que tout ça pouvait être pénible pour moi ? Tu ne parles que de tes projets de mariage, tu nages dans l'euphorie et tu te prépares à passer le reste de ta vie auprès de Tom, à filer le parfait bonheur conjugal. Au cas où tu ne l'aurais pas remarqué, Denise, moi, je n'ai pas cette chance, parce que mon mari est mort. Je me réjouis pour toi, c'est vrai. Je suis ravie que tu sois heureuse et je ne demande pas qu'on fasse une exception pour moi. J'attends simplement un peu de patience, et j'aimerais que tu comprennes qu'il me faut plus de quelques mois pour régler tout ça. Quant au bal, je n'ai aucune envie d'aller à une fête à laquelle Gerry et moi sommes allés pendant les dix dernières années. Peut-être que tu auras du mal à comprendre ça aussi, Denise, mais figure-toi que ça me serait un peu pénible, pour ne pas dire plus. Alors, ne prends pas de place pour moi, je préfère rester à la maison », hurla-t-elle avant de raccrocher brutalement.

Elle éclata en sanglots et posa la tête sur son bureau. Elle se sentait perdue. Même Denise ne la comprenait pas. Était-elle en train de devenir folle ? Peut-être aurait-elle dû s'être consolée de la mort de Gerry. Peut-être que les gens normaux se remettaient plus vite lorsqu'ils perdaient un proche...

Finalement, ses sanglots se calmèrent et elle écouta le silence qui régnait dans les bureaux. Tout le monde devait avoir entendu ce qu'elle avait dit, et elle se sentait si gênée qu'elle n'osait même pas aller chercher un mouchoir en papier dans les toilettes. Elle avait la tête brûlante et les yeux gonflés. Elle essuya son visage mouillé avec le pan de son chemisier.

« Merde ! » s'exclama-t-elle en faisant valser d'un revers de main les papiers qui se trouvaient sur sa table, lorsqu'elle se rendit compte qu'elle avait fait une grosse tache de rimmel sur son beau chemisier blanc. Elle se redressa vivement en entendant un coup léger frappé à sa porte.

« Entrez », dit-elle d'une voix mal assurée.

Chris apparut, apportant deux tasses fumantes.

« Du thé ? » proposa-t-il en levant un sourcil, et elle fit un pauvre sourire en se rappelant la plaisanterie qu'ils avaient partagée le jour de son entretien. Il posa la tasse devant elle et s'installa dans le fauteuil de l'autre côté du bureau. « C'est un jour sans ? » demanda-t-il aussi doucement que le lui permettait sa voix bourrue.

Elle hocha la tête et les larmes se remirent à couler. « Excusez-moi, Chris, fit-elle en essayant de se maîtriser. Cela n'affectera pas mon travail.

– Je ne me fais aucun souci à ce sujet, Holly, vous êtes une bosseuse. »

Elle sourit, heureuse du compliment. Au moins une chose positive.

« Vous voulez rentrer plus tôt chez vous ?

– Non, merci, le travail me distrait.

– Ça n'est pas la solution, Holly, dit-il en secouant tristement la tête. Je suis bien placé pour le savoir. Je me suis enterré entre ces quatre murs, mais cela ne résout rien. Pas à terme, en tout cas.

– Vous paraissez aller très bien, pourtant.

– Entre l'apparence et la réalité, il y a une marge. Vous

le savez aussi bien que moi. Vous n'êtes pas obligée de jouer les Mère Courage en permanence, dit-il en lui tendant un mouchoir en papier.

– Oh, je ne suis pas courageuse du tout, répondit-elle en se mouchant.

– Vous avez déjà entendu dire qu'il faut avoir peur pour être courageux ? »

Holly réfléchit. « Oui, mais moi, je ne me sens pas courageuse ; j'ai peur, c'est tout.

– Nous avons tous peur à un moment ou à un autre. C'est normal, et un jour viendra où vous cesserez d'avoir peur. Regardez tout ce que vous avez fait, dit-il en montrant les classeurs sur son bureau. Et regardez ça, ajouta-t-il en feuilletant le magazine. Il vous en a fallu, du courage, pour tout ça.

– J'adore ce travail, dit Holly.

– Voilà une bonne nouvelle ! Mais il faut apprendre à ne pas aimer *que* votre travail. »

Holly espérait qu'il n'allait pas lui servir la théorie selon laquelle pour se guérir d'un homme il faut se soigner avec un autre...

– Ce que je veux dire, c'est : apprenez à vous aimer, à aimer votre nouvelle vie. Ne laissez pas votre existence tourner autour de votre seul travail. Cela ne suffit pas. »

Holly le regarda : c'était vraiment l'hôpital qui se moquait de la charité !

« Je sais que je suis un mauvais exemple, mais j'apprends, moi aussi... » Il posa la main sur la table et chassa une miette imaginaire pendant qu'il réfléchissait à ce qu'il allait dire. « Je vous ai entendue refuser d'aller au bal. »

Holly se ratatina, honteuse qu'il ait surpris sa conversation.

« Après la mort de Maureen, il y a de nombreux endroits où je refusais d'aller, poursuivit-il avec tristesse. Nous aimions nous promener le dimanche au jardin botanique et, après sa disparition, j'étais incapable d'y retourner. Chaque fleur, chaque arbre contenait des milliers de souvenirs. Le banc sur lequel nous aimions nous asseoir, son arbre préféré, sa roseraie préférée, tout me la rappelait.

– Vous y êtes retourné ? » demanda Holly en buvant une gorgée de thé. Le liquide la réchauffa de l'intérieur.

« Il y a quelques mois. Ça m'a demandé un effort, mais je l'ai fait, et maintenant, j'y retourne tous les dimanches. Il faut affronter les situations, Holly, et être positive. Je me dis : voilà un endroit où nous avons ri, pleuré, où nous nous sommes disputés ; et en y allant, je me rappelle ces moments-là et je m'en sens plus proche. On peut rendre hommage à l'amour qu'on a vécu au lieu de chercher à le fuir. »

Ces paroles enchantèrent Holly. Il se pencha en avant et la regarda bien en face.

« Certains passent leur vie à chercher l'âme sœur sans jamais la trouver. Jamais. Vous et moi l'avons connue, pendant un temps trop court. C'est triste, mais c'est la vie. Alors, allez à ce bal, Holly, consciente d'avoir eu dans votre vie un être que vous avez aimé, qui vous a aimée, et avec qui vous avez passé de belles années heureuses. Cela, il ne faut jamais le perdre de vue. »

Les larmes ruisselèrent sur le visage de Holly lorsqu'elle comprit qu'il avait raison. Elle avait besoin de se rappeler Gerry, de se réjouir de l'amour qu'elle avait connu avec lui et qu'elle continuait à éprouver ; mais elle ne devait plus pleurer sur cet amour, ni désirer les années avec Gerry qu'elle n'aurait jamais. Elle repensa aux paroles qu'il avait écrites dans la dernière lettre qu'il lui avait adressée : « N'oublie pas nos souvenirs, mais n'aie pas peur de t'en faire de nouveaux. » Il fallait qu'elle laisse en paix son fantôme tout en entretenant sa mémoire.

Il y avait encore une vie pour elle après la mort de Gerry.

37

« Je te demande pardon, Denise », dit Holly à son amie.

Elles étaient assises dans la salle du personnel dans l'arrière-boutique, entourées par des cartons de cintres, des portants à vêtements, des sacs et des accessoires épars. La poussière qui s'accumulait là depuis trop longtemps donnait à l'air une odeur de renfermé. Une caméra de sécurité installée sur le mur dardait sur elles son œil noir, enregistrant leur conversation.

Holly guetta la réaction de Denise sur son visage et la vit pincer les lèvres et hocher vigoureusement la tête, comme pour lui signifier que tout allait bien.

« Non, Denise, ça ne va pas. » Holly voulait avoir une conversation sérieuse avec son amie. « Je n'avais pas l'intention de me mettre en colère au téléphone. Ce n'est pas parce que je suis écorchée vive en ce moment que j'ai le droit de passer mes nerfs sur toi. »

Denise finit par rassembler son courage et répondit : « Non, non, tu avais raison... »

Holly voulut protester, mais Denise ne la laissa pas parler :

« Je suis tellement obnubilée par mon mariage que je n'ai pas pris le temps de penser à ce que tu pouvais éprouver. »

Elle regarda son amie, dont la veste sombre faisait ressortir la pâleur. Holly donnait si bien le change qu'il leur était facile à tous d'oublier qu'elle devait encore se débarrasser de ses fantômes.

« Mais tu as des raisons d'être excitée, insista Holly.

– Et toi, tu as toutes les raisons de te sentir mal, dit fermement Denise. Je n'ai pas réfléchi, voilà tout. Je n'ai pas réfléchi. Ne va pas à ce bal si tu ne te sens pas à l'aise. Tout le monde comprendra. »

Elle prit les mains de son amie entre les siennes. Holly ne savait plus trop quoi penser. Chris avait réussi à la persuader d'aller au bal, mais voilà que Denise la faisait à nouveau hésiter. Elle avait mal à la tête et les maux de tête la terrifiaient. Elle embrassa Denise dans la boutique et prit congé en lui promettant de l'appeler dans la soirée pour lui faire part de sa décision.

Elle retourna au bureau encore plus perplexe qu'auparavant. Denise avait peut-être raison, ce n'était qu'un malheureux bal, où elle n'avait pas à aller si elle n'en avait pas envie. Un malheureux bal, cependant, qui était hautement représentatif de la vie que Holly et Gerry avaient eue ensemble. C'était une de ces soirées où ils s'amusaient, ces soirées partagées avec les amis, passées à danser sur leurs airs favoris. Si elle s'y rendait sans lui, elle détruirait cette tradition et remplacerait les souvenirs heureux par d'autres, radicalement différents. Or, ce n'était pas ce qu'elle voulait. Ce qu'elle souhaitait, c'était s'accrocher aux vestiges de ses souvenirs communs avec Gerry. Cela l'effrayait de s'apercevoir qu'elle oubliait son visage. Quand elle rêvait de lui, il était toujours quelqu'un d'autre, une personne qu'elle imaginait, avec une figure et une voix différentes.

De temps à autre, elle faisait sonner son téléphone portable, juste pour entendre sa voix sur le répondeur. Son odeur était partie de la maison ; ses vêtements avaient disparu depuis longtemps, selon ses propres directives. Il s'effaçait de son esprit et elle se cramponnait à tout ce qu'elle pouvait retenir. Chaque soir avant de s'endormir, elle s'appliquait à penser à Gerry dans l'espoir de rêver de lui. Elle avait même acheté son après-rasage favori et en avait aspergé les pièces, dans l'espoir de se sentir moins seule. Parfois, lorsqu'elle était dehors, une odeur ou une chanson familières la transportaient en arrière, dans une autre époque, un autre lieu. Au temps du bonheur.

Elle l'apercevait parfois en train de marcher dans la rue ou de passer en voiture ; alors, elle se mettait en chasse pendant des kilomètres, à la poursuite d'un fantôme. On eût dit qu'elle ne pouvait lâcher prise. En fait, elle ne *voulait pas* lâcher prise parce qu'il était tout ce qu'elle avait. À ceci près qu'elle ne l'avait plus.

Juste avant de retourner au bureau, elle passa un instant chez Hogan. Sa gêne vis-à-vis de Daniel avait disparu. Depuis le fameux dîner où elle s'était sentie si mal à l'aise, elle avait compris qu'elle était ridicule. Elle savait pourquoi elle avait réagi de cette manière : auparavant, la seule amitié qu'elle avait eue avec un homme, c'était avec Gerry, et cela allait de pair avec une relation amoureuse. L'idée de devenir aussi proche de Daniel semblait à Holly aussi étrange qu'insolite, mais elle avait fini par se convaincre qu'elle n'avait pas besoin d'avoir une relation amoureuse avec un homme pour entretenir des liens d'amitié avec lui. Même s'il était beau.

Elle se sentait parfaitement à l'aise à présent, et leur relation avait évolué vers une franche camaraderie. Elle en avait eu l'intuition dès leur première rencontre : ils pouvaient discuter des heures de leurs émotions et de leurs vies respectives. Elle savait qu'ils avaient une ennemie commune, la solitude. Le chagrin de Daniel était différent du sien, mais ils s'aidaient l'un l'autre à surmonter les moments difficiles. Tout ce dont ils avaient besoin alors, c'était d'une oreille compatissante ou de quelqu'un pour les faire rire. Et ces moments étaient nombreux.

« Alors ? dit-il en surgissant de derrière le bar, est-ce que Cendrillon ira au bal ? »

Holly fronça le nez, prête à lui annoncer qu'elle n'irait pas, mais, finalement, elle se retint.

« Et toi ? »

Il fronça aussi le nez, ce qui la fit rire.

« Ça va encore être une soirée pour des couples, des couples et encore des couples. Je ne crois pas que je serai capable d'encaisser une soirée avec Sam et Samantha, ou avec Robert et Roberta. »

Il tira un grand tabouret pour elle devant le bar et elle s'assit, suggérant : « On pourrait être très grossiers et les ignorer tous.

– Oui, mais tu veux me dire alors l'intérêt d'y aller ? »

Daniel prit place à côté d'elle et posa sa botte de cuir sur le repose-pied du tabouret de Holly.

« Tu ne t'attends tout de même pas à ce que je te fasse la conversation toute la nuit ? À force de se rebattre les oreilles avec nos histoires, on n'a plus rien à se dire, et peut-être que j'en ai marre de toi aussi.

– Plaît-il ? lança Holly en faisant mine de se vexer. De toute façon, j'avais bien l'intention de t'ignorer.

– Ouf ! dit Daniel en s'essuyant le front. Dans ces conditions, j'y vais. »

Holly redevint sérieuse. « Je crois qu'il faut que j'y aille, moi aussi. »

Daniel aussi redevint sérieux. « Très bien, alors nous irons.

– Ça te fera certainement du bien aussi, Daniel. »

Il laissa retomber son pied et détourna la tête, faisant mine de surveiller la salle.

« Je vais très bien, Holly », mentit-il.

Elle sauta de son tabouret, lui prit la tête et lui planta un baiser sur le front.

« Daniel Connelly, arrête de jouer au macho pur et dur. Avec moi, ça ne prend pas. »

Holly retourna à son bureau, bien décidée à ne plus changer d'avis. Elle monta l'escalier bruyamment, passa devant Alice qui regardait toujours son article d'un œil rêveur et cria : « Ciaran ! J'ai besoin d'une robe de toute urgence ! »

Dans son bureau, Chris sourit en entendant tout le monde rivaliser de gentillesse avec Holly. Il ouvrit le tiroir de son bureau et regarda une photographie de lui avec sa femme. Il se jura de retourner un jour au jardin botanique.

Si Holly était capable de surmonter sa réticence, lui aussi devait l'être.

Holly était en retard et elle tournait dans sa chambre en essayant de se préparer pour le bal. Elle avait passé deux heures à se maquiller, à pleurer et à tout faire dégouliner, puis à recommencer. Elle appliqua du rimmel sur ses cils pour la quatrième fois. Pourvu que le réservoir de larmes soit tari pour la soirée ! Peu probable, mais on pouvait toujours espérer.

« Cendrillon, ton prince est arrivé ! » cria Sharon d'en bas.

Le cœur de Holly s'emballa. Elle avait besoin de plus de temps, besoin de s'asseoir et de réfléchir à ses raisons de se rendre à ce bal, car elle avait complètement oublié ce qui l'avait poussée à y aller. Maintenant, elle ne voyait plus que les aspects négatifs.

Les raisons de ne pas y aller : elle n'en avait aucune envie, elle passerait la soirée à pleurer, elle serait coincée à une table en compagnie de prétendus amis qui ne l'avaient pas appelée une seule fois depuis la mort de Gerry ; elle se sentait au trente-sixième dessous, elle avait une tête à faire peur et Gerry ne serait pas là.

La raison d'y aller : elle avait l'intime conviction que cette soirée était incontournable pour elle.

Elle prit une grande inspiration en essayant de combattre l'arrivée d'un nouveau flot de larmes.

« Courage, Holly, tu es à la hauteur, souffla-t-elle à son reflet dans le miroir. Il faut y aller, ça t'aidera et ça te rendra plus forte. » Elle se répéta cette phrase plusieurs fois jusqu'à ce que le grincement d'une porte la fasse sursauter.

« Oh, pardon ! s'excusa Sharon, qui apparut dans l'embrasure. Holly, tu es absolument superbe !

– Tu as vu la gueule que j'ai ! grommela Holly.

– Oh, arrête, dit Sharon, agacée. Moi qui suis moche à faire tourner une sauce, est-ce que tu m'entends me plaindre ? Alors, admets que tu es canon ! » Elle lui sourit dans le miroir. « Ça va très bien se passer.

– Ce soir, je n'ai qu'une envie, Sharon, c'est de rester à la maison. J'ai le dernier message de Gerry à lire. »

Elle ne parvenait pas à croire que l'heure était venue d'ouvrir le dernier, alors qu'elle avait encore tellement besoins de ses mots doux. Depuis ce jour euphorique d'avril, elle était dévorée d'impatience et avait du mal à attendre le mois suivant pour déchirer une enveloppe et déchiffrer cette écriture parfaite ; mais, à force de souhaiter que les mois passent vite, ils avaient tous filé, et maintenant, c'était la fin. Elle aurait voulu rester chez elle ce soir-là pour savourer pleinement cet ultime moment d'exception.

« Je sais, dit Sharon, compatissante. Mais ça peut attendre quelques heures, non ? »

Holly s'apprêtait à répondre, lorsque John cria d'en bas : « Allez, les filles, le taxi attend ! Il faut qu'on passe chercher Tom et Denise ! »

Avant de suivre Sharon dans l'escalier, Holly ouvrit le tiroir de sa coiffeuse et prit la lettre de novembre qu'elle avait lue au début du mois. Elle avait besoin des paroles d'encouragement de Gerry pour tenir le coup. Elle passa ses doigts sur l'encre et s'imagina Gerry en train de tracer les lettres. Il avait alors une mimique qui la faisait toujours rire : totalement concentré, il tirait la langue en écrivant. Elle adorait ce visage. Il lui manquait. Elle sortit la carte de l'enveloppe. Elle avait besoin de la force qu'elle savait trouver dans cette lettre. Tous les jours.

> Cendrillon doit aller au bal ce mois-ci. Elle sera la plus belle ET elle s'amusera, comme toujours... Mais pas de robe blanche cette année...
>
> P.S. Je t'aime...

Holly soupira et descendit.

« Waouh ! dit Daniel, qui resta bouche bée quand elle apparut. Tu es superbe, Holly.

– Tu as vu la tête que j'ai », marmonna Holly. Sharon lui jeta un regard menaçant. « Mais merci quand même », se hâta-t-elle d'ajouter.

Ils s'entassèrent tous dans le taxi et chaque fois qu'ils approchaient d'un feu, Holly priait pour qu'il passe au rouge. Mais elle n'eut pas cette chance. Comme par hasard, pour une fois, la circulation était fluide dans les rues de Dublin et ils arrivèrent à l'hôtel en un temps record. Malgré ses prières, aucune avalanche de boue ne s'était abattue sur les montagnes au-dessus de la ville. Les volcans n'étaient pas entrés en éruption. Et, croyez-le si vous voulez, l'enfer avait aussi refusé de geler.

Ils s'avancèrent vers la table de la réception, juste à l'entrée de la salle, et Holly garda les yeux fixés au sol, car elle sentait converger vers leur groupe tous les regards des femmes, curieuses d'examiner la tenue des nouveaux arrivants.

La personne assise à l'accueil sourit lorsqu'ils s'approchèrent.

« Bonjour, Sharon, bonjour, John, salut, Denise... Oh, mon Dieu ! » Son visage aurait difficilement pu pâlir davantage sous son bronzage artificiel et inégal. « Bonjour, Holly, je suis vraiment contente de vous voir ici, compte tenu... »

Sa voix s'éteignit et elle s'affaira à cocher leurs noms sur la liste des participants.

« Allons au bar », dit Denise en prenant Holly par le bras.

Pendant qu'elles traversaient la salle, une femme que Holly n'avait pas vue depuis des mois s'approcha d'elle.

« Holly, je suis navrée pour Gerry. C'était un homme si gentil. »

Holly la remercia en souriant, et Denise entraîna son amie à nouveau. Elles atteignirent enfin le bar.

« Tiens, Holly ! lança une voix familière derrière elle.

– Paul ! Bonjour. »

Elle se retourna pour faire face à l'homme qui présidait à l'organisation de cette manifestation charitable. Il dirigeait l'une des affaires les plus prospères d'Irlande, et c'était sans doute le stress engendré par sa situation qui expliquait sa corpulence et son teint fleuri. Ainsi que le fait qu'il buvait trop. On aurait dit que son nœud papillon trop serré l'étranglait, et il tira dessus, comme pour se donner de l'aisance. Les boutons de sa veste de smoking semblaient près de sauter. Holly ne le connaissait pas très bien ; c'était seulement l'une des personnes qu'elle rencontrait chaque année au bal.

« Vous êtes ravissante, comme toujours, dit-il en l'embrassant sur les deux joues. Vous voulez boire quelque chose ? »

Il leva la main afin d'attirer l'attention du barman.

« Non, merci.

– Mais si, permettez-moi de vous offrir un verre, dit-il en sortant de sa poche un portefeuille gonflé. Qu'est-ce que vous prendrez ?

– Puisque vous insistez, un verre de vin blanc.

– Je vais aussi prendre quelque chose pour votre vaurien de mari, dit-il en riant. Qu'est-ce qu'il boit ? demanda-t-il en le cherchant des yeux dans la salle.

– Il n'est pas là, Paul, répondit Holly, gênée.

– Et pourquoi ? Quel crétin. C'est la deuxième année qu'il nous fait défaut. Qu'est-ce qu'il fabrique ?

– Euh... Il est mort au début de l'année, Paul, murmura Holly, redoutant l'embarras qu'elle allait provoquer.

– Oh ! » Paul devint encore plus rouge et il se racla nerveusement la gorge en regardant le bar. « Je suis vraiment navré de l'apprendre, bégaya-t-il en détournant les yeux et en tirant à nouveau sur son nœud de cravate.

– Merci », dit Holly, comptant mentalement les secondes qui allaient s'écouler avant qu'il s'éclipse.

Au bout de trois, il prétexta qu'il devait rejoindre sa femme. Pendant que Denise apportait les consommations à leur groupe, Holly resta seule au bar, attendant qu'on la serve. Elle se dirigeait vers ses amis avec son verre lorsqu'elle entendit : « Tiens, Holly ! »

Elle se retourna pour voir qui l'appelait. Jenny. Encore une femme qu'elle n'avait jamais rencontrée qu'au bal.

Vêtue d'une robe très habillée, ruisselante de bijoux coûteux, elle tenait une coupe de champagne entre le pouce et l'index de sa main gantée. Ses cheveux d'un blond presque blanc contrastaient avec sa peau, qui avait cette patine de vieux cuir due à un excès de soleil.

« Comment allez-vous ? lança Jenny. Vous êtes ravissante dans cette robe ! » Elle but une gorgée de champagne et examina Holly de la tête aux pieds. « Gerry n'est pas avec vous ce soir ?

– Non, il est mort en février », répondit Holly. Une fois de plus.

« Oh, mon Dieu, je suis désolée. » Jenny posa son verre de champagne et prit une mine navrée. « J'étais loin de m'en douter. Comment vous en sortez-vous, ma pauvre ? »

Elle tendit une main, qu'elle mit sur le bras de Holly.

« Ça va, merci, dit Holly en souriant pour ne pas alourdir l'atmosphère.

– Pauvre petite ! dit Jenny d'une voix sourde en la regardant avec compassion. Vous devez être effondrée.

– Oui, c'est dur, mais j'essaie de ne pas me laisser aller, d'être constructive, vous comprenez ?

– Mon Dieu, je ne sais pas comment vous faites ! C'est une nouvelle épouvantable. » Elle dévisageait toujours Holly, mais d'un tout autre œil à présent. Il était malade ? reprit-elle.

– Oui. Une tumeur au cerveau.

– Oh, mon Dieu, quelle *horreur* ! Si *jeune* ! » Elle dérapa dans les aigus.

« Oui... Mais nous avons eu une vie très heureuse ensemble, Jenny », fit Holly, bien décidée à souligner les aspects positifs. Une notion qui n'avait de toute évidence jamais effleuré son interlocutrice.

« Oui, mais elle a été si courte. C'est un grand malheur pour vous. C'est *épouvantable* et *tellement* injuste. Vous devez avoir un chagrin fou. Je me demande comment vous avez fait pour venir ici ce soir. Avec tous ces couples... »

Elle regarda autour d'elle, comme si soudain une mauvaise odeur flottait dans l'air.

« Oh, il faut apprendre à s'adapter.

– Bien sûr, mais ce doit être si difficile. Mon Dieu, quelle horreur », répéta-t-elle en portant à son visage ses ongles laqués orange, l'air consterné.

Holly serra les dents, sourit et articula : « En effet, mais, comme je viens de vous le dire, il faut s'adapter. Mes amis m'ont beaucoup aidée. D'ailleurs, je ferais bien de les rejoindre, ajouta-t-elle en prenant ce prétexte pour s'éclipser.

– Ça va ? lui demanda Daniel en la voyant arriver.

– Ça va, merci », répondit-elle pour la énième fois de la soirée.

Elle regarda vers Jenny, autour de laquelle ses amies faisaient cercle, jetant des regards curieux à la table où Holly était assise avec Daniel.

« Me voilà ! » claironna une voix à l'entrée de la salle. Holly se retourna pour voir le boute-en-train de service, Jamie, s'encadrer dans l'embrasure de la porte, les deux bras levés. « J'ai mis mon costume de pingouin et je suis prêt à faire la fêêêêête ! »

Il esquissa un pas de danse avant de rejoindre le groupe où se trouvait Holly en s'attirant les regards de toute la salle. Ce qui était exactement le but recherché. Il s'approcha en serrant les mains des hommes et en embrassant les femmes, parfois l'inverse, pour amuser la galerie. Il marqua une pause en arrivant devant Holly, et son regard alla de Daniel à elle à plusieurs reprises. Il serra la main de Daniel avec froideur, posa un baiser rapide sur la joue de Holly, comme si elle était contagieuse. Et repartit. Holly avala sa salive pour faire passer la boule de rage qui s'était formée dans sa gorge. Quelle grossièreté !

La femme de Jamie, Helen, sourit timidement à Holly, de loin. Holly ne fut guère surprise. Ces deux-là n'avaient pas eu le courage de faire le trajet de dix minutes qui les séparait d'elle pour venir la voir après la mort de Gerry, il ne fallait donc pas s'attendre à ce qu'Helen fasse dix pas pour la saluer.

Holly souriait en écoutant Sharon raconter une de ses

histoires drôles, lorsqu'elle sentit quelqu'un lui taper légèrement sur l'épaule. Elle se retourna. C'était Helen, la mine affligée.

« Comment ça va ? demanda-t-elle à mi-voix en effleurant le bras de Holly.

– Oh, très bien », répondit celle-ci, continuant d'écouter Sharon.

Helen laissa sa main sur son bras et lui tapa de nouveau sur l'épaule au bout de quelques instants.

« Je voulais dire comment ça va depuis...

– La mort de Gerry ? » Holly savait que les gens étaient souvent gênés par la situation, mais elle considérait que, s'ils avaient abordé le sujet, il fallait qu'ils soient assez adultes pour poursuivre la conversation.

Helen sourcilla. « Oui, mais je ne voulais pas utiliser ce mot...

– Je t'en prie, Helen. Il a bien fallu que je m'y fasse.

– C'est vrai ?

– Bien sûr que c'est vrai.

– Tu comprends, ça fait très longtemps que je ne t'ai pas vue, alors, je commençais à m'inquiéter... »

Holly se mit à rire. « Helen, j'habite toujours au même endroit, à deux pas de chez toi ; mon numéro de téléphone n'a pas changé, ni celui de mon portable. Alors, si tu étais tellement inquiète, il n'était pas bien difficile de me trouver.

– Oh, bien sûr, mais je ne voulais pas te déranger...

– Les amis ne dérangent jamais, Helen », dit Holly, espérant que son interlocutrice comprendrait le message.

Helen rougit légèrement et Holly se détourna pour répondre à Sharon, qui lui demandait de lui garder un siège pendant qu'elle allait aux toilettes.

« Encore ! lança Denise. Mais tu y étais il n'y a pas cinq minutes.

– Oui, eh bien, ça arrive quand on a un bébé de sept mois qui vous appuie sur la vessie », expliqua Sharon avant de s'éloigner en se dandinant.

La cloche retentit, indiquant que le dîner allait être servi, et la foule reflua vers le coin où les tables étaient dressées.

Holly s'assit et mit son sac neuf sur le siège voisin afin de le réserver pour Sharon. Helen arriva et tira la chaise pour s'y installer.

« Pardon, Helen, Sharon m'a demandé de lui garder la place », expliqua poliment Holly.

Helen balaya l'objection d'un revers de main.

« Sharon ne m'en voudra pas », dit-elle en se laissant tomber sur la chaise, écrasant du même coup le sac de Holly.

Lorsque Sharon revint, elle fit une moue déçue en voyant que la place à côté de son amie était prise. Holly esquissa une mimique d'excuse en désignant Helen. Sharon leva les yeux au ciel, se mit deux doigts dans la bouche et fit mine de vomir. Holly gloussa.

« On est bien gaie ! lança Jamie à Holly.

– Pourquoi ? C'est défendu ? » rétorqua-t-elle du tac au tac.

Jamie répliqua quelque chose qui fit rire ses inconditionnels, mais Holly l'ignora. Elle ne le trouvait plus drôle du tout, ce qui était nouveau, car Gerry et elle étaient jadis suspendus à ses lèvres.

« Ça va ? demanda à nouveau Daniel à mi-voix.

– Très bien, merci, répondit-elle en avalant une gorgée de vin.

– Oh, ne te crois pas obligée de me faire ta réponse de circonstance. Hou, hou, c'est moi ! »

Holly se détendit et gémit : « Les gens essaient d'être gentils avec leurs condoléances, mais j'ai l'impression de me retrouver à l'enterrement. Je suis obligée de faire mon numéro de Superwoman alors que tout ce que certains d'entre eux souhaiteraient, ce serait de me voir m'effondrer parce que c'est absolument *épouvantable*, fit-elle en imitant la voix de Jenny. Sans compter ceux qui ne sont pas au courant, et ce n'est vraiment pas l'endroit idéal pour leur annoncer la nouvelle...

– Je te comprends parfaitement. Quand Laura et moi avons rompu, j'ai eu l'impression que, pendant des mois, où que j'aille, il fallait que j'annonce que nous nous étions séparés, dit Daniel. Heureusement, la chose a fini par s'ébruiter et je n'ai plus eu à répéter sans arrêt la même chose et à subir ces conversations.

– À propos, tu as des nouvelles de Laura ? »

Holly avait beau ne pas la connaître, elle adorait dire du mal d'elle et entendre les anecdotes que Daniel lui racontait. Cela passait le temps et, pour l'heure, Holly cherchait un dérivatif pour ne pas avoir à parler à Helen.

Les yeux de Daniel se mirent à briller. « Oui, on m'en a raconté une bien bonne.

– Chouette ! J'adore les ragots, dit Holly en se frottant les mains.

– Un de mes copains, un dénommé Charlie qui est barman à l'hôtel du père de Laura, m'a dit qu'elle avait surpris son petit copain en train d'essayer de draguer une cliente de l'hôtel et qu'ils avaient rompu. » Il ricana, l'œil pétillant, visiblement ravi.

Holly se figea : l'histoire lui paraissait étrangement familière. « Euh... Il est propriétaire de quel hôtel, son père ?

– Du Galway Inn. Plutôt minable, comme endroit, mais bien situé, juste en face de la plage.

– Ah bon », dit Holly. Elle ne savait plus quoi dire.

« Génial, non ? fit Daniel en riant. Si je rencontrais la fille qui a causé leur séparation, je lui offrirais une bouteille de super-champagne ! »

Holly eut un sourire incertain. « Ah oui... » Il aurait intérêt à faire des économies. Elle le regarda en se demandant ce qui avait bien pu lui plaire chez Laura. Elle aurait parié sa chemise que ces deux-là n'avaient rien à faire ensemble et que cette fille n'était pas du tout son type. Quel que soit le type de fille de Daniel. Il était décontracté, chaleureux et Laura... Laura était une garce, Holly ne trouvait pas d'autre mot pour la décrire.

« Hem... Daniel ? » Holly se passa nerveusement une mèche derrière l'oreille et prit son courage à deux mains.

Il lui sourit, l'œil encore pétillant au souvenir de ce qu'il lui avait raconté. « Oui, Holly ?

– Je me demandais... D'après tout ce que tu me dis, j'ai

l'impression que Laura est un peu... un peu garce, non ? » Elle se mordit la lèvre et scruta le visage de Daniel pour voir si elle l'avait vexé. Il ne broncha pas et continua à fixer le chandelier au milieu de la table. Elle se dit qu'elle devait y aller sur la pointe des pieds, sachant le mal que Laura lui avait fait. « Ce que je voulais te demander, c'est ce que tu lui avais trouvé. Comment avez-vous pu tomber amoureux l'un de l'autre ? Vous êtes si différents. » Puis, se rappelant qu'elle était censée ne pas la connaître, elle se hâta de rectifier le tir : « Enfin, d'après ce que tu m'as dit... »

Daniel ne répondit pas tout de suite et Holly craignit d'avoir fait une gaffe. Puis il détacha les yeux des flammes qui dansaient au-dessus des bougies et regarda Holly avec un sourire triste.

« Laura n'est pas vraiment une garce, Holly. Enfin, si, sur un point : elle m'a quitté pour mon meilleur ami. Mais en tant que personne, non. Elle a le sens du drame, ça oui. Mais ce n'est pas une garce. » Il sourit et se tourna de façon à faire face à Holly. « J'aimais le relief qu'elle apportait à notre relation, tu comprends ? Je trouvais ça excitant. Elle me fascinait. » Son visage s'anima et les mots se bousculèrent, tandis qu'il évoquait le souvenir de cet amour perdu. « J'adorais me réveiller le matin en me demandant de quelle humeur elle serait ; j'adorais nos disputes, la violence qu'on y mettait, et nos réconciliations sur l'oreiller. » Ses yeux se mirent à briller. » Elle faisait des histoires à propos de tout et n'importe quoi, mais je pense que c'est justement ça qui m'attirait chez elle. Je me disais toujours que tant qu'elle faisait tout ce souk, elle m'aimait. Sinon, elle n'aurait pas pris cette peine. Moi, j'adorais son sens du drame répéta-t-il, plus convaincu que jamais. Nous avions des tempéraments très différents, mais nous faisions un bon tandem. Tu sais ce qu'on dit sur les extrêmes qui s'attirent... » Il regarda le visage de son amie et y lut de l'inquiétude. « Elle ne m'a pas mal traité, Holly, elle n'était pas garce de cette façon-là... » Il eut un sourire destiné à lui-même plus qu'à Holly. « Je dirais seulement qu'elle avait...

– Le sens du drame », termina Holly à sa place.

Elle commençait à comprendre. Il hocha la tête. Tandis que Holly le regardait, il se laissa absorber par un autre souvenir. Elle songea que toutes les combinaisons étaient possibles en amour. C'était justement son infinie diversité qui était extraordinaire, ce mélange de toutes sortes de physiques et de tempéraments.

« Elle te manque », souffla-t-elle en lui posant la main sur le bras.

Daniel sortit en sursaut de sa rêverie et plongea son regard dans celui de Holly. Elle sentit un frisson courir le long de son dos et le duvet se hérisser sur ses bras. Il ricana et se tourna sur sa chaise.

« Tu es à côté de la plaque, Holly Kennedy, répondit-il, sourcils froncés, comme si elle venait de dire une énormité. Complètement, mais alors com-plè-te-ment à côté. »

Et, prenant ses couverts, il attaqua son entrée au saumon. Holly avala quelques gorgées d'eau fraîche et reporta son attention sur l'assiette qu'on posait devant elle.

Après qu'ils eurent fini de dîner et vidé quelques bouteilles de vin, Helen s'approcha en titubant de Holly, qui était allée rejoindre Sharon et Denise de l'autre côté de la table. Elle la prit par le cou et s'excusa avec des larmes dans la voix de ne pas lui avoir fait signe.

« Ne t'inquiète pas, Helen. Sharon et John ont été très présents. Je n'étais pas seule.

– Oui, mais je me sens tellement coupable, dit Helen d'une voix pâteuse.

– Il ne faut pas », répondit Holly, qui avait hâte de reprendre sa conversation avec ses amies.

Mais Helen tenait à parler du bon vieux temps où Gerry était encore parmi eux et où la vie était belle. Elle égrena les souvenirs qu'elle avait en commun avec lui, et qui n'intéressaient d'ailleurs pas particulièrement Holly.

Elle finit par lâcher : « Je t'en prie, arrête, Helen. Je ne sais pas pourquoi tu mets tout ça sur le tapis aujourd'hui alors que j'essaie de passer une bonne soirée. Visiblement, tu te sens coupable de ne pas être restée en contact avec moi. En toute franchise, je pense que si je n'étais pas venue au bal ce soir, il aurait pu se passer encore dix mois ou plus sans que j'aie de tes nouvelles. Ce genre d'amitié, vois-tu, je n'en ai pas besoin. Alors, arrête de pleurer sur mon épaule et laisse-moi m'amuser. »

À voir la tête de Helen, on aurait cru qu'elle avait reçu une gifle. Sur ce, Daniel apparut, saisit Holly par la main et la conduisit sur la piste de danse. Dès qu'ils arrivèrent, le morceau qui s'achevait céda la place à celui d'Eric Clapton, *Wonderful Tonight*. La piste se vida, à l'exception de quelques couples, et Holly resta face à Daniel, prise au dépourvu. Elle n'avait jamais dansé sur cet air-là qu'avec Gerry.

Daniel posa une main légère sur sa taille, lui prit doucement la main et ils se mirent à danser. Holly sentit des picotements lui descendre le long du dos et frissonna. Daniel dut croire qu'elle avait froid, parce qu'il la serra davantage. Elle tourna, tourna, comme dans un état second ; à la fin du morceau, elle s'excusa et fila aux toilettes. Une fois enfermée dans les W.-C., elle s'appuya contre la porte en inspirant profondément. Jusqu'alors, elle avait tenu bon, même face à tous ces gens qui lui demandaient des nouvelles de Gerry. Mais ce tour sur la piste de danse l'avait déstabilisée. Peut-être fallait-il qu'elle rentre avant que la soirée ne se gâte. Elle allait sortir lorsqu'elle entendit qu'on prononçait son nom. Elle se figea et écouta la conversation.

« Vous avez vu Holly Kennedy danser avec ce type ? » demandait une voix. Le ton geignard de Jenny, reconnaissable entre mille.

« Ben dis donc ! Quand je pense que son mari n'est pas encore froid dans sa tombe, fit une autre voix écœurée.

– Oh, lâche-la, dit une troisième fille d'un ton léger. Ils sont peut-être bons amis, voilà tout... »

Merci, pensa Holly.

« ... mais j'en doute, poursuivit-elle, ce qui fit glousser les autres.

– Moi aussi, renchérit Jenny, visiblement très à l'aise

dans son rôle de première commère. Vous avez vu comme ils se serraient ? Je ne danse pas comme ça avec mes amis.

– C'est honteux, renchérit une autre. Vous vous imaginez en train de vous afficher avec votre nouveau copain dans un endroit où vous veniez avec votre mari, et devant tous ses amis ? Elle n'est pas gênée. »

Les autres approuvèrent et une chasse d'eau retentit. Holly resta paralysée, blessée par ce qu'elle entendait et embarrassée à l'idée que cela pouvait tomber dans d'autres oreilles.

La porte s'ouvrit à côté d'elle et les femmes se turent.

« Vous allez arrêter, langues de vipère ! Occupez-vous de vos oignons ! » La voix de Sharon. Holly poussa un soupir de soulagement. « Ce que fait ma meilleure amie ne vous regarde absolument pas ! Jenny, puisque tu es tellement irréprochable, on peut savoir à quoi riment tes rendez-vous clandestins avec le mari de Pauline ? »

Holly entendit un hoquet de surprise. Celui de Pauline, sans doute. Elle se couvrit la bouche pour ne pas pouffer.

« Alors, occupez-vous de garder le nez propre et foutez-moi le camp, toutes autant que vous êtes ! » hurla Sharon.

Lorsqu'elle eut l'impression qu'elles étaient toutes parties, Holly ouvrit sa porte et sortit. Debout devant le lavabo, Sharon resta clouée par la surprise.

« Merci, Sharon »

Celle-ci jeta les bras autour du cou de son amie.

« Je regrette que tu aies été obligée d'entendre tout ça.

– Si tu savais ce que je m'en moque ! crâna Holly. Mais j'ignorais que Jenny avait une liaison avec le mari de Pauline.

– Il n'y a pas plus de liaison que de beurre en broche, mais ça leur donnera de quoi médire pendant quelques mois.

– Je crois que je vais rentrer maintenant », dit Holly en regardant sa montre. Elle songea au dernier message de Gerry, et son cœur se serra.

« Bonne idée, opina Sharon. Je ne me doutais pas que ce bal était si nul quand on est à jeun ! En tout cas, ce soir, tu as été formidable, Holly. C'était "*Veni, vidi, vici*". Maintenant, rentre et ouvre le message de Gerry. Tu me téléphoneras pour me dire ce qu'il y a dedans ?

– C'est le dernier, dit Holly avec tristesse.

– Alors, profites-en bien, sourit Sharon. Et n'oublie pas que les souvenirs durent toute la vie. »

Holly retourna à la table pour prendre congé et Daniel se leva pour partir avec elle.

« Tu ne me laisses pas ici tout seul. On peut partager un taxi. »

Holly éprouva un certain agacement lorsque Daniel descendit du taxi et la suivit chez elle. Elle attendait avec impatience d'ouvrir la lettre de Gerry. Il était minuit moins le quart, ce qui lui laissait un quart d'heure. Avec un peu de chance, il aurait bu son thé et serait parti. Elle commanda même un autre taxi pour lui faire comprendre qu'il ne devait pas s'éterniser.

« Ah, alors voilà la fameuse enveloppe », dit Daniel en prenant le minuscule pli sur la table.

Les yeux de Holly s'écarquillèrent ; elle ne voulait pas qu'on touche à son enveloppe, cela lui déplaisait qu'il efface en quelque sorte le contact de Gerry en la manipulant.

« "Décembre" », lut-il en passant les doigts sur les lettres.

Holly avait envie de lui dire de la poser, mais elle ne voulait pas passer pour une névrosée complète. Lorsqu'il la remit enfin sur la table, elle poussa un soupir de soulagement et continua à remplir la bouilloire.

« Il en reste encore combien ? demanda Daniel en ôtant son manteau et en la rejoignant près du plan de travail.

– C'est la dernière », répondit-elle d'une voix enrouée. Elle toussota.

« Et qu'est-ce que tu vas faire ensuite ?

– Comment ça ?

– Eh bien, d'après ce que je vois, ces enveloppes sont ta bible et tes dix commandements. Ce que dit la liste est une règle qui gouverne ta vie. Que feras-tu lorsque tu n'en auras plus ?

– Je vivrai ma vie, voilà tout, dit-elle en lui tournant le dos pour brancher la bouilloire.

– Tu en seras capable ? » Il s'approcha d'elle si près qu'elle sentit sa lotion après-rasage. Un parfum vraiment personnel.

« Je suppose. » Les questions de Daniel lui embrouillaient les idées.

« Parce que alors, tu seras obligée d'assumer toi-même tes décisions, dit-il d'une voix douce.

– Je sais bien, répondit-elle, sur la défensive, évitant de croiser son regard.

– Et tu crois que tu en seras capable ? » répéta-t-il.

Holly se frotta le visage avec lassitude.

« Pourquoi me demandes-tu tout cela, Daniel ?

– Si je te pose cette question, c'est que j'ai quelque chose à te dire qui appellera une décision de ta part. » Il la regarda droit dans les yeux et le cœur de Holly se mit à battre la chamade. « Il n'y aura pas de liste, pas de directives ; il faudra que tu suives ce que te dicte ton cœur. »

Holly s'écarta un peu. La proximité de Daniel et cette conversation la mettaient très mal à l'aise. Un sentiment de crainte l'étreignit. Pourvu qu'il ne dise pas ce qu'elle redoutait d'entendre.

« Euh... Daniel... Je ne crois pas que le moment soit... euh... bien choisi.

– Si, si, le moment est parfait, dit-il très sérieusement. Tu sais déjà ce que je veux te dire, Holly. Tu sais déjà ce que j'éprouve pour toi. »

La bouche de Holly s'ouvrit toute grande et elle regarda la pendule.

Minuit.

38

Gerry effleura le bout du nez de Holly et sourit en la voyant le froncer dans son sommeil. Il adorait la regarder dormir. On aurait dit une princesse, tant elle était belle et paisible.

Il lui chatouilla le nez à nouveau et sourit lorsqu'elle ouvrit lentement les yeux.

« Bonjour, marmotte !

– Bonjour mon doudou. » Elle se pelotonna contre lui et posa sa tête sur sa poitrine. « Comment te sens-tu aujourd'hui ?

– Prêt à courir le marathon, plaisanta-t-il.

– Eh bien, c'est une guérison express, dit-elle en levant la tête et en l'embrassant. Qu'est-ce que tu veux pour le petit déjeuner ?

– Toi, fit-il en lui mordant le nez.

– Malheureusement, je ne suis pas au menu aujourd'hui. Tu veux un petit déjeuner complet ?

– Non, c'est un peu lourd pour moi. » Son cœur se serra en voyant le visage de Holly s'allonger. Il essaya de réagir : « Mais ce qui me ferait plaisir, ce serait un grand, grand bol de glace à la vanille.

– De la glace ! Pour le petit déjeuner ?

– Oui. J'en ai toujours rêvé quand j'étais gamin, mais ma très chère mère n'a jamais voulu. Maintenant, je m'en fiche, fit-il crânement.

– Alors, tu l'auras, ta glace, dit Holly en sautant du lit. Ça t'ennuie si je mets ça ? demanda-t-elle en enfilant la robe de chambre de Gerry.

– Porte-la tant que tu voudras. »

Gerry la regarda avec amusement déambuler comme un mannequin dans ce vêtement où elle flottait.

« Mmmm, elle sent ton odeur ! Je ne l'enlèverai jamais, dit-elle en reniflant le tissu. Je reviens dans une minute. »

Il l'entendit descendre l'escalier à la course et s'affairer dans la cuisine.

Ces derniers temps, il avait remarqué que, chaque fois qu'elle le quittait, elle courait. Comme si elle avait peur de le laisser seul trop longtemps, et il savait ce que cela signifiait. Mauvaise nouvelle. Il avait fini sa radiothérapie, ciblée sur la tumeur résiduelle dont elle était censée venir à bout. Or le traitement avait échoué, et tout ce qu'il pouvait faire à présent, c'était rester couché toute la journée, car la plupart du temps il se sentait trop faible pour se lever. Il savait qu'il n'avait pas à attendre de guérison. Son cœur battit follement à cette pensée. Il avait peur de se retrouver là où il allait, peur de ce qui lui arrivait et peur pour Holly. Elle était la seule à savoir exactement quoi lui dire pour le tranquilliser et calmer sa douleur. Elle était si forte ! Un roc. Il aurait voulu rester avec elle afin qu'ils puissent tenir toutes les promesses qu'ils s'étaient faites. Il se battait pour avoir ce droit. Mais il savait que cette bataille était perdue d'avance.

Après deux opérations, la tumeur était revenue et elle grossissait rapidement. Il aurait voulu pouvoir mettre sa main à l'intérieur de sa tête et arracher le mal qui détruisait sa vie, mais sur lui non plus, il n'avait aucun contrôle. Depuis ces derniers mois, Holly et lui s'étaient encore rapprochés. Certes, ce n'était pas bon pour elle, mais il ne pouvait se résoudre à prendre des distances. Il adorait leurs conversations, qui se poursuivaient jusqu'aux heures avancées de la nuit et qui les faisaient piquer des fous rires comme des adolescents. Ça, c'était les bons jours.

Il y avait aussi les mauvais.

Mais il refusait de penser à ceux-là pour l'instant. Son psy lui répétait qu'il devait « donner à son corps un environnement positif sur tous les plans : alimentaire, social, émotionnel et spirituel ».

Et son nouveau projet se situait complètement dans cette perspective-là. Il l'occupait et lui donnait le sentiment d'être capable d'autre chose que de rester allongé sur son lit toute la journée. Il s'occupait l'esprit en mettant au point son plan pour accompagner Holly même lorsqu'il ne serait plus là. Il s'acquittait ainsi d'une promesse qu'il lui avait faite des années auparavant. Au moins, il y en aurait une qu'il tiendrait. Dommage que ce soit celle-là, justement. Il entendit les pas de Holly qui remontait l'escalier et il sourit. Son plan marchait.

« Il n'y a plus de glace, mon chou, dit-elle, déçue. Tu ne préférerais pas autre chose ?

– Non, fit-il en secouant la tête. Seulement de la glace.

– Oui, mais il faudrait que je sorte pour en acheter, protesta-t-elle.

– Ne t'inquiète pas, chérie, je peux rester seul quelques minutes. » Elle le regarda, hésitante. « Ne sois pas ridicule », ajouta-t-il en souriant. Il prit son portable sur la table de chevet et le plaça sur sa poitrine. « S'il y a un problème, ce qui n'arrivera pas, je t'appelle.

– D'accord. » Holly se mordit les lèvres. « J'en ai pour cinq minutes. Tu es sûr que ça ira ?

– Affirmatif !

– Bon, bon. »

Elle ôta lentement la robe de chambre et passa un survêtement. Il devinait bien sa réticence.

« Holly, je ne crains rien », dit-il d'un ton sans réplique.

Elle lui donna un long baiser et il l'entendit descendre l'escalier quatre à quatre, courir jusqu'à la voiture et démarrer rapidement.

Sitôt seul, Gerry repoussa les couvertures et sortit lentement du lit. Il resta quelques instants assis au bord du matelas en attendant que sa tête arrête de tourner, puis il se dirigea à petits pas vers l'armoire. Sur l'étagère du haut, il prit une vieille boîte à chaussures contenant tout un bric-à-brac qu'il avait réuni depuis quelques années, ainsi que neuf enveloppes remplies. Il sortit la dixième enveloppe vide, et écrivit d'une écriture nette « Décembre ». On était le premier décembre, et il se projeta un an plus tard. Il imagina Holly en reine du karaoké, détendue après ses vacances en Espagne, à l'abri des bleus grâce à la lampe de chevet et, avec un peu de chance, heureuse dans un nouveau travail qui lui plaisait.

Il l'imaginait ce même jour, dans un an, peut-être même assise sur ce lit au même endroit en train d'ouvrir la dernière enveloppe. Il réfléchit longtemps avant de se mettre à écrire, et c'est les larmes aux yeux qu'il mit le point final à sa phrase. Il déposa un baiser sur la feuille et la glissa dans l'enveloppe, qu'il cacha dans la boîte à chaussures. Il adresserait les dix enveloppes aux parents de Holly à Portmarnock, où il savait qu'elles seraient en sécurité jusqu'à ce que Holly soit prête à les ouvrir. Il essuya ses larmes et regagna le lit. Son portable sonnait sur l'oreiller.

« Allô », dit-il en s'efforçant de ne pas paraître essoufflé. Il sourit en entendant la voix douce à l'autre bout du fil. « Moi aussi, je t'aime, Holly... »

39

« Non, Daniel, il ne faut pas, dit Holly, bouleversée, en lui retirant sa main.

– Pourquoi ? insista-t-il en la regardant avec ses yeux pétillants.

– C'est prématuré », gémit-elle en se frottant le visage. Elle se sentait en pleine confusion, soudain. Tout allait de mal en pis.

« Ah ! C'est ce qu'on t'a dit ou c'est ce que ton cœur te dit ?

– Comment veux-tu que je le sache, Daniel ! s'écria-t-elle en marchant de long en large dans la cuisine. Je me sens complètement paumée, alors, s'il te plaît, arrête de me poser toutes ces questions ! »

Elle avait le cœur qui battait à se rompre et la tête qui tournait. Son corps lui-même se rebellait contre cette situation angoissante. Elle sentait que c'était une erreur, une grosse erreur.

« Je ne peux pas, Daniel, je suis mariée ! J'aime Gerry, dit-elle, affolée.

– Gerry ? » Il ouvrit de grands yeux, s'approcha de la table de la cuisine et se saisit de l'enveloppe. « Voilà Gerry ! Voilà mon rival ! C'est un morceau de papier, Holly. C'est une *liste* ! Une liste que tu laisses gouverner ton existence depuis un an, ce qui t'évite de penser par toi-même et de vivre ta vie. Maintenant, il faut que tu prennes tes décisions.

Gerry n'est plus là, dit-il d'une voix plus douce en s'approchant d'elle. Gerry n'est plus là, mais moi si. Je ne prétends pas pouvoir jamais le remplacer, mais donne-nous au moins une chance d'être ensemble. »

Elle lui prit l'enveloppe et la serra sur son cœur, tandis que les larmes ruisselaient sur ses joues.

« Gerry n'est pas parti, sanglota-t-elle. Il est là. Chaque fois que j'ouvre ces enveloppes, il est là. »

Il y eut un silence, et Daniel la regarda pleurer. Elle paraissait si perdue, si malheureuse qu'il avait envie de la prendre dans ses bras.

« Holly, ce n'est qu'un morceau de papier, murmura-t-il en se rapprochant d'elle.

– Non, Gerry n'est pas un morceau de papier, riposta-t-elle rageusement à travers ses larmes. C'était un être humain de chair et de sang, et je l'aimais. Gerry a consumé ma vie pendant quinze ans. Il représente des millions de souvenirs heureux. Il n'est pas un morceau de papier.

– Et moi, alors, qu'est-ce que je suis ? demanda doucement Daniel.

– Toi, tu es un ami délicieux, prévenant et attentif, que je respecte et que j'apprécie...

– Mais je ne suis pas Gerry, coupa-t-il.

– Ce n'est pas ce que je te demande, d'ailleurs. Sois Daniel.

– Qu'est-ce que tu ressens pour moi ? demanda-t-il d'une voix qui tremblait un peu.

– Je viens de te le dire, renifla-t-elle.

– Non. Ce que je veux savoir, c'est quels sentiments tu as pour moi.

– Tu ne m'es pas indifférent, Daniel, mais il me faut du temps... beaucoup, beaucoup de temps.

– Alors, j'attendrai, annonça-t-il avec un petit sourire triste en passant ses bras vigoureux autour d'une Holly chancelante.

Elle poussa discrètement un soupir de soulagement lorsque la sonnette retentit.

« C'est ton taxi, fit-elle d'une voix mal assurée.

– Je t'appelle demain, Holly », murmura-t-il en l'embrassant sur le sommet de la tête avant de se diriger vers la porte.

Holly, debout au milieu de la cuisine, repassa dans son esprit la scène qui venait de se dérouler. Elle resta là un certain temps, serrant sur son cœur l'enveloppe froissée.

Toujours en état de choc, elle monta lentement l'escalier pour aller dans sa chambre. Elle se déshabilla et passa la robe de chambre bien chaude de Gerry. Son odeur avait disparu. Elle grimpa lentement dans le lit comme une enfant, se blottit sous les couvertures et alluma la lampe de chevet. Elle regarda longtemps l'enveloppe en se remémorant les paroles de Daniel.

Oui, la liste était devenue une sorte de bible pour elle. Elle obéissait aux règles, les appliquait et ne les transgressait jamais. Lorsque Gerry disait saute, elle sautait. Quand Gerry disait cache-toi, elle se cachait. Et cela faisait maintenant dix mois qu'elle se cachait du réel. Mais la liste l'avait aidée. Aidée à sortir du lit le matin et à commencer une nouvelle vie, quand tout ce dont elle avait envie, c'était se rouler en boule et mourir. Gerry l'avait aidée, et elle ne regrettait rien de ce qu'elle avait fait pendant l'année qui venait de s'écouler : ni son nouveau travail, ni ses nouveaux amis, ni aucun des nouveaux sentiments ou des nouvelles opinions apparus chez elle indépendamment de toute influence de Gerry. C'était là la dernière recommandation de la liste. Son dixième commandement, pour reprendre les paroles de Daniel. Il n'y en aurait plus. Il avait raison, elle devrait commencer à prendre des décisions seule et à vivre une vie où elle se sentirait à l'aise au lieu de tergiverser en se demandant si Gerry serait ou non d'accord avec ses choix. Elle pourrait se poser des questions, mais sans se laisser paralyser.

Lorsqu'il était en vie, elle existait à travers lui ; Gerry mort, elle continuait de même. Elle s'en rendait compte à présent. Cela la sécurisait, mais maintenant qu'elle était seule, il fallait aussi qu'elle ait du courage.

Elle décrocha le téléphone et éteignit son portable pour

ne pas être dérangée. Elle voulait savourer ce dernier moment dans tout ce qu'il avait d'exceptionnel. Elle avait besoin de dire adieu au contact de Gerry avec elle. Désormais, elle serait seule et devrait penser par elle-même.

Elle ouvrit lentement l'enveloppe en prenant soin de ne pas déchirer la carte à l'intérieur et la sortit.

N'aie pas peur de retomber amoureuse. Ouvre ton cœur et suis-le où il te mène... Et n'oublie pas de viser la lune...

P.S. Je t'aimerai toujours...

« Oh, Gerry », sanglota-t-elle en lisant la carte. Ses épaules tremblaient et elle avait le corps secoué par les larmes et le chagrin.

Cette nuit-là, elle dormit très peu. Elle s'assoupit à quelques reprises, mais sombra dans des rêves confus où se confondaient les visages et les corps de Gerry et de Daniel.

À six heures du matin, elle se réveilla, ruisselante de sueur, et décida d'aller se promener pour se rafraîchir les idées. Le cœur lourd, elle prit l'allée du parc voisin de chez elle.

Elle s'était bien couverte pour se protéger du froid cinglant qui lui pinçait les oreilles et lui engourdissait le visage. Pourtant, elle avait la tête en feu. À cause des larmes, du mal de tête et des idées qui se succédaient à toute vitesse.

Les arbres nus ressemblaient à des squelettes dressés le long de l'allée. Des feuilles dansaient à ses pieds comme de méchants petits elfes menaçant de la faire trébucher. Le parc était désert ; les gens s'étaient une fois de plus remis en hibernation pour ne pas avoir à affronter les éléments. Holly n'était pas particulièrement audacieuse, et elle ne prenait pas plaisir à marcher. Il fallait être maso pour sortir par ce froid.

Comment diable avait-elle pu se mettre dans une situation pareille ? Dès qu'elle commençait à rassembler les morceaux épars de sa vie brisée, voilà qu'elle les laissait tomber et qu'ils se dispersaient à nouveau. Elle croyait avoir trouvé un ami, quelqu'un à qui elle pouvait se confier ; elle ne cherchait pas à se fourvoyer dans un triangle amoureux d'autant plus ridicule que la troisième personne était absente. Il n'était même pas un candidat possible. Elle pensait beaucoup à Daniel, certes, mais elle pensait aussi beaucoup à Sharon et à Denise, or elle n'était pas amoureuse d'elles ! Ce qu'elle éprouvait pour Daniel n'avait rien à voir avec ses sentiments pour Gerry. Si elle était amoureuse de Daniel, elle serait tout de même la première à le savoir ! Elle n'aurait pas besoin de « quelques jours de réflexion ». Au reste, pourquoi y réfléchissait-elle ? Si elle n'était pas amoureuse, pourquoi ne pas le dire carrément..., mais elle y réfléchissait... Ce n'était pas une question à choix multiples. La réponse était oui ou non, point. Comme la vie était bizarre. Elle pouvait changer du tout au tout en quelques secondes.

Et pourquoi Gerry la poussait-il à trouver un nouvel amour ? Qu'avait-il en tête quand il avait écrit ce message ? Avait-il déjà renoncé à elle avant de mourir ? Lui avait-il été si facile de se résigner à la perdre, d'accepter qu'elle rencontre un autre homme ? Des questions, des questions, encore des questions. Dont elle ne connaîtrait jamais les réponses.

Après s'être bien torturée, elle sentit le froid lui piquer la peau et, transie, rebroussa chemin. Comme elle s'approchait de chez elle, des rires lui firent lever les yeux : ses voisins décoraient l'arbre de leur jardin de petites guirlandes lumineuses.

« Bonjour, Holly ! lança la voisine en sortant de derrière l'arbre avec des ampoules enroulées autour des poignets.

– Je suis en train de décorer Jessica, dit son mari en lui passant autour des jambes la guirlande emmêlée. Tu ne trouves pas qu'elle ferait un joli nain de jardin ? »

Holly traversa la rue pour regagner sa maison.

« Écoute, Gerry, annonça-t-elle en rentrant chez elle, je suis allée me promener pour bien réfléchir à ton message, et j'en suis arrivée à la conclusion que tu délirais quand tu l'as écrit. Si tu pensais vraiment ce que tu as dit, alors, donne-moi un signe quelconque. Sinon, je comprendrai que c'était une erreur et que tu as changé d'avis », lança-t-elle posément à la cantonade.

Elle regarda dans le salon en attendant de voir s'il se produisait quelque chose. Rien.

« Bon, murmura-t-elle, soulagée. Tu as fait une erreur, je comprends. Je ne tiendrai pas compte de ce dernier message. » Elle regarda encore autour de la pièce et s'approcha de la fenêtre. « Écoute, Gerry, c'est ta dernière chance... »

Les lumières de l'arbre en face s'allumèrent, et Tony et Jessica se mirent à danser autour du jardin en riant. Soudain, les lampes clignotèrent et s'éteignirent. Ils s'arrêtèrent de danser, l'air déçu.

Holly leva les yeux au ciel. « Pas très concluant ! C'est un "Je ne sais pas". »

Elle alla s'asseoir à la table de la cuisine et but à petites gorgées une tasse de thé très chaud. Un ami vous dit qu'il vous aime, votre mari mort vous conseille de tomber amoureuse, alors, prenez une tasse de thé...

Elle devait encore travailler trois semaines avant de prendre ses vacances de Noël, ce qui signifiait que, si elle voulait, elle n'aurait à éviter Daniel que pendant quinze jours ouvrables. Cela semblait possible. Avec un peu de chance, quand viendrait le mariage de Denise, fin décembre, elle aurait réussi à prendre une décision. Mais il fallait d'abord qu'elle affronte son premier Noël seule.

« Bon, alors, où veux-tu que je le pose ? » demanda Richard, hors d'haleine, les mains crispées sur le sapin qu'il avait apporté dans son salon.

Une traînée d'aiguilles s'étalait sur le sol, sortait du salon, traversait le hall, la porte d'entrée et menait jusqu'à la voiture de Holly. Elle soupira. Il faudrait qu'elle passe encore l'aspirateur. Ces arbres embaumaient, mais ce qu'ils pouvaient faire comme saletés !

« Holly ! protesta Richard d'une voix haletante qui la fit sortir de sa rêverie.

– Oh, pardon. » Elle ne s'était pas aperçue qu'il était sur le point de tout lâcher. « À côté de la fenêtre. »

Elle se mordit les lèvres et fit la grimace en l'entendant faire tomber tout ce qui était sur son passage.

« Voilà ! annonça-t-il en s'essuyant les mains et en reculant d'un pas pour examiner le résultat.

– Ça fait un peu nu, tu ne trouves pas ?

– Eh bien, il faudra que tu le décores, voilà tout.

– Je sais, Richard, mais ce que je voulais dire, c'est qu'il ne reste que cinq ou six branches. Le reste est tout pelé.

– Je t'avais bien dit de ne pas attendre la veille de Noël pour en acheter un. C'est le moins vilain de la série. J'ai vendu les plus fournis il y a déjà plusieurs semaines.

– Sans doute », fit Holly, les sourcils froncés.

Elle n'avait pas eu envie d'un sapin cette année. Elle n'était pas d'humeur festive et ce n'était pas comme si elle avait eu des enfants à qui faire plaisir en décorant l'arbre. Mais Richard avait insisté et Holly n'avait pas osé refuser, car cette saison, il avait entrepris de vendre des sapins de Noël. Celui-ci était vraiment très mité, et toutes les décorations du monde n'arriveraient pas à le cacher.

Elle n'arrivait pas à croire que c'était déjà la veille de Noël. Elle avait passé les dernières semaines à faire des heures supplémentaires pour que le numéro de janvier soit prêt avant que le bureau ne ferme pour les vacances. Le magazine avait été bouclé la veille et quand Alice avait proposé qu'ils aillent tous prendre un verre chez Hogan, Holly avait poliment décliné. Elle n'avait toujours pas revu Daniel, ni répondu à ses messages. Elle avait évité son pub comme la peste et chargé Alice de lui dire qu'elle était en réunion s'il appelait au bureau. Or il appelait presque chaque jour.

Elle ne voulait pas être grossière, mais elle avait besoin de réfléchir davantage. Oh, bien sûr, il ne l'avait pas demandée en mariage, mais c'était tout de même pour elle une importante décision à prendre. Lorsqu'elle lui avait répondu qu'elle avait besoin de temps, elle n'avait pas voulu dire qu'elle lui donnerait une réponse sous huitaine. Il lui faudrait déjà s'habituer à l'idée... En s'apercevant que Richard la regardait fixement, elle se ressaisit.

« Pardon, tu disais... ?

– Je te demandais si tu voulais que je t'aide à le décorer ? »

Le cœur de Holly se serra. C'était une tâche qui leur revenait, à Gerry et à elle. À personne d'autre. Chaque année sans exception, ils mettaient un CD de chansons de Noël, ouvraient une bouteille de vin et décoraient le sapin...

« Euh... Non, merci, Richard. Je m'en charge. Je suis sûre que tu as mille autres choses à faire maintenant.

– Oh, mais tu sais, ça me ferait plaisir, dit-il avec empressement. D'habitude, je le garnissais avec Meredith et les enfants, mais cette année, ça n'a pas été le cas... »

Sa voix s'éteignit. Holly n'avait pas pensé que Noël pouvait être pénible aussi pour Richard, égoïstement absorbée qu'elle était par ses propres soucis. Il semblait toujours si fort, si maître de lui, qu'il était difficile de l'imaginer le cœur brisé, mais pour demander à sa sœur de décorer un sapin avec elle la veille de Noël, il devait souffrir. L'année précédente, cela aurait été impensable.

« Eh bien, pourquoi pas ? » répondit-elle en souriant.

Le visage de Richard s'éclaira et soudain, il eut l'air d'un gamin.

« Seulement, voilà, je ne sais pas trop où sont les garnitures. C'était Gerry qui se chargeait de les ranger quelque part au grenier...

– Ne t'inquiète pas. C'est ce que je faisais moi aussi. Je les trouverai. »

Et il monta l'escalier quatre à quatre.

Holly ouvrit une bouteille de vin rouge et appuya sur le bouton de la chaîne. Bing Crosby se mit à chanter *White Christmas* en sourdine. Richard revint avec un sac noir sur l'épaule et un chapeau de père Noël poussiéreux sur la tête.

« Ho, ho, ho ! gloussa Holly en lui tendant un verre de vin.

– Non, merci, dit-il en agitant la main. Je conduis.

– Tu peux quand même boire un verre, Richard, dit-elle, déçue.

– Non, non, répéta-t-il. Jamais d'alcool au volant. »

Holly leva les yeux au ciel et vida le verre qu'elle lui destinait avant d'entamer le sien.

Lorsque Richard partit, elle avait fini la bouteille et en ouvrait une autre. Elle remarqua qu'une lumière rouge clignotait sur son répondeur et, espérant que ce ne serait pas un message de la personne à laquelle elle pensait, elle appuya sur le bouton.

« Bonjour, Sharon. Ici Daniel Connelly. Excusez-moi de vous déranger, mais j'avais votre numéro. Vous vous souvenez que vous m'aviez appelé pour inscrire Holly au karaoké ? Euh... je me demandais si vous pourriez lui transmettre un message pour moi. Denise est tellement prise par ses préparatifs de mariage que je ne peux pas compter sur elle... » Il rit et toussota. « Bref, est-ce que vous pourriez dire à Holly que je descends à Galway pour passer Noël en famille. Je pars demain. Comme je n'ai pas réussi à la joindre sur son portable, que je ne peux pas l'appeler au bureau parce qu'elle est en vacances et que je n'ai pas son numéro de fixe... enfin, si vous... »

Il avait été coupé et Holly attendit le message suivant.

« Euh... Sharon, c'est encore moi, Daniel. J'ai été coupé. Oui, euh... ce serait gentil de lui dire que je serai à Galway ces prochains jours et qu'elle peut me joindre sur mon portable. Elle doit me donner une réponse et... Enfin, je vais encore être coupé, alors je ferais mieux de raccrocher. Je vous verrai tous au mariage la semaine prochaine. Et... merci, hein. »

Le troisième message était de Denise, qui lui disait que Daniel la cherchait. Venait ensuite un message de Declan, lui disant que Daniel la cherchait. Le cinquième message était d'une vieille amie de lycée que Holly n'avait pas vue depuis une éternité, qui lui disait qu'elle avait rencontré par hasard l'un de ses amis la veille au pub, un certain Daniel, ce qui lui avait fait penser à elle et, ah, oui, Daniel la cherchait et demandait qu'elle le rappelle.

Holly appuya de nouveau sur le bouton « Marche », pensive.

Elle s'assit sans le salon en écoutant les chansons de Noël et en regardant son sapin. Elle se mit à pleurer. À pleurer sur son Gerry, et sur son arbre de Noël mité.

40

« Joyeux Noël, ma chérie ! dit Frank en ouvrant la porte à Holly qui se tenait sur le seuil, grelottante.

– Joyeux Noël, papa ! » dit-elle en l'étreignant.

Une fois dans la maison, elle respira avec délices la bonne odeur de sapin mêlée à celle du dîner de fête en cours de préparation dans la cuisine et un sentiment de solitude lui serra le cœur. Son Noël, c'était Gerry. Pour eux deux, c'était un jour magique, un jour où ils laissaient de côté le stress du travail, se détendaient, recevaient leurs amis, leur famille et profitaient aussi de leurs tête-à-tête. Il lui manquait tant qu'elle avait l'impression d'avoir un trou en plein cœur.

Le matin, elle était allée au cimetière. C'était la première fois qu'elle y retournait depuis l'enterrement. Toute cette matinée avait été très pénible. Pas de paquets au pied du sapin pour elle, pas de petit déjeuner au lit, pas de bruit. Rien. Gerry avait voulu être incinéré, ce qui signifiait qu'elle avait dû se tenir debout et parler face à un mur où était inscrit son nom. Et, de fait, elle avait eu l'impression de parler à un mur. Malgré tout, elle lui avait raconté son année, ses projets pour la journée ; elle lui avait dit que Sharon et John attendaient un petit garçon qu'ils voulaient appeler Gerry, qu'elle devait être sa marraine, et qu'elle serait le témoin de Denise à son mariage. Elle lui avait décrit Tom, parce que Gerry ne l'avait jamais vu, et elle lui avait parlé de son nouveau travail. Elle n'avait pas mentionné Daniel. Mais, en lui racontant tout cela, elle avait éprouvé une impression bizarre. Elle s'était attendue à une communion spirituelle, comme si Gerry avait été là, à l'écouter. Au lieu de quoi, elle avait vraiment eu la sensation de s'adresser à un mur gris et sale.

Sa situation n'avait rien d'unique en ce jour de Noël. Le cimetière était plein de visiteurs, de familles qui accompagnaient leur mère ou leur père âgé venus rendre visite à des époux disparus, de jeunes femmes seules, comme Holly, d'hommes jeunes... Elle avait remarqué une femme effondrée sur une pierre tombale pendant que ses deux petits enfants la regardaient, impuissants. Le dernier ne devait pas avoir plus de trois ans. La jeune femme avait rapidement séché ses larmes pour ne pas perturber ses enfants. Holly était soulagée de pouvoir se permettre d'être égoïste. Elle n'avait à se soucier que d'elle-même. À partir de ce jour, Holly penserait régulièrement à cette femme, en se demandant où elle trouvait la force de continuer à affronter la vie avec deux petits.

Tout bien considéré, ce n'avait pas été une bonne journée.

« Joyeux Noël, ma chérie », lança Elizabeth en sortant de la cuisine, les bras tendus pour accueillir sa fille.

Holly fondit en larmes. Elle avait l'impression d'être le petit enfant du cimetière. Elle avait encore besoin de sa maman. Elizabeth avait le feu aux joues à cause de la température qui régnait dans la cuisine, et la chaleur de son corps réchauffa le cœur de Holly.

« Je suis désolée, dit-elle en s'essuyant les yeux. Je ne le fais pas exprès.

– Chut ! » dit Elizabeth d'un ton apaisant en la serrant encore plus fort. Elle n'avait pas besoin d'en dire davantage.

La semaine précédente, Holly était venue en catastrophe voir sa mère pour lui demander conseil à propos de Daniel. Elizabeth, qui n'appartenait pas à la catégorie des mères pâtissières, était malgré tout déjà en train de préparer le gâteau de Noël. Elle avait les manches relevées jusqu'aux coudes et de la farine jusque dans les cheveux. Le plan de travail de la cuisine était recouvert de raisins secs et de cerises confites. De la pâte, des plats à four encombraient toutes les surfaces libres. Des décorations scintillaient et une odeur délicieuse emplissait l'air.

À peine Elizabeth avait-elle posé les yeux sur sa fille qu'elle avait compris que quelque chose n'allait pas. Toute deux s'étaient assises à la table de la cuisine couverte de serviettes de Noël rouges et vertes décorées de pères Noël, de rennes et de sapins. Il y avait des boîtes de papillotes à pétard que la famille se disputerait, des biscuits au chocolat, de la bière, du vin, bref, le grand jeu... Les parents de Holly avaient prévu large pour la famille Kennedy.

« Qu'est-ce qui te tracasse, ma chérie ? » avait demandé Elizabeth en poussant une assiette de biscuits en direction de sa fille.

L'estomac de Holly gargouillait, mais elle se sentait incapable d'avaler quoi que ce soit. Elle avait encore perdu l'appétit. Après une grande inspiration, elle entreprit de raconter à sa mère ce qui s'était passé avec Daniel et l'obligation où elle était de prendre une décision. Sa mère l'écouta patiemment.

« Alors, qu'est-ce que tu éprouves pour lui ? » demanda Elizabeth en scrutant le visage de sa fille.

Holly haussa les épaules, désemparée. « Je l'aime bien, maman, vraiment, mais... » Elle haussa une seconde fois les épaules et sa voix s'éteignit.

« Peut-être ne te sens-tu pas encore prête pour te lancer dans une autre relation ? suggéra sa mère d'une voix douce.

– Je n'en sais rien, maman. J'ai l'impression de ne plus avoir aucune certitude. » Elle réfléchit quelques instants. « Daniel est un ami merveilleux. Il est toujours là quand j'ai besoin de lui, il me fait rire et me donne bonne opinion de moi... » Elle prit un biscuit et se mit à picorer les miettes dans l'assiette. « Mais je ne sais pas si je me sentirai un jour prête à aimer un autre homme, maman. Peut-être, peut-être pas. Peut-être jamais plus qu'aujourd'hui. Daniel n'est pas Gerry, mais ce n'est pas ce que je lui demande. Ce que j'éprouve maintenant est très différent. Cela dit, ce n'est pas désagréable. » Elle s'interrompit pour réfléchir. « Je ne sais pas si je pourrai aimer de la même façon. J'ai du mal à le croire, mais l'idée que cela puisse se reproduire est réconfortante. » Elle fit à sa mère un petit sourire triste.

« Ah, si tu n'essaies pas, tu ne le sauras jamais. Il ne faut pas te précipiter, Holly, d'ailleurs, tu le sais bien. Tout ce que je souhaite, c'est que tu sois heureuse, tu le mérites. Que ce soit avec Daniel, le roi de Prusse ou Tartempion, ça m'est égal, pourvu que tu le sois.

– Tu es gentille, maman, fit Holly avec un pauvre sourire, et elle appuya la tête sur l'épaule moelleuse de sa mère. Mais pour ça, je ne sais pas quelle est la meilleure solution. »

Malgré tout le réconfort que lui avait offert sa mère ce jour-là, Holly n'arrivait toujours pas à prendre une décision. Il lui fallait d'abord passer son premier Noël sans Gerry.

Le reste de la famille les rejoignit dans le salon et chacun embrassa Holly avec chaleur. Tout le monde se rassembla autour de l'arbre pour échanger des cadeaux et Holly laissa couler librement ses larmes. Elle n'avait pas l'énergie de les retenir ni même de s'en soucier. Mais ces larmes étaient un curieux mélange de joie et de tristesse. Elles s'assortissaient de la sensation bizarre d'être en même temps seule et aimée.

Lorsque vint l'heure de passer à table, elle saliva en voyant le festin déployé sur la table.

« J'ai reçu un e-mail de Ciara aujourd'hui », annonça Declan. Cela provoqua la curiosité générale. « Elle a envoyé cette photo d'elle », poursuivit Declan en faisant circuler le cliché qu'il avait sorti sur son imprimante.

Holly sourit en voyant sa sœur couchée sur la plage en train de manger un repas de Noël au barbecue avec Mathew. Elle avait les cheveux blonds, la peau bronzée et Mathew et elle paraissaient très heureux. Holly se réjouit que sa sœur, à force de courir le monde et de chercher, ait enfin trouvé sa place. Si seulement cela lui arrivait à elle aussi. Elle passa la photo à Jack, qui sourit également en la regardant attentivement.

« Il paraît qu'il va neiger aujourd'hui », annonça Holly en se resservant. Elle avait dégrafé le premier bouton de son pantalon. Après tout, c'était Noël ! L'époque du partage et euh... de la bouffe...

« Non, il ne va pas neiger, dit Richard en suçant un os. Il fait trop froid.

– Comment ça ? » demanda Holly.

Il se lécha les doigts et les essuya sur sa serviette qu'il avait accrochée à son col et Holly dut se retenir de rire en voyant qu'il portait un gros pull noir avec, sur le devant, le motif d'un sapin de Noël.

« Il faut que la température se radoucisse pour qu'il neige, expliqua-t-il.

– Mais enfin, il fait un million au-dessous de zéro dans l'Antarctique et il y neige bien ! »

Abbey se mit à rire aussi.

« C'est pourtant comme ça, reprit-il.

– N'importe quoi ! dit Holly en levant les yeux au ciel.

– Il a raison », intervint Jack.

Tout le monde s'arrêta de manger et le regarda fixement. On avait rarement entendu cette phrase. Mais Jack entreprit d'expliquer le mécanisme de la neige et Richard compléta les explications scientifiques. Les deux frères se sourirent, contents d'être deux Monsieur Je-sais-tout. Abbey et Holly partagèrent discrètement leur étonnement ravi.

« Tu veux des légumes avec ta sauce, papa ? » demanda Declan, pince-sans-rire, en lui présentant un plat de brocolis. Tout le monde regarda l'assiette de Frank qui, comme d'habitude, était une mare de sauce.

Frank prit le plat et ajouta « De toute façon, nous sommes trop près de la mer pour en avoir.

– Quoi donc, papa, de la sauce ? demanda Holly.

– Mais non, bécasse, de la neige, fit-il en lui prenant le nez entre deux doigts comme lorsqu'elle était petite.

– Eh bien moi, je vous parie un million d'euros qu'il va

neiger aujourd'hui, lança Declan en regardant ses frères et sœur d'un air très sérieux.

– Alors, commence à économiser, Declan, parce que si tes intellos de frères disent qu'il ne va pas neiger, c'est qu'il ne neigera pas, fit Holly.

– Eh bien, par ici la monnaie, les gars ! s'écria Declan en se frottant les mains et en désignant la fenêtre.

– Oh, non, c'est pas vrai ! s'exclama Holly, qui sauta de sa chaise, au comble de l'excitation. Il neige !

– La théorie peut aller se rhabiller ! » dit Jack à Richard, et ils se mirent à rire tous les deux en regardant tomber les flocons.

Tous quittèrent la table, enfilèrent leur manteau et coururent dehors en piaffant comme des enfants. Finalement, ils n'étaient pas autre chose. Holly regarda les jardins qui bordaient la rue et vit toutes les familles dehors en train de regarder le ciel.

Elizabeth passa les bras autour des épaules de sa fille et la serra étroitement contre elle.

« On dirait que Denise va avoir un Noël blanc pour son mariage en blanc », dit-elle en souriant.

Le cœur de Holly battit la chamade à la perspective du mariage de Denise. Dans quelques jours, elle se trouverait face à Daniel. Comme si sa mère lisait dans ses pensées, elle lui demanda à voix basse pour que personne n'entende :

« Tu as pensé à la réponse que tu allais donner à Daniel ? »

Holly leva les yeux vers les flocons lumineux dans le clair de lune qui filtrait entre les nuages. Le moment était magique ; alors, elle prit sa décision.

« Oui, dit-elle en inspirant profondément.

– Tant mieux, dit Elizabeth en l'embrassant. Et souviens-toi que c'est Dieu qui met les épreuves sur ta route et qui t'aide à les traverser. »

Holly sourit en entendant cette phrase. « Eh bien, il a intérêt, parce que je vais avoir sérieusement besoin de lui dans les jours qui viennent. »

« Sharon, ne porte pas cette valise, elle est trop lourde ! cria John à sa femme, qui laissa tomber le bagage, agacée.

– Je ne suis pas infirme, John, je suis enceinte ! riposta-t-elle.

– Je sais, mais le docteur t'a interdit de soulever des choses lourdes ! » dit-il d'un ton sans réplique. Et il saisit la valise qu'il porta de l'autre côté de la voiture.

« Qu'il aille se faire foutre, ce toubib, il n'a jamais eu le ballon, je parie », grogna Sharon en regardant John s'éloigner à grandes enjambées résolues.

Holly referma bruyamment le coffre de la voiture. Elle en avait assez des prises de bec de John et Sharon ; elle avait été obligée de les subir pendant tout le trajet jusqu'à Wicklow. Maintenant, elle n'avait plus qu'une envie : se détendre, seule dans sa chambre d'hôtel. La voix de Sharon avait grimpé de trois octaves au cours des deux dernières heures et elle avait l'air sur le point d'exploser. À voir son ventre, ce n'était pas totalement invraisemblable. Et Holly préférait ne pas être dans les parages si cela se produisait.

Elle saisit son sac et leva les yeux vers l'hôtel. On aurait dit un château. C'était l'endroit que Tom et Denise avaient choisi pour la réception de leur mariage, le jour de la Saint-Sylvestre, et ils n'auraient pas pu avoir la main plus heureuse. Ce manoir enchanteur était recouvert de lierre qui grimpait sur ses murs anciens, et entouré de kilomètres de jardins luxuriants magnifiquement entretenus. Une énorme fontaine ornait la cour de devant. Denise n'aurait pas de neige pour son mariage, finalement, car les flocons avaient fondu sitôt tombés. Mais il y avait eu cet instant merveilleux que Holly avait partagé avec sa famille le jour de Noël et qui lui avait momentanément remonté le moral. Maintenant, elle avait envie d'aller dans sa chambre et de se pomponner. Elle n'était même pas sûre que sa robe de demoiselle d'honneur ne lui serait pas trop étroite après les agapes de Noël. Elle préférait ne pas faire part de ses craintes à Denise, qui en aurait sûrement eu une attaque. Elle aurait mieux fait aussi de ne pas évoquer le sujet devant Sharon, car celle-ci s'était énervée en disant qu'elle ne pouvait plus rentrer dans les robes qu'elle portait la veille, alors, comment pourrait-elle mettre une robe dont les mesures avaient été prises plusieurs mois auparavant ?

Holly, qui tirait sa valise sur les pavés, trébucha soudain et alla s'étaler, car quelqu'un avait marché sur son bagage.

« Oh pardon », dit une voix chantante.

Elle regarda derrière elle, furieuse, pour voir à qui elle devait d'avoir failli se casser le cou, et aperçut une grande blonde à la démarche chaloupée qui se dirigeait en ondulant des hanches vers l'hôtel. Holly fronça les sourcils, car cette vision évoquait des souvenirs. Elle savait qu'elle avait déjà rencontré cette fille quelque part, mais... ah, oui !

Laura.

Oh, non ! se dit-elle, paniquée. Tom et Denise l'ont invitée, finalement ! Il fallait qu'elle se dépêche de trouver Daniel pour le prévenir. Il serait furieux. Et, si le moment s'y prêtait, elle lui dirait ce qu'elle avait à lui dire. S'il voulait toujours lui parler, car cela faisait tout de même un mois qu'elle n'avait pas eu de contact avec lui. Elle croisa ses doigts bien fort dans son dos et se précipita à la réception.

Là, c'était l'émeute.

Une foule de gens se tenaient dans les couloirs, furieux, leurs bagages à la main. On reconnaissait la voix de Denise, dominant le vacarme.

« Non, mais je me fous de savoir que vous avez fait une erreur ! Débrouillez-vous ! J'ai retenu cinquante chambres il y a des mois pour les invités à mon mariage ! Vous m'avez entendue, j'espère ? *Mon mariage !* Il est hors de question que j'en envoie dix dans des chambres d'hôte minables. Débrouillez-vous ! »

L'air très alarmé, le réceptionniste essaya d'expliquer la situation.

Denise leva une main autoritaire. « Inutile de chercher des excuses, je ne les écouterai pas. Trouvez dix chambres de plus pour mes invités, un point c'est tout ! »

Holly aperçut Tom, qui semblait très embarrassé, et elle se fraya un chemin vers lui à travers la mêlée.

« Dans quelle chambre est Daniel ? demanda-t-elle précipitamment.

– Daniel ?

– Oui, le témoin…, je veux dire *ton* témoin, rectifia-t-elle.

– Aucune idée, Holly », et il se détourna pour saisir le bras d'un membre du personnel. Holly fit un pas de côté, s'interposant entre Tom et le garçon. « Tom, il faut vraiment que je le sache, dit-elle avec une insistance inquiète.

– Écoute, Holly, je te répète que je n'en sais rien. Demande à Denise », marmonna-t-il. Et il fila dans le couloir rattraper le garçon.

Denise était dans une telle rage que ce n'était vraiment pas le moment de lui poser la question. Holly se mit donc à faire la queue derrière les autres et, au bout de vingt minutes, après quelques manœuvres subreptices pour sauter des places, elle arriva enfin au comptoir.

« Pourriez-vous m'indiquer le numéro de chambre de Daniel Connelly, s'il vous plaît ? » demanda-t-elle.

Le réceptionniste secoua la tête.

« Désolé, mais nous ne communiquons pas les numéros de chambre.

– Mais je suis une de ses amies », insista-t-elle avec un sourire suave.

L'homme secoua de nouveau la tête en souriant poliment.

« Je suis désolé, mais le règlement de l'hôtel…

– Écoutez-moi, hurla-t-elle si fort que même Denise s'arrêta de vitupérer à côté d'elle. Il est très important que vous me le disiez ! »

L'homme avala sa salive, apparemment intimidé. Finalement, il ouvrit la bouche : « Je suis désolé, mais…

– Aaaarrrghhh ! hurla Holly, furieuse.

– Holly, fit Denise d'une voix douce en lui posant la main sur le bras, qu'est-ce qu'il y a ?

– J'ai besoin de savoir le numéro de chambre de Daniel », cria-t-elle.

Denise eut l'air ahuri. « La 342, bégaya-t-elle.

– Merci ! » vociféra Holly, se demandant pourquoi elle

criait toujours. Et elle partit à grandes enjambées en direction des ascenseurs.

Une fois dans le couloir, elle se hâta, tirant son sac derrière elle, et regarda les numéros. Lorsqu'elle atteignit le bon, elle frappa violemment à la porte. En entendant des pas approcher, elle se rendit compte qu'elle n'avait même pas pensé à ce qu'elle allait dire. Elle prit une profonde inspiration quand la porte s'ouvrit.

Et sa respiration se bloqua.

Laura était devant elle.

« Chérie, qui est-ce ? dit la voix de Daniel, qui sortait de la salle de bains, une petite serviette autour des reins.

– Vous ! » grinça Laura.

41

Debout devant la porte, Holly laissa son regard aller de l'un à l'autre, puis revenir sur Laura. Comme ils étaient à moitié nus tous les deux, elle en conclut que Daniel était au courant de la venue de Laura. Ce qui voulait dire que sa présence à elle était tout à fait déplacée.

Daniel tenait sa petite serviette étroitement serrée. Il était cloué sur place, médusé. Laura avait l'air furibond. Holly restait bouche bée. Pendant quelques instants, personne ne dit un mot. Holly entendait presque les rouages de leurs cerveaux tourner à toute vitesse. Puis une voix s'éleva. Holly aurait préféré que ce ne soit pas celle-là.

« Qu'est-ce que vous foutez là, vous ? » siffla Laura.

La bouche de Holly se ferma et s'ouvrit comme celle d'un poisson rouge. Daniel plissait le front et son regard perplexe allait d'une fille à l'autre.

« Vous vous... » Il s'interrompit, comme s'il trouvait l'idée qui lui venait en tête totalement saugrenue, puis se ravisa : « Vous vous connaissez ?

– Ah ! laissa tomber Laura, le visage méprisant, ce n'est pas une de mes amies ! J'ai surpris cette petite garce en train d'embrasser mon petit ami ! »

En se rendant compte de ce qu'elle venait de dire, elle s'arrêta net.

« Ton *petit ami* ? cria Daniel en traversant la pièce pour les rejoindre à la porte.

– Pardon, mon *ex*-petit ami », marmonna Laura, l'œil rivé au sol.

Un sourire malicieux apparut sur le visage de Holly, ravie de voir le pétrin où Laura s'était mise.

« Oui, Stevie, je crois. Un bon ami de Daniel, si ma mémoire est bonne. »

Lequel rougit en les regardant toutes les deux, l'air complètement désemparé. Laura le fusilla du regard, se demandant comment cette fille connaissait son petit ami... enfin son actuel petit ami.

« Daniel est un de mes bons amis, expliqua Holly en croisant les bras.

– Alors, vous êtes venue me le piquer, lui aussi ? grinça Laura.

– Oh, je vous en prie, ça vous va bien ! » riposta-t-elle.

Ce fut au tour de Laura de rougir.

« Tu as embrassé Stevie ? demanda Daniel, qui commençait lentement à comprendre la situation et ne paraissait pas apprécier du tout.

– Non, je n'ai pas embrassé Stevie, dit Holly en faisant une grimace exaspérée.

– Si ! cria Laura avec une insistance enfantine.

– Oh, taisez-vous donc ! s'écria Holly. Qu'est-ce que ça peut bien vous faire de toute manière ? Vous êtes retournée avec Daniel, donc tout est bien qui finit bien pour vous. »

Daniel lança un regard peu amène à Laura, qui resta muette. Elle paraissait gênée ; quant à lui, il évitait de croiser le regard de Holly. Elle était la seule des trois à n'avoir rien à se reprocher. Si l'atmosphère n'avait pas été aussi électrique, elle aurait éclaté de rire, vu la façon dont la situation avait brutalement évolué.

« Non, Daniel, reprit-elle calmement, je n'ai pas embrassé Stevie. Tout ça s'est passé à Galway, où j'étais venue enterrer la vie de jeune fille de Denise. Stevie était ivre et il a essayé de m'embrasser.

– Quelle menteuse ! laissa tomber Laura d'un ton amer. J'ai vu ce qui s'est passé.

– Comme Charlie, poursuivit Holly en regardant Daniel

et en ignorant Laura. Interroge-le si tu ne me crois pas. Ce qui ne me fait d'ailleurs ni chaud ni froid. J'étais venue parce que tu voulais qu'on parle, mais tu es occupé, à ce que je vois. » Elle fixa la petite serviette qui lui servait de pagne. « Alors, je vous verrai tous les deux plus tard, à la cérémonie. »

Là-dessus, elle tourna les talons et repartit dans le couloir en traînant sa valise derrière elle. Elle jeta un regard par-dessus son épaule et vit Daniel qui la regardait toujours, dans l'embrasure de sa porte. Elle tourna la tête et prit le couloir à droite. Elle s'immobilisa en se rendant compte qu'elle était dans un cul-de-sac. Les ascenseurs étaient de l'autre côté. Elle attendit jusqu'à ce qu'elle entende la porte se refermer, puis rebroussa chemin sur la pointe des pieds, passa à pas de loup devant la porte de la chambre 342 et se précipita vers l'ascenseur.

Une fois qu'elle eut appuyé sur le bouton, elle poussa un soupir de soulagement et ferma les yeux. Elle n'en voulait même pas à Daniel. En un sens, elle était soulagée qu'il ait agi de façon à leur éviter cette fameuse conversation. C'était lui qui l'avait laissée tomber, alors qu'elle avait prévu le scénario inverse. Au moins, elle ne lui avait pas fait de peine. Cela dit, elle trouvait qu'il était vraiment stupide de retourner avec Laura...

« Alors, tu montes ou quoi ? »

Elle ouvrit brusquement les yeux : elle n'avait pas entendu les portes de l'ascenseur s'ouvrir.

« Leo ! s'écria-t-elle, ravie, en lui sautant au cou. Je ne savais même pas que tu venais !

– Je coiffe la reine des teignes aujourd'hui ! dit-il en riant.

– À ce point-là ? s'étonna Holly.

– Oh, notre Denise était dans tous ses états parce que Tom l'a vue le matin de son mariage et qu'elle pense que ça porte malheur.

– Pfft ! Ça ne lui portera malheur que si elle le croit !

– Ça fait une éternité que je ne t'ai pas vue, lança Leo en regardant ses cheveux de façon appuyée.

– Oui, je sais, gémit Holly en se couvrant les racines des deux mains. J'ai eu tellement de boulot ce mois-ci que je n'ai pas eu le temps d'aller au salon.

– Jamais je n'aurais cru t'entendre dire une chose pareille ! fit Leo d'un air amusé. Tu n'es plus la même.

– Ma foi, je crois que tu as raison.

– Allez, viens, dit Leo en sortant à son étage, il nous reste encore quelques heures devant nous ; je vais t'arranger les cheveux pour qu'on ne voie plus ces horribles racines.

– Tu es sûr ? » Holly se mordit les lèvres, gênée.

« Absolument. Tu imagines la cata si on voyait une tête pareille sur les photos de mariage ! Je ne peux pas te laisser tout gâcher ! »

Holly sourit et le suivit en tirant sa valise. Elle retrouvait son Leo. Pendant une minute, il avait failli être trop gentil.

Installée à la table d'honneur de la grande salle de l'hôtel, Denise lança à Holly un regard qui trahissait son impatience. On venait de réclamer le silence en tapant un couteau sur un verre. Holly se tordit nerveusement les mains sur les genoux en répétant mentalement son petit discours, sans rien écouter de ce que disaient les autres orateurs. Lorsqu'elle voyait les convives rire, elle se tournait vers Sharon pour rire aussi et affichait un sourire en permanence tout en essayant de se concentrer.

Elle aurait dû tout écrire, car elle se sentait très intimidée et n'arrivait pas à se souvenir de son attaque. Son cœur se mit à battre la chamade lorsqu'elle vit Daniel se rasseoir sous les applaudissements de l'assistance. Elle devait parler juste après lui, et elle n'avait pas le temps de filer aux toilettes cette fois-ci. Sharon saisit sa main tremblante et lui souffla que tout allait bien se passer. Holly lui adressa un sourire mal assuré, pas convaincue le moins du monde. Le père de Denise annonça que Holly allait parler et tous les regards se tournèrent vers elle. Elle se leva lentement et Daniel lui lança un clin d'œil pour l'encourager. Elle lui sourit et son cœur s'apaisa un peu. En regardant la salle, elle aperçut

John assis à une table avec ses amis et ceux de Gerry. Il lui fit un signe, pouce levé. Le discours de Holly s'envola, tandis qu'un nouveau se formait dans sa tête. Elle s'éclaircit la voix.

« Vous me pardonnerez si je suis émue, mais je suis tellement heureuse pour Denise. C'est ma meilleure amie... » Elle s'arrêta en regardant Sharon à côté d'elle. « Enfin, une de mes meilleures amies. »

Rires dans l'assistance.

« Je suis très fière d'elle aujourd'hui, et ravie parce qu'elle a trouvé l'amour avec Tom, un homme extraordinaire. »

Holly sourit en voyant les larmes monter aux yeux de Denise. Celle qui ne pleurait jamais.

« C'est merveilleux de trouver quelqu'un que vous aimez et qui vous aime. Mais c'est encore plus merveilleux de trouver l'âme sœur. Une âme sœur vous comprend comme personne d'autre, vous aime comme personne, sera à vos côtés pour toujours quoi qu'il arrive. On dit que rien n'est éternel, mais moi je crois dur comme fer que, pour certains, l'amour continue après nous. J'ai ma petite idée sur la question et je sais que Denise a trouvé son âme sœur avec Tom. Denise, je suis heureuse de te dire qu'un lien tel que celui-là ne mourra jamais. » Une boule se forma dans sa gorge et elle attendit quelques instants avant de continuer. « Je suis à la fois très honorée et totalement paralysée que Denise m'ait demandé de parler aujourd'hui. Mais je suis ravie que Denise et Tom m'aient invitée à partager ce jour merveilleux avec eux et je lève mon verre pour qu'ils en aient beaucoup, beaucoup d'autres ensemble. »

Les convives applaudirent et tendirent la main vers leur verre.

« Mais... » Holly haussa la voix et leva le bras pour réclamer le silence. Le brouhaha cessa aussitôt et tous les yeux revinrent se fixer sur elle. « Mais certains invités ici se souviendront de la liste qu'avait inventée un homme merveilleux. » Holly sourit, tandis qu'on applaudissait à la table de John, de Sharon et de Denise. « Et parmi ces règles, il y en avait une qui stipulait qu'il était hic ! sclu, absolument hic ! sclu, de porter une robe blanche et chère. »

Holly sourit en voyant John, Sharon et Denise s'esclaffer.

« Alors, Denise, au nom de Gerry, je te pardonne d'avoir transgressé cet interdit, mais seulement parce que tu es absolument superbe, et je vous demande tous de vous joindre à moi pour boire à la santé de Tom, Denise et sa robe blanche et chère. Et le prix, je le connais, parce qu'on m'a traînée dans toutes les bout'hic ! de robes de mariée d'Irlande ! »

Tout le monde leva son verre en répétant : « À la santé de Tom, Denise et de sa robe blanche et chère ! »

Holly se rassit et Sharon l'étreignit, les larmes aux yeux.

« Tu as été parfaite, Holly. »

Le visage de Holly s'illumina en voyant tous les amis assis à la table de John lever leur verre et l'acclamer. Et la soirée commença.

Des larmes emplirent les yeux de Holly quand elle vit Tom et Denise danser ensemble pour la première fois en tant que mari et femme. Elle se souvenait de cette sensation. Un mélange d'exaltation, d'espoir, de pur bonheur et de fierté, le sentiment de ne pas savoir ce que réservait l'avenir, mais d'être prêt à l'affronter quel qu'il soit. Et cette pensée la combla. Elle ne se désolerait pas, mais accueillerait l'avenir. Elle avait adoré chaque seconde de sa vie avec Gerry, mais il était temps d'avancer. De passer au chapitre suivant en emportant avec elle de merveilleux souvenirs et une expérience qui la guiderait et lui permettrait d'infléchir son avenir. Certes, ce serait difficile, mais elle savait à présent qu'on n'obtenait rien sans mal. Toutefois, la tâche ne lui paraissait pas aussi insurmontable que quelques mois auparavant, et elle supposait que d'ici quelque temps, ce serait plus facile encore.

Elle avait reçu un super-cadeau : la vie. Un cadeau qui n'était pas donné à tout le monde, car parfois, la vie vous était retirée trop tôt. Mais c'était ce qu'on en faisait qui comptait et non sa durée.

« Tu m'accordes cette danse ? » Une main apparut devant elle. Levant les yeux, elle vit Daniel qui lui souriait.

« Volontiers, dit-elle en prenant la main offerte.

– Je peux te dire que tu es très belle ce soir ?

– Tu peux. »

Elle était satisfaite de son apparence. Denise lui avait choisi une ravissante robe lilas avec un corselet qui dissimulait son ventre un peu rondelet après les excès de Noël, et une jupe fendue haut. Leo avait fait des merveilles avec ses cheveux, qu'il avait relevés en chignon, laissant retomber quelques mèches sur les épaules. Elle se sentait belle. La princesse Holly. Cette évocation la fit sourire.

« J'ai beaucoup aimé ton discours, reprit-il. Je me rends compte maintenant à quel point j'ai été égoïste quand je t'ai parlé. Tu m'as dit que tu n'étais pas prête et je n'ai rien voulu entendre.

– Ce n'est pas grave, Daniel. Je crois que je ne serai pas prête avant longtemps. Mais merci de t'être consolé aussi vite », lança-t-elle en désignant du menton Laura, qui faisait la tête, seule à sa table.

Daniel se mordit les lèvres. « Tu me pardonnes, Holly ? J'ai essayé de te le dire, mais je n'ai pu te joindre nulle part. J'ai laissé des messages partout : à Denise, à Declan, et même à une de tes amies que tu n'avais pas vue depuis dix ans... J'ai fini par parler à ta maman...

– Quand ça ? fit Holly, surprise.

– L'autre jour. Elle m'a dit ce que tu éprouvais et je te jure que jamais je ne serais venu ici avec Laura si j'avais su que ta réponse était oui. »

Holly secoua la tête, déconcertée. Sa mère était vraiment imprévisible.

« Je suis désolée de ne pas avoir répondu, Daniel. J'ai pris un peu de temps pour ne penser qu'à moi. Mais je persiste à croire que tu fais une bêtise. »

Daniel soupira. « Je sais que nous avons beaucoup de choses à mettre au point, elle et moi, et nous prendrons tout notre temps. Mais, comme tu l'as dit toi-même, pour certains, l'amour continue malgré la séparation.

– Ah, tu ne vas pas commencer à me citer, fit-elle en riant. Enfin, du moment que tu es heureux... Mais je me demande comment tu vas faire, ajouta-t-elle avec un soupir appuyé.

– Oui, je suis heureux, Holly. Je crois que je ne peux pas vivre sans son cinéma. » Il regarda en direction de Laura, qui lui fit un signe, l'air radieux à présent. Le regard de Daniel s'adoucit. « Et toi ? » demanda-t-il en scrutant son visage.

Elle réfléchit avant de répondre. « Ce soir, je le suis. Je me soucierai de demain le moment venu, mais je ne me débrouille pas trop mal... »

Juste avant minuit, elle rejoignit Sharon, John, Denise et Tom, et tous s'enlacèrent pour attendre le compte à rebours.

« Cinq... quatre... trois... Deux... Un ! BONNE ANNÉE ! »

Acclamations et applaudissements fusèrent, et des ballons de toutes les couleurs de l'arc-en-ciel descendirent du plafond de la salle de réception et rebondirent sur la tête des invités.

Holly étreignit ses amis avec des larmes de bonheur.

« Bonne année », dit Sharon en la serrant fort et en l'embrassant.

Holly mit sa main sur le ventre de Sharon et, de l'autre, pressa affectueusement le bras de Denise.

« Que l'année nouvelle soit heureuse pour nous tous ! »

Épilogue

Holly regarda les journaux pour voir si elle trouvait une photo de Tom et Denise. Ce n'était pas tous les jours que le DJ le plus célèbre de la radio et une héroïne du film *Les Filles et la Ville* se mariaient.

« Hé, vous ! grogna le marchand de journaux malgracieux, ce n'est pas une bibliothèque ici. Ou vous les achetez, ou vous les reposez. »

Holly soupira et, cette fois encore, prit un exemplaire de chacun des journaux du présentoir. Il lui fallut faire deux voyages jusqu'au comptoir à cause du poids. Le bonhomme ne lui proposa même pas de l'aider. Une queue s'était encore formée devant la caisse. Holly ne se démonta pas et prit tout son temps. C'était la faute du marchand, après tout. S'il l'avait laissée regarder les journaux, il n'aurait pas eu à l'attendre. Elle remonta la queue avec les derniers journaux et ajouta à la pile des barres de chocolat et des paquets de bonbons.

« Est-ce que je pourrais avoir un sac, s'il vous plaît ? » demanda-t-elle en battant des cils avec un sourire suave.

L'homme la regarda par-dessus ses lunettes comme une écolière indisciplinée.

« Mark ! » cria-t-il d'une voix exaspérée.

L'ado boutonneux sortit des rayons avec une étiqueteuse à la main. En entendant son père lui ordonner d'ouvrir l'autre caisse, il se traîna jusqu'au comptoir. La moitié de la queue derrière Holly migra.

« Merci », dit Holly en se dirigeant enfin vers la porte.

Juste au moment où elle allait l'ouvrir, quelqu'un entra, si bien que tout ce qu'elle portait s'éparpilla sur le sol.

« Oh, pardon ! » s'exclama le nouvel arrivant en se penchant pour l'aider.

Holly préféra ne pas se retourner pour voir le regard satisfait du vieil homme, mais elle le sentait lui vriller le dos.

« Ah, mais c'est vous ! l'accro au chocolat ! »

Holly sursauta et leva les yeux. C'était le client courtois aux étranges yeux verts qui l'avait aidée la dernière fois.

« Tiens, vous revoilà ! dit-elle.

– C'est Holly, non ? fit-il avec un sourire en lui tendant ses barres de chocolat géantes.

– Et vous, c'est Rob.

– Quelle mémoire !

– Comme vous. » Pensive, elle remit tous ses achats dans le sac et se releva.

« Jamais deux sans trois, à ce qu'on dit », lança Rob en prenant sa place dans la queue.

Holly le regarda s'éloigner, puis alla vers lui.

« Dites-moi, Rob, vous n'avez pas envie d'un café aujourd'hui, par hasard ? Si vous ne pouvez pas, ce n'est pas grave... », ajouta-t-elle en se mordant les lèvres.

Il sourit et son regard descendit vers l'annulaire de son interlocutrice. Elle tendit sa main.

« Oh, ma bague ! Je la porte en souvenir d'années heureuses. »

Il hocha la tête. « Oh... Mais oui, pourquoi pas ? »

Ils traversèrent la rue en direction de La Cuillère en bois.

« Vous m'excusez d'avoir pris la fuite la dernière fois ? demanda-t-il en la regardant dans les yeux.

– Ne vous inquiétez pas. Moi, je file en général par la fenêtre des toilettes après le premier verre. »

Restée seule en attendant qu'il revienne avec leurs consommations, Holly se laissa aller contre le dossier de sa chaise et regarda par la fenêtre les arbres dont le vent faisait vivement danser les branches par cette froide journée de janvier. Elle songea à ce qu'elle avait appris, à la femme qu'elle était jadis et à celle qu'elle était devenue. Elle avait reçu les conseils de l'homme qu'elle aimait, les avait suivis et s'était efforcée de se remettre de son chagrin. Elle avait à présent un travail qu'elle aimait et assez confiance en elle pour essayer d'obtenir ce qu'elle voulait.

Elle était une femme qui faisait parfois des erreurs, qui pleurait parfois le lundi matin ou le soir quand elle se retrouvait seule dans son lit. Elle avait parfois du mal à supporter sa vie et à se lever le matin pour aller travailler. Elle avait, plus souvent qu'à son tour, des jours où elle se regardait dans la glace en se demandant pourquoi elle n'allait pas plus souvent faire de la gym, et pourquoi elle avait des cheveux aussi impossibles. Parfois, elle se demandait aussi ce qu'elle faisait sur cette planète. Elle était parfois tout bonnement à côté de la plaque.

Mais elle avait également des milliers de souvenirs heureux, elle savait ce que c'était que l'amour véritable et était prête à continuer à vivre, à aimer et à se faire de nouveaux souvenirs. Que ce soit dans dix mois ou dans dix ans, elle obéirait au dernier message de Gerry. Quoi que l'avenir lui réserve, elle savait qu'elle ouvrirait son cœur et le suivrait où il la mènerait.

En attendant, elle vivrait

Composition Nord Compo
Impression Bussière, décembre 2007
Editions Albin Michel
22, rue Huyghens, 75014 Paris
www.albin-michel.fr

ISBN 978-2-226-18389-7
N° d'édition : 25858 – N° d'impression : 074249/4
Dépôt légal : avril 2004
Imprimé en France.